Deux berceaux pour une mère

Des triplés pour un détective

MELISSA SENATE

Deux berceaux pour une mère

Traduction française de
FLORENCE MOREAU

Passions

HARLEQUIN

Collection : PASSIONS

Titre original :
THE BABY SWITCH!

HARPERCOLLINS FRANCE
83-85, boulevard Vincent-Auriol, 75646 PARIS CEDEX 13
Service Lectrices — Tél. : 01 45 82 47 47

www.harlequin.fr

ISBN 978-2-2804-1622-1 — ISSN 1950-2761

- 1 -

Emploi du temps
de Liam MERCER
pour le 14 avril :

1) Négocier l'acquisition de Kenyon Corp. à 2,4 millions de dollars.

2) Emmener le fiston de six mois chez Kidz Kutz pour sa première coupe de cheveux (il y a apparemment un siège pour bébé en forme de train qui fait *tchou-tchou* et une vidéo de marionnettes pour détourner l'attention des réfractaires).

3) Présider quatre réunions, signer d'innombrables documents, approuver l'embauche d'un vice-président pour New Business Development, préparer le rapport trimestriel à l'attention des directeurs du conseil d'administration.

4) Réconcilier l'impérieux Harrington Mercer (le patriarche) avec Drake, le cadet qui ne veut en faire qu'à sa tête, lors du dîner de famille hebdomadaire, au ranch des Mercer.

En somme, un vendredi comme un autre pour Liam, à part le rendez-vous chez le coiffeur. Quand il s'agissait d'Alexander, il adorait les premières fois et les consignait dans l'album relié en cuir que sa cousine Clara lui avait offert, en même temps qu'une girafe en peluche de presque deux mètres !

Son tout premier commentaire, il l'avait écrit quand, une demi-heure après sa naissance, Alexander West Mercer lui avait, de son petit poing, serré l'auriculaire. Alors toutes les appréhensions qu'il ressentait, en tant que père célibataire de vingt-huit ans sans la moindre idée de la façon dont on élevait une petite créature sans défense et président d'une grosse société, s'étaient dissipées d'un coup. Naturellement, elles étaient revenues en force deux secondes plus tard, mais son cœur avait été d'emblée conquis par le petit garçon. Un amour qu'il n'avait jamais éprouvé pour personne auparavant avait éclaté dans sa poitrine et c'était ainsi que tout avait commencé entre eux.

Alexander blotti au creux d'un bras, et le sac à langer sur l'autre épaule, il poussa les portes de Mercer Industries et pénétra dans l'établsissement. Malgré la capuche à oreilles d'ours de la veste polaire qui lui recouvrait la tête, de fines mèches soyeuses retombaient en désordre sur le front de son fils. Liam avait donc l'intention de s'éclipser chez Kidz Kutz entre deux rendez-vous pour le prendre en photo pendant la coupe de cheveux.

— Et voici le bébé le plus heureux du Wyoming !

À ces mots, Liam se retourna et aperçut près de la réception sa cousine préférée, Clara, qui était également son bras droit en tant que vice-présidente de Mercer Industries. S'avançant vers eux, elle se pencha au-dessus d'Alexander pour imiter ses gazouillements. Comme 9 heures approchaient, les employés commençaient à affluer et chacun d'eux adressait un sourire à son fils en se dirigeant vers les ascenseurs.

Clara donna une légère pichenette sur le nez d'Alexander.

— Coucou, petit milliardaire au berceau, qui a en plus la chance d'avoir de superbes yeux gris-bleu, la fossette des Mercer et une grande famille complètement gaga de toi, à commencer par moi. Que demander de plus, mon ange ? Ah oui, j'allais presque oublier, ton papa est tellement fou de toi qu'il refuse d'embaucher une nourrice et préfère te laisser à la crèche de la société pour pouvoir te rendre visite deux fois par jour.

— Trois fois, en fait, corrigea Liam.

Il avait l'impression qu'il ne pourrait jamais assouvir sa soif de passer le plus de temps possible avec son fils.

Heureusement, on était vendredi et le lendemain il comptait emmener Alexander en randonnée dans les montagnes de Wedlock Creek. Ainsi Alexander pourrait admirer les énormes peupliers de Virginie de son porte-bébé dorsal, un des milliards de cadeaux qu'il avait reçus de la part de sa famille, ses amis et collègues, tous sous le choc d'apprendre que Liam Mercer, qui ne passait pas vraiment son temps à jouer les play-boys mais ne vivait que pour son travail, était devenu père.

Après cette promenade, il l'emmènerait à la bibliothèque où ils s'installeraient tous les deux dans un des grands poufs qui meublaient l'espace réservé aux enfants. Il lui lirait alors trois fois son livre préféré sur Joe, la poire qui parlait. Le dimanche, ils se rendraient au ranch familial, qui se déployait sur des centaines d'hectares et abritait un petit zoo d'animaux domestiques que son propre père avait créé à l'attention d'Alexander. Il faudrait attendre encore au moins huit mois avant que celui-ci ne donne du pain dur aux chèvres, mais Harrington Mercer tenait à ce que les choses soient prêtes le moment venu. L'imposant Harrington Mercer était réellement aux petits soins avec Alexander et Liam, et sa fierté de grand-père était touchante.

Son portable vibra à nouveau, comme il n'avait pas cessé de le faire la demi-heure précédente. Quoi de plus normal pour le président de Mercer Industries ? Dans l'impossibilité de saisir son téléphone avec Alexander dans les bras et le sac à langer sur l'épaule, il demanda à Clara :

— Tu veux bien me le tenir un instant, s'il te plaît ?

Elle fronça le nez.

— Et prendre le risque d'avoir de la bave de bébé sur ma robe avant la grande réunion avec Kenyon Corp ? Pas question !

Sur ces mots, elle se mit à jouer à coucou-caché avec le petit garçon, se recouvrant le visage de ses mains avant de les écarter pour adresser un grand sourire à un Alexander fasciné.

— Coucou, je te vois ! s'exclama-t-elle. Et je te jure que je t'aime même si je ne m'aventurerais pas à tenter le sort pour que tu me refasses le coup d'il y a un mois, à l'anniversaire de ta grand-mère ! Oh si, tu sais très bien de quoi je parle, petit baveux.

Et elle envoya un baiser à Alexander avant de se diriger vers les doubles portes en verre dépoli, juchée sur de très hauts talons.

Liam roula des yeux en souriant. Six mois et un jour plus tôt, il était exactement comme Clara, il n'avait jamais approché un bébé collant, pas plus qu'il ne caressait de chiens ou de chats de peur de récolter des poils sur son costume de marque. Mais c'était un temps où il ignorait tout de son imminente paternité.

La vie pouvait basculer en une fraction de seconde.

Maintenant, il savait combien il avait été futile en accordant la priorité à ses luxueux habits : la bave de son bébé ne le gênait plus du tout, pas plus que changer ses couches. Quand Alexander lui lançait une poignée de ses nouvelles céréales dans les cheveux en riant, Liam songeait seulement que son fils visait bien. C'était incroyable comme il avait pu changer en six mois, grâce à ce minuscule bébé. *Son* bébé.

Clara se trompait aussi sur un autre point : Alexander n'était pas le bébé le plus chanceux du Wyoming car il n'avait pas tout ce qu'il aurait dû avoir.

Il lui manquait en effet une mère.

Une fois le choc passé, Liam avait rapidement endossé son nouveau rôle de père. Pourtant chaque nuit, lorsqu'il donnait son biberon à Alexander, assis dans le rocking-chair de la chambre d'enfant en humant ses cheveux qui fleuraient bon la pomme, il ne cessait de penser à la mère du petit, morte en couches, le laissant *de facto* orphelin.

Certes, il s'en sortait bien, très bien même avec son

enfant. Il avait d'ailleurs pris un congé de deux semaines au tout début et engagé une nourrice pendant cette durée pour qu'elle lui montre comment veiller sur un bébé : comment le changer, préparer ses biberons, le nourrir la nuit, savoir quelle crème lui mettre, mais aussi distinguer les différents cris et les besoins qu'ils exprimaient. Six mois plus tard, il maîtrisait parfaitement le tout et, bien que très présent pour son fils, il ne serait jamais en mesure de remplacer une mère.

En outre, comment aurait-il pu lui en trouver une puisque lui-même ne recherchait pas de femme ?

— Tiens, voici notre petit héritier ! s'exclama Harrington Mercer en arrivant à son tour.

Le directeur général de cinquante-huit ans souleva son petit-fils dans ses bras, comme s'il se contrefichait de salir son propre costume fort onéreux.

— Parfait, Alexander, tu es prêt pour une journée en immersion totale dans notre société. Ensuite, tu iras à l'université, tu obtiendras ton master et tu prendras la succession de Mercer Industries, comme ton père et ton grand-père l'ont hérité de ton arrière-grand-père Wilton Mercer.

Liam leva discrètement les yeux au ciel.

— Papa, il a six mois. Attends qu'il fasse ses nuits avant de l'imaginer en analyste junior.

Son père balaya l'argument d'un revers de la main.

— Il n'est jamais trop tôt pour se familiariser avec la culture d'entreprise. Et tu es bien placé pour le savoir, Liam ! Tu as grandi dans ces locaux, bon sang !

Son père se concentra alors de nouveau sur Alexander à qui il adressa un sourire et un baiser sur la joue.

— J'ai un petit cadeau pour toi ! annonça-t-il à l'enfant d'un ton amusé.

Et, posant son attaché-case sur le bureau de la réception, il en sortit un minuscule stetson.

— Nous sommes des hommes d'affaires, c'est certain, mais aussi des cow-boys du Wyoming dans l'âme, ajouta-t-il.

Et, lui ôtant sa capuche, il mit à la place un petit chapeau bordé de fourrure, puis hocha la tête, satisfait du résultat. Il redonna l'enfant à Liam avant de franchir lui aussi la double porte.

— Je ne comprendrai jamais ton grand-père, murmura Liam. Il me porte sur les nerfs et m'émeut tour à tour. Les gens sont compliqués, tu sais, la vie se chargera de te l'apprendre.

Un ravissant sourire éclaira alors le visage d'Alexander qui tendit la main pour lui attraper le menton.

— Mais tu sais ce qui n'est pas compliqué ? poursuivit-il sur le même ton. C'est l'amour que j'ai pour toi.

Là-dessus, Liam prit l'ascenseur pour monter au quatrième où se trouvaient la cafétéria, le club de sport et la crèche destinée aux nourrissons et aux enfants pas encore scolarisés. Elle était accueillante avec sa petite barrière décorée d'herbe et de fleurs colorées en contreplaqué. Il salua de la main l'une des assistantes maternelles et se dirigea vers l'espace réservé aux moins de quatorze mois. La pièce, aux murs bleu pâle rehaussés d'une frise d'animaux souriants en carton, était cosy et équipée de tout le matériel de puériculture nécessaire : matelas en mousse, transats pour bébé et berceaux en osier, mobiles tournant avec berceuses… Rien ne manquait. Deux bébés s'y trouvaient déjà, et c'était visiblement l'heure de la détente sur le ventre, sur les matelas. La crèche accueillait en ce moment sept bébés en tout, de trois à douze mois.

— Bonjour, Liam, dit la responsable avec un grand sourire. Et bonjour à toi, Alexander. J'aime beaucoup ton chapeau.

Liam signa le registre et lui tendit son fils avec, comme toujours, l'impression de se départir d'un bout de son cœur. Qu'il était difficile de se séparer de lui !

La crèche avait ouvert soixante ans plus tôt à l'initiative de sa grand-mère, Alexandra Mercer, de qui son fils tenait son prénom. À l'époque, quand la brillante femme d'affaires était devenue mère, elle avait convaincu son P-DG de mari, Wilton, de créer une crèche sur site pour tous les employés. Elle avait recruté les meilleures nourrices de Wedlock Creek et remis à leur place tous ceux qui osaient lui dire qu'elle aurait dû rester chez elle pour élever son enfant. Aujourd'hui, les crèches d'entreprise étaient courantes, mais à l'époque Alexandra avait été avant-gardiste. L'avancée avait été favorable à tous, puisque les employés, sachant leurs bébés et enfants tout proches, étaient bien plus productifs, et Liam était le premier à pouvoir en attester.

S'agenouillant près d'Alexander, qu'on avait placé près de ses camarades sur un tapis, il sortit son portable pour le prendre en photo avec son petit chapeau de cow-boy et avisa alors un numéro inconnu, sur son écran, qui avait tenté de le joindre trois fois en un quart d'heure. Alors qu'il photographiait son fils, son téléphone vibra à nouveau.

— Puis-je jeter ce truc par la fenêtre ? demanda-t-il à la responsable.

Elle se mit à rire.

— Allez-y, je vous en prie, enfin, je veux dire, prenez votre appel. Alexander est entre de bonnes mains.

Il lui sourit et hocha la tête.

— À tout à l'heure pour le déjeuner et le rendez-vous chez le coiffeur, fiston, lança-t-il.

Il se dirigea vers la porte en acceptant l'appel.

— Liam Mercer, dit-il.

— Ah, enfin, on arrive à vous joindre ! déclara une voix féminine qu'il ne connaissait pas. Monsieur Mercer, je suis Anne Parcells, l'administratrice de Wedlock Creek Clinic. Nous avons besoin que vous veniez de toute urgence à la clinique en compagnie du mineur Alexander West Mercer et de votre avocat.

Il fronça les sourcils. Le mineur ? Son avocat ? Mais de quoi lui parlait-on, bon sang ?

— De quoi s'agit-il ?

— Nous vous expliquerons cela tout à l'heure, répondit Anne Parcells. Si vous pouviez être à la clinique pour 9 h 15, ce serait parfait. C'est l'heure à laquelle arriveront les autres.

— Les autres ?

Sans répondre à sa question, elle enchaîna :

— Peut-on compter sur vous à 9 h 15, monsieur Mercer ? Rendez-vous tout de suite dans mon bureau, c'est la deuxième porte à gauche en entrant.

Liam regarda sa montre : il était 8 h 55.

— J'arrive, dit-il.

Mais pour quoi faire ?

Alexander était né à Wedlock Creek Clinic, et si l'administratrice l'appelait en employant ce genre de termes, c'était sans doute pour un problème de responsabilité parentale. Allait-on lui contester son titre de père, le poursuivre en justice ? Liam ferma les yeux pendant quelques secondes, les souvenirs liés à cette nuit de tempête revenant en force dans sa mémoire alors qu'il tentait de les bloquer… Cela avait été si affreux d'entendre la voix désespérée de Liza Harwood, la mère d'Alexander, qu'il n'avait jamais entendue dans un état pareil – mais il était vrai qu'il l'avait peu connue – lui dire :

— Liam, je n'ai pas le temps de te donner des explications. Je suis enceinte de neuf mois de notre bébé et sur le point d'accoucher. J'aurais dû t'avertir avant, mais je le fais maintenant. Je suis en route pour la clinique. La tempête est si déchaînée. S'il m'arrivait quoi que ce soit, j'ai laissé une lettre pour toi…

Hélas, sa prémonition s'était révélée vraie !

À la clinique, l'électricité avait été coupée, et le groupe électrogène avait flanché par deux fois. Dehors, des arbres étaient tombés sur des maisons, des carambolages s'étaient produits, des véhicules gisaient dans le fossé. Si Liza était arrivée sans encombre à la clinique, elle n'avait en revanche pas survécu à l'accouchement.

De nouveau, Liam ferma les yeux, puis secoua la tête pour s'éclaircir les idées. Il devait appeler son avocat, réorganiser sa matinée et se rendre à la clinique.

Sans attendre, il retourna à la crèche : au moins, il passerait un peu plus de temps avec Alexander aujourd'hui. Après tout, il fallait voir le bon côté des choses.

*
* *

À Wedlock Creek Clinic, Shelby Ingalls était assise sur une chaise pliante inconfortable, dans le bureau de l'administratrice, serrant contre sa poitrine son bébé qui était en train de s'endormir dans le porte-bébé. Elle jeta un coup d'œil vers la porte, espérant que celle-ci allait revenir et que la réunion, qu'elle qu'en soit l'objet, commence enfin. Elle ouvrait Treasures, sa boutique de brocante, à 10 heures, et voulait exposer en vitrine ses dernières acquisitions chinées dans une salle de ventes quelques jours auparavant car elle savait que certains de ses clients réguliers les adoreraient.

D'ailleurs, elle s'apprêtait à se rendre à la boutique lorsque Anne Parcells l'avait appelée en la sommant de venir à la clinique avec son « enfant mineur et son avocat ». Son ton formel et son choix de vocabulaire l'avaient vivement inquiétée, mais l'administratrice avait refusé d'en dévoiler davantage. Paniquée, elle avait tout de suite pensé que la convocation avait un lien avec le test sanguin qui avait été réalisé une semaine plus tôt, sur Shane : son petit bonhomme ayant en effet contracté une gastro-entérite virulente qui l'avait conduit à la clinique. Mais, comme Shane avait depuis lors retrouvé sa bonne humeur habituelle, elle pensait que les résultats de la prise de sang n'indiquaient rien de grave, ce qu'avait confirmé la directrice. Or, voici qu'Anne Parcells la convoquait d'urgence à la clinique, exigeant de surcroît la présence d'un avocat.

Pour commencer, elle n'en avait pas, et bien qu'elle ait une grande famille, aucun n'était avocat. De toute façon, elle n'aurait pas voulu affoler les siens avec ce curieux appel car sa sœur, sa mère, sa tante Cheyenne et une dizaine de cousines auraient tenu à l'accompagner. Elle avait malgré tout été obligée de prévenir sa sœur. Bien que véritable moulin à paroles au courant des potins sur toute la ville, Norah savait garder un secret comme personne et sortait par ailleurs depuis peu avec un avocat avec qui elle envisageait de rompre tant il était arriviste. Néanmoins, cette dernière l'avait tout de suite appelé, puis avait annoncé à Shelby que David Dirk, avocat à la cour, serait à la clinique à 9 h 10 ; elle lui avait par ailleurs précisé que, selon David, cette convocation était sans doute liée à un procès intenté à la clinique en raison du chaos qui y avait régné le soir de la tempête et de la naissance de Shane, le groupe électrogène étant tombé par deux fois en panne. Norah lui avait également envoyé le texto suivant :

Tiens-moi absolument au courant et appelle-moi dès que tu sors de la clinique.

Shane bougea légèrement, et Shelby baissa les yeux vers son adorable petit garçon pour caresser ses fines mèches brunes. Quelques instants plus tard, un bel homme qui devait à peine avoir la trentaine surgit sur le seuil. Cheveux en désordre, l'air enfantin, il portait un costume de marque et avait un regard intelligent derrière ses lunettes à monture noire. Pas du tout le genre de Norah qui aimait plutôt les sportifs, songea Shelby.

— David Dirk, dit-il en lui tendant la main tout en prenant place près d'elle. Quand l'administratrice arrivera et nous fera son laïus, ne faites aucun commentaire, ne répondez à aucune question, laissez-moi intervenir.

— Je n'ai pas l'habitude de laisser les autres prendre la parole à ma place, mais soit, je suivrai vos conseils.

Avant qu'il n'ait le temps de répliquer, deux autres hommes se matérialisèrent sur le pas de la porte, et à la vue de celui qui tenait un bébé affublé d'un minuscule chapeau de cow-boy elle retint un petit cri.

Elle le connaissait, elle avait déjà vu ce visage inoubliable. De haute taille, l'homme était musclé et élancé, arborant une épaisse chevelure brune et deux magnifiques yeux bleus, ainsi qu'une adorable fossette, du côté gauche. Cependant, la nuit où elle avait accouché, il semblait ravagé par l'inquiétude et la peur quand ses yeux étaient tombés par hasard sur lui, alors que les ambulanciers l'installaient sur un brancard. Assis sur une chaise, il avait levé la tête et leurs regards s'étaient croisés : à cet instant, même si le travail avait déjà commencé pour elle et qu'elle souffrait affreusement, les émotions complexes que reflétait le visage de l'inconnu l'avaient stupéfiée. Une seconde plus tard, elle avait poussé un hurlement et l'urgentiste l'avait conduite en toute hâte vers la salle d'accouchement.

Depuis, le souvenir de cet homme l'avait hantée, elle se demandait souvent si la personne pour laquelle il attendait s'en était sortie. Les éléments étaient déchaînés ce soir-là : en général, il fallait dix minutes pour se rendre de son appartement, situé juste au-dessus de sa boutique, à la clinique, mais cette fois-ci le trajet avait duré presque une heure à cause de la neige qui tombait dru.

Comme elle regardait fixement l'homme avec le cow-boy miniature dans les bras, il lui lança un coup d'œil sans doute pour se rappeler d'elle.

— Bonjour, se présenta une femme d'un ton grave en apparaissant à son tour. Je suis Anne Parcells, l'administratrice de la clinique. Toutes les parties étant présentes, nous pouvons commencer.

Puis elle fit signe aux deux autres hommes de prendre place, deux chaises étant à leur disposition à la gauche de son bureau, Shelby et son avocat occupant celles de droite.

— Merci à vous, madame Ingalls et monsieur Mercer, d'être venus, ajouta-t-elle.

Après quoi, les avocats se présentèrent, puis elle referma la porte.

Bon, dépêchez-vous de nous parler de ce procès que l'on vous intente ou de ce qui vous tracasse, afin que je puisse rentrer le plus vite possible à la boutique, pensa Shelby. Ses clientes préférées, les vieilles sœurs Minnow, passaient en général le vendredi à 10 heures tapantes pour découvrir ses nouveautés avant tout le monde. Elle ne voulait surtout pas les faire attendre, ni tout autre client d'ailleurs. Certes, Wedlock Creek était une petite ville, mais son rodéo et la beauté des environs attiraient les touristes en mal de respirer l'air du Far-West, le week-end. Ils en profitaient pour visiter les boutiques et les restaurants de Main Street, et finissaient la journée au cinéma à sièges inclinables de la ville. Les affaires n'étaient pas florissantes, mais elles marchaient raisonnablement.

L'air sombre, l'administratrice s'éclaircit la voix, et Shelby éprouva alors de la compassion pour elle. La clinique était une association à but non lucratif qui vivait de dons, et un procès pourrait lui être fatal ; or, l'établissement rendait de fiers services par ici, l'hôpital le plus proche se trouvant à quarante-cinq minutes de Wedlock Creek.

— Bien, je vais aller droit au but, commença Anne Parcells en levant les yeux de ses papiers. Il y a une semaine, Mme Ingalls – elle désigna Shelby – nous a apporté son fils de six mois pour une gastro-entérite. Nous lui avons fait la prise de sang de rigueur pour établir un bilan sanguin et, ce matin, en archivant les documents, on s'est aperçu qu'il existait une divergence entre le groupe sanguin de Mme Ingalls et celui de Shane.

Pardon ? Une divergence ? Shelby se pencha légèrement en avant et croisa le regard d'Anne Parcells : l'empathie qu'elle y lut soudain l'alarma au plus haut point.

L'administratrice baissa les yeux vers ses papiers, puis les releva.

— Les résultats montrent en effet qu'il est impossible que Mme Ingalls soit la mère biologique de Shane.

Mais qu'est-ce qu'elle racontait ? Shelby se leva d'un bond, serrant étroitement les bras autour de Shane, calé dans son porte-bébé devant elle.

— Mais enfin, c'est impossible ! se récria-t-elle. Bien sûr que Shane est mon fils, je lui ai donné la vie.

De nouveau, Anne Parcells prit un air sombre.

— Nous avons vérifié trois fois, et je suis désolée, madame Ingalls, mais Shane ne peut pas être votre fils.

Tremblante, Shelby se rassit, car la tête lui tournait. *Pas votre fils. Divergence. Impossible.* C'était insensé, et forcément une erreur. C'était la seule explication possible, car Shane était son fils, naturellement.

Elle entendit vaguement l'avocat envoyé par sa sœur réclamer le document, des froissements de feuilles s'ensuivirent quand Anne le tendit à David Dirk qui se mit alors à les parcourir.

— Merde ! marmonna David à voix basse.

Shelby ferma les yeux et s'efforça de garder son sang-froid, même si elle avait l'impression qu'elle allait s'évanouir. Vacillante, elle se raccrocha par réflexe à la chaise de David.

Ce dernier l'enlaça par les épaules.

— Nous allons demander une nouvelle prise de sang pour Shane et vous dans un autre laboratoire, lui dit-il.

Elle aspira une grande bouffée d'air et acquiesça d'un hochement de tête. Entendu, ils allaient tout refaire dans un autre laboratoire, car celui-ci avait commis une erreur. Oui, une erreur, voilà de quoi il s'agissait, les nouveaux résultats prouveraient *eux* qu'elle était la mère de Shane.

— Excusez-moi, intervint alors l'avocat de Liam Mercer en jetant lui aussi un regard empreint de compassion à Shelby, en quoi tout cela concerne-t-il mon client ?

L'administratrice prit une grande bouffée d'air et se lança :

— Compte tenu des résultats, j'ai discuté avec l'infirmière qui était de garde ce soir-là et qui a pris sa retraite il y a trois mois, et nous en avons conclu que vos bébés, Shane Ingalls et Alexander Mercer, tous deux nés à quelques minutes d'intervalle aux premières heures du matin le 5 novembre, ont été échangés de façon accidentelle à la naissance.

- 2 -

Shelby poussa un cri.

— C'est impossible, s'exclama immédiatement Liam Mercer. C'est absurde !

Puis yeux plissés, il scruta tour à tour l'administratrice et Shelby.

Le regard d'Anne Parcells passa alors de Shelby à Liam.

— Dans la confusion liée à la tempête, l'infirmière n'a pas suivi la procédure habituelle, qui consiste à mettre immédiatement au nouveau-né un bracelet portant son prénom. Elle ne l'a fait que lorsque le groupe électrogène s'est remis en marche. Elle était persuadée d'avoir placé le bébé de Mme Ingalls dans le berceau de gauche et celui de Mme Harwood dans celui de droite. Mais, comme nous savons à présent qu'il est biologiquement impossible que Shane Ingalls soit le fils à qui Shelby a donné naissance, elle pense qu'elle a peut-être fait erreur.

Liam se leva, resserrant son étreinte autour de son enfant.

— C'est ridicule, décréta-t-il. Comme le dit Me Dirk, ces tests sont erronés. Un tube mal étiqueté, et voilà, une mère et son enfant ne sont soudain plus liés par le sang. Non, il n'y a pas eu d'échange de bébés !

— Monsieur Mercer, reprit Anne Parcells, croyez bien que je préférerais vraiment que ce soit le cas. Cependant, étant donné l'heure à laquelle le groupe électrogène est tombé en panne et celle à laquelle les nouveau-nés ont été emmenés dans l'unité pédiatrique pour être pesés, mesurés et lavés, il est tout à fait possible que l'infirmière les ait échangés par accident. J'aimerais moi aussi que cette histoire de groupe sanguin soit une erreur, mais nous avons fait plusieurs prises de sang à Mme Ingalls pendant sa grossesse. Nous en avons bien sûr les traces, et son groupe sanguin est incompatible avec celui de Shane.

À ces mots, son dernier espoir s'évanouit.

— Cela ne suffit pas, décréta Liam d'une voix glaciale. Soit l'infirmière a échangé les bébés, soit elle ne l'a pas fait. Et comme vous n'en êtes pas sûre, alors…

Il secoua la tête, puis braqua les yeux sur Anne Parcells.

— Attendez une seconde ! Vous avez certainement aussi dans vos archives le groupe sanguin d'Alexander et de sa mère. Sont-ils compatibles ? Je suis sûre que oui.

L'administratrice hocha la tête.

— Le groupe sanguin d'Alexander, l'un des plus répandus, l'est effectivement avec celui de Liza Harwood. Mais il l'est aussi avec celui de Mme Ingalls. Ce qui nous conduit à l'étape suivante : il faut effectuer des tests ADN.

— Vous voyez, renchérit Liam, le groupe sanguin d'Alexander est compatible avec celui de sa mère, et avec le mien aussi, j'en suis certain, c'est bien mon fils.

— Vous êtes venus deux fois à la clinique ces cinq dernières années, monsieur Mercer, nous avons votre groupe sanguin dans nos données et effectivement il est compatible avec celui d'Alexander.

Le soulagement qui s'afficha à ce moment-là sur le visage de Liam se communiqua presque à Shelby, mais il fut de courte durée.

— Cette confusion de groupe sanguin concerne donc uniquement Mme Ingalls et son fils, mais n'a rien à voir avec moi, décréta Liam.

Sur ces mots, il tourna le visage vers elle, et elle y lut la même expression confuse et inquiète que le soir de la naissance de leurs enfants.

— Je ne veux pas paraître grossier à vos dépens, madame Ingalls, enchaîna-t-il, mais il s'agit d'une erreur. Il ne peut pas en être autrement.

— Il a raison, cria Shelby, mue à la fois par la panique et la colère. Tout cela est une erreur, c'est forcément une erreur.

— Quatre bébés sont nés dans la nuit du 5 novembre, reprit Anne Parcells. Deux filles et deux garçons, donc, si échange il y a eu, il est forcément survenu entre Shane Ingalls et Alexander Mercer.

Les avocats commencèrent à s'en mêler, mais Shelby eut tout à coup l'impression d'avoir du coton dans les oreilles. Quand Liam se mit à faire les cent pas dans le bureau, elle jeta un regard au bébé qu'il tenait dans les bras et ne put retenir une exclamation.

— Qu'y a-t-il ? demanda Liam.

Et s'immobilisant tout net, il se mit à la scruter, yeux plissés.

— La petite marque de naissance, là, sur son oreille, murmura-t-elle en se levant. Je l'ai moi aussi, tout comme ma grand-mère.

Norah ne l'avait pas, sa mère non plus, mais elle si !

Tout le monde se pencha sur la petite tache rouge marron sur le lobe de l'enfant, puis sur celui de Shelby.

— Mais enfin, ça ne signifie rien du tout ! se récria Liam, en changeant Alexander de bras pour qu'il échappe aux regards. C'est une marque qui va peu à peu s'effacer.

Les jambes de Shelby se dérobèrent sous elle, et elle s'écroula sur son siège. Elle regarda alors fixement la chevelure brune de Shane, à l'opposé de la sienne, qui était blonde. Mais le père de celui-ci, un dresseur de chevaux sauvages qu'elle avait épousé sans réfléchir après une cour éclair et qui avait filé avec une autre dès l'instant où elle lui avait annoncé qu'elle était enceinte, était du même brun que Shane et avait aussi les yeux bleus.

Cela dit, le bébé que tenait Liam Mercer dans ses bras était également brun aux yeux bleus.

De fait, les deux petits se ressemblaient énormément, à l'exception de la forme du visage, Shane ayant les traits plus anguleux qu'Alexander. Shane ressemblait-il à Liam Mercer ? Un peu, elle devait bien l'avouer… « Ce doit être la portrait de son père », voilà ce qu'avaient déclaré certaines personnes en se penchant sur la poussette de Shane, puis en la regardant.

Saisie d'un vertige, elle se retint à la chaise de son avocat pour ne pas tomber. Pitié, pitié, pitié ! Une chose aussi épouvantable n'était pas en train de lui arriver !

Tout cela était une erreur, Shane était *son* fils.

L'avocat de Liam feuilleta lui aussi les documents puis releva les yeux.

— Dans la mesure où il n'y a aucune raison de croire qu'Alexander West Mercer n'est pas le fils biologique de mon client, eu égard au groupe sanguin, nous attendrons les résultats des tests ADN pour poursuivre la discussion.

L'avocat de Shelby approuva.

— Nous ferons de notre côté des analyses pour Shelby et Shane dans un autre laboratoire. D'ici là, nous estimons que Shane Ingalls est le fils biologique de Shelby Ingalls.

Quelle chance que Norah sorte actuellement avec un avocat ! Elle était dans un tel état de confusion qu'elle n'aurait jamais eu la présence d'esprit de prononcer de telles paroles.

— Soit, si tel est le souhait des deux parties, conclut l'administratrice. Mais il faudra bien sûr me signer une décharge.

Shelby baissa les yeux vers Shane, et les voix autour d'elle lui parvinrent subitement de manière étouffée, tandis que tout en elle s'engourdissait… Elle le tenait aussi près de son cœur que possible, sans le serrer. Shane était son fils, personne ne lui prendrait.

— Je vous ai vue, dit alors Liam.

Son ton était à la fois gêné et grave.

— La nuit où Alexander est né, poursuivit-il. J'étais dans la salle d'attente quand vous êtes soudain passée sur un brancard, puis que celui-ci s'est arrêté devant moi car un autre bloquait l'accès à la salle d'accouchement. J'ai eu peur que vous accouchiez sous mes yeux.

— Je me souviens, répondit-elle.

Le fait de vous voir, de croiser votre regard m'avait donné quelque chose de concret sur quoi me concentrer.

— J'aimerais m'entretenir avec mon client, déclara l'avocat de Liam.

— Tout comme moi, renchérit celui de Shelby.

Les deux hommes se retirèrent au fond de la pièce, tandis qu'elle et son avocat demeurèrent assis.

— Tant que nous n'avons pas le résultat des autres examens sanguins, Shane est votre fils, comme il l'était il y a une demi-heure, lui dit David. Et même si les nouveaux résultats indiquaient que Shane et vous n'aviez pas de liens biologiques, nous demanderons alors un test ADN.

Mais Shane est mon fils ! se récria-t-elle intérieurement tout en s'entendant demander :

— Que se passera-t-il s'il ne l'est pas ?

Un sanglot lui échappa et elle précisa :

— S'il n'est pas mon fils.

— Nous aviserons à ce moment-là, Shelby, nous nous réunirons de nouveau tous les quatre, mais jusqu'à ce que nous détenions tous les éléments n'acceptez aucune proposition venant de Mercer ou de son avocat et, surtout, ne signez rien. Vous m'entendez bien ?

Elle hocha la tête.

— Oui, j'ai compris.

L'administratrice les fit alors passer dans une autre pièce et leur expliqua comment allait se dérouler le test ADN, puis une infirmière passa un petit tampon dans la bouche de chacun et leur fit, de surcroît, une prise de sang à tous. La séance fut enregistrée, et deux autres infirmières, outre les avocats, en furent témoins afin que rien ne soit contestable.

— J'irai également à l'hôpital de Cottonwood aujourd'hui pour une autre prise de sang pour Shane et moi, dit Shelby. Je demanderai que les résultats soient envoyés à toutes les parties.

Finalement, après leur avoir redit combien elle était désolée et assuré qu'elle leur téléphonerait dès qu'elle recevrait les résultats du test ADN, l'administratrice les libéra. Les avocats s'éclipsèrent bien vite, et Shelby et Liam Mercer se retrouvèrent seuls.

Il affichait la même expression que celle qu'elle devait exprimer : le choc, la confusion et la peur.

— Je crois qu'on s'accroche à de faux espoirs, finit-elle par dire. Si Shane n'est pas mon fils biologique, et si les enfants ont été échangés, alors le bébé que vous tenez dans vos bras doit être le mien…

Elle secoua la tête.

— C'est complètement fou.

— Alexander est mon fils, répliqua Liam d'un ton si féroce qu'elle en recula.

S'en apercevant, il reprit aussitôt :

— Désolé. Je sais que vous êtes dans le même état que moi et je ne vais certainement pas vous tenir pour responsable.

Elle se mordit la lèvre et soupira : ce bébé que Liam tenait dans ses bras était-il son fils ? Était-elle sortie six mois plus tôt de cette clinique avec, dans son berceau, l'enfant de quelque d'autre en laissant le sien derrière elle ? Elle sentit les larmes lui brûler les yeux.

— Puis-je voir Alexander d'un peu plus près ? demanda-t-elle en luttant pour ne pas éclater en sanglots.

Liam hésita, puis se rapprocha d'elle. Elle se raidit pour retenir un cri : Alexander Mercer lui ressemblait énormément ! Quelque chose dans la forme de ses yeux, dans l'expression de son visage, sans compter la tache de naissance des Ingalls. Mais il avait aussi une fossette, comme Liam, ce qui n'était le cas d'aucun membre de sa famille…

Le père de Shane en avait une.

Allons, la couleur des yeux, des cheveux, tout comme la marque de naissance et la fossette, ne signifiaient pas pour autant que Shane n'était pas son fils !

Elle secoua la tête, soudain incapable de parler. Puis elle aspira une profonde bouffée d'air et put enfin dire :

— J'aime Shane de tout mon cœur. Je suis son seul parent, sa mère. Il est mon fils.

— Je ressens la même chose pour Alexander, répondit Liam. Sa mère est morte en couches.

Oh non ! Voilà qui expliquait la tête qu'il faisait, cette nuit-là.

— Je suis désolée, dit-elle dans un souffle. Et effrayée, réellement effrayée.

— Je ne le suis pas souvent, madame Ingalls, mais en l'occurrence j'ai moi aussi très peur.

À ces mots, elle se sentit un peu mieux, car le fait qu'il soit un Mercer l'avait d'emblée inquiétée. À Wedlock Creek, ce nom rimait en effet avec puissance et argent, alors que Shelby était dans le rouge presque toutes les fins de mois.

— Liam, dit-elle alors, mon fils a les mêmes traits que vous, tout comme le vôtre me ressemble beaucoup.

Il recula un peu pour scruter Alexander, puis il la considéra. De nouveau, il regarda son fils.

— Oui, j'ai remarqué moi aussi, et le fait que les bébés aient pu être échangés me préoccupe terriblement… Je vous ai vue de mes propres yeux dans cette clinique, ce soir-là, pendant que la mère d'Alexander était en train d'accoucher, je vous ai bel et bien vue, vous avez donné naissance à un petit garçon, c'est incontestable. Et si Shane n'est pas votre enfant, alors…

Il secoua la tête et se mit à fixer le sol.

À cet instant, Alexander gazouilla et croisa le regard de Shane : les deux bébés se jaugèrent, puis un sourire se forma sur le visage de chacun. Alexander tendit alors la main pour toucher le bras de Shane qui, amusé, fit de même vers le petit stetson.

— Ils ont l'air de s'apprécier, fit remarquer Liam d'une voix douce et éteinte. Écoutez, allons ensemble à l'hôpital de Cottonwood pour une nouvelle prise de sang, ce ne serait pas la première fois que cette clinique se trompe ! Assurons-nous une bonne fois pour toutes que Shane et vous n'êtes vraiment pas liés par le sang.

Devait-elle y aller en sa compagnie ? Fallait-il qu'elle avertisse son avocat ? Mais, encore une fois, une seule personne au monde pouvait partager ce qu'elle vivait en ce moment : Liam. Et, comme elle souhaitait savoir ce qu'il penserait des résultats, elle acquiesça.

— Entendu, dit-elle, mais je ne suis pas en état de conduire, mes mains tremblent bien trop.

— Je conduirai, pas de problème. Je vais installer le siège bébé de Shane à l'arrière de mon SUV.

Il semblait calme, lui, du moins extérieurement. Sans doute parce que, quoi qu'il arrive, il ne perdrait rien, n'était-ce pas ainsi qu'il en allait toujours pour les Mercer ? L'argent et le pouvoir avaient toujours raison.

— Écoutez, monsieur Mercer, je veux que les choses soient claires, entre nous. Je connais la réputation des Mercer. Votre famille et vous-même êtes riches et puissants, je sais que vous possédez la moitié des commerces de la ville ainsi que le club de rodéo. Je suis une mère célibataire qui ne possède rien d'autre qu'une boutique de brocante. Mais sachez que si vous essayez de me contraindre à quoi que ce soit alors je vous combattrai avec une énergie que vous ne soupçonnez même pas.

Il plongea alors ses yeux d'un bleu profond dans les siens.

— Nous traversons la même épreuve, madame Ingalls, il ne saurait s'agir ici d'argent ni de pouvoir. Si Alexander n'est pas mon fils, tout l'argent du Wyoming n'y changera rien.

Elle soutint son regard. Il avait certes raison sur le point de la paternité, en revanche, par son argent et son pouvoir, il pouvait tout à fait lui prendre Shane, et se retrouver avec les deux enfants, à la fin.

— Je suis fortuné, madame Ingalls, c'est incontestable, enchaîna-t-il, mais je ne suis pas fourbe. Comme vous, je suis un parent célibataire et je peux jurer sur tout ce que vous voulez que je ne chercherai jamais à vous nuire, ni à vous ni aux bébés.

La sincérité qu'elle lut alors sur son visage la rassura. Il était vital qu'elle le croie sous peine de devenir folle.

— Vous pouvez m'appeler Shelby, dit-elle.

— Entendu. Dans ce cas, appelez-moi Liam.

Sur quoi, il lui désigna la porte de la clinique.

— Sortons de ce fichu endroit au plus vite !

Quand il remonta la fermeture Éclair de la combinaison en fourrure de son fils, la tendresse que refléta son visage lui coupa le souffle.

Il aime ce bébé, tout comme j'aime Shane.

Bon sang, c'était épouvantable !

Tu es mon fils, quoi qu'il en soit, murmura-t-elle en silence à Shane.

Toutefois, quand ils sortirent de la clinique, chacun avec son enfant dans les bras, Shelby ne nourrissait plus qu'un mince espoir… Si le test ADN prouvait l'impossible, s'ils avaient ramené un bébé qui n'était pas le leur chez eux, Liam n'essaierait-il pas de demander la garde des deux et n'obtiendrait-il pas gain de cause ? Pour l'instant, il lui était facile de promettre qu'il ne ferait jamais rien pour lui nuire, il n'était pas au pied du mur. Pas encore…

Allons, elle devait cesser de se monter la tête ! Il avait beau être un Mercer, elle avait elle-même une grande famille qui ne passait pas inaperçue à Wedlock Creek et qui savait prendre les choses en mains. Tous la soutiendraient : sa sœur n'avait-elle pas réussi à lui trouver un avocat en cinq minutes ? Chaque chose en son temps, s'ordonna-t-elle

Se sentant un peu rassérénée, elle regarda Liam se diriger vers son SUV noir pour venir le garer près de sa petite Ford… Elle ne perdrait pas Shane, ce n'était légalement et psychologiquement pas possible ! Et pourtant, le petit garçon que son père venait d'installer dans la voiture élégante, là-bas, était très probablement son enfant, lui aussi.

Pitié ! Elle eut soudain envie de prendre Alexander de son siège pour enfant, de le tenir dans ses bras et de lui expliquer qu'il s'agissait d'une erreur, qu'elle ne savait pas, qu'elle était désolée d'avoir laissé une autre personne le ramener chez elle et l'élever à sa place depuis six mois.

Alors que les larmes roulaient sur sa joue, elle sentit une main se poser sur son épaule : elle ne s'était même pas aperçue que Liam était descendu de sa voiture et se trouvait près d'elle.

— Nous trouverons une solution ensemble, lui dit-il.

Ensemble. Ce mot eut le pouvoir de la calmer : elle leva les yeux vers Liam Mercer et lut dans les siens la plus grande sincérité… Seulement, la dernière fois qu'elle avait fait confiance à un homme, il l'avait abandonnée alors qu'elle était enceinte.

Prudence ! s'enjoignit-elle. Elle ne devait rien accepter, rien signer. Allons, elle était une femme intelligente, non ? Elle saurait garder la tête froide.

Elle fut soulagée quand, retirant sa main de son épaule, il entreprit d'installer le siège de Shane à l'arrière de la voiture également. Ils n'étaient pas unis dans ce combat, songea-t-elle cependant quelques instants plus tard. Ils n'étaient rien l'un pour l'autre, et l'utilisation du mot « ensemble » ne servirait que les intérêts de Liam. Elle ne connaissait absolument pas cet homme !

Elle ne pouvait compter que sur elle-même et ne devait surtout pas l'oublier, au risque de tout perdre.

Liam parvint à maîtriser le tremblement de ses mains, sur le volant, mais au fond de lui il était complètement bouleversé. Chaque fois qu'il se persuadait qu'Alexander était bien son fils biologique, un détail de la conversation avec l'administratrice lui revenait en mémoire et il devait recommencer à zéro. Shelby était demeurée silencieuse pendant tout le trajet qui dura presque une heure, et il lui en était reconnaissant. Il ne voulait plus parler de tout ça, il n'arrivait même plus à penser.

Alexander n'était pas son fils, vraiment ? Assurément que si, il l'était, et peu importait ce que disait un bout de papier : voilà ce qu'il se répétait en boucle. Et il aurait juré que c'était la même chose pour Shelby, de sorte qu'il avait à la fois envie de ne plus jamais la quitter et de ne plus la voir.

L'enfant à l'arrière, celui qui portait le chapeau de cow-boy, était-il son fils biologique ? Peut-être ? Probablement ? Il continuait à se poser ces questions lorsque Shelby et Shane entrèrent dans le laboratoire pour leur prise de sang. Assis dans la salle d'attente avec Alexander sur les genoux qui jouait à son jeu favori, c'est-à-dire lui toucher le menton, et suscitait autour de lui les compliments des femmes, Liam entendait les cris de Shane. Il visualisa alors de manière très précise ce qui se passait derrière la porte : une aiguille qui venait de piquer sa petite veine, un tube qui se remplissait de son sang… Lequel prouverait qu'il y avait bien eu erreur à la clinique !

Il soupira : c'était improbable, et pourtant il voulait se raccrocher encore à un mince espoir. Si seulement Shelby pouvait être la mère biologique de Shane, alors tous repartiraient gentiment chez eux et reprendraient le cours de leur vie, pour être heureux jusqu'à la fin des temps. Et Liam aurait une sacrée histoire à raconter au dîner familial, ce soir.

Quand Shelby ressortit de la salle avec, dans le bras, un petit Shane arborant à l'intérieur du coude un pansement de Mickey, il reconnut dans son petit visage mouillé de larmes non seulement ses propres traits, mais aussi ceux de Liza.

Il faillit en tomber de sa chaise.

— Tout va bien, Liam ? demanda Shelby en s'avançant vers lui.

Il redressa doucement la tête. Non, ça n'allait pas bien du tout.

Calme-toi et continue à y croire. Attendons les résultats. Si ceux-ci confirment que Shelby n'est pas la mère de Shane, alors il faudra attendre le résultat des tests ADN. Tu es le père d'Alexander. Point.

Une fois sortis de l'hôpital, Shelby l'informa que le laboratoire la préviendrait dès que le sang aurait été analysé, conformément à ce que leur avait demandé l'administratrice de la clinique au téléphone : ainsi, on l'appellerait à 15 heures aujourd'hui.

— Je tiens à rester avec Shane et vous jusqu'à ce que l'on soit fixé, dit-il. Je ne veux pas vous perdre de vue.

— Pourquoi ? Vous avez peur que je m'enfuie avec lui ? répliqua-t-elle sèchement. Si Shane est votre fils, alors Alexander est le mien !

Un éclair brilla dans ses yeux verts.

Il soutint son regard.

— Vous vous méfiez de moi, n'est-ce pas ? demanda-t-il.

— Je ne vous connais pas et je suis d'une nature prudente. Sans compter qui vous êtes…

— Mais je vous ai dit, Shelby, que…

— Que vous ne feriez rien pour nous nuire, à Shane et moi, oui, je sais, et je vous le rappellerai quand vous aurez *vraiment* compris ce qui nous arrive.

Il secoua la tête.

— Très bien, permettez-moi de reformuler mes propos : je veux demeurer près de vous et de Shane parce que sinon je vais devenir fou. Je ne veux pas rester seul et, en même temps, je ne souhaite encore le dire à personne. Ce qui me laisse une seule solution : vous. Au moins, vous savez ce qui se passe, je n'ai pas à vous l'expliquer.

Son expression se radoucit un peu.

— Je comprends parfaitement ce que vous voulez dire, répondit-elle.

Et soudain elle regarda sa montre.

— Oh non ! Il faut absolument que j'arrive le plus tôt possible à la boutique pour mettre un panneau indiquant qu'elle est fermée aujourd'hui. Les sœurs Minnow sont sûrement déjà très inquiètes, et puis j'avais rendez-vous à 10 h 30 pour qu'on me remette un grand sac rempli de bibelots.

— Les sœurs Minnow ? Un grand sac rempli de bibelots ? Mais enfin, de quoi parlez-vous ?

— De Treasures, ma boutique. Les sœurs Minnow sont trois vieilles filles qui passent tous les vendredis pour voir si je n'ai pas de nouvelles choses, en vue des touristes du week-end.

Il hocha la tête.

— Ah, je vois très bien cette boutique qui vend des objets

de seconde main. Près de la boulangerie, c'est bien ça ? Ma cousine Clara adore l'endroit. Une fois, je l'ai complimentée sur une peinture accrochée dans son vestibule et elle m'a dit que ça venait de chez Treasures. J'ai voulu y aller un jour, mais j'ai finalement renoncé quand je me suis rendu compte qu'il s'agissait d'objets d'occasion.

Elle leva un sourcil.

— Voilà qui ne me surprend pas ! rétorqua-t-elle. Mais vous avez eu tort, car on ne sait jamais ce qu'on peut trouver, chez moi.

À part de la poussière, il ne voyait pas très bien quoi, la peinture devant être une exception. Mais, se gardant du moindre commentaire, il proposa :

— Et si nous y allions ? Nous pourrons discuter ou nous occuper chacun de notre côté jusqu'à ce que le laboratoire nous appelle. En revanche, j'accepterais volontiers une ou deux tasses de café. Et puis je pourrai aussi vous reconduire à la clinique pour que vous récupériez votre voiture.

Quarante-cinq minutes plus tard, Liam se garait devant sa boutique. Quand ils descendirent du SUV, chacun avec son enfant dans les bras, il la vit inspecter Main Street.

— Je viens de voir les sœurs Minnow entrer à la bibliothèque, dit-elle. Elles ont attendu tout ce temps et ont fini par renoncer. Bon, je vais baisser le rideau et mettre bien vite le panneau Fermé. Je déteste décevoir ma clientèle, mais je ne suis pas en état de travailler.

— Je comprends ! Moi aussi j'avais une journée bien chargée, y compris un rendez-vous très important, mais j'ai tout annulé ou délégué.

Sa cousine n'en avait pas cru ses oreilles quand il lui avait annoncé qu'il comptait sur elle pour sceller l'accord concernant l'acquisition de Kenyon Corp, qu'il avait entière confiance en elle. En réalité, c'était la première fois qu'il lui laissait les coudées franches, et il espérait qu'elle s'en sortirait.

— Qu'as-tu donc de si important à faire pour manquer ce rendez-vous ? s'était exclamée Clara, incrédule.

— Je ne peux rien te dire pour l'instant, juste te conseiller de faire du rentre-dedans et de t'imposer !

— Bon, entendu ! J'espère que tout va bien de ton côté.

— Je te raconterai tout à l'heure.

Il était conscient que ce coup de fil, passé quand il se garait sur le parking de l'hôpital alors que Shelby et Shane venaient d'en descendre, allait l'alerter, mais aussi que sa cousine toujours très concentrée allait se battre bec et ongles pour faire aboutir les négociations. Il ne doutait pas que, ce soir, elle l'inonderait d'appels ou viendrait directement sonner à sa porte, pour lui raconter la réunion et exiger de lui des explications. Il n'était pas encore certain d'obtempérer…

Une fois dans la boutique, il regarda tout autour de lui : presque tout l'espace était occupé par des tables, des lampes, des vases, des boîtes à bijoux, des tableaux et tout un bric-à-brac inimaginable. Il y avait même des livres en cuir reliés et une table entière sur laquelle étaient disposées des théières diverses et variées, avec le service assorti.

Soudain, il repéra une pendule à coucou.

— Oh ! Alexander, regarde ! C'est un coucou. Le petit oiseau va bientôt sortir pour annoncer la demi-heure.

De fait, la pendule sonna quand il fut 13 h 30 et un oiseau doré au bec rouge fit son apparition.

Alexander éclata de rire et le montra du doigt.

— Coucou, dit Liam. Coucou.

Son fils rit de nouveau, et il lui sourit en le serrant un peu plus contre lui.

Shelby leur adressa un sourire, elle aussi.

— Votre rôle de père vous sied à merveille.

Il regarda alors son petit bonhomme qu'il aimait plus que tout.

— Alexander a changé ma vie. Pour le meilleur.

— Cela n'a pas dû être évident, tout de même, de passer du célibataire le plus convoité de la ville au statut de parent isolé.

— Je le concède, mais, en état de choc, je n'ai pas eu le temps d'y penser. J'ai appris au jour le jour à m'occuper de lui, et quand je me réveillais à 2 ou 4 heures du matin pour lui donner son biberon, que seules ses succions remplissaient le silence, j'étais complètement sous le charme de cette petite créature que j'avais contribué à créer.

Elle se mordit la lèvre, puis déposa Shane dans son transat derrière le comptoir et lui tendit un anneau de dentition en forme de lapin.

— Je vous comprends. Avec cette nouvelle… information, j'ai encore moins envie de le poser que d'habitude. S'il était moins lourd, je le garderai toute la journée dans son porte-bébé, mais il grandit et pèse déjà neuf kilos.

Liam sourit.

— Le même poids qu'Alexander.

Il regarda Shane dans son transat, avec le mobile accroché au-dessus et les animaux en peluche qui tournaient.

— Ils en prennent de la place, n'est-ce pas ? ajouta-t-il. Et chamboulent nos vies. Avec eux, toutes nos certitudes s'effondrent.

À son tour, elle considéra son fils, et Liam vit des larmes briller dans ses yeux : il aurait aimé la prendre dans ses bras, lui dire qu'ils allaient s'en sortir, d'une façon ou d'une autre, et qu'ils resteraient unis dans ce combat. Mais de quel droit aurait-il pu la réconforter ? De fait, ils étaient des étrangers l'un pour l'autre.

La lumière du soleil qui filtrait par la fenêtre joua à cet instant sur sa chevelure blonde et sur sa joue délicate elle lui sembla soudain si seule et perdue qu'il lui prit spontanément la main et la serra avec douceur, étreinte censée signifier : *Je ne suis pas ton ennemi, mais j'avoue que cette situation est vraiment compliquée.*

Elle leva les yeux vers lui, son beau visage empreint de surprise, et lui rendit son geste.

— J'ai un autre transat, si vous voulez souffler un peu, vous aussi, dit-elle.

— Volontiers.

Elle disparut dans la pièce du fond pour revenir avec

un siège jaune, pourvu d'un mobile en forme de lune. Alexander pointa aussitôt le doigt.

— Il te plaît ? questionna Liam. Alors, je vais t'installer près de ton copain.

Une fois qu'il fut bien calé dans le transat, le téléphone de Shelby sonna.

Elle leva les yeux vers le coucou.

— Il n'est que 13 h 45. Est-ce possible que ce soit déjà le laboratoire ?

Elle semblait tétanisée. À la troisième sonnerie, elle prit enfin la communication.

— Ici, Shelby Ingalls, dit-elle.

Et le téléphone contre l'oreille, l'œil plein d'espoir, elle dit tout bas à l'adresse de Liam :

— Ce sont eux.

Mais soudain la lueur disparut des profondeurs vertes de son regard, et elle ne put contenir le sanglot qui monta du plus profond de son être.

— Merci de votre appel, parvint-elle à dire d'une voix tremblotante.

Puis posant son téléphone sur la table, près d'une théière, elle se laissa tomber sur le tapis à ses pieds, brisée de douleur.

— Oh non, non ! marmonna-t-il, en fermant les yeux.

— C'est officiel. Shane n'est pas mon fils, ânonna-t-elle.

Puis elle éclata en larmes.

- 3 -

Liam se précipita vers elle et l'enlaça par les épaules.

— Je suis vraiment désolé, Shelby.

— Donc c'est bien vrai, l'hôpital a échangé les bébés. Comment cela pourrait-il être possible, sinon ?

Mentalement, il commençait à le croire, mais dans son cœur Alexander West Mercer demeurait purement et simplement son fils.

Sauf que ce n'était plus aussi simple que cela !

— Ce bébé, là, commença-elle en fixant Alexander qui souriait au mobile coloré qui dansait devant lui, c'est donc mon fils ? C'est en tout cas ce que nous apprendront les tests ADN. Je n'ai pas ramené le bon bébé à la maison. Comment est-il possible que je n'aie pas reconnu mon propre fils ? Comment ?

Il eut l'impression que son sang s'arrêtait de circuler, ses poumons de respirer… *Mon fils, mon fils, mon fils.* Il n'avait pas supporté de l'entendre prononcer ces mots, car Alexander était son fils à lui.

Hélas, il allait devoir accepter la réalité. Ces deux bébés étaient nés à l'aube, un 5 novembre ; l'un n'était pas le bébé de Shelby, ce qui voulait dire que l'autre l'était.

— Ils se ressemblent, reprit-il enfin en se ressaisissant. Et, étant donné le chaos qui régnait alors, vous n'avez pas eu le temps de le tenir longtemps dans vos bras et encore moins d'étudier son visage dans le noir.

Elle se mordit la lèvre et ferma les yeux en les plissant.

— Vous et moi n'avons pas ramené le bon bébé à la maison, poursuivit-il.

Ses yeux se posèrent sur Shane en train de mordre dans son anneau de dentition : quand il le regardait, il voyait un très beau petit garçon, mais le bébé d'une autre personne, un enfant à qui aucun lien ne l'unissait. Que fallait-il en conclure ?

— Je veux voir l'infirmière qui les a échangés, reprit Liam. J'ai besoin d'entendre de sa bouche ce qui s'est passé. Évidemment, elle ne peut être sûre de rien, et les seules données fiables, ce sont les tests, mais j'ai malgré tout besoin d'entendre son récit de cette nuit-là.

Les yeux embrouillés de larmes, Shelby inclina la tête de côté.

— Pourrions-nous lui parler ensemble ?

— Évidemment !

— Moi aussi je voudrais l'entendre raconter ce qui s'est déroulé, cette nuit-là.

— Je vais appeler Anne Parcells pour qu'elle me donne son numéro, puisque l'infirmière est à la retraite, maintenant. Elle sera sans doute réticente, craignant qu'on ne les poursuive en justice, elle et l'infirmière.

— Vous avez vraiment l'intention de leur faire un procès ? demanda-t-elle alors.

— Il faut tout d'abord attendre les résultats des tests ADN. Et puis de toute façon l'infirmière n'a pas agi de manière délibérée, l'erreur est due au chaos lié à la coupure d'électricité à cause de la tempête…

Shelby haussa la tête.

— C'est vrai, c'était une erreur non intentionnelle, mais qui a des conséquences incommensurables sur nos vies. Qui sait ce qu'elle va signifier pour Shane et Alexander.

— Que voulez-vous dire ?

Elle soupira.

— Que va-t-il se passer, à présent ? Quand les tests ADN vont confirmer que j'ai votre fils et que vous avez le mien ?

Liam sentit sa respiration se saccader.

— J'ai envie de prendre Alexander dans mes bras et je le redoute à la fois, dit-elle.

Elle enroula les bras autour de son propre corps, dans un mouvement de protection.

Il se raidit, tout engourdi à l'intérieur.

— Je comprends, car si vous le tenez contre vous, vous avez peur de ne plus pouvoir me le rendre. C'est aussi pour cette raison que je n'ai pas demandé à prendre Shane.

Il devait bien se rendre à l'évidence lui aussi : Shane était à lui, et il ne l'avait pas ramené à la maison. Seulement, était-il en mesure d'encaisser ce choc ?

Shelby regarda un instant Alexander qui souriait toujours à son mobile, puis dirigea les yeux vers son petit copain à côté de lui qui ne se lassait pas de mordre dans son anneau dentaire.

— Il a mes yeux, finit-elle par dire, et le nez droit et pointu des Ingalls. Nous avons tous ce nez. C'est affreux, j'ai l'impression que ma tête va exploser. Je n'arrive plus à penser…

— Je comprends, je ressens la même chose.

— En fait, j'ai besoin de monter dans mon appartement à l'étage avec Shane, et de digérer tout cela.

Il hocha la tête.

— Oui, c'est une bonne idée. Moi aussi il me faut un peu de temps seul pour réfléchir à la situation.

— Liam, dit-elle alors, je suis très proche de ma famille, surtout de ma sœur. Je ne crois pas que je pourrai garder le secret jusqu'aux résultats des tests ADN. D'autant que je n'ai aucun doute : les bébés ont été échangés à la naissance. J'ai besoin du soutien de ma famille.

Encore une fois, il acquiesça.

— Je comprends tout à fait. Je ne suis pas aussi proche de mes parents et de mon frère, et je le déplore, mais en revanche je suis très intime avec ma cousine Clara, celle qui aime votre boutique.

Ce fut alors qu'une idée germa dans son cerveau. Pourquoi n'inviterait-il pas Shelby au dîner familial, ce soir ? Shelby et Shane, bien sûr, ainsi la bombe exploserait, tous feraient leur connaissance et le sujet serait mis sur la table.

— Impliquer nos familles est peut-être une bonne idée, enchaîna-t-il. La mienne se réunit tous les vendredis soir pour dîner. Et si vous vous joigniez à nous ? Shane et vous, naturellement. Ainsi nous leur annoncerions tous les deux la nouvelle.

— Mais vous venez de me dire que vous n'étiez pas proche d'eux ?

— Nous tenons précisément à ces dîners familiaux car nous aimerions que quelque chose change, dans nos relations, mais hélas ceux-ci finissent souvent par des disputes ou de gros silences, notamment parce que mon frère ne veut pas faire partie de l'entreprise familiale. C'est un cow-boy qui travaillait sur un ranch.

— Dans ce cas, il sera ravi de nous voir, Shane et moi, car pour une fois il ne sera pas le sujet de la conversation.

Liam se mit à rire, surpris d'en être encore capable.

— Effectivement, il sera enchanté.

— Et vos parents, comment vont-ils prendre la nouvelle ? s'enquit-elle.

— Comme nous, j'imagine. Qui pourrait accuser tranquillement le coup ?

Un sourire éclaira alors le visage de Shelby.

— Donc, c'est entendu pour ce soir ?

Il le lui rendit avant de redevenir grave.

— Oui, mais quoi qu'il arrive, Shelby, c'est nous qui déciderons de la suite. *Vous et moi.* Quoi qu'en disent les nôtres, et quelles que soient les pressions qu'ils exercent sur nous. Je ne déciderai de rien sans vous, et vice versa, on est bien d'accord ?

Elle le jaugea quelques instants.

— On est d'accord, finit-elle par dire.

Sur ces promesses, il détacha Alexander du transat pour le prendre dans ses bras, jetant au passage un coup d'œil à Shane. À cet enfant qui, il devait l'accepter, était sa chair et son sang même si cela lui semblait aussi irréel qu'impossible.

— Je passe vous chercher à 18 h 30, ça ira ? demanda-t-il. Les cocktails sont servis à 18 h 45 et le dîner à 19 heures.

— Je crois que je préfère vous retrouver là-bas.

— Entendu. Je vais vous conduire à la clinique pour que vous récupériez votre voiture.

— Ah oui, ma voiture, j'allais oublier !

Ils effectuèrent le trajet en silence, les enfants à l'arrière. Il la regarda ensuite attacher Shane sur le siège arrière de sa Ford, avant de s'engouffrer à l'avant pour prendre le volant. Elle le salua de la main.

Il lui rendit son geste, puis tourna la tête vers sa propre voiture. D'un côté, il était soulagé de se retrouver enfin seul avec son fils, son Alexander chéri. *Nous sommes en sécurité*, pensa-t-il en sortant du parking.

Mais d'un autre côté il ne pouvait s'empêcher de penser à celui qu'il venait de laisser derrière lui : son fils biologique.

Quelqu'un appuyait comme un fou sur les deux sonnettes, celles de la boutique et de l'appartement, à en effrayer Luna, la pauvre chatte de Shelby, qui se réfugia sous son siège en velours préféré.

— J'arrive, j'arrive ! s'écria Shelby, en redescendant l'escalier, Shane dans les bras.

Elle venait juste de quitter Liam sur le parking de la clinique et de rentrer chez elle. Ce ne pouvait tout de même pas être lui qui sonnait aussi fort à sa porte ?

Une fois en bas, elle regarda discrètement par la fenêtre voilée d'un mince rideau… C'était sa sœur Norah dans son uniforme de serveuse : pantalon noir, T-shirt blanc et tablier jaune, le nom de Pie Diner écrit en grosses lettres sur le devant. Elle avait l'air affolé, ses cheveux blond-roux ramenés en une queue-de-cheval plus ou moins défaite. Shelby la fit entrer.

— Tu n'as répondu à aucun de mes textos ! déclara

d'emblée Norah, mains sur les hanches. Ni à aucun de mes appels. La boutique est fermée à 3 heures de l'après-midi. Quatre clients de Pie Diner m'ont dit que tu n'avais pas ouvert de la journée. Mais qu'est-ce qui se passe, Shelby ? Qu'est-ce qui t'arrive ? David a refusé de me dire quoi que ce soit, ce qui m'a encore plus stressée.

Shelby referma la porte derrière sa sœur.

— Allons en haut. J'ai besoin d'être dans mon appartement pour annoncer la nouvelle à quelqu'un pour la première fois.

Norah écarquilla ses yeux noisette.

— Arrête, Shel, tu me fiches vraiment la frousse !

— Attends d'entendre ce que j'ai à te dire.

Dès qu'elle franchit le seuil de son appartement, Shelby se sentit mieux : elle était enfin à la maison. Elle habitait ici depuis cinq ans, depuis l'ouverture de Treasures qu'elle avait acquis grâce à un petit héritage inattendu que sa défunte grand-mère lui avait légué. Comme la boutique, il était ancien, mais rehaussé de superbes détails architecturaux, de portes cintrées et de grandes fenêtres laissant entrer la lumière. Elle l'avait décoré avec ce qu'elle trouvait dans les salles de ventes où elle s'approvisionnait pour la boutique. Entre ces murs, elle était en paix et avait besoin de ce sentiment pour apprendre à sa sœur ce qui se passait.

— Je mets Shane dans son lit pour la sieste et je reviens tout de suite, indiqua-t-elle à Norah.

Mais celle-ci plaqua de nouveau les mains sur les hanches.

— Non, Shelby Rae Ingalls, je ne peux pas tenir une minute de plus. Dis-moi tout de suite ce qui t'arrive.

— Deux secondes, pas plus, c'est promis. Shane est exténué, il va s'endormir dès qu'il aura touché le lit.

Sur ces mots, elle s'éclipsa. De fait, Shane fut happé par le sommeil quasi instantanément, ses paupières ne tenaient plus.

Elle resta quelques instants près de son berceau, les yeux clos pour se préparer mentalement à affronter la vérité qu'elle allait formuler à haute voix. Norah serait la première à savoir.

Quand elle franchit le seuil du salon, cette dernière brandit deux bouteilles de whisky qu'un ouvrier lui avait apportées la semaine passée pour se faire pardonner d'avoir tant tardé à venir réparer son lave-linge.

— Je vais en avoir besoin, n'est-ce pas ? demanda cette dernière. Et, à en juger par ton expression, peut-être bien des deux !

— Exact, affirma Shelby.

Sa sœur ouvrit des yeux encore plus grands et, s'efforçant de lui adresser ce qui devait ressembler à un sourire, elle se dirigea vers la cuisine pour leur troquer ces bouteilles contre deux de vin blanc.

— Tiens, dit-elle à sa sœur qui l'avait suivie dans la cuisine.

Celle-ci avala la moitié du verre puis décréta :

— C'est bon, je suis prête. Quoi que ce soit, je serai là pour toi.

Des larmes roulèrent alors sur le visage de Shelby.

— Oh non, tu as une grave maladie, c'est ça ?

Norah éclata en sanglots.

Shelby se figea. Elle n'était pas malade, personne n'allait mourir ! Du recul, voilà ce dont elle avait besoin. Elle prit une grande inspiration et se lança dans le récit de cette journée si particulière, sans sauter un seul épisode…

Norah l'écoutait, bouche entrouverte, visiblement sous le choc. Quand elle eut fini, sa sœur s'élança vers elle et l'étreignit longuement, puis toutes deux se mirent à sangloter. Norah finit par se détacher d'elle et se laissa tomber sur une chaise.

— Je n'arrive pas à le croire, dit-elle. Vraiment, c'est complètement surréaliste.

— Je sais, soupira Shelby en s'asseyant en face d'elle. Pour moi aussi. Cela bourdonne autour de mon esprit comme une abeille que je n'arrive pas à chasser.

— Parle-moi de Liam Mercer. Je le connais de vue, il est difficile à manquer.

Shelby avala une gorgée de vin.

— Effectivement. Il est beau, un corps musclé à souhait, et étonnamment sympathique.

Norah haussa un sourcil.

— C'est vrai ? Il ne t'a pas menacée ?

— De quoi ? De me prendre Shane ? Non. Je crois que lui non plus n'a pas encore assimilé la nouvelle, et qu'il ne considère pas Shane comme son fils. Ou bien il n'est pas prêt à la croire. Du moins tant qu'il n'aura pas les résultats des tests ADN, puisque son groupe sanguin à lui est compatible avec celui d'Alexander, tout comme celui de sa mère et le mien. Il s'accroche encore au mince espoir que sa vie va redevenir ce qu'elle était il y a encore sept heures.

Norah secoua la tête.

— S'il te menace, on lui envoie David.

Shelby étreignit la main de sa sœur, finalement ravie qu'elle soit venue sonner de toutes ses forces à sa porte.

— C'est génial que tu sortes avec un avocat. Je dirai tout aux autres dès demain, mais maintenant je veux juste me reposer et me préparer psychologiquement au dîner chez les Mercer.

— Quand je pense à l'endroit où tu vas mettre les pieds ! Leur demeure est un vrai palace, s'exclama Norah.

Shelby repensa alors à ce que Liam lui avait dit sur le pouvoir limité de l'argent qui ne pouvait rien contre la vérité : elle aurait aimé en être aussi sûre que lui.

Liam regardait son frère Drake jouer avec son fils qu'il faisait sauter en l'air, la façon dont il riait en même temps que lui, et dont sa fossette se creusait. De fait, il n'avait cessé d'étudier le visage de chacun depuis qu'il était arrivé chez ses parents pour le dîner, dix minutes plus tôt. Le vendredi précédent, sa mère avait déclaré, alors que tous savouraient un excellent minestrone, qu'Alexander ressemblait de plus en plus à son grand-père, surtout les yeux et « quelque chose dans l'expression ». La preuve sans doute que les sentiments suffisaient pour que les gens voient des ressemblances là où elles n'existaient pas. Il suffisait qu'ils se croient liés par le sang.

Lui-même s'était toujours dit qu'Alexander devait davantage tenir de la famille de Liza, même s'il n'avait jamais vraiment établi de ressemblance entre celle-ci et son fils. Comme Liza avait été élevée par différentes familles d'accueil, elle n'avait jamais connu la sienne.

— Je le savais que plus tard tu travaillerais dans un ranch, comme moi, déclara Drake, en tapotant sur le stetson miniature que Harrington Mercer avait acheté à son petit-fils.

— Un cow-boy du dimanche comme moi, corrigea Harrington. La semaine, on se consacre aux affaires familiales, et le week-end, on se détend sur son ranch. C'est ce que font tous les Mercer depuis des générations.

— Mais un vrai cow-boy, dimanche ou pas, trace son chemin, répliqua Drake.

Et de nouveau il fit sauter Alexander en l'air et récolta une cascade de rires.

— Un homme, un vrai, fait passer sa famille en premier, riposta Harrington de ce ton impérieux qui ne supportait pas la discussion.

Mais Drake s'en fichait : il y avait longtemps qu'il ne cherchait plus à discuter avec son père, conscient qu'il se heurtait à un mur.

Liam admirait son frère qui n'en faisait qu'à sa tête depuis qu'il savait marcher, préférant subir punitions et leçons plutôt que de se soumettre à des règles qui n'avaient aucun sens pour lui vu qu'elles émanaient d'un homme sans aucune souplesse. À vingt-sept ans, il était contremaître sur un ranch prospère qu'il rachèterait vraisemblablement quand le propriétaire partirait à la retraite, d'ici un an ou deux.

Il n'avait jamais trouvé que son frère et lui se ressemblaient physiquement, mais, à bien le regarder ce soir, il percevait des similarités entre eux : tous deux avaient les yeux bleus et la chevelure noire de leur mère, mais pour le nez Drake avait hérité de leur père.

« Comment quelqu'un qui me ressemble autant peut être si différent de moi à tous égards ? » marmonnait son père à tous les dîners hebdomadaires.

Liam regarda son fils, que Drake venait de déposer dans le gigantesque parc sur la terrasse. Maintenant qu'il savait qu'Alexander était selon toute vraisemblance le fils de Shelby, il voyait les traits de cette dernière sur son petit visage.

— Sommes-nous obligés d'avoir cette même conversation tous les vendredis ? demanda Larissa Mercer en s'essuyant les mains à son tablier.

Une divine odeur s'échappait de la cuisine, et pour cause : Larissa était un vrai cordon-bleu.

— Nous sommes tous réunis, et c'est la seule chose qui compte. Profitons-en.

Harrington Mercer fronça les sourcils et se servit un verre, mais, avant qu'il n'ait le temps de répondre, on sonna à la porte.

Shelby. Shane.

— J'aurais dû vous prévenir plus tôt, j'ai invité une amie à dîner, lança aussitôt Liam. Elle a elle aussi un fils de six mois.

De fait, il avait été incapable de l'annoncer avant, reculant jusqu'au dernier moment, d'autant qu'il se doutait du flot de questions qui lui seraient alors tombées dessus. Il n'avait pas présenté de fiancée à ses parents depuis deux ans, après deux peines de cœur qui l'avaient dévasté quand il s'était aperçu que ce n'était pas lui qu'on aimait mais son argent. Sans compter Liza dont il aurait pu tomber amoureux et qui n'avait, elle, aucun dessein mercantile, si seulement il avait su saisir la chance qu'elle représentait pour lui. Elle avait eu raison de rompre, car il était odieux avec elle quand il affirmait qu'il ne se marierait jamais et n'aurait sans doute pas d'enfant…

Les yeux de sa mère s'illuminèrent d'un coup.

— Oh ! enfin un regain d'intérêt pour l'amour ! s'écria-t-elle. Harrington, tu as entendu ? Liam a convié sa petite amie pour le dîner.

Ce dernier, plongé dans son journal, boudait dans son coin. Elle reprit à l'adresse de Liam qui se dirigeait vers la porte :

— Il semblerait que tu sois tombé sous le charme d'une mère célibataire avec enfant, voilà qui vous fait une bonne base commune dès le début.

— En fait, Shelby est juste une amie.

— Oui, je me doute, répondit malicieusement sa mère. Sauf que tu n'as jamais invité une simple amie à un dîner du vendredi.

À cet instant, Liam ouvrit la porte et s'immobilisa tout net à la vue de Shelby. Elle était belle, bien évidemment, mais soudain sa présence lui semblait nécessaire, comme s'il venait juste de comprendre qu'il n'aurait pas pu survivre à cette journée sans elle. Comme s'ils étaient au milieu de nulle part et que sa vie dépendait d'elle. Au fond, il avait besoin de se raccrocher à elle pour ne pas tomber dans l'abysse.

C'était complètement fou.

— Je suis heureux de te voir, lui dit-il en toute sincérité, avant d'ajouter plus bas : je crois que le tutoiement s'impose, devant ma famille.

Il reprit sur un ton jovial :

— Salut, Shane ! Tu es très beau dans ta barboteuse motif lasso.

Shelby se mit à rire, et il en éprouva du soulagement. Mais, en croisant son regard vert, il y vit bien plus que ce qu'elle s'efforçait de montrer : de l'inquiétude, de la confusion et de l'anxiété. Toutefois, si son intuition était bonne, elle se réjouissait elle aussi de le voir.

Elle regarda par-dessus son épaule, aussi se retourna-t-il… Pour découvrir sa famille alignée en rang derrière lui, visiblement désireuse d'apercevoir la femme qui avait réussi à se faire inviter au repas familial.

— Bon, je vous présente à tous Shelby Ingalls et son fils, Shane Ingalls. Et voici ma mère, mon père et mon frère, Drake.

Tout le monde sourit et les commentaires sur Shane se répandirent rapidement. Enfin, tous sauf son père, qui regardait le bébé sans mot dire, l'air furieux. Mais enfin, quelle mouche l'avait donc piqué ?

— Je peux te voir un instant, Liam ? finit-il par lui demander d'un ton froid et visiblement en colère.

— Je vais discuter une minute avec mon père, je reviens, lança-t-il à l'adresse de Shelby.

Celle-ci hocha la tête, tandis que sa mère et son frère s'extasiaient toujours sur Shane.

Une fois qu'ils furent entrés dans le bureau de son père, celui-ci referma la porte derrière eux et pointa le doigt vers Liam.

— Maintenant, écoute-moi bien, toi ! J'ai passé l'éponge sur un enfant illégitime en raison des circonstances, et parce que c'est toi qui l'élèves et non ta mère. Mais si tu crois que celui-ci va avoir les mêmes privilèges qu'Alexander, tu te trompes.

— Pardon ? se récria celui-ci, sans comprendre un traître mot de ce que son père venait de lui dire.

— Il est évident que le fils de Shelby est aussi le tien. C'est ton portrait craché. Et comme les bébés ont le même âge, je te le dis une bonne fois pour toutes, Liam : utilise des préservatifs !

Si la situation n'avait pas été aussi dramatique, Liam aurait éclaté de rire, mais en l'occurrence il n'y avait rien de drôle.

— J'ai une nouvelle à annoncer, papa, et je tiens à en informer tout le monde en même temps.

Harrington fronça les sourcils.

— Inutile d'annoncer quoi que ce soit, franchement, il suffit de regarder cet enfant.

Et, secouant la tête, son père le suivit au salon.

Liam retrouva Shelby et se plaça si près d'elle qu'il pouvait sentir son odeur sucrée.

— Prête ? murmura-t-il.

— Pas vraiment, mais je ne le serai jamais.

— J'ai quelque chose à vous annoncer, déclara alors Liam en haussant la voix.

Son frère lui lança un regard étonné, sans doute en raison de sa gravité de ton.

— De quoi s'agit-il, mon chéri ? s'enquit tout de suite sa mère.

Puis elle se rapprocha de son mari et glissa son bras sous le sien.

Il s'éclaircit la gorge.

— Ce matin, commença-t-il, la clinique de Wedlock Creek m'a téléphoné pour me demander de venir de toute urgence avec Alexander, et mon avocat. Shelby a reçu le même appel.

À ces mots, il reprit son souffle et considéra cette dernière, absolument ravissante dans sa robe bleue, avec ses cheveux qui cascadaient sur ses épaules. Puis, s'armant de courage, il leur raconta tout, du discours de l'administratrice jusqu'aux tests ADN en passant par l'appel de la clinique qui avait confirmé que Shelby ne pouvait pas être la mère biologique de son fils.

— On devrait recevoir les résultats ADN dans une semaine environ, compléta Shelby, d'une voix un peu tendue et curieuse.

— J'ai donc deux neveux, affirma aussitôt Drake. C'est vraiment formidable.

Liam sourit à son frère : il avait toujours le don de détendre l'atmosphère.

— Tout cela est très soudain, souligna Harrington en fronçant les sourcils. Et, tant que nous n'avons pas les résultats des tests ADN, il n'y a aucune raison de penser que les bébés ont été échangés. Alexander est notre petit-fils, cela resta inchangé, et l'enfant de Shelby reste le sien.

— Mais Shelby ne *peut pas* être sa mère biologique,

papa, répéta Liam. Ce qui veut dire que les deux bébés nés dans la nuit du 5 novembre ont été échangés.

Harrington redressa le menton.

— Si c'est vraiment le cas, alors j'appellerai mon propre avocat pour qu'il intente un procès à cette clinique incompétente et la fasse fermer.

— Non, rétorqua Shelby. Cette clinique est utile à de nombreuses personnes et accepte celles qui n'ont pas d'assurance. Une faute involontaire a été commise par une nuit de tempête en novembre, alors que le courant était coupé et que les groupes électrogènes de la clinique s'étaient arrêtés à deux reprises.

Harrington la regarda fixement.

— Eh bien, ils n'auraient pas dû tomber en panne. Ils sont justement censés prendre le relais en cas de coupure de courant.

— Écoute, papa, je n'ai même pas encore la preuve incontestable qu'Alexander n'est pas mon fils biologique, argua Liam pour apaiser la situation.

— La preuve qu'il ne l'est pas ? répéta sèchement Harrington. Parce que tu crois à ce non-sens, maintenant ?

Alors ça, c'était un peu fort ! Une minute auparavant, son père était *sûr* que Shane était l'enfant de Liam.

— On ne peut pas se mentir, rétorqua-t-il.

Harrington considéra alors Alexander dans son parc, lequel portait encore son petit chapeau de cow-boy. Puis il dirigea le regard vers Shane, dans les bras de Shelby.

— Donc c'est lui, mon vrai petit-fils ? interrogea-t-il en pointant le doigt vers Shane.

Mais que lui prend-il ? s'insurgea Liam en silence.

— Alexander est ton véritable petit-fils, quoi qu'il en soit, papa ! s'exclamèrent en même temps les deux frères.

— Quelle confusion ! déclara à son tour Larissa Mercer en se touchant la tête. Je propose que l'on dîne et que l'on parle de choses plus plaisantes puisque, comme ton père l'a souligné, jusqu'aux résultats des tests ADN, toute discussion à ce sujet est inutile.

— Il faut néanmoins se préparer à la vérité que nous allons devoir affronter, intervint doucement Shelby.

Liam la regarda et eut alors envie de lui étreindre la main, par solidarité, pour lui offrir sa force et parce qu'il avait aussi besoin de la sienne.

— Je suis tout à fait d'accord avec toi, renchérit-il.

— Aimez-vous le saumon grillé et arrosé de balsamique, Shelby ? questionna Larissa. Je le sers avec des pommes de terre primeur rôties, et mes invités en raffolent.

Liam lança un autre regard à Shelby, espérant qu'elle comprendrait que sa mère ne pouvait pas gérer la nouvelle pour le moment et qu'à la place ils devaient parler du saumon grillé.

— Cela tombe bien, j'adore le saumon, déclara Shelby avec un grand sourire. Et votre maison est fantastique, madame Mercer.

Un net soulagement empreignit alors les traits de Larissa, qui passa le bras sous celui de Shelby.

— Venez avec moi goûter une pomme de terre, ma chère, pour me dire si elles sont cuites.

Une fois qu'elles furent sorties, Harrington fit mine de s'intéresser à la disposition des verres sur le bar, et Drake sortit Alexander du parc pour le prendre dans ses bras.

— Ça va ? s'enquit son frère en se rapprochant de lui.

Liam regarda son fils. *Son* fils.

— Pas vraiment.

— Cela risque de se compliquer sérieusement, poursuivit Drake. Tu en es conscient ?

Liam fronça les sourcils.

— Shelby est une bonne personne, je n'ai aucun doute là-dessus même si je la connais à peine, affirma-t-il.

— Je ne parlais pas de Shelby, reprit Drake.

Et son regard glissa vers Harrington Mercer.

Liam ressentit un violent élancement dans le ventre.

— Eh bien, on va voir s'il se comporte en vrai cow-boy, ou pas, répondit-il, pas même certain de comprendre la réelle portée de ses propos.

- 4 -

Le dîner avait été un vrai cauchemar, et jamais Shelby n'avait été aussi heureuse de quitter un endroit. Bien sûr, elle ne connaissait pas très bien encore Liam Mercer, mais il ne fallait pas avoir beaucoup de psychologie pour voir qu'il était tendu.

— Oh ! Shelby, attendez ! lança Larissa Mercer alors qu'elle s'apprêtait à franchir le seuil de la maison pour s'enfuir bien vite. J'ai quelque chose pour votre boutique.

Surprise, elle se retourna et plaqua immédiatement un sourire sur son visage. Larissa ouvrit alors un grand placard, dans le vestibule et, parmi les bottes et imperméables, Shelby distingua un grand conteneur qui portait l'inscription « à donner ». La mère de Liam en sortit un sac de taille moyenne qu'elle lui tendit.

— C'est pour vous. Quelqu'un l'a laissé sur la terrasse, il y a deux semaines, et j'avais l'intention de l'apporter à Treasures. C'est une boîte à bijoux musicale qui joue un air de Mozart, une de mes sonates préférées d'ailleurs.

Shelby jeta un coup d'œil au sac, mais son contenu était enveloppé dans du papier journal.

— C'est très gentil de votre part de m'en faire cadeau pour ma boutique. Comment se fait-il qu'on l'ait déposé devant votre porte ?

— Je l'ignore. Il y a le nom de Harrington, sur le sac, dit-elle en lui montrant l'étiquette. Il a haussé les épaules quand je l'ai questionné à ce sujet, je suppose que quelqu'un l'a laissé en guise de remerciement pour un service rendu.

Mais comme notre maison croule sous les objets, prenez-la pour votre boutique. Elle est très belle, et nul doute qu'un de vos clients saura en prendre soin.

Liam s'approcha alors de sa mère et l'enlaça par les épaules.

— Merci pour le dîner, maman.

— Babababa, déclara à son tour Alexander, en dardant ses grands yeux bleus sur son grand-père.

— Au revoir tout le monde, marmonna ce dernier.

Et il s'éloigna.

Larissa soupira et dit à voix basse :

— Il lui faut le temps de digérer tout ça, c'est dur de se faire à cette idée.

— Très dur, effectivement, renchérit Shelby. Merci encore pour la boîte.

Quand la porte des Mercer se referma derrière eux, Shelby poussa un soupir de soulagement. Tout le monde, sauf Drake, avait mangé en un temps record et trouvé une excuse pour s'esquiver. Ils avaient dû rester en tout un quart d'heure à table.

— Oui, je sais, dit Liam avec un sourire, anticipant tout commentaire.

Elle lui rendit son sourire.

— C'est comme ça tous les vendredis ? Tu es résistant.

Ils regagnèrent les voitures avec leur enfant dans les bras, Liam tenant les porte-bébés dans une main, et Shelby le sac que lui avait remis Larissa.

— Je ne sais pas pourquoi je continue à croire que mon père va finir par changer, qu'un jour il me dira : « Quoi qu'il arrive, Liam, tu peux compter sur moi. » Quant à ma mère, je la sais bien intentionnée, mais elle préfère balayer ce qui fâche sous le tapis.

Il secoua la tête et ajouta :

— Enfin, bien sûr, ils ont le droit de réagir comme ils l'entendent.

Shelby posa la main sur son bras, pleine de compassion.

— Reconnaissons que cela a dû être brutal pour eux.

Ce sont les grands-parents d'Alexander, cette nouvelle bouleverse aussi complètement leur vie.

Il fronça les sourcils.

— Faire semblant que la situation n'existe pas, et parler de jardinage et de la dernière boutique qui vient d'ouvrir dans Main Street, ne va pas rendre les choses plus faciles.

Pour être honnête, Shelby avait apprécié la conversation sur les bulbes que l'on plante au printemps et sur le magasin de souvenirs qui vendait une crème à la rose pour les mains dans un packaging absolument exquis. Pendant la demi-heure passée en tout chez les Mercer, elle en avait presque oublié les événements de la journée. *Presque*. Être contrainte de parler d'autre chose, de penser à des futilités avait eu finalement du bon.

— Cela dit, ta mère a raison. Ton père a besoin de temps pour digérer tout ça.

Il hocha la tête et regarda Alexander.

— Il va finir par prendre froid.

— Shane aussi, dit-elle en rentrant sous la capuche de son petit garçon une mèche qui dépassait. Liam, qu'allons-nous faire pendant une semaine, le temps que les résultats arrivent et que nous soyons définitivement fixés ? Comment allons-nous tenir d'ici là ?

— Je n'en sais rien, mais pour l'instant j'aurais besoin d'un bon café.

— Dans ce cas, j'ai ce qu'il te faut, originaire de Sumatra, ainsi que d'excellents cookies au chocolat.

Il lui sourit.

— Parfait, allons chez toi ! Je te suis.

Une demi-heure plus tard, ils se retrouvèrent devant un mug fumant et une assiette de cookies, dans le coin cuisine de l'appartement de Shelby, les deux enfants installés dans leurs transats. Mais Shane commença à s'agiter, ce qui donna des idées à Alexander, et elle se leva spontanément pour le prendre, avant de se raviser au dernier moment.

— Liam ?

Elle se mordit la lèvre, puis déclara à toute vitesse :

— Et si tu calmais Shane ? Je m'occuperai de mon côté d'Alexander.

Posant son mug, il considéra les garçons, puis hocha la tête et se leva à son tour. Brusquement, elle se sentit troublée par sa taille, son souffle si proche… Un peu plus tôt dans la journée, elle avait vu en lui un adversaire alors que maintenant elle l'assimilait à une ancre.

— À toi l'honneur, dit-il. Si tu veux bien.

Elle se tourna donc vers Alexander, en s'efforçant de ne pas laisser son regard glisser sur sa marque de naissance ni sur ses yeux, si semblables aux siens.

— Il peut être un peu difficile avec les personnes qu'il ne connaît pas encore, poursuivit-il. Il aime bien son grand-père et son oncle, ainsi que deux puéricultrices à la crèche, et il commence à être un peu moins froid envers ma cousine Clara même si c'est toujours à elle qu'il réserve ses excès de salive.

Ce qu'il était attentionné ! pensa-t-elle. Il la prévenait qu'Alexander risquait de se montrer agité dans les bras de celle qui lui avait donné la vie, et qu'elle ne devait pas le prendre contre elle. Elle se tourna vers lui et lui sourit.

Après quoi, elle prit le petit garçon et se mit à le bercer contre elle ; tout naturellement, celui-ci agrippa son chemisier d'une de ses petites mains, tandis que de l'autre il saisit une de ses boucles blondes tout en levant vers elle ses énormes yeux bleus.

Elle sentit les siens lui brûler et s'arrangea alors pour que Liam ne voie pas l'émotion qui venait de la cueillir de façon si inattendue.

Mais il parut comprendre son besoin d'intimité, puisqu'il déclara :

— Bien, je vais prendre Shane à présent, si tu n'y vois pas d'inconvénient.

Elle effectua alors une preste virevolte, soudain nerveuse, même s'il s'agissait de son idée.

— OK, parvint-elle heureusement à dire.

Et elle le surveilla de près quand il s'avança vers Shane pour le soulever dans ses bras.

— Il ressemble à Alexander, parce que c'est lui aussi un bébé de six mois, dit-il alors, mais ce n'est pas Alexander.

— Non, effectivement.

Et, tandis qu'elle regardait le petit bonhomme qu'elle tenait contre elle, cet enfant qui était le sien, elle ne put s'empêcher de penser : *Tu es ma chair et mon sang, tu es une partie de moi, et pourtant tu n'es pas à moi.*

Les larmes menaçant derechef, elle cligna plusieurs fois des yeux. Tous deux aimaient les bébés qu'ils avaient élevés pendant six mois comme les leurs, et aucun groupe sanguin, aucun test ADN ou tribunal n'y changerait rien : Shane était son fils.

— Et dire qu'il était là, tout près, à Wedlock Creek et que je l'ignorais, soupira Liam, les yeux rivés sur Shane, blotti dans ses bras.

Sur ces mots, il serra les mâchoires et ajouta :

— Je vois ce que tu veux dire sur le fait de ne pas être capable de le rendre. J'ai manqué six mois de sa vie.

— Je sais, dit-elle en frottant la joue contre la tête d'Alexander. Mais qu'est-ce qu'on va bien pouvoir faire ?

Il était impensable qu'elle laisse Alexander aux soins d'un autre parent – ce précieux petit paquet qu'elle tenait dans ses bras, ce bébé qu'elle avait mis au monde – et continue à vaquer à ses occupations comme si de rien n'était. Elle avait besoin qu'il fasse partie de sa vie, tout comme il était vital que Shane soit auprès d'elle.

— Je n'ai pas envie de le reposer, avoua Liam en baisant le front de Shane. Ni de le redonner.

Des larmes roulèrent sur les joues de Shelby.

— Même chose pour moi avec Alexander. Je n'ai pas envie de l'abandonner de nouveau.

— Oui, c'est tout à fait ça.

À cet instant, elle sentit le regard de Liam posé sur elle et comprit qu'il venait de prendre une décision. De fait, il déclara :

— Shelby, j'ai une proposition à te faire.

Elle inclina la tête.

— Quel genre de proposition ?

— Jusqu'aux résultats des tests ADN, nous pourrions peut-être envisager de vivre tous les quatre sous le même toit.

— Pardon ? Tu veux que l'on vive ensemble ? Mais on ne se connaît même pas !

— Sauf que tu élèves mon fils depuis six mois et moi le tien. Je veux apprendre à le connaître, Shelby, et je suis certain que tu partages la même envie concernant Alexander.

— Naturellement !

— N'avons-nous pas perdu assez de temps ?

— Et si les résultats des tests ADN prouvent que tous ceux des groupes sanguins étaient erronés ?

— Dans ce cas, chacun reprendra le cours de sa vie.

Elle braqua sur lui un regard intense.

— Et si les bébés ont bel et bien été échangés ?

— Nous aviserons en temps voulu.

C'est-à-dire ? Elle devrait vivre avec Liam Mercer ? Mais aussi avec Shane et Alexander, lui souffla une petite voix, et c'était tout ce qui comptait.

Forte de cette pensée, elle annonça :

— Viens, je vais te montrer la chambre d'amis. Elle est très confortable, il arrive juste que Pete l'ivrogne hurle à la face de la lune quand il sort du bar juste de l'autre côté du trottoir, tard le soir, et que ses cris montent jusqu'à la chambre.

Il haussa un sourcil.

— Je pensais plutôt que tu t'installerais chez moi. J'habite dans un ranch, pas loin de la ville, ce n'est pas une ferme, mais je possède deux chevaux, et il y a autant de place qu'en requiert un enfant de six mois.

Chez lui ? Pas question ! Elle se mordit la lèvre.

— Il y a ici tout ce dont un bébé de six mois a besoin, renchérit-elle. Et trois chambres. Nous pouvons mettre les garçons ensemble dans celle de Shane. Liam, vraiment, pour de nombreuses raisons, je préférerais que l'on reste ici pour l'instant, et notamment pour mon travail, car il arrive souvent que les gens sonnent à mon appartement pour déposer des articles destinés à la boutique, si celle-ci est fermée.

Il inspecta la pièce dans laquelle il se trouvait, son regard glissa sur le rideau en perles qui bougeait légèrement dans l'entrée.

— Très bien, je vais chercher mes affaires et serai de retour dans une heure ou deux.

En début de journée, elle avait appris qu'elle n'était pas la mère de Shane et en fin de journée le père biologique de Shane emménageait chez elle !

Elle ne voulait même pas penser à ce que le lendemain lui réservait.

À 21 heures, le restaurant familial Pie Diner fermait ses portes de sorte que Shelby y trouverait forcément sa sœur, sa mère et sa tante Cheyenne en train de faire le ménage et de sortir du four les tartes salées et sucrées du lendemain pour qu'elles refroidissent. Et, le vendredi, elles confectionnaient justement cette tarte au chocolat dont elle raffolait par-dessus tout même si tout ce que préparait Pie Diner était excellent.

Elle entra au moment où Norah retournait le panneau « Ouvert ». Celle-ci se précipita pour la prendre dans ses bras, et Shelby, épuisée par sa journée, crut défaillir sous l'étreinte. Puis sa sœur lui enleva la nacelle de Shane des mains et la posa sur le comptoir.

— Tu vas bien ? Une part de tarte au chocolat relevé d'un zeste de citron ? proposa Norah.

Elle attendit que cette dernière pose la réconfortante tarte devant elle avant de déclarer :

— Liam s'installe chez moi avec Alexander. Aucun de nous ne peut supporter l'idée d'être éloigné de son fils biologique, donc, il n'y a qu'une solution, habiter ensemble.

Norah en demeura bouche bée.

— Il s'installe chez toi ? Tu es sûre ?

— Ce dont je suis certaine, c'est qu'après avoir tenu Alexander dans mes bras, tout à l'heure, je ne peux plus le redonner à Liam. Je ne veux pas. Et c'est la même chose pour lui avec Shane.

— Oui, Shelby, je te comprends.

Elle porta alors une cuillerée de tarte à sa bouche, mais ce soir elle n'avait guère d'appétit, même pour son dessert favori.

— Je n'arrive pas à penser clairement, reprit-elle. Tout est chamboulé, j'ai besoin de savoir Liam et Alexander près de moi, et il ressent la même chose. Il comprend tout de suite ce que j'éprouve sans que j'aie à le formuler, et c'est un grand réconfort.

Norah hocha la tête.

— En tout cas, s'il réclame la garde de Shane, appelle David, entendu ?

— Mais personne ne revendique la garde de l'enfant de l'autre. Et pour l'instant, de toute façon, on attend les résultats des tests ADN. Après, je n'ai aucune idée de ce qui se passera, Norah.

— La garde de quel enfant ? demanda la mère de Shelby en poussant les portes battantes de la cuisine, ses cheveux blonds attachés en une courte queue-de-cheval. Oh ! mais c'est mon précieux petit-fils que je vois là !

Sur ces mots, elle se précipita vers Shane, confortablement installé dans sa coque sur le comptoir, pour le recouvrir de baisers. Elle avisa ensuite l'expression de Shelby.

— Que se passe-t-il ? Tu as une tête étrange.

— J'ai une nouvelle à annoncer. Tu peux aller chercher tante Cheyenne ?

— Tout va bien, Shel ? s'enquit aussitôt Arlena Ingalls.

L'inquiétude brilla soudainement dans ses yeux vert noisette.

— Non, répondit-elle en secouant la tête. Rassure-toi, je ne suis pas malade, ce n'est pas du tout ça, mais quelque chose de complètement fou s'est produit.

Sa mère alla immédiatement chercher tante Cheyenne. Les femmes Ingalls étaient solides et fortes, et Shelby savait qu'elle pouvait compter sur elles, sur leur soutien et leurs conseils.

Norah lui étreignit l'épaule quand, sa mère et sa tante lui faisant face, elle se lança dans le récit de toute l'histoire… Un feu de questions s'ensuivit, auxquelles elle ne put pas à toutes répondre, puis chacune l'étreignit et la renvoya chez elle avec une quiche lorraine, une tarte salée au poulet, et deux desserts : la fameuse tarte au chocolat et la spécialité d'Arlena pour apporter du réconfort, à savoir une tarte à la crème.

— Tout va finir par s'arranger, lui dit sa sœur sur le seuil de la porte.

— Surtout, sois prudente, Shel, déclara sa tante en repoussant sa longue natte auburn dans son dos. Tu nous assures que Liam Mercer est gentil et sensé, mais il faut attendre les résultats des tests ADN. Si ceux-ci prouvent que Shane est son fils biologique, il se peut que le vernis craque.

— Peut-être, mais dans ce cas Alexander Mercer serait mon fils biologique, lui rappela-t-elle. Nous sommes tous les deux dans le même bateau, sur des eaux incertaines.

— Je veux juste souligner le fait que c'est un Mercer, Shelby. Et, même s'ils œuvrent pour des associations caritatives, ils sont impitoyables en affaires.

Shelby sentit son estomac se retourner.

— Mais en l'occurrence il s'agit de bébés.

— Je doute que les Mercer perçoivent la nuance, renchérit sa mère.

Redoutant un accès de larmes, Shelby posa la main sur la poignée de la porte.

— Ma chérie, je ne veux pas te faire peur, juste te mettre en garde, compris ?

Shelby serra alors sa mère dans ses bras, les yeux humides.

— Ça, tu peux me faire confiance, je suis sur mes gardes.

Toutes trois l'étreignirent de nouveau avant que Shelby ne s'empare de Shane pour rentrer chez elle, le cœur si lourd qu'elle dut s'arrêter trois fois pour reprendre son souffle sur le trajet qui ne durait pourtant que dix minutes.

- 5 -

Quand Liam se gara devant Treasures et qu'il leva les yeux vers l'étage du dessus, il vit une douce lumière briller derrière les rideaux. Comment allait-il pouvoir vivre dans ce minuscule appartement, avec une femme qui semblait aspirer tout l'air ambiant tant elle lui était vitale et deux bébés devant lesquels son cœur cessait littéralement de battre pour des raisons bien différentes ?

Il devrait malgré tout faire en sorte que ça fonctionne ! Pour avoir Alexander et Shane près de lui, il était prêt à tout : le jeu en valait la chandelle.

Il sonna à la porte, après avoir fait cinq tours entre la voiture et la maison, en raison de tous ses bagages.

Lorsque Shelby lui ouvrit, il fut de nouveau surpris par l'émotion qu'elle suscita chez lui. Non pas tant pour sa beauté, sa superbe chevelure blonde et sa silhouette élancée dans son jean et son sweat-shirt à capuche jaune, mais aussi parce que, quand il la voyait, ou même quand il pensait à elle, il se sentait tout à coup bien enraciné dans la vie. Ce sentiment était complètement fou, puisqu'il venait tout juste de la rencontrer.

Sans doute était-ce dû au fait que, désormais, leurs vies étaient inextricablement liées par ce qu'ils avaient de plus cher au monde. Oui, c'était probablement pour cette raison qu'il avait accepté d'emménager dans cet étrange et minuscule appartement au-dessus d'une boutique poussiéreuse, remplie de vieux objets. Il aurait pu insister pour qu'ils s'installent chez lui, mais ici c'était le domaine de Shelby et il avait envie d'en faire partie.

Elle était la mère de Shane, son fils biologique, et également la mère biologique d'Alexander, qui représentait toute sa vie.

— Je ne sais pas si mon appartement sera assez grand pour tout ça, dit-elle avec un sourire, en regardant l'amoncellement à ses pieds.

— J'ai dû prendre le berceau à bascule d'Alexander, car il dort comme un loir, dedans. Et puis aussi son transat préféré, avec le mobile qui chante sa berceuse favorite, son tapis d'éveil, un paquet de couches, ses grenouillères, ses couvertures, ses peluches, bref, tout un magasin de puériculture.

Elle éclata de rire.

— Je vais t'aider à transporter le tout. Mais d'abord j'emmène ce petit bonhomme dans l'appartement.

Elle sourit à Alexander, endormi dans sa coque, avant de lui murmurer :

— Tu vas partager la même chambre que ton copain et dormir sous les étoiles que j'ai peintes au plafond.

Liam adorait la douceur qu'elle témoignait à Alexander, l'émotion dans sa voix quand elle lui parlait. Il aurait aimé la serrer fort dans ses bras pendant quelques instants, sous le lampadaire, la rassurer sur l'aventure dans laquelle ils venaient de s'engager. Mais il se contenta de saisir le berceau et de lui emboîter le pas, dans un escalier qui montait directement à l'appartement, ce qui permettait d'éviter la boutique. *Concentre-toi sur les enfants*, s'ordonna-t-il. *Et sur Shelby.*

Et, quand celle-ci se retourna vers lui, le sourire qu'elle lui adressa illumina la cage d'escalier par ailleurs peu éclairée.

— Commence-t-il à babiller ? questionna-t-elle.

— Oui, et il m'a dit qu'il avait hâte de découvrir la chambre de Shane.

Shelby éclata de rire et déposa Alexander dans la chambre.

Trois allers et retours plus tard, tout l'attirail était à l'intérieur.

— Alexander dort, il ne s'est pas réveillé quand je l'ai mis dans son berceau, constata Liam lorsqu'ils retournèrent dans la chambre des enfants.

— Shane aussi dort.

Rassurés, ils sortirent de la pièce, laissant la porte entrouverte. Liam suivit Shelby dans le salon avant de s'asseoir près d'elle, sur le canapé en velours rouge. Finalement, son appartement lui plaisait. Coloré et cosy, il s'en dégageait une atmosphère apaisante. Certes, il était habitué à des meubles plus solides et des canapés en cuir, mais ce style avait aussi son charme.

— J'ai appris la nouvelle à ma famille, lui annonça-t-elle en revenant de la cuisine, un mug de café dans chaque main.

Liam ajouta de la crème et du sucre, puis avala une gorgée du breuvage chaud dont il avait tant envie.

— A-t-elle réagi comme la mienne ?

Elle sourit.

— Non, mais toutes m'ont fortement conseillé d'être prudente.

— Prudente ?

— Le nom des Mercer a beaucoup de poids, Liam, tu le sais bien.

Il posa alors son mug et prit ses deux mains dans les siennes.

— Shelby, je vais te le redire, et je le répéterai autant de fois que nécessaire : je ne chercherai jamais à te nuire, ni à te séparer de Shane. Je ne peux pas te dire plus. Et j'espère que de ton côté tu n'essaieras pas de me prendre Alexander.

De façon inattendue, elle noua alors ses bras autour de son cou, et il la serra contre lui, la joue contre son front.

— Nous sommes solidaires, Shelby.

Elle hocha la tête, puis s'écarta de lui.

— Merci, je me sens mieux, dit-elle.

Plaçant les pieds sous ses jambes, elle s'empara à son tour de son mug.

— Tu n'étais pas marié à la mère d'Alexander ? lança-t-elle.

Le visage de Liza s'imposa à son esprit, et il s'efforça de repousser cette vision, car il ne pouvait penser à elle sans ressentir un pincement de culpabilité.

— Non, répondit-il, nous sommes juste sortis ensemble quelques semaines. Ma cousine Clara voulait adopter un chien, nous sommes donc allés tous les deux au refuge pour animaux et, comme Liza y travaillait, c'est là que je l'ai rencontrée.

— Ta cousine a-t-elle finalement adopté un chien ? demanda-t-elle en souriant.

— Tout à fait ! Elle en voulait un sur mesure, mais est finalement repartie avec celui dont elle est tombée sous le charme au premier coup d'œil. Et qui n'est pas du tout bien dressé ! précisa-t-il avec un grand sourire. Il s'appelle Bixby.

— J'aimerais moi aussi avoir un chien, mais je ne crois pas que Luna, ma chatte, apprécierait.

— Ah ! C'est donc elle, cette chose blanche et noire qui a manqué me faire tomber ? Je comprends mieux maintenant.

Il aurait parlé de tout pour éviter le sujet de Liza et la façon dont il l'avait laissée tomber.

— Donc, tu as rencontré Liza au refuge, reprit Shelby, sans doute peu dupe de la digression.

— Oui, et nous étions le jour et la nuit. Elle adorait la nature, marcher, avait un côté vraiment alternatif et ne comprenait d'ailleurs pas comment elle avait pu s'éprendre d'un homme d'affaires.

— Je vois, dit-elle en souriant.

— Malgré tout, le courant passait entre nous, et elle adorait mon ranch, où elle pouvait respirer le bon air du Wyoming. Mais ensuite j'ai bien été obligé d'être honnête avec elle, de lui avouer que je n'avais pas du tout envie de me marier et de fonder une famille, que j'étais un loup solitaire.

Il marqua une pause, et une nouvelle vague de culpabilité l'envahit, puis pour parer à toute question de la part de Shelby il enchaîna :

— Elle me plaisait, je l'aimais beaucoup, et notre relation telle qu'elle était, sans règle ni contrainte, me suffisait. Et comme elle avait ce côté non conformiste, je pensais qu'elle lui convenait aussi.

— Mais ce n'était pas le cas ?

Il fronça les sourcils en se rappelant la déception sur le visage de Liza, sa douleur.

— Non, elle m'a rétorqué que pour être anticonformiste elle ne croyait pas moins en l'amour, et que d'ailleurs c'était tout ce qui comptait pour elle, l'amour. Elle m'a alors dit qu'elle voulait cinq enfants et que, si vraiment je ne voulais pas entendre parler de mariage et de famille, il valait mieux que nous en restions là.

Il reposa son mug et baissa la tête. Il détestait la dernière partie de l'histoire.

— La nuit où elle a accouché, nous ne nous étions pas vus depuis sept ou huit mois. Elle m'a appelé en se rendant à la clinique pour m'annoncer qu'elle était enceinte de moi et sur le point d'accoucher, qu'elle était désolée de ne pas m'avoir prévenu plus tôt. Elle m'a aussi précisé que s'il lui arrivait quoi que ce soit, elle avait écrit une lettre à mon attention.

Se levant, il se dirigea vers la fenêtre, et la rue tranquille et éclairée de Main Street lui apporta un peu de réconfort : l'épicerie avec son rideau légèrement abîmé et son enseigne avec le stetson, la bibliothèque que sa mère avait financée, Pie Diner, tout au fond… Il ferma les yeux, et le contenu de la lettre résonna de nouveau en lui.

Je n'ai jamais souhaité avoir un enfant avec un homme qui ne voulait pas en prendre la responsabilité, c'est pour cette raison que je ne t'ai rien dit jusque-là. Seulement, s'il m'arrivait malheur, tu serais alors sa seule famille, puisque je n'en ai aucune, comme tu le sais. Nous ne sommes restés ensemble que quelques semaines, mais je sais que tu es un homme bon et que tu interviendras, en cas de besoin. C'est ton enfant, et c'est tout ce que tu as besoin de savoir pour l'aimer. Mais tu le découvriras par toi-même.

— Si j'avais su qu'elle était enceinte, reprit-il, j'aurais été là pour elle, je me serais assuré qu'elle avait tout ce dont elle avait besoin. Mais non… Elle a vécu sa grossesse toute seule, elle n'avait aucune famille…

Oui, ainsi allait le monde : les gens se laissaient tomber, on ne pouvait se fier à personne, pas même à soi-même. Au fond il était bien intentionné et n'avait pas voulu lui briser le cœur. Aujourd'hui, il ne se pardonnait pas sa conduite, aussi était-il bien résolu à ne jamais blesser Shelby, même s'il n'y avait pas de lien romantique entre eux et qu'il n'y en aurait pas dans le futur, bien qu'il ait une envie durable de l'embrasser… Mais il saurait garder ses distances, et tout irait bien.

À son tour, elle se leva et vint lui toucher l'épaule.

— Elle n'était pas seule, Liam, puisqu'elle avait son enfant. Quand j'étais enceinte et sans personne à mes côtés, ici, je me touchais le ventre et me sentais tout de suite mieux. Je suis certaine que c'était la même chose pour Liza.

Il apprécia sa gentillesse et sentit les nœuds dans son dos se détendre, surtout à l'endroit où se trouvait sa main. Malgré lui, ses pensées dérivèrent : il brûlait d'envie de la prendre dans ses bras…

Assez ! Il devait la tenir à distance.

— Tu étais vraiment sincère, quand tu lui disais ne jamais vouloir te marier et avoir d'enfants ? demanda-t-elle en se rasseyant sur le canapé.

Il revint prendre place à côté d'elle, puis saisit sa tasse et la garda dans ses mains.

— Quand j'étais plus jeune et plus naïf, j'avais un autre avis sur la question, mais aujourd'hui les notions d'amour et de mariage ne me concernent plus, ce qui me préoccupe, c'est ma paternité.

— En fait, tu t'es adapté à ton enfant, tu pourrais peut-être en faire de même avec le mariage. On n'est jamais sûr de rien dans la vie, Liam.

— Je sais en tout cas que l'amour ne dure pas.

— Mes parents se sont aimés pendant vingt-quatre ans avant que mon père ne meure, dit-elle. Ils ont été profondément amoureux jusqu'à son dernier souffle.

Il lui lança un coup d'œil.

— Je suis désolé pour ton père.

— L'amour existe et il peut durer. Même si ça n'a pas été le cas pour moi.

— Ni pour moi, Shelby, j'ai eu deux fois le cœur brisé, aussi, j'ai décidé ne plus m'investir sur le plan émotionnel. C'est mieux ainsi.

Inclinant la tête sur le côté, Shelby braqua sur lui ses beaux yeux verts.

— Pourtant, j'ai rarement vu une personne aussi impliquée sur le plan émotionnel que toi avec Alexander.

— C'est mon fils, pas ma compagne. D'ailleurs, je n'en ai plus. Juste des liaisons ici et là, chacun sait à quoi s'en tenir, et personne n'est meurtri à la fin.

Elle mordit dans un cookie.

— Tu es un dur à cuire. Tes parents forment-ils un couple heureux ?

Il haussa les épaules.

— Difficile à dire. Leur mariage a été arrangé par ma défunte grand-mère, Alexandra. C'était une femme d'affaires brillante que mon grand-père a nommée comme son successeur quand l'entreprise a battu de l'aile. Elle a géré Mercer Industries et sa famille d'une main de fer dans un gant de velours, mon père la vénérait, aussi, quand elle l'a poussé dans les bras de ma mère, a-t-il obtempéré. Je pense qu'ils sont assez heureux ensemble, mais leur mariage ne m'a jamais amené à penser pour autant que l'amour existe et dure toujours, ou qu'il soit une raison suffisante pour se marier.

— Mais enfin, que dis-tu là ? L'amour est l'unique raison d'un mariage.

— Il y a aussi le côté pratique.

— J'ai un esprit pragmatique, toutefois l'amour et les émotions répondent selon moi à d'autres règles que celle d'une liste de choses à faire inscrites dans son agenda.

Il se mit à rire.

— Effectivement, le mien a volé en éclats, aujourd'hui.

— Tu vois ? C'est ainsi que va la vie.

— Comme si je ne le savais pas, Shelby.

Elle lui lança un regard à la dérobée puis avala un peu de café. Son regard glissa ensuite sur le sac que sa mère lui avait donné, juste avant qu'elle ne parte. Elle se leva alors pour aller le chercher.

— C'est très gentil de la part de ta mère de m'avoir donné cette boîte pour ma boutique.

— Ma mère peut être très attentionnée et aimante, mais elle a aussi un sens aigu des réalités.

Shelby déballa l'objet, puis poussa une petite exclamation.

— Cette boîte est ravissante ! Je ne comprends pas que ta mère ne l'ait pas gardée.

La boîte, constellée de superbes incrustations, brillait doucement à la lumière : elle en tourna la petite clé et les notes de Mozart s'élevèrent dans le salon.

— C'est magnifique. J'ai envie de la garder pour moi.

— Rien ne t'en empêche, dit-il avec un sourire.

— J'adore les mystères, pas toi ? Tu ne te demandes pas pourquoi cette boîte s'est retrouvée sur la terrasse de tes parents ? Je me laisse sans doute trop entraîner par mon imagination puisque ta mère semblait connaître la raison de ce cadeau.

— Il est rare que mon père accorde une faveur sans rien en retour.

Elle fronça les sourcils et souleva le couvercle : la boîte était recouverte d'un velours rose, ce qui était un peu surprenant. Shelby sourit.

— Je ne vais pas la vendre, c'est certain, mais la garder en souvenir de ma rencontre avec ta famille. Et avec toi.

— Quelle journée ! dit-il alors.

Elle se mit à rire.

— Ça, c'est sûr.

— Et samedi le sera vraisemblablement tout autant, si nous rendons visite à l'infirmière qui a échangé les enfants.

— Ne devrait-on pas attendre d'avoir les résultats des tests ADN ? demanda-t-elle en rangeant la boîte dans le sac.

— J'ai l'impression que je vais devenir fou si quelqu'un ne me donne aucune explication. Shane n'est pas ton fils biologique, nous le savons, mais il faut bien que quelqu'un en réponde, et c'est forcément cette infirmière.

Elle hocha lentement la tête, l'air si peiné qu'il regretta d'avoir mentionné que Shane n'était pas son fils, car il l'était bel et bien.

— Je suis désolé qu'elle ait commis cette erreur, ajouta-t-il.

— Moi aussi, sauf que sans elle et même si je sais que cela peut paraître paradoxal, je n'aurais pas connu Shane, je n'aurais pas aimé pendant six mois de ma vie ce petit garçon. Évidemment, je n'aurais pas non plus connu son existence, mais comment pourrais-je regretter l'amour que j'ai donné à Shane ?

Sur une impulsion, il voulut la prendre dans ses bras et lui avouer qu'il la comprenait tout à fait, mais il s'abstint.

— Allons voir l'infirmière dès demain, reprit-elle, je veux savoir ce qui s'est passé, même si cela m'effraie en même temps. Car je crains qu'ensuite on ne puisse absolument plus se raccrocher à l'espoir que toute cette affaire ne soit qu'un malentendu.

— Je sais, dit-il, je sais.

Au milieu de la nuit, des cris d'enfant réveillèrent Shelby et, les trouvant particulièrement perçants, elle se leva d'un bond. En fait, ce n'était pas Shane, mais Alexander qui s'époumonait. Et Liam était déjà dans la chambre d'enfants, en train de l'apaiser dans le rocking-chair.

Et il était à moitié nu ! constata-t-elle aussi.

Elle se rendit alors compte qu'elle-même ne portait qu'un

petit haut à bretelles et un pantalon de yoga. Désormais, elle devrait prendre l'habitude d'enfiler un peignoir dès qu'elle sortirait de sa chambre.

— Il s'est calmé. Peut-être qu'il perce sa première dent. Je crois avoir vu une petite pointe blanche sur sa gencive.

— Shane a eu sa première la semaine dernière, dit-elle en caressant les mèches soyeuses d'Alexander.

Il tordit la bouche, leva son petit poing, et finalement se rendormit. Elle sourit.

— Désolé de t'avoir réveillée, s'excusa-t-il.

À cet instant, elle s'aperçut qu'elle avait les yeux rivés sur son torse musclé, et le duvet qui partait de son ventre pour disparaître sous son jogging. Il était par ailleurs pieds nus et si sexy qu'elle en détourna les yeux.

— Je suis habituée, tu sais, murmura-t-elle, ayant presque des difficultés à s'exprimer normalement.

Ce à quoi elle n'était en revanche pas accoutumée, c'était de voir un homme dans son appartement en train de s'occuper d'un enfant. Elle avait tant fantasmé, en découvrant qu'elle était enceinte, sur le bonheur d'élever un enfant à deux, de se réveiller la nuit à deux, de satisfaire aux besoins du bébé puis de faire l'amour avant de se rendormir, enlacés dans les bras l'un de l'autre. Un tableau bien idyllique qui avait volé en éclats dès que le père de Shane avait appris sa grossesse.

Liam se leva, et elle s'efforça de se ressaisir. Elle le regarda reposer Alexander dans son berceau, puis presser ses doigts contre sa propre bouche avant de les appliquer sur la joue de son fils.

— Fais de beaux rêves, murmura-t-il.

Tous deux sortirent ensuite de la chambre sans bruit

Il la considéra un long moment, et elle se demanda alors ce qu'il pouvait bien penser.

Bon sang, comme j'ai envie de l'embrasser, songea-t-elle de son côté.

Nourrissait-il la même envie ?

L'adrénaline le disputa tout à coup à la panique en elle,

puis elle jugea bien plus sage de contenir toute impulsion. La situation était déjà assez compliquée sans qu'elle ne tombe en plus amoureuse d'un homme qui n'était pas du tout intéressé par le mariage ou la vie de famille, même s'il était un père génial.

— Eh bien, bonne nuit, répondit-elle. Les prochains pleurs seront pour moi.

Il lui sourit et réintégra sa chambre. À peine eut-il disparu de sa vue qu'il lui manquait déjà.

- 6 -

Le lendemain matin, Liam fut réveillé par le gazouillis de deux enfants et la voix mélodieuse de Shelby qui leur demandait qui voulait une compote à l'abricot et qui préférait la pêche. Puis il l'entendit dire qu'ils pouvaient tous les deux manger aussi des céréales et, suite à la réaction enthousiaste d'Alexander, il distingua le bruit d'un placard qu'on ouvrait.

Que cette musique matinale était douce à son oreille ! Savoir qu'un autre adulte, en l'occurrence une femme, s'occupait d'Alexander était à la fois apaisant et un peu étrange.

Mais soudain l'atmosphère dégénéra dans la cuisine et quand il y entra, quelques instants après, Shelby portait un bébé dans chaque bras.

— Je m'en occupe, dit-elle, va prendre une douche et boire un café. Détends-toi.

Se détendre ? Il ne voyait pas trop comment.

Il se servit un café, revint dans sa chambre et commença par appeler Anne Parcells. Mais celle-ci argua que la clinique menait une enquête de son côté, de sorte qu'il fut obligé de se procurer les renseignements par d'autres moyens. Il apprit toutefois rapidement qu'il s'agissait de Kate Atwood et qu'elle habitait Cumberland Road.

Après quoi, il lui téléphona et lui annonça à quel sujet il souhaitait la rencontrer. Comme elle semblait nerveuse et mal à l'aise, il précisa que Shelby et lui étaient tous les deux un peu perdus et avaient besoin de savoir précisément ce qui s'était passé cette nuit-là, que cela leur apporterait un peu de réconfort et quelque chose à quoi se raccrocher pour la suite des événements. Elle accepta finalement de les recevoir le matin même à 9 heures.

Liam retourna alors dans la cuisine : Shelby disposait des œufs brouillés dans deux assiettes au moment où les toasts sortirent du grille-pain, sur le comptoir.

— J'allais justement t'appeler pour déjeuner. J'espère que tu aimes ce que j'ai préparé.

— J'adore, merci.

— Ba, fit Shane.

— Tatata, répondit Alexander en le regardant.

Liam sourit.

— D'enfants uniques ils sont devenus frères.

Un sourire éclaircit le visage de Shelby.

— Mais oui, je n'avais pas pensé à ça !

Et elle leur adressa un regard si tendre et si heureux qu'il en eut presque envie de glisser le bras autour de sa taille et de la serrer très fort contre lui afin qu'ils admirent ensemble ces deux merveilleux enfants à qui ils avaient donné la vie. Ils vivaient exactement la même épreuve tous les deux, et jamais il ne s'était senti aussi proche d'une autre personne : c'était sans doute ce qu'on appelait *l'intimité*, se dit-il. Se comprendre parfaitement sans avoir besoin de parler. Cette idée le mit soudain mal à l'aise, aussi embraya-t-il tout de suite sur ses appels et leur rendez-vous avec Kate Atwood.

— Je crois qu'on devrait y aller sans les garçons, décréta Shelby en donnant une poignée supplémentaire de céréales à chacun. Ce sera sans doute moins difficile à gérer pour elle.

— Tu as raison, renchérit Liam. Elle nous parlera avec moins de gêne si nous ne tenons pas dans les bras les bébés qu'elle a échangés.

— Je suis sûre que ma mère et ma tante seront ravies de les garder, dit-elle. Elles seront à Pie Diner, mais pourront les surveiller.

— Les gens mangent des tartes au petit déjeuner ? s'étonna-t-il. Je ne l'aurais jamais cru.

— Il n'y a pas d'heure pour manger une part de tarte ! Surtout nos tartes aux fruits, elles sont très réputées, tu sais. Ma tante fait aussi cinq sortes de quiches pour ce premier repas et, à midi, elle en propose à base de viande, de poisson. Il y en a de toutes sortes, à toute heure et pour tous les goûts. Le mot « tarte » ne doit pas juste être associé à la banale tarte aux pommes.

— Pour tout avouer, je n'avais jamais réfléchi à la question.

Elle lui sourit.

— Elles nous en mettront sûrement dans une boîte pour la route.

— Miam ! Je ne dis jamais non à une bonne part de tarte maison.

D'ailleurs, il se serait bien étendu sur le sujet toute la matinée plutôt que d'aller chez Kate Atwood pour parler de bébés échangés.

— Bien, je vais appeler ma mère.

Pendant qu'elle était au téléphone, Liam s'occupa des enfants en jouant à coucou-caché avec eux. Visiblement, Shane n'aimait pas trop quand il dissimulait son visage derrière la serviette, mais était ravi de le voir réapparaître.

— Coucou, je vous ai vus, s'exclamait-il alors.

Shelby finit par raccrocher et déclara :

— Tout est arrangé, ma mère m'a dit qu'elle était impatiente de faire la connaissance d'Alexander. Tout comme Cheyenne et Norah, d'ailleurs.

— Pourquoi ai-je eu peur que ta mère réagisse comme mon père ? Je ne la connais pas encore, mais si elle est comme toi je ne l'imagine pas appeler Alexander son *véritable* petit-fils.

— Shane sera toujours son petit-fils et Alexander sera au départ un bonus, puis au bout de quelques semaines elle oubliera qu'il n'a pas existé pour elle les six premiers mois de sa vie. Ce sera peut-être pareil pour ton père.

— Nous verrons, mais je ne prendrai pas les paris.

Pie Diner se situait à cinq cents mètres, dans Main Street, tout près de la bibliothèque. L'établissement existait depuis que Liam était enfant, et Alexandra Mercer l'y emmenait quelquefois : elle était piètre cuisinière, mais adorait les tartes salées et sucrées. Pour sa part, il ne regardait jamais le menu, mais commandait toujours la même chose : une tarte au citron.

— L'endroit a certes changé au fil des années, mais l'enseigne est toujours la même, déclara-t-il quand ils se garèrent sur le parking.

Il avait toujours adoré ce cow-boy peint qui attrapait cinq tartes en trois dimensions au lasso.

À peine furent-ils sortis de voiture, que la porte s'ouvrit brusquement, et que trois femmes, déclinant des nuances variées de blond et vêtus du même tablier Pie Diner, s'en échappèrent.

L'une était aussi grande et élancée que Shelby, avait les mêmes yeux verts et une chevelure blonde en tout point semblable à la sienne ; c'était à n'en pas douter sa mère. Elle lui prit tout de suite des mains la coque où se trouvait Shane et donna à ce dernier un baiser sur le front.

— Mon chéri, je t'ai préparé une excellente tarte aux pommes bien fondantes, mais n'en dis rien à ta mère.

Liam sourit et lui tendit la main.

— Liam Mercer, dit-il. Et voici Alexander.

— Je suis Arlena Ingalls, répondit-elle en lui serrant la main. Je vous prendrais bien dans mes bras, mais nous sommes tous deux chargés. Salut, Alexander. Tu es vraiment craquant.

Shelby sourit.

— Et voici ma tante Cheyenne et ma sœur Norah, dit-elle.

— Ravi de vous rencontrer, dit Liam.

La brise ramena les longs cheveux de Cheyenne sur son visage, mais elle ne les rejeta pas en arrière, trop affairée à regarder tour à tour Liam et Shane.

— C'est incroyable ! Shane est votre portrait craché, dit-elle à Liam en se recouvrant la bouche de sa main.

— Oui, tu as raison, approuva la mère de Shelby.

Norah regarda Alexander, puis Shane, puis Liam et Shelby.

— Et Alexander ressemble beaucoup à Shelby si on fait abstraction des cheveux en bataille. C'est dans l'expression des yeux. Oh ! il a aussi la marque de naissance des Ingalls. Shelby a la même, tout comme notre grand-mère l'avait.

— Exact, renchérit cette dernière, ce qui renforce la thèse de l'échange. En réalité, nous n'avons guère de doute sur le résultat des tests ADN. Peut-être que ce rendez-vous avec l'infirmière vous paraît prématuré, mais nous avons réellement besoin de savoir ce qui s'est passé, cette nuit-là.

— C'est tout à fait compréhensible, répliqua Norah. Était-elle nerveuse à l'idée de vous recevoir ?

Liam hocha la tête.

— Oui, mais je lui ai assuré que nous souhaitions juste entendre sa version, que la visite n'avait pas un caractère officiel, qu'il ne s'agissait pas de la blâmer mais de comprendre.

— Eh bien, prenez tout votre temps, déclara la mère de Shelby. Nous sommes de notre côté ravies de les garder.

— C'est très gentil à vous, remercia Liam.

Quelques minutes plus tard, ils se retrouvèrent dans son SUV, seuls, sans la moindre tête dans le rétroviseur. Quel sentiment étrange ! pensa Liam.

— Tu n'as pas la sensation qu'il nous manque quelque chose ? demanda-t-il.

Elle hocha la tête.

— Je suis si habituée à avoir Shane en permanence avec moi que lorsqu'il n'est plus là j'ai en effet l'impression qu'il me manque quelque chose.

— Tu as une famille très sympathique et qui a l'air très aimante, reprit-il.

Elle lui sourit.

— Elles sont dans le commerce des tartes, c'est une activité très agréable.

— Bien plus effectivement que les fusions de sociétés, leurs acquisitions et leur gestion.

— Mais tu aimes ton métier, non ?

— Il me plaît, mais je ne dirais pas que c'est une passion. Ce qui me passionne en revanche, c'est que ce soit une entreprise familiale qui se transmet de génération en génération depuis qu'elle a été fondée par mon arrière-grand-père. Cela dit, je suis content qu'on soit samedi et de ne pas avoir à penser à Mercer Industries. Évidemment, je dois aussi étudier certains dossiers le week-end, mais j'essaie surtout de consacrer le plus de temps possible à Alexander.

Elle lui sourit.

— Tu es un excellent père, tu sais.

Son compliment le toucha.

— Cela signifie beaucoup pour moi venant de la part d'une excellente mère.

À ces mots, le beau sourire de Shelby éclaira de nouveau l'habitacle. Soudain, une mèche blonde retomba sur son visage et il fut tenté de la repousser. Cette nuit, il avait été obsédé par sa présence dans la chambre juste à côté de la sienne et avait même été tenté de trouver une excuse pour se relever, prétendre qu'il avait entendu Alexander s'agiter dans son lit, juste pour créer une opportunité de la voir, d'être près d'elle… Finalement, il s'était tout de suite senti à l'aise dans son petit appartement au-dessus de la boutique, parce que c'était là qu'elle et Shane habitaient.

Néanmoins, il ne percevait encore aucun lien entre Shane et lui. Peut-être avait-il besoin de voir les résultats des tests ADN écrits noir sur blanc pour que son cerveau soit en accord avec son cœur. Ou bien fallait-il juste un peu de temps. Le fait qu'Alexander ne soit pas du même sang que lui n'en faisait pas moins son fils, cela allait de soi ; en ce qui concernait Shane, en revanche, la distance émotionnelle qui existait encore entre eux était sans doute due à Shelby. Lui-même n'aurait pas aimé, à ce stade, qu'elle s'investisse dans son rôle de mère vis-à-vis d'Alexander, tout comme il se doutait qu'elle n'aurait pas supporté de le voir brusquement se comporter comme un père pour Shane. Ils ne devaient surtout rien précipiter.

Après quinze minutes de trajet sur une petite route de campagne, Liam s'engagea dans Berrymill Road et ralentit à la vue du drapeau jaune que Kate leur avait signalé juste avant sa maison.

— Nous y sommes, dit-il.

Une femme sortit alors sur le seuil. De petite taille, elle avait les traits tirés comme si elle n'avait pas dormi de la nuit.

— Prête ? demanda Liam à Shelby.

Elle hocha la tête, et tous deux descendirent de voiture. Liam leva la main vers la femme, et ils se dirigèrent vers l'escalier qui menait à la terrasse. En s'approchant, il distingua des cernes sous les yeux de Kate Atwood ; on aurait dit qu'elle allait fondre en larmes d'une minute à l'autre. D'après les recherches qu'il avait effectuées, elle était âgée de soixante-six ans, mais elle en paraissait un peu plus, avec ses cheveux gris et ses lunettes.

— Entrez, dit-elle. J'ai fait de thé glacé et des cookies.

Shelby lui sourit gentiment.

— Je ne refuse jamais un cookie. Je viens d'une famille de pâtissiers, spécialisée dans les tartes, mais j'adore aussi les biscuits.

Quelques instants plus tard, Liam et Shelby se retrouvèrent sur la méridienne du salon de Kate, qui avait elle-même pris place dans un fauteuil, en face. Elle leur désigna les cookies et le pichet de thé glacé.

— Servez-vous, je vous en prie, dit-elle.

Ils obtempèrent, plus pour lui faire plaisir que parce qu'ils avaient faim.

Après avoir avalé une gorgée de thé, Shelby reposa son verre et croisa les mains.

— Madame Atwood, vous étiez donc l'infirmière de garde à la maternité de la clinique où sont nés nos enfants, dit-elle. Comme vous le savez, l'administratrice m'a appris que mon fils Shane n'est pas l'enfant dont j'ai accouché. Nous attendons les résultats des tests ADN, mais tout montre que les deux bébés de sexe masculin nés ce soir-là ont été échangés par accident. Pouvez-vous nous raconter ce qui s'est passé ? Ce dont vous vous souvenez ?

Kate les regarda à tour de rôle, puis prit une profonde inspiration.

— Tout d'abord, je suis sincèrement désolée, dit-elle, des larmes brillantes aux yeux. Quand Anne m'a convoquée à la clinique, je n'avais pas la moindre idée que j'avais échangé des bébés. Mais, quand elle m'a dit qu'un des bébés ne pouvait pas être le fils biologique d'une des mères, j'ai tout de suite compris que j'avais commis une grave erreur.

— Pouvez-vous nous décrire ce qui se passait, à ce moment-là, dans la clinique ?

Kate se tordit les mains dans son giron.

— C'était terrible. Dehors, la tempête se déchaînait, nous redoutions que le courant se coupe, et c'est ce qui s'est passé. Le groupe électrogène s'est alors mis en marche et a lâché lui aussi. Je venais juste d'apporter le bébé Ingalls dans la nurserie, pour le peser et le mesurer, je l'ai donc posé dans son berceau, puis ai couru dans la salle d'accouchement où le bébé de Mme Harwood venait de naître pour l'apporter également dans la nurserie. À cet instant, le courant qui était brièvement revenu a de nouveau été coupé, et tout à coup un arbre est tombé sur l'aile est de la clinique. Les gens se sont mis à hurler de peur. J'ai reposé le bébé Harwood dans son berceau, pour plus de sûreté, et ai éloigné par prudence les deux bébés de la fenêtre. J'étais certaine que le bébé Ingalls se trouvait à gauche et le bébé Harwood à droite. Mais, dans le chaos, j'ai dû me tromper et ne pas mettre ensuite le bracelet portant son nom au bon bébé.

— Vous avez dit que vous n'aviez pas la moindre idée de la raison pour laquelle la directrice vous a convoquée, que vous ne pensiez pas une seconde avoir échangé les bébés, déclara Liam d'une voix douce. Mais, quand vous leur avez mis leur bracelet, vous n'avez pas eu un instant le moindre doute sur le fait que vous ayez pu les confondre ?

Elle secoua la tête.

— Non, j'étais sûre de moi. Le bébé Ingalls était à gauche, le bébé Harwood à droite. Et je me rappelle avoir pensé que le bébé Harwood avait une minuscule tache de naissance sur l'oreille.

— Comme celle-ci, dit alors Shelby l'air abasourdi, en montrant son lobe.

— Si seulement les lumières ne s'étaient pas éteintes au moment de la naissance de Shane ! dit alors Liam. Shelby aurait remarqué la marque de naissance et constaté ensuite que le bébé qu'on lui redonnait n'en portait pas, tout simplement parce qu'elle ne tenait plus son propre enfant dans ses bras.

— Je ne comprends pas comment j'ai pu les confondre, reprit Kate. J'ai été infirmière pendant plus de trente ans, je suis tellement navrée, c'est moi la seule fautive.

Liam regarda Shelby qui se leva soudain, pour aller enlacer l'infirmière retraitée ; celle-ci parut si surprise qu'elle éclata en sanglots et se cramponna alors à elle.

— Il s'agit d'une erreur bien involontaire commise par une nuit de tempête génératrice d'un chaos total au sein de la clinique, décréta Liam. Ce sont des choses qui arrivent, hélas ! Personne n'y peut rien, et il ne nous reste plus qu'à l'accepter et tourner la page.

Kate essuya ses larmes avec un mouchoir.

— Vous êtes vraiment de bonnes personnes. Ma fille m'avait prévenue que nous serions poursuivies.

— Non, nous ne vous ferons aucun procès, lui assura Liam, il ne faut surtout pas vous inquiéter pour cela.

De nouveau, elle s'effondra en larmes, enfouissant son visage dans ses mains.

— Kate ? appela soudain une voix à l'étage supérieure. C'est l'heure de ma soupe. Où est ma soupe ?

Kate reprit sa respiration.

— C'est ma mère, elle est âgée, et pas en grande forme.

— Nous n'allons pas abuser plus longtemps de votre temps, déclara Liam. Merci de nous avoir reçus.

— Oui, merci beaucoup, renchérit Shelby. Cela nous a énormément aidés d'entendre votre récit et la façon exacte dont les choses se sont déroulées.

Quand Kate les raccompagna à l'entrée, sa mère réclama une deuxième fois sa soupe.

— Allez-vous échanger de nouveau les bébés ? leur demanda-t-elle subitement.

Shelby se figea.

Liam eut soudain la nausée.

C'était la première fois qu'on leur posait la question.

— Non, madame, répondit Liam, j'ai une meilleure idée.

Shelby lui jeta un regard interrogateur.

— Ma soupe, Kate ! réclama sa mère.

— Allez vous occuper d'elle, Kate, lui dit Shelby en descendant bien vite les marches. Et merci encore de nous avoir reçus.

Kate hocha la tête et referma la porte derrière eux.

— J'ai besoin d'au moins dix cafés ou d'une bouteille de whisky, décréta Liam en se précipitant vers la voiture.

— J'ai cru m'évanouir quand elle nous a demandé si on comptait de nouveau échanger les bébés, renchérit Shelby, le teint bien pâle.

Soudain, elle plongea ses yeux dans les siens.

— Tu as dit que tu avais une meilleure idée… Laquelle ? J'ai hâte de l'entendre car l'échange des bébés est inconcevable, n'est-ce pas ?

— Inimaginable, certifia-t-il. Shane est ton fils, Alexander le mien, point. Alexander deviendra aussi ton fils au fil du temps tout comme Shane deviendra le mien, quand nous aurons vraiment compris ce qui nous arrivait.

— Tu as raison, approuva-t-elle. Il est difficile de se dire que des enfants que nous connaissons depuis hier sont les nôtres. Quand nous commencerons à accepter cette idée, un lien se créera entre Shane et toi, et entre Alexander et moi.

Il hocha la tête.

— Tout à fait. C'est pourquoi une idée a germé en moi pour nous faciliter la tâche.

Elle inclina la tête dans l'attente de la suite.

Il pensait avoir trouvé la solution parfaite, en fait, l'unique option possible.

— J'ai appelé le laboratoire et leur ai promis une somme coquette s'ils envoient les résultats lundi, poursuivit-il. Nous aurons alors la certitude que les enfants ont été échangés, et il est évident que nous n'allons pas à nouveau les échanger, plutôt me couper un bras.

— Pareil pour moi, dit Shelby, les yeux toujours braqués sur lui. Quelle est donc ton idée ?

— Marions-nous, voilà la solution.

Shelby en resta bouche bée quelques secondes.

— Pardon ? Tu as emménagé chez moi hier, et maintenant tu veux qu'on se marie ? Qu'entends-tu par là, au juste ? Un vrai mariage, pour la vie ?

Liam lui ouvrit la portière, et elle s'engouffra dans le SUV, les jambes tremblantes.

Une fois au volant, il déclara :

— Je te propose qu'on aille en discuter chez moi, mais allons chercher les garçons d'abord.

Elle hocha la tête, incapable de réagir. Se marier ? Décidément, la situation surréaliste ne cessait d'empirer.

— Lundi, nous serons définitivement fixés, Shelby, mais toi et moi savons que tu as mon enfant et moi le tien. Tu as élevé mon fils depuis six mois, et moi le tien. Tu aimes Shane et j'aime Alexander. Si nous nous marions, nous formerons alors une seule cellule familiale, ainsi, chacun aura l'enfant qu'il a élevé et le bébé qu'il ignorait jusqu'à hier être le sien.

— Nous formerons une cellule familiale ? répéta-t-elle, déconcertée. Donc, on se marierait pour être une famille ? Pour le salut des garçons et le nôtre ?

— Exactement.

Le souvenir du père de son enfant s'imposa tout à coup à elle.

Un jour, nous nous marierons, et ce sera nous contre le monde entier. Nous aurons une grande maison à la campagne, un élevage de poulets biologiques, peut-être même des chevaux. Nous regarderons des émissions à la télé, assisterons à des rodéos, et mourrons vieux, gros et heureux.

Ils s'étaient mariés à la chapelle de Wedlock Creek, réputée pour une légende selon laquelle les gens qui s'y unissaient avaient des jumeaux, des triplés, des quadruplés et même des quintuplés, soit grâce à la nature, la science, une famille recomposée ou l'adoption. La ville ne fourmillait-elle pas de grandes familles avec de vrais jumeaux ou des triplés par alliance ? Morgan Crawford espérait avoir des quintuplés, lui avait-il dit. Sauf que lorsqu'elle avait découvert qu'elle était enceinte, Morgan avait deux autres petites amies, dont une était, prétendait-il, l'amour de sa vie. Quand Shelby, qui était loin d'imaginer qu'il la trompait, lui avait annoncé sa grossesse, il avait répondu qu'il était désolé, mais allait demander le divorce. « Je regrette, Shel, mais le bonheur d'être libre passe en premier », lui avait-il alors donné comme excuse.

Elle en était à son sixième mois de grossesse quand elle avait appris son décès dans un accident de voiture. Toute l'affaire l'avait rendue si triste que sa sœur était venue vivre chez elle pendant quelque temps pour lui préparer chaque matin son petit déjeuner et s'occuper de la boutique, tandis qu'elle restait allongée sur le canapé, mains sur le ventre, à se questionner sur la signification de l'existence. Si on ne pouvait plus faire confiance à la parole de l'homme qu'on aimait, celui dont on pensait être aimée, avec qui de surcroît on était mariée, alors en qui ou quoi pouvait-on bien avoir foi ?

Elle ne pouvait même pas croire à la légende liée à la chapelle de Wedlock Creek puisqu'elle était enceinte d'un seul enfant, ce qui de toute façon l'arrangeait, eu égard aux circonstances. Mais peut-être le véritable amour et les légendes n'arrivaient-ils qu'aux autres.

— Tu crois en cela, lui avait dit Norah en prenant ses mains pour les lui poser sur le ventre.

Le bébé lui avait alors donné un bon coup de pied. Elle avait éclaté de rire, puis retrouvé un sens à la vie : son futur bébé, sa famille, Treasures. On avait abusé de sa confiance, mais rien ne l'obligeait à faire entrer un autre homme dans sa vie, et elle n'en avait absolument pas l'intention. Pas avant un bon bout de temps, en tout cas.

Or, voici que Liam Mercer lui proposait le mariage pour des raisons d'ordre pratique. Peut-être ne devrait-elle pas le dédaigner, même si en dépit de tout elle croyait toujours au grand amour, à l'amour profond et sincère entre un homme et une femme. Pourtant, bien que son cœur soit actuellement inaccessible, protégé par des fils barbelés, épouser un homme sans que l'amour en soit le principal motif était tout simplement inenvisageable pour Shelby.

— Réfléchis à la proposition, reprit Liam, je crois que c'est une bonne solution. La seule, en fait.

— Mais notre avenir ? Que fais-tu de l'amour, Liam ?

Il émit un petit rire méprisant.

— L'amour ? C'est bon pour les contes de fées. Non, je retire ce que j'ai dit, j'aime Alexander, tout comme je vais aimer Shane dès que j'aurai digéré cette nouvelle inattendue. Et crois-moi, je m'y efforce.

— Oui, moi aussi, dit-elle d'une petite voix, sentant soudain ses forces l'abandonner.

— Lundi, le test confirmera que Shane est du même sang que moi, et alors les digues s'ouvriront, Shelby. Je pense que la même chose se produira pour toi.

— Oui, sans aucun doute.

Il mit le moteur en route, sortit de sa place de parking et se tourna vers elle :

— Allons chercher nos enfants, Shelby. Avec eux, nous formerons une belle cellule familiale.

Décidément, il tenait à cette expression, un euphémisme qui ne masquait pas ce que serait leur mariage, c'est-à-dire un contrat d’affaires. Une fusion pour le bénéfice des deux parties.

— Nous verrons, Liam, attendons les résultats des tests.

— Entendu.

Et sur ces mots il prit la direction de Pie Diner.

Un mariage avec Liam Mercer ?

Où toute cette folie s’arrêterait-elle ?

- 7 -

Contrairement à ce qui était prévu, Liam déposa Shelby chez elle : après leur conversation, elle avait besoin de se retrouver seule, elle aussi, au lieu de se rendre au ranch, lui avait-elle dit. Chacun reprit donc son bébé et rentra chez soi, avec pour projet de se retrouver le soir pour le dîner, dans l'appartement de Shelby.

Elle était descendue si vite de la voiture qu'il se demandait encore comment elle n'en avait pas laissé échapper Shane. Il ne lui avait pas reparlé de sa proposition de mariage qui semblait pourtant être la seule solution à cette situation infernale.

— Et si on allait chez grand-mère et grand-père admirer les chèvres ? proposa-t-il à Alexander quand ils furent sur Main Street.

Il ne doutait pas que son fils s'en réjouirait une fois sur place et pour sa part cette sortie lui ferait le plus grand bien : il avait envie de respirer le grand air du Wyoming et de s'immerger dans ses vastes étendues. Certes, son propre ranch était spacieux, mais il éprouvait le besoin de revenir aux sources.

Il souhaitait aussi revoir son père, espérant que ce dernier se serait ressaisi et aurait retrouvé tout l'amour qu'il éprouvait pour son petit-fils depuis sa naissance. Il détestait être en froid avec lui. Ils s'étaient toujours très bien entendus tous les deux, et il s'enorgueillissait de cette bonne relation, reprochant à son frère de ne fournir aucun effort pour entretenir un rapport cordial avec Harrington.

Liam était si souvent intervenu pour ramener la paix entre les deux hommes. Cependant, la façon dont son père avait prononcé « mon vrai petit-fils » l'avait profondément outré, et il éprouvait le besoin de clarifier ce non-sens total, et de l'oublier. Il voulait s'assurer que son père serait redevenu lui-même aujourd'hui.

Au moment où il se garait dans l'allée, Harrington Mercer revenait justement des étables, ses cheveux poivre et sel, d'ordinaire si bien coiffés, un peu en désordre. Il était sans doute allé chevaucher, pensa Liam.

— Je voulais montrer les chèvres à Alexander, lui dit-il en descendant de voiture.

Il en sortit également son fils et se tourna vers le clos où paissaient dix chèvres de couleurs variées.

— Pas de problème, répondit Harrington d'une voix tendue.

Et il ne fit aucun cas d'Alexander !

— Ta mère et moi allons à une récolte de fonds, ce soir, donc je te laisse te débrouiller tout seul.

À cet instant, Alexander tendit la main vers son grand-père qu'il adorait.

— Ga, dit-il.

Harrington jeta un bref coup d'œil au petit, puis ajouta :

— Il faut que je me dépêche de prendre ma douche.

Et sur ces mots, il commença à s'éloigner.

— Une seconde ! s'exclama Liam avec une froideur qui le surprit lui-même. Ton petit-fils te tend les bras.

— Je viens de te dire que…

— J'ai très bien entendu ce que tu m'as dit, papa. J'attends maintenant ce que tu ne m'as pas dit.

— Je me prépare à ce qui va arriver, OK ? répliqua Harrington, avec dans les yeux un mélange d'anxiété et de détermination. Tu auras bientôt les résultats des tests ADN, qui diront qu'Alexander n'est pas un Mercer, qu'il n'est donc pas mon petit-fils. J'ai besoin de me préparer psychologiquement, Liam. Je dois garder mes distances.

Liam sentit ses jambes fléchir. Prenant une profonde

inspiration, il s'efforça de se ressaisir, de passer outre le terrible coup que son père venait de lui asséner.

— Comment ça, pas un Mercer ? Pas ton petit-fils ? Papa, il l'était il y a encore deux jours et il l'est toujours. Il le sera encore lundi, quoi que disent ces fichus tests ADN.

— Les tests ADN diront qu'il est le fils de cette femme, Shelby Ingalls, et donc le petit-fils de son père à elle.

Liam en eut le souffle coupé.

— Donc subitement le fils de « cette femme », Shane, va devenir ton petit-fils ?

— Il faudra bien que je m'y habitue, je suppose qu'un peu de temps sera nécessaire pour que j'apprenne à le connaître.

— Papa, Alexander est *ton* petit-fils et le demeurera toujours, tout comme il sera toujours mon fils.

— Non, dans la vie, les choses ne se passent pas ainsi, Liam.

— Bien sûr qui si, ça se passera ainsi ! fulmina-t-il.

Puis il considéra Alexander un bon moment avant de tourner les talons et de remonter, en rage, dans son SUV, se maîtrisant toutefois pour réinstaller gentiment son fils dans le siège bébé. Dix minutes plus tôt, il avait besoin de ce ranch pour se retrouver, s'apaiser ; désormais, il ne voulait plus jamais y remettre les pieds.

Shelby enveloppa, dans du papier de soie rose, un adorable ensemble de salière et poivrière qu'elle plaça dans un sac de Treasures et le tendit à sa cliente qui arborait un grand sourire, satisfaite de son achat.

L'après-midi avait été bon pour les affaires. Sa sœur avait tenu la boutique dans la matinée lorsqu'elle était chez Kate Atwood avec Liam. D'ordinaire, elle se confiait à elle pour tout, mais en l'occurrence elle ne lui avait rien dit en revenant, au sujet de la proposition de Liam, car cela la dépassait. Un mariage, franchement ?

Elle était bien contente que la boutique n'ait pas désempli de l'après-midi. Entre répondre aux différentes questions sur la provenance des articles, ce qu'elle ignorait en général, sur les ampoules qui, non, n'étaient pas fournies avec les lampes ou sur un éventuel rabais de dix dollars sur certains articles qu'elle concédait volontiers car elle l'avait anticipé, elle n'avait pas eu trop le temps de repenser à la demande en mariage.

Son regard tomba soudain sur le sac que la mère de Liam lui avait donné : elle l'avait apporté ici pour examiner de plus près la boîte à musique dès qu'elle aurait une minute à elle. Cet instant arriva enfin. Elle jeta un rapide coup d'œil vers Shane : il faisait paisiblement la sieste dans son siège, derrière le comptoir. Aussi s'empara-t-elle bien vite du sac et en sortit-elle la boîte.

C'était un très bel objet, et si ancien. Il devait avoir au moins un siècle et devait avoir été transmis de génération en génération. Elle passa la main sur le velours rose un peu usé qui le garnissait, tout en imaginant les bagues et broches qu'il avait abritées. Soudain, il lui sembla sentir quelque chose en dessous. Curieuse, elle souleva la doublure qui n'était pas collée, juste renforcée sur les bords et ainsi calée entre les parois de la boîte. Ce fut alors qu'elle découvrit une feuille de papier repliée.

Tiens donc ! Un mot secret ? Une lettre d'amour ? Avait-elle le droit de la lire ou bien ne devait-elle pas y toucher, puisque celle-ci avait été visiblement dissimulée sous la doublure ?

Toutefois, la boîte à musique avait fini entre ses mains, aussi cela ne posait-il peut-être pas de problème éthique qu'elle la lise… Juste une ligne ou deux…

Ce fut alors que le carillon retentit : Liam ! Il était d'une beauté extraordinaire, nota-t-elle aussitôt, mais il avait l'air furieux. Il portait Alexander qui était à moitié endormi.

Lettre secrète, tu devras attendre, pensa-t-elle, en la replaçant sous la doublure, tandis qu'elle remit la boîte dans le sac et poussa le tout sous son bureau : elle n'était pas à vendre.

— Tout va bien ? s'enquit-elle quand Liam s'approcha d'elle.

— Pas vraiment, répondit-il. Mon père estime qu'Alexander n'est plus son petit-fils. Apparemment, ce ne serait plus un Mercer, mais un Ingalls.

Shelby se figea, sous le choc. L'idée que cet enfant innocent ait été rejeté par son grand-père dépassait l'entendement

— Pardon ?

Au même instant, trois clientes entrèrent dans la boutique. Shelby leur adressa un sourire tendu, puis, glissant son bras sous celui de Liam, l'entraîna derrière le comptoir.

— Qu'est-ce que tu racontes ? Pourquoi ne serait-il plus son petit-fils ?

Et, traits décomposés, Liam lui expliqua la scène qui avait eu lieu au ranch : on le sentait à la fois fou de rage et profondément blessé.

— Alexander est ton fils, quoi qu'en dise ton père, affirma-t-elle. Et il le sera toujours comme tu le lui as précisé. Ce que tu ressens pour lui se trouve là, dans ton cœur, et un test d'ADN n'y changera rien.

En prononçant cette ultime phrase, elle avait posé la main sur le cœur de Liam.

— Il semblerait que mon père n'ait pas de cœur, je ne vois pas d'autre explication.

— Je suis désolée, Liam, dit-elle en lui saisissant la main. Ton père a besoin d'un peu de temps, ces découvertes lui posent un gros problème, mais il les surmontera.

— Non, s'il te plaît, ne lui trouve pas d'excuses, son comportement est inadmissible ! s'écria-t-il avant de se reprendre. Désolé, Shelby, je ne voulais pas déverser ma colère sur toi. Je vais monter à l'appartement avec Alexander, prendre une bonne douche pendant qu'il dort, puis me reposer un peu dans ma chambre et réfléchir, puisque tu travailles. On se voit à la fermeture ?

Elle hocha la tête et lui adressa un sourire compatissant.

Elle fut tentée de fermer plus tôt, mais les sœurs Minnow débarquèrent bientôt et, après elles, des touristes venus en ville pour le rodéo, de sorte qu'elle ne remonta chez elle qu'à 18 heures, après avoir compté sa caisse : quatre cents dollars pour aujourd'hui, ce n'était pas mal du tout !

Une fois en haut, le siège de Shane dans une main et la boîte à musique dans l'autre, elle n'entendit pas le moindre son… Dans la chambre d'enfant, Alexander dormait tranquillement dans son berceau. Elle déposa Shane dans le sien, lui fit un baiser sur le front et sortit à pas feutrés.

Alors qu'elle s'apprêtait à refermer la porte, elle aperçut Liam sur la chaise à bascule, vêtu encore une fois d'un seul jogging. Il s'était lui aussi endormi, un livre où le principal personnage était une poire parlante, sur les genoux.

Quel merveilleux tableau ! songea-t-elle. Et elle dut lutter contre l'envie de se blottir sur ses genoux pour écouter battre son cœur. À la place, elle se dirigea à regret vers la porte, pour sortir de la chambre où dormaient Liam et les enfants, tout en y laissant ses pensées.

Elle était en train de tomber amoureuse de lui ! se dit-elle subitement alors qu'elle allait en franchir le seuil.

Cette révélation lui causa un si grand choc qu'elle dut prendre appui contre la porte. *Oui*, se répéta-t-elle, *je suis en train de m'éprendre de toi, car tu es attentionné, gentil, que tu es un père formidable pour Alexander et que tu me témoignes de la considération et de la tendresse. Et puis regarde-toi !*

Ses yeux glissèrent alors sur son beau visage aux traits si bien sculptés, sa chevelure noire soyeuse, épaisse et ondulée, ses longs cils, sa mâchoire carrée recouverte d'une barbe de fin de journée, ses larges épaules et puis ce torse si musclé… Sans compter ses pieds nus si sexy.

Allait-elle vraiment épouser cet homme ? Il ne croyait pas en l'amour, et il s'agissait d'une demande en mariage de circonstance ! Bien qu'elle s'efforçât de ne pas penser à sa proposition, son esprit y revenait constamment. C'était l'unique solution, il avait raison. Ils formeraient une cellule familiale et tout le monde y gagnerait. Les enfants auraient leurs deux parents, et Liam et Shelby ne perdraient pas la raison.

Enfin, pouvait-elle vraiment répondre de la sienne ? N'allait-elle pas devenir au contraire complètement folle ? Elle éprouvait déjà de forts sentiments pour Liam Mercer, que se passerait-il si elle s'éprenait de lui, et qu'il lui rappelait froidement qu'il ne s'agissait pas d'une union romantique, que l'amour n'avait rien à voir dans cette histoire ?

Pauvre idiote, il ne s'agit pas de ta vie amoureuse, mais de garder Shane et d'élever Alexander, l'enjeu, ce sont les enfants ! Et de ne pas souffrir, songea-t-elle.

Elle ne devait surtout pas l'oublier : ce mariage lui permettrait de garder les deux enfants et de ne pas avoir le cœur brisé, l'important étant d'associer ce dernier aux enfants, pas à cet homme.

Je t'épouserai, Liam Mercer. Si j'ai survécu à l'entretien de vendredi avec l'administratrice de la clinique, je peux survivre à tout.

Elle lui donnerait sa réponse lundi, quand les résultats seraient tombés.

Dans la nuit du dimanche au lundi, Liam se réveilla toutes les heures. Bien sûr, il savait déjà qu'Alexander n'était pas son fils biologique et que le test ADN indiquerait que son fils, c'était Shane. Mais son cœur n'arrivait toujours pas à le croire.

Il repoussa soudain la couverture : il avait besoin d'un verre de whisky pour se calmer et pouvoir enfin dormir.

Quand il arriva dans la cuisine, ce fut pour constater que Shelby l'y avait devancé. Il était 3 h 12 du matin, pas certain qu'elle ait envie de compagnie… Il demeura un instant sur le seuil, à la contempler. Elle était assise près de la fenêtre, les mains autour d'une tasse fumante. Sur son profil, il pouvait lire aisément la tension qui l'habitait.

Il finit par s'éclaircir la voix.

Elle tourna la tête vers lui et éclata en sanglots.

— Shelby, dit-il en se précipitant vers elle.

Aussitôt elle se leva, et ils se retrouvèrent dans les bras l'un de l'autre.

— Je comprends, je ressens la même chose que toi, dit-il pour l'apaiser.

Puis il resserra son étreinte et la laissa se soulager autant qu'elle le voulait, posant sa tête au-dessus de la sienne ; ses cheveux étaient soyeux et fleuraient la noix de coco.

Le whisky était-il bien nécessaire, alors qu'il tenait dans les bras la belle et douce Shelby, qui sentait aussi bon qu'une plage exotique ?

— Tout va bien se passer, lui assura-t-il, nous y veillerons. Nous allons former une famille, Shelby.

Peu à peu, ses sanglots se calmèrent, mais son souffle demeurait saccadé. Elle finit par retrouver une respiration normale, mais resta blottie au creux de ses bras. Spontanément, il posa la main sur l'arrière de son crâne et se mit à caresser son épaisse chevelure blonde, avant de lui soulever le menton.

— Tout va bien se passer, répéta-t-il.

Elle leva les yeux vers lui, et il vit qu'elle s'efforçait de le croire.

— Parfois, dit-elle alors, il me semble que je croirais tout ce que tu peux me dire.

— En l'occurrence, nous allons unir nos forces pour que ça fonctionne. Il suffit de ne pas oublier que nous agissons pour nos enfants, et pour avoir ceux que l'on nous a déniés à la naissance. Si l'on garde cela en tête, tout ira bien.

— Je veux Shane et je veux aussi Alexander.

— Je veux Alexander et je veux aussi Shane, clama-t-il à son tour. Et le mariage nous le garantirait. Ce sera bien plus facile ainsi d'adopter les bébés que nous élevons depuis six mois et ceux que nous n'avons pas eus auprès de nous.

Elle hocha la tête, et une larme roula sur sa joue. De nouveau, il l'étreignit longuement.

Il avait une envie folle de l'embrasser, constata-t-il, consterné. Oui, il la désirait terriblement… Il aurait aimé glisser ses mains sur ses épaules, sur sa taille, puis les remonter vers ses seins…

Assez ! Ne venait-il pas de lui dire qu'ils devaient se concentrer sur ce qui était le plus important, c'est-à-dire les enfants ? Céder au désir qu'elle lui inspirait, passer une nuit brûlante avec elle les entraînerait vers un péril garanti, ruinerait tout entre eux. Les idylles mouraient, l'amour s'évanouissait, les gens tournaient la page, mais Shelby et lui ne pouvaient pas prendre le risque d'une histoire d'amour qui mettrait en danger leur famille.

Il la relâcha et s'écarta d'elle.

— Oui, tout ira bien, répéta-t-elle, un sourire incertain aux lèvres.

Brusquement, il n'en fut plus aussi certain.

- 8 -

Lundi arriva enfin. Il pleuvait. Un temps affreux, qui s'accordait tout à fait à la journée qui les attendait, pensa Liam en regardant par la fenêtre de la clinique. Une atmosphère parfaite pour lire noir sur blanc la preuve que vous aviez quitté cet établissement, six mois plus tôt, avec le bébé d'une autre, et que cette autre en était ressortie avec le vôtre.

Il jeta un coup d'œil à Shelby, assise à côté de lui. Elle se tenait droite comme un I, les yeux fixant le vide, pétrie d'une tension qui lui était insupportable. Sur une impulsion, il lui étreignit la main et, après l'avoir considéré un instant, elle lui rendit la pareille, puis détacha bien vite ses doigts des siens.

Le moment de vérité était arrivé.

L'administratrice tendit à chacun des avocats la copie des résultats du test, puis s'éclaircit la gorge. Il comprit alors sans l'ombre d'un doute ce qui allait s'ensuivre.

— Madame Ingalls, vous n'êtes pas la mère biologique de Shane Ingalls, déclara Anne Parcells, mais celle d'Alexander Mercer. Monsieur Mercer, vous n'êtes pas le père biologique d'Alexander Mercer, mais celui de Shane Ingalls. Après discussion avec l'infirmière de garde dans la nuit du 5 novembre, il apparaît que les bébés ont été accidentellement échangés.

Cette fois, Shelby lui saisit la main et ne la lâcha pas.

— Ce que je t'ai dit, c'était sérieux, murmura-t-il. Tout va bien, nous avons une solution. Ne l'oublions pas et nous survivrons à ce rendez-vous.

Elle se mordit la lèvre et hocha la tête, sa main littéralement agrippée à la sienne. En réalité, la pire journée pour Liam avait été celle de la première convocation, quand l'administratrice leur avait brutalement annoncé que son fils n'était sans doute pas du même sang que lui, mais probablement celui de Shelby. Il n'avait jamais vécu un tel cauchemar et, depuis, il avait eu le temps de réfléchir à la question, même si le tout demeurait encore très douloureux.

L'avocat de Liam lui demanda alors à voix basse s'il souhaitait ou non poursuivre la clinique en justice, ce à quoi il répondit par la négative, et vit au même moment Shelby secouer la tête, son avocat lui posant assurément la même question.

Par conséquent, Liam se leva et déclara :

— Shelby Ingalls et moi-même avons décidé d'un commun accord de ne pas intenter de procès à la clinique, qui joue un rôle essentiel dans notre région, ni à l'infirmière de garde, Kate Atwood. Une erreur est survenue lors d'une terrible tempête de neige, il ne s'agit pas d'un acte de négligence, mais d'une catastrophe naturelle.

— Je vous en suis reconnaissante, monsieur Mercer, déclara Anna Parcells, visiblement soulagée.

— Je suppose que vous avez tous les deux des choses à régler, intervint David Dirk en regardant Shelby et Liam.

— De fait, nous avons déjà trouvé un arrangement privé, indiqua Shelby.

Ces propos signifiaient-ils qu'elle acceptait sa proposition de mariage ? Liam nourrit brusquement un immense espoir.

— Très bien, dit Dirk. Shelby, si vous avez besoin de mes services, je serai là pour vous.

Shelby hocha la tête.

— Merci, David, c'est très gentil.

Là-dessus, il sortit de la pièce. L'avocat de Liam lui donna une tape dans le dos, tapota le nez d'Alexander et s'en fut à son tour.

Liam et Shelby se levèrent eux aussi et prirent congé de l'administratrice, et ce ne fut qu'une fois à l'extérieur, au grand air, que Liam se rendit compte qu'il avait jusque-là retenu sa respiration. Shelby se tenait près de lui, ses cheveux volant au vent, l'expression à la fois résolue et triste.

Il l'enlaça par les épaules.

— Mon fils, ton fils, nos fils, peu importe duquel nous parlons.

Il croisa ses yeux brillants, puis elle hocha la tête.

— Mon fils, ton fils, nos fils, répéta-t-elle.

Quand il déposa un baiser sur le front d'Alexander qu'il tenait devant lui dans son porte-bébé, elle l'imita avec Shane avant de déclarer :

— J'accepte ta demande en mariage, Liam. Nous formerons ainsi une cellule familiale, comme tu aimes à le dire.

— Bien, très bien, répondit-il.

— Je suppose que la maire pourra nous marier cette semaine à l'hôtel de ville, qu'en penses-tu ?

— Comme tu voudras, Shelby. Nous pouvons aussi organiser un mariage à la chapelle de Wedlock Creek, ou dans le jardin de ta mère ou encore à Treasures, si tu préfères. Je t'épouserai avec bonheur où et quand tu voudras.

Elle se figea et darda ses grands yeux sur lui.

— Avec bonheur ? Je ne crois pas que ce concept soit d'actualité.

— Allons, ce ne sera pas un mariage au sens traditionnel du terme, mais nous allons échanger des vœux et nous engager. Je veux que la cérémonie se déroule selon tes souhaits, quels qu'ils soient.

Elle inclina la tête.

— Dans ce cas, la mairie me va très bien. Mais je vais réfléchir à tout cela, et encore une fois merci d'être à mes côtés, et si attentionné.

— Je sais que ce n'est pas facile pour toi, Shelby, que ce n'est pas le mariage dont tu as rêvé, mais faisons en sorte qu'il soit à la hauteur des enjeux : chacun de nous se retrouve avec un nouveau fils, six mois après la naissance d'un premier, un enfant du même sang et de la même chair que lui. Cela mérite tout de même d'être fêté.

Elle lui serra le bras, et il fut heureux de constater qu'elle était presque soulagée.

— Quel genre de mariage veux-tu, toi ? demanda-t-elle à son tour.

— Tant que je t'épouse, le reste m'est un peu égal, répondit-il.

Elle se mordit la lèvre et détourna les yeux.

— Bien, reprit-elle, je vais aller voir ma famille pour leur apprendre les résultats, elles sont toutes sur des charbons ardents. On se retrouve dans une heure et on discute de l'avenir ?

Il hocha la tête et la regarda installer Shane dans sa petite Ford, avant de s'éloigner… Il eut à cet instant la sensation qu'on lui arrachait deux parties de lui-même.

— Pardon ?

Au cri du cœur de Norah, Shelby qui allait porter une cuillerée de tarte au chocolat à sa bouche s'immobilisa dans son geste.

— Il a bien dit : « Tant que je t'épouse, le reste m'est un peu égal » ? poursuivit sa sœur.

Shelby était confortablement installée dans un box du Pie Diner, à côté de Norah. En face d'elle, se trouvaient sa mère et sa tante. Le restaurant faisait salle comble, mais, dès que Shelby avait déclaré qu'elle allait se marier, toutes s'étaient dépêchées d'apporter les cafés aux clients et l'avaient rejointe sur la banquette où elle grignotait une part de tarte.

— On dirait qu'il a des sentiments pour toi, reprit Arlena Ingalls. Tu es sûre que ce n'est pas le cas ?

— Absolument. Il agit ainsi car je suis la mère biologique d'Alexander et la mère légale de Shane, il ne faut voir aucun romantisme là-dedans. Je suis la femme qu'il doit logiquement épouser en raison des circonstances.

— Un homme qui ne croirait pas à l'amour ne se marierait pas, chuchota tante Cheyenne, de peur que leur table ne s'attire les commérages.

— Dans ce mariage-là, il ne s'agit pas d'amour, martela Shelby. Sauf celui que l'on porte à deux bébés de six mois. Nous avons décidé de former une famille pour notre salut et le leur.

— S'il te plaît, ne me dis pas que vous allez filer à Vegas pour vous marier en douce ? demanda alors sa mère. Il s'agit peut-être d'un mariage de circonstance, mais pas question que ma fille se marie sans que j'assiste à la cérémonie.

Shelby sourit, ces paroles ne la laissaient pas insensible.

— Sans être un mariage honteux, ce n'est pas non plus un vrai mariage, voilà tout, plaida-t-elle.

— Il ne sera pas non plus temporaire, observa Norah. Donc pourquoi n'envisagerions-nous pas une cérémonie à la chapelle et une réception dans le jardin ?

Shelby adorait le jardin de sa mère avec ses arbres et ses belles lumières blanches suspendues à un fil, le soir. Mais un mariage à l'église avec une fête à la maison ? Non, c'était aller trop loin. Elle repensa à la magnifique chapelle de Wedlock Creek où elle avait épousé Morgan, totalement sous son charme alors qu'elle le connaissait si peu. Et à son rêve qui avait ensuite été si vite piétiné…

Au fond, elle pourrait peut-être se réaccaparer ce rêve en se mariant de nouveau dans cette chapelle. De toute façon, Liam et elle n'auraient pas de vie sexuelle, donc elle n'avait pas à redouter la vieille légende sur les multiples nouveau-nés censés naître d'une union célébrée en ce lieu.

Allez, c'était décidé, il était temps de surmonter le passé ! Engloutissant la dernière bouchée de tarte au chocolat, elle déclara :

— Entendu, on se mariera à la chapelle et ensuite on emmènera les garçons au parc.

— Oh ! je suis si heureuse ! déclara sa mère. Je conçois que ce mariage soit destiné à vous permettre d'adopter les enfants, mais ça n'en reste pas moins une cérémonie.

— Tu as raison, il s'agit de régler notre statut vis-à-vis

de nos enfants biologiques. Liam doit se renseigner pour savoir si l'on ne doit pas aussi adopter le fils que l'on a ramené à la maison après la naissance.

Tante Cheyenne hocha la tête.

— Quelle affaire ! Ce n'est peut-être pas un mariage d'amour, mais en tout cas ce Liam Mercer me semble être un homme bon, et puis on aurait deux enfants pour le prix d'un.

— Tu as raison, approuva Shelby, c'est ce qui compte, pas ma vie amoureuse. Et nous sommes tous les deux conscients qu'en se mariant on ne se fera pas souffrir mutuellement.

À cet instant, elle surprit le regard qu'échangèrent sa mère, sa tante et sa sœur. Qui comptait-elle tromper, au juste ? Bien sûr que quelqu'un allait souffrir, en l'occurrence elle, parce qu'elle était en train de tomber amoureuse de son fiancé. Et le fait de l'épouser, de vivre sous le même toit que lui et de le voir jouer son rôle de père auprès des enfants, la rendrait encore plus amoureuse de lui.

Il te suffira de mettre une paroi de verre entre vous deux, se dit-elle tout en sirotant son café. Mais… comment ?

— Donc, reprit Norah, comment cela va-t-il fonctionner concrètement, entre vous ?

Se rapprochant de sa sœur, elle ajouta d'une voix plus basse :

— Une fois mariés, est-ce que vous allez… ?

Shelby redressa la tête.

— Est-ce qu'on va quoi ?

Elle se heurta à trois paires d'yeux verts brillants de curiosité, d'amusement et d'interrogations.

Ah ! C'était donc ça ! Elles voulaient savoir s'ils allaient faire l'amour. Il s'agissait de la chambre à coucher.

— On n'a pas encore abordé la question, répondit-elle.

— Il serait préférable de vous accorder là-dessus avant le mariage, dit sa mère.

Elle se leva en entendant un homme marmonner que les serveuses étaient assises au lieu de travailler.

— Sur toutes les questions, d'ailleurs, ajouta-t-elle avant de s'éloigner. Pas seulement la chambre à coucher.

— Mais quelles autres questions y aurait-il à aborder ? interrogea alors Shelby.

— Celle de la chambre à coucher est essentielle, répondit Norah en levant le pouce vers un client pour lui indiquer qu'elle arrivait. Quant aux autres, c'est à vous d'y réfléchir ensemble.

Une fois qu'elle eut pris congé de sa famille pour que toutes puissent se remettre au travail, Shelby s'efforça de réfléchir à la fameuse liste, mais elle ne pouvait penser à autre chose qu'au beau Liam Mercer qui l'obsédait depuis hier soir quand, allongée dans son lit, elle avait conscience de sa présence, derrière le mur… Elle savait qu'il dormait uniquement avec un jogging et elle ne pouvait effacer son magnifique torse de ses souvenirs.

Elle se rappela quand il l'avait tenue contre lui, alors qu'elle voulait se préparer une infusion, et qu'il l'avait réconfortée dans ses bras vigoureux. Et puis chacun avait regagné sa chambre, et il en irait ainsi aussi après le mariage… Il n'y aurait ni baiser ni câlin… Assez ! C'était en l'occurrence l'unique façon de sortir du cauchemar, se morigéna-t-elle.

Après sa déconvenue avec Morgan, elle ne pouvait se permettre d'aimer à nouveau… Comme s'il était possible de contrôler l'amour ! soupira-t-elle intérieurement. Certes Liam Mercer semblait posséder une incroyable maîtrise de lui-même, mais au fond de son cœur elle espérait que l'amour finirait par s'épanouir entre eux. À moins qu'elle ne se méprenne sur sa gentillesse et ses attentions : n'avait-elle pas cru en la sincérité de son ex ? Il était assurément préférable qu'elle se concentre sur les enfants !

Lorsque Liam arriva chez Shelby avec la commande du traiteur chinois, il eut soudain un coup au cœur : il avait oublié Alexander à China Taste ! Ce fut alors qu'il se remémora qu'il n'était plus seul, qu'il vivait désormais avec une personne qui veillait sur lui pendant qu'il allait acheter le dîner.

Une personne qu'il allait épouser…

Même si ce mariage était son idée, il n'arrivait toujours pas à s'y habituer. Quoi qu'il en soit, ils avaient décidé d'en définir les grandes lignes autour du dîner.

Quand il déposa le sac sur la table basse, Shelby bondit et se dirigea dans la cuisine. Elle avait mis un jean qui moulait avantageusement ses hanches et ses longues jambes ; il était assorti à un T-shirt bleu marine à col en V qui soulignait ses yeux émeraude. Elle revint avec un plateau rempli d'assiettes, de couverts et un pichet de thé froid. Les deux enfants étant quasiment endormis dans leur chambre, l'heure d'une discussion sérieuse avait sonné.

Alors qu'il voulait couper un ravioli, une moitié vola sur le tapis, aussitôt inspectée par Luna, la chatte. Ils éclatèrent de rire, ce qui détendit finalement l'atmosphère entre eux.

— Oh ! du riz frit, miam ! J'adore, dit-elle.

— Ah bon ? Moi aussi.

— Il faudra désormais en prendre une triple portion, alors.

— Ne t'inquiète pas, je te laisserai toujours te servir avant moi.

Elle inclina la tête et le regarda :

— C'est bien vrai ?

— Je t'ai déjà dit que je ne te ferai pas souffrir et cela inclut tous les domaines.

Elle se mit de nouveau à rire.

— Bon, parlons de ce que nous attendons chacun de ce mariage, commença-t-elle.

— Tout d'abord, nous sommes d'accord sur le fait que chacun de nous est au même titre responsable des deux enfants, n'est-ce pas ? Ce sont *nos* fils.

— Tout à fait. C'est la règle numéro 1. Cela dit, il nous faudra sans doute un peu de temps pour nous y habituer. Je connais Alexander depuis un week-end seulement, et bien que je l'aime déjà, le lien qui nous unit n'est pas aussi fort qu'avec Shane, que je chéris depuis six mois.

— Naturellement, approuva Liam. Et vice versa.

Puis il avala une bouchée de nouilles sautées.

— Règle numéro 2, enchaîna Shelby, nous sommes certes mariés légalement, mais nous ferons chambre à part.

Cet euphémisme et la façon détachée dont elle l'avait prononcé signifiaient donc en d'autres termes qu'elle parlait de sexe, ou plutôt de son absence.

— Comme maintenant, dit-il alors sans laisser rien paraître.

Lui qui s'était imaginé dans un lit douillet avec la douce Shelby… Elle était si belle, si sensuelle même sans maquillage et en jean, comme ce soir. Il se la représentait sans peine en train de retirer son T-shirt et de lui dévoiler un soutien-gorge en dentelle, aussi délicieux que son corps.

Son esprit vagabondait décidément sur des terrains interdits, d'autant qu'elle lui parlait de mariage platonique, et qu'il avait toujours su que ce serait le cas.

— Entendu, concéda-t-il. Nous ferons chambre à part.

— Parfait, dit-elle en plongeant un ravioli dans de la sauce soja.

Parfait pour leur mariage, mais pas pour lui, reprit-il en son for intérieur, car il devrait déployer une folle énergie pour respecter la règle numéro 2. Assez ! Il devait se concentrer sur la raison première de cette union : les enfants !

— Je voudrais revenir sur la règle numéro 1, dit-il alors. Aucun ne peut prendre une décision pour l'un ou l'autre des bébés sans en aviser son partenaire. Comme j'ai l'habitude de tout gérer, ce ne sera pas facile pour moi, mais je ferai de mon mieux, je le promets.

— Approuvé. Mais comme ce sont leurs intérêts qui nous tiennent avant tout à cœur, je ne crois pas que cela devrait poser problème.

Liam hocha la tête.

— Jusque-là, nous avons formé une bonne équipe. Nous visons les mêmes objectifs.

— Absolument, et cela facilite les choses, surenchérit-elle.

De fait, ils étaient compatibles, car ils partageaient des

valeurs communes, et ce qui comptait le plus au monde pour chacun, c'étaient leurs fils.

Le mariage serait une réussite, il n'en doutait pas, s'il parvenait à surmonter l'attirance que Shelby suscitait en lui. Il n'y aurait ni dispute ni déception, rien de ce qui était lié à un mariage romantique.

Toutefois, il lui serait plus aisé de garder ses distances émotionnelles avec elle chez lui, car sa maison était plus spacieuse. Ici, tout respirait Shelby, et ils étaient à chaque instant trop proches l'un de l'autre.

Inspectant l'appartement dont le moindre recoin était occupé, il déclara soudain :

— Est-il vraiment essentiel pour toi de vivre ici ? C'est très cosy et accueillant, chez toi, là n'est pas le problème, mais un peu petit pour quatre. Je préférerais qu'on emménage sur mon ranch. Il y a plus de pièces et les enfants auraient également davantage de place pour s'ébattre.

— Passons un marché, lui proposa-t-elle alors. Nous habitons ici jusqu'à ce qu'ils sachent marcher, et ensuite, nous nous installons au ranch, car alors ils auront effectivement besoin de plus d'espace. Mais pour l'instant j'ai encore besoin de rester au-dessus de ma boutique, il faut que je m'habitue à l'idée d'en partir. J'espère que tu ne me trouves pas trop égoïste ?

— Non, je comprends tout fait, Shelby. C'est ton cocon, ici, et ton gagne-pain est juste en dessous. Restons ici jusqu'à ce qu'ils sachent marcher.

Il saurait faire face, s'efforcerait de ne pas la frôler dans sa petite cuisine, ni de l'imaginer nue dans sa salle de bains.

Un sourire illumina aussitôt le visage de Shelby pour s'évanouir assez vite quand elle reprit :

— J'ai repensé à la cérémonie et j'aimerais qu'on célèbre le mariage à la chapelle de Wedlock Creek mais, cela dit, on peut se contenter de la mairie, si tu préfères. Ensuite, on pourrait donner la réception sur ton ranch, car ici c'est bien trop petit, même si ma famille tient à ce qu'elle se passe à Pie Diner.

— Shelby, ne te préoccupe pas de l'aspect financier et organise le mariage de tes rêves.

— Liam, le mariage de mes rêves n'est pas d'épouser un homme que je n'aime pas et qui ne m'aime pas, et tout l'argent des Mercer ne pourra rien y changer.

— OK, dit-il en accusant le coup. Je sais que je te demande beaucoup, c'est pour cela que je souhaite vivement que, à part épouser un homme que tu n'aimes pas, tout soit comme tu le souhaites. Est-ce que cela a du sens ?

Elle lui sourit de nouveau.

— Oui, et c'est très gentil de ta part. Mais je descends d'une famille de pâtissiers, Liam, et je sais depuis l'enfance que le plus beau glaçage ne rattrapera pas un gâteau manqué.

— Très bien, permets-moi au moins de te promettre qu'en tant que ton futur mari dans cette aventure, je te respecterai toujours et que tu pourras toujours compter sur moi.

— Ne le prends pas contre toi, mais je suis d'un naturel méfiant, aussi me faudra-t-il un certain temps pour y croire. D'autant qu'avec mon passé…

Et elle se tut, rougissante, et pour masquer sa gêne se resservit du riz.

— Le père de Shane t'a terriblement blessée, n'est-ce pas ?

— Rien de bien inhabituel, j'imagine, c'était le genre de personne qui disait une chose et en faisait une autre. Il avait toujours les mots qu'il fallait, c'était un homme très romantique, il m'a séduite immédiatement et nous nous sommes tout de suite mariés. Sauf qu'en découvrant ma grossesse j'ai aussi appris qu'il avait deux autres petites amies. Quand je lui ai demandé des explications, il m'a rétorqué qu'il était jeune, insouciant et avait l'esprit large, d'ailleurs, n'était-ce pas pour cette raison que j'étais tombée amoureuse de lui ? Après quoi, il a tout de suite demandé le divorce et s'est enfui avec une autre fille qu'il affirmait aimer. Quand j'ai appris sa mort dans un accident, j'en étais à six mois de grossesse.

— Désolé, tu n'as pas dû avoir une grossesse facile.

— Je ne me suis pas apitoyée sur mon sort, de toute

façon, il ne voulait pas de son enfant, donc il n'aurait pas été présent.

— La vie est parfois dure avec nous.

— Oui, et tu sais de quoi tu parles.

Elle lui sourit, et il lui prit la main.

— Shelby, je te promets de ne jamais te trahir.

— Nous ne nous marions pas par amour, donc cela n'est pas un problème.

— Il y a mille façons de trahir, tu sais.

— Oui, tu as raison, concéda-t-elle, l'air sérieux.

— Et, quant à notre mariage, il ne s'agit effectivement pas d'amour mais de nos enfants, de devenir une famille.

Elle hocha la tête, et il se rendit compte qu'il tentait de s'en convaincre lui-même, mais qu'il ne pouvait pas s'empêcher de l'imaginer nue, de se figurer glissant la main sous son chemisier, d'explorer chaque parcelle de sa peau… Inutile de se mentir : il la désirait, mais évidemment il se contrôlerait, car la maîtrise de soi était sa philosophie de vie.

Il avala une gorgée de bière.

— Je m'occuperai des formalités liées au mariage demain, enchaîna-t-il, puis on pourra engager les procédures pour l'adoption des garçons, même si je ne suis pas certain qu'on doive adopter ceux que l'on a emmenés à la maison, à la sortie de la clinique. Je me renseignerai là-dessus.

— Imagine si l'un ou l'autre de nous avait été marié. Les choses auraient alors été terriblement compliquées.

— Oui, nous devons nous considérer chanceux ! approuva-t-il, d'autant qu'il n'avait jamais envisagé un mariage d'amour.

Au bout de quelques secondes, il reprit :

— Dis-moi, après ce que tu as subi avec le père de Shane, tu crois toujours en l'amour ?

— Ce n'est de toute façon plus d'actualité.

Était-ce une façon d'esquiver la question ? Quoiqu'il en soit, elle avait raison, l'amour n'était plus à l'ordre du jour, la famille ayant pris le pas sur le reste. Leur mariage s'apparenterait à un simple contrat, et en la matière, il s'y connaissait et savait aussi les respecter.

— Très bien, en tout cas, au nom des enfants, nous nous devons de célébrer l'événement comme il se doit.

— Tu as raison. Alors optons pour la chapelle. C'est un endroit magnifique, auréolé d'une belle légende, et…

— Une légende ? Laquelle ?

Elle secoua la tête.

— Bah, je l'ai en partie oubliée ! Ma sœur m'a dit qu'Annie Potterowski, le pasteur, serait disponible mercredi.

— Parfait, ce sera donc pour mercredi. Invite-t-on nos familles ? Je ne suis pas certain d'avoir envie de convier mon père, mais mon frère, si, naturellement.

— Nos deux familles doivent être présentes, et cela permettra d'ailleurs peut-être à ton père de comprendre ce que nous faisons, pourquoi c'est si important.

— L'idée de le voir ne m'enchante guère, en ce moment, marmonna Liam.

Et il perdit soudain son appétit pour l'aile de poulet grillé qu'il avait dans son assiette.

— Allons, Liam, il finira par s'apercevoir qu'il s'est trompé, sois patient avec lui.

— Il ne mérite pas mon calme, mais une punition, celle de ne plus jamais revoir ni Alexander, ni Shane, ni moi.

— Et tout le monde en souffrira, Liam !

— Peut-on changer de sujet ? dit-il en lui tendant un biscuit chinois accompagné d'une maxime.

— Tout à fait, répondit-elle en le prenant. Voyons voir… Selon ma maxime, « on apprend en allant là où l'on doit aller ».

Elle fronça un sourcil, et il enchaîna :

— C'est tout à fait ce que nous faisons. Nous nous marions et nous apprendrons au fur et à mesure.

— Mais nous apprendrons quoi ?

— À faire en sorte que ce mariage fonctionne, à vivre ensemble, à être les parents d'enfants que nous connaissons à peine.

— Bien dit, je vais mettre cette maxime dans mon portefeuille. Elle me plaît.

Il sourit et ouvrit son biscuit, impatient de lire la sienne.

— La mienne affirme que la meilleure saison de l'année est celle où l'on a le cœur chaud et la tête froide. La tête froide, je l'ai, sauf quand il s'agit de mon père, et j'ai le cœur chaud pour mes enfants. Donc, celle-ci convient aussi ?

— Je pense qu'elle recommande en fait d'être passionné mais de garder l'esprit pratique. Elle me plaît aussi.

— Mais ces deux notions s'annulent ! On ne peut pas être passionné et pragmatique. Tu imagines si on laissait la passion s'emparer de notre mariage ?

Il secoua la tête.

— Cela deviendrait difficile, ajouta-t-il.

— En quoi ?

— Qui dit amour, dit souffrance, et nous ne pouvons pas nous permettre d'avoir le cœur brisé dans notre situation, Shelby. Aussi, même si j'ai très envie de te faire l'amour, je n'irai jamais plus moins qu'un baiser sur la bouche avec toi.

— Tiens donc ? Tu voudrais me déshabiller ?

— Tu es une très belle femme, et ce que je dis, c'est que nous devons garder nos distances car ce mariage est destiné à régler le problème des enfants.

— Exact, nous formons une cellule familiale.

— Tout à fait. D'ailleurs, avant de te rencontrer, je me demandais comment je pourrais faire en sorte qu'Alexander ait une mère puisque je ne voulais pas me marier. Finalement, la solution s'est imposée à moi.

Elle le considéra un instant, puis hocha lentement la tête, comme si elle pensait à quelque chose de précis, sans doute à son ex-mari et à ce qu'il lui avait fait endurer, même si elle affirmait croire encore en l'amour. Mais, grâce à leur mariage, elle n'aurait pas à craindre une nouvelle peine de cœur, et son fils ou plus exactement ses fils auraient un père. Un père aimant et dévoué, pour eux et elle.

Il ne lui restait plus qu'à déployer des trésors de génie pour ne pas penser à Shelby en tant que femme désirable.

*
* *

Shelby regarda encore une fois le réveil : 1 h 37 et elle n'arrivait toujours pas à dormir. Les paroles de Liam résonnaient en écho dans son cerveau : « Même si j'ai très envie de te faire l'amour… Nous devons garder nos distances… Ce mariage est destiné à régler le problème des enfants… »

Mercredi, elle l'épouserait pour la meilleure raison du monde, mais au prix de ses espoirs et de ses rêves. Elle devait néanmoins s'estimer heureuse que Liam Mercer soit célibataire, beau et sexy ainsi qu'un père aimant et attentionné. Il aurait pu être un homme épouvantable qui, grâce à son argent, aurait cherché à récupérer Shane et à l'écarter *elle* du tableau. Au moins, elle n'avait pas à redouter une telle éventualité ! Il y avait malgré tout quelques bonnes étoiles au-dessus de sa tête, se dit-elle en repoussant la couette. Forte de cette pensée, elle alla se faire une camomille pour s'endormir.

En passant devant la chambre de Liam, elle remarqua que la porte était entrebâillée et, l'espace d'une seconde, elle fut tentée de la pousser pour le regarder dormir, contempler son corps sans doute encore à moitié nu. Mais à la place elle se dirigea vers la cuisine, remplit la bouilloire et attendit que l'eau chauffe. Son regard tomba alors sur le sac qui contenait la boîte à musique : elle l'avait posé sur le réfrigérateur, puis oublié ici. Pas étonnant, vu le tourbillon qu'était devenue sa vie…

La lettre secrète ! pensa-t-elle tout à coup. Elle se leva d'un bond pour prendre le sac : l'auteur en était peut-être passionné et romantique, ce qui la changerait.

Prudente, elle retira la bouilloire du feu avant qu'elle ne siffle et ne réveille toute la maisonnée puis versa de l'eau fumante sur la camomille. Pendant que celle-ci infusait, elle sortit avec délicatesse la boîte à musique du sac en papier.

Cette fois, elle extirpa immédiatement la lettre de dessous le velours rose : le papier avait un peu jauni, et l'écriture à l'encre noire était très soignée. Elle laissa courir son regard jusqu'en bas : la lettre était signée *maman.* Elle le remonta vivement et s'aperçut qu'elle commençait par : *Mon cher enfant.*

La date remontait à cinquante-huit ans.

Plus d'un siècle s'était écoulé… Étant donné son ancienneté et le fait qu'elle ne porte aucun nom, elle se sentit en droit de la lire.

Mon cher enfant,

Tu vas venir au monde d'un jour à l'autre, maintenant. Je sais que je ne serai pas en mesure de prendre soin de toi comme il le faut. Je peux à peine me nourrir moi-même, alors comment pourrais-je donner à un nouveau-né ce dont il a besoin ? Sans compter que l'hiver arrive. Un minuscule appartement sordide au-dessus d'un bar n'est pas un endroit approprié pour élever un enfant.

Mme Mercer affirme qu'elle te désire sans rien en échange et que tu seras comblé d'amour comme si tu étais sa propre chair et son propre sang. La première fois qu'elle me l'a dit, j'ai éclaté en sanglots, mais je comprends à présent ses propos : elle te chérira comme moi j'aurais aimé le faire. Elle t'apportera tout ce dont tu as besoin, ce que tu mérites, alors qu'avec moi tu aurais eu une existence misérable, toute ta vie on t'aurait traité de bâtard. Or, je veux le meilleur pour mon précieux enfant, c'est pourquoi tu iras avec Mme Mercer dès que tu seras né. Tu seras son enfant. Mais sache que je t'aimerais toujours et à tout jamais de toute la force de mon cœur.

Maman.

Shelby se leva et, jambes tremblantes, se mit à faire les cent pas. Qu'est-ce que c'était que cette fichue lettre ? Elle remontait à cinquante-huit ans ! Cela ne signifiait-il donc pas qu'elle concernait le père de Liam ?

Elle regarda le nom inscrit sur le sac en papier : « HARRINGTON MERCER »… On l'avait déposé devant sa porte, il s'agissait par conséquent d'une personne qui savait que la lettre se trouvait à l'intérieur et qui souhaitait qu'il apprenne la vérité… Qui cela pouvait-il bien être ?

En outre, il aurait été facile de ne pas se rendre compte de la présence de la lettre, sous la doublure. D'ailleurs, les Mercer lui avaient donné la boîte sans savoir ce qu'elle contenait, elle en était certaine…

La personne qui l'avait laissée avait sans doute pensé que Larissa Mercer ouvrirait le sac par curiosité, puis la boîte, et enfin soulèverait la doublure en apercevant qu'elle gonflait un peu. Elle avait pris un risque, car Larissa Mercer n'était pas allée jusque-là.

En revanche, celle-ci l'avait sortie de son emballage et en avait tourné la clé pour vérifier si elle marchait, puisqu'en la lui remettant elle avait assuré à Shelby qu'elle jouait une de ses sonates préférées de Mozart. Peut-être que la personne qui l'avait laissée sur le seuil des Mercer avait songé qu'elle la rendait à qui de droit et que, si le destinataire de cette lettre la trouvait, la boucle serait bouclée. Dans le cas contraire, elle aurait au moins fait son devoir.

Se pouvait-il que ce soit la mère en personne ? Ou bien était-ce une amie ou une proche de celle-ci ?

Shelby relut la lettre…

Quel rapport entretenait l'auteure avec Mme Mercer ? Se connaissaient-elles, étant donné la date à laquelle la lettre avait été rédigée ? Mais au fond qui était cette Mme Mercer ? N'y avait-il pas de forte chance pour qu'il s'agisse de la grand-mère de Liam, en l'occurrence Alexandra Mercer de qui Alexander tenait son nom ? À moins qu'il ne s'agisse d'une tout autre Mme Mercer…

Les questions s'enchaînaient dans l'esprit de Shelby, mais une dominait les autres : devait-elle réveiller Liam pour lui montrer la lettre ? Cela pouvait sans doute attendre le lendemain, pensa-t-elle, même si à présent elle était certaine de ne plus fermer l'œil de la nuit.

Soudain, le casse-tête se résolut de lui-même puisque Liam se matérialisa brusquement dans la cuisine, vêtu de son fameux jogging et d'un T-shirt arborant sur le devant : « University of Wyoming Cowboys ».

- 9 -

Liam avait entendu Shelby se lever parce que lui-même ne cessait de tourner et de se retourner dans son lit, et que son oreille de père était sensible au moindre bruit, la nuit. Mais, au lieu des pleurs de bébé, c'étaient les pas de Shelby qui avaient attiré son attention quand elle s'était levée pour se rendre dans la cuisine. Nul doute qu'elle ne pouvait pas dormir à cause du mariage… Devait-il la laisser seule pour qu'elle puisse mettre de l'ordre dans ses idées ou bien aller la réconforter ? Il avait finalement choisi la deuxième option.

— Tu ne peux de nouveau pas dormir ? questionna-t-il en entrant dans la cuisine.

Il prit une tasse et ajouta :

— Reste-t-il assez d'eau dans la bouilloire ?

Elle hocha la tête et enchaîna :

— Comme je n'arrive pas à trouver le sommeil, je me suis dit qu'une tisane me ferait du bien.

Il se prépara la sienne et, s'asseyant à côté d'elle, il remarqua qu'elle tenait une lettre à la main, et que la boîte à bijoux que sa mère lui avait donnée se trouvait près d'elle.

— Tu as trouvé quelque chose, dans la boîte ? demanda-t-il en mettant du lait dans sa boisson chaude.

— Effectivement, Liam, il y avait une lettre sous la doublure.

— Ah bon ? Une lettre cachée ?

Elle acquiesça.

— Qui a été écrite il y a presque soixante ans, précisa-t-elle.

— Et que dit-elle ?

Elle prit une profonde respiration.

— Liam, je crois qu'il est préférable que tu la lises. Cette boîte à musique n'a pas été laissée par hasard sur la terrasse de tes parents. Quelqu'un voulait que ton père la trouve.

— Quoi ? Quel est le rapport entre cette lettre et mon père ?

— Je crois qu'elle lui est adressée.

Elle lui tendit le bout de papier. Sourcils froncés, Liam s'en empara : elle était signée « maman ». Curieux…

Le premier paragraphe le toucha et, dès le début du deuxième, il se leva d'un bond : « Mme Mercer affirme qu'elle te désire sans rien en échange et que tu seras comblé d'amour comme si tu étais sa propre chair et son propre sang. » Il regarda la date : c'était l'année de naissance de son père.

— Mon père aurait-il été adopté par Alexandra Mercer ? s'écria-t-il incrédule. Jamais il n'y a fait la moindre allusion.

— Peut-être l'ignore-t-il lui-même, souligna Shelby avec douceur.

Il la regarda fixement, ne sachant que penser.

— Peut-être aussi que non.

Il porta les yeux sur la boîte à musique.

— Et elle était là-dedans ?

— Sous la doublure, dit-elle en désignant le velours rose.

Elle lui montra alors comment il était possible de le soulever par les coins.

— Donc cette boîte appartiendrait à sa mère biologique et elle l'aurait laissée devant la porte, chez mes parents ? En imaginant que mes riches et snobs parents ouvriraient une vieille boîte à musique et trouveraient la lettre cachée ? Cela me semble peu plausible.

Shelby avala une gorgée de thé.

— Oui, je sais, mais j'ai passé en revue tous les scénarios possibles et aucun autre n'a de sens. Selon moi, c'est une personne proche de la mère biologique qui a déposé cette boîte sur la terrasse. Un parent ou un ami qui connaissait le secret et qui a jugé qu'il était grand temps que cette lettre arrive enfin à son destinataire.

— Pourquoi ne pas avoir tout simplement frappé à la porte afin de la remettre en mains propres ?

— Bonne question, j'ignore la réponse. La personne était peut-être tenue par une promesse, celle de ne jamais révéler le secret.

— Mais bon sang, que suis-je censé faire de l'information ? Montrer la lettre à mon père ? De toute évidence, il ignore qu'il a été adopté, je t'ai raconté comment il avait réagi aux résultats des tests ADN. Il est très sensible aux liens du sang et cela le tuerait d'apprendre que, pour reprendre ses mots, il n'est pas un « véritable Mercer ».

— Il faut qu'on mène l'enquête et qu'on découvre ce qui se cache derrière tout cela. Ta grand-mère devait connaître la mère biologique, leurs chemins se sont forcément croisés puisqu'un bébé a été donné. Je peux toujours interroger discrètement, parmi ma clientèle, les gens âgés qui vivent depuis toujours à Wedlock Creek.

Liam approuva d'un hochement de tête, il avait l'impression que son crâne allait éclater.

— Si ça t'amuse ! Pour ma part, j'en ai assez des secrets de famille, en une semaine, c'est beaucoup trop.

— Allons, Liam, dit-elle en posant sa main sur la sienne. Ne t'énerve pas ainsi. Aurais-tu par hasard un album de famille ? Si Alexandra Mercer était enceinte dans les mois qui ont précédé la naissance de ton père, alors il ne s'agit ni d'elle ni de ton père.

— Tu as raison, je sors de mes gonds sans raison, toute cette affaire n'a sûrement rien à voir avec ma grand-mère et mon père.

Mais n'avait-il pas réagi de la même façon quand elle lui avait annoncé qu'Alexander avait été échangé à la naissance ? se dit-il aussitôt.

*
* *

Tôt ce mardi matin, Shelby regarda Wedlock Creek s'éloigner tandis que Liam les conduisait à son ranch, à une dizaine de kilomètres de la ville. Il souhaitait en effet vérifier ses albums de famille avant d'aller au travail. Il avait ensuite pour projet de laisser les deux enfants à la crèche de Mercer Industries. Shelby avait trouvé cette idée fantastique, elle serait ainsi plus disponible pour enquêter sur le mystère familial qu'elle avait découvert dans la boîte à musique.

Ils s'engagèrent dans une longue allée qui reflétait à la fois le côté sauvage du Wyoming tout en était parfaitement entretenue. Au bout de cinq cents mètres, se dressait une grille en fer forgé ouverte, portant comme enseigne : « Double M ».

— « Double M » pour les deux Mercer ? s'enquit-elle alors.

Il hocha la tête.

— Cela dit, je suppose que je dois maintenant la faire changer pour qu'on inscrive à la place « Triple M ».

Puis il lui lança un sourire en coin et, relevant un sourcil, ajouta :

— Ou plus exactement « Quadruple M », puisque tu seras toi aussi bientôt une Mercer.

Elle se contenta de regarder l'enseigne, ne se sentant pas du tout Mercer, mais il était vrai qu'ils n'étaient pas encore mariés.

— Pourquoi pas tout simplement le Mercer Ranch ? finit-elle par dire.

— Oui, c'est sans doute ainsi que je le rebaptiserai, répondit-il en se garant devant une belle demeure blanche.

Dotée d'une porte rouge et de volets noirs, elle était entourée de kilomètres de prairies où l'on ne voyait pas l'ombre d'un cheptel, ni de chevaux. Comme Liam le lui avait précisé, ce n'était pas un ranch de travail.

— Que c'est beau, ici ! s'écria-t-elle en descendant de voiture.

Puis elle sortit Shane de son siège, et Liam en fit de même avec Alexander.

— Il m'a manqué, même si je m'en suis absenté seulement quelques jours. J'aime m'asseoir sur la terrasse et contempler la nature, la brise dans les arbres. Cela me permet de trouver la solution à de nombreux problèmes.

Peut-être avait-elle pris une décision hâtive en insistant pour qu'ils s'installent chez elle jusqu'à ce que les bébés sachent marcher. Au fond, un peu d'air frais leur ferait sans doute le plus grand bien.

— Viens, dit-il en prenant aussi le siège portatif de Shane.

Elle poussa une petite exclamation quand ils furent à l'intérieur : l'entrée ouvrait sur un immense espace ouvert, avec de grandes fenêtres partant du sol pour s'élever jusqu'au plafond, sur le mur du fond. De magnifiques tapis et des canapés en cuir formaient le coin salon autour de l'énorme cheminée en pierres apparentes. La pièce comportait par ailleurs un coin jeux pour Alexander avec des tapis d'éveil, un trotteur, un transat… Il y avait tout ce dont un enfant pouvait avoir besoin, comme Liam le lui avait dit.

Nul doute que Shane apprécierait lui aussi cette aire de jeux. Quant à elle, elle s'imaginait aisément prendre son café chaque matin en contemplant cette superbe vue. Cela apaiserait le tournant radical que sa vie avait pris si rapidement.

— Ta maison me plaît beaucoup, déclara-t-elle. Elle est magnifique.

— Attends de voir la chambre que je te réserve, enchaîna-t-il. C'est ma cousine Clara qui a décoré la chambre d'amis, le reste étant plutôt masculin. Je parie que tu vas l'adorer.

Aucun doute là-dessus !

Il porta les garçons quand ils montèrent l'escalier qui menait à l'étage, où il lui désigna alors une porte entrouverte.

— Ici, c'est la chambre d'enfant.

Elle y pénétra et poussa de nouveau un cri.

— Waouh ! Une vraie chambre de prince.

— J'avoue, dit-il en riant. J'ai voulu lui offrir le meilleur, puisque mes moyens me le permettaient.

Un berceau plaqué or trônait dans la pièce, des fresques représentant notamment Winnie l'ourson ornaient les murs, ainsi que des citations de ce dernier, dont Shelby appréciait particulièrement la sagesse. Un girafon en peluche occupait un angle, et des bibliothèques basses débordant de livres d'enfants couraient tout le long d'un mur. Une petite balancelle se trouvait près de la fenêtre ainsi que tous les accessoires de puériculture imaginables, tous de marques luxueuses. Jamais elle n'avait vu une chambre d'enfant aussi parfaite.

— La chambre de Shane est elle aussi très belle, ajouta vivement Liam, juste un peu plus petite.

Brusquement, elle sentit des larmes lui monter aux yeux.

— Tu sais, je repense à la lettre, à cette mère qui a écrit qu'elle voulait mieux pour son enfant à naître que ce qu'elle aurait pu lui procurer…

Il lui toucha l'épaule.

— Shelby, ne t'identifie pas à elle, s'il te plaît ! Ton appartement est adorable, et Shane ne manque absolument de rien. Bien au contraire.

— Merci, c'est gentil, mais je ne voudrais pas priver les enfants d'un endroit aussi magique. Alexander et Shane pourraient devenir de sacrés petits cow-boys sur ce ranch.

— Tu en es sûre ? Dans ce cas, on pourrait y emménager après le mariage.

Elle hocha la tête.

— Et dans la journée, soit les enfants viendraient avec moi à la boutique, soit à la crèche de ton entreprise. On pourrait couper la semaine en deux.

— Parfait.

Il la regarda et lui prit la main.

— Notre arrangement marchera, je te le promets.

Elle acquiesça rapidement puis, désireuse de changer de sujet, demanda :

— Alors, ces albums, où sont-ils ?

— Dans le salon, répondit-il.

Et ils redescendirent au rez-de-chaussée.

Liam déposa les enfants dans l'espace jeu, en réalité un immense parc, à l'intérieur duquel tout était sécurisé, puis pria Shelby de s'asseoir sur un des canapés où il la rejoignit avec deux albums en cuir.

— J'espère qu'il y a des photos d'Alexandra durant ses mois de grossesse, dit-elle, impatiente.

— Tout un album lui a été dédié par mon grand-père, Wilton, qui l'adorait et l'on y voit aussi mon père bébé. Cela fait des années que je n'ai pas feuilleté ces albums, mais j'imagine que nous allons tomber sur des photos de la grossesse.

Ils n'en trouvèrent pas une seule…

On voyait la chambre d'enfant à différents stades d'aménagement, il était donc clair qu'ils en attendaient un, mais nulle part ne figurait Alexandra enceinte. D'une photo datée de janvier sur laquelle celle-ci affichait un ventre bien plat, le pull rentré dans son pantalon, comme le voulait la mode des années 1950, on passait à un cliché d'elle neuf mois plus tard, en octobre, où elle posait en compagnie de Wilton, Harrington dans les bras. Puis il y avait quantité de photos de ce dernier en tant que nouveau-né.

— Regarde ! déclara Shelby. On voit ton grand-père quitter l'hôpital de Cottonwood County avec ton père.

— Seulement, qui a accouché de cet enfant ? Alexandra ou une autre femme ?

Le reste des photos ne révéla rien de plus, on y voyait juste le jeune Harrington grandir.

— Il existe peut-être un autre album consacré à la grossesse d'Alexandra, suggéra Shelby.

— Peut-être. Je demanderai à mes parents. Ils n'ont pas l'âme nostalgique, mais s'il y a des vieilles photos ils les auront conservées.

— Cela ne te dérange pas si, comme je te l'ai dit, je pose des questions très discrètes à ce sujet à mes clients les plus âgés ? Les sœurs Minnow ont passé leur vie à Wedlock

Creek, peut-être qu'elles se souviennent de la grossesse de ta grand-mère. Ou du fait qu'elle n'ait pas été enceinte.

— Tant que tes questions semblent fortuites, oui. Car si mon père a été adopté et n'est pas au courant, ce qui est probable, je ne veux pas qu'il devienne un sujet de commérage.

— Je serai prudente, c'est promis. Et puis je fais confiance à mes clientes régulières.

— Dans ce cas, tout va bien. Bon, je vais te montrer le reste de la propriété, puis on ira travailler et on essaiera de passer une journée normale.

Il se mit à rire et ajouta :

— Comme s'il n'y avait rien de plus normal que de découvrir un vendredi que votre bébé a été échangé à la naissance et de se marier le mercredi suivant avec la mère de l'enfant avec qui il a été échangé. Sans parler d'un mystère qui remonte à plus d'un demi-siècle autour de mon père.

— Essayons justement de vivre une journée habituelle, cela nous fera du bien, déclara Shelby. La passer à la boutique me permettra de me ressourcer.

— Espérons que lorsque nous serons mariés, c'est notre vie de famille qui nous semblera la nouvelle normalité.

Son optimisme la fit sourire malgré elle, car elle avait plutôt l'impression de nager en plein surréalisme.

Shelby ferma la boutique plus tôt que d'ordinaire pour rejoindre sa sœur, sa mère et sa tante à Finders Keepers, le seul endroit de Wedlock Creek qui vendait des robes.

— Tu ne peux pas te marier en jean, avait décrété Norah qui s'exclamait à présent : Oh ! Shelby ! Regarde cette robe à col cheminée avec des manches fendues qui descendent jusqu'aux chevilles. Ça fait très mariée.

— Je ne serai pas vraiment une mariée, lui rappela-t-elle.

— Ma chérie, tu ne te sens peut-être pas dans la peau d'une future mariée, mais tu vas bel et bien épouser Liam, répliqua sa mère. Légalement et tout le reste.

Elle s'arrêta devant une robe rose pâle et enchaîna :

— Que penses-tu de celle-ci ? C'est joli sans être formel.

Shelby la contempla un instant : oui, elle lui plaisait beaucoup, elle était vaporeuse, en soie…

— Non, je préfère une robe moins fantaisie, plus fonctionnelle, déclara-t-elle.

— Comme celle-ci ? proposa tante Cheyenne en brandissant une robe à bretelles jaunes en simple coton, avec un ourlet surligné.

— Pour le coup, on va croire que je vais à un barbecue chez les Mercer.

— Ça, alors ? questionna Norah..

Et elle roula des yeux pour montrer combien elle la trouvait ordinaire. Mais Shelby sourit d'un air approbateur en regardant la robe droite, blanc cassé, sans manches et d'une simplicité confondante que sa sœur venait de brandir.

— Parfait ! décréta-t-elle.

Ses parentes échangèrent un regard désespéré.

— Tâche au moins de porter des chaussures extraordinaires avec ça, dit Norah. Tu sais, les photos durent toujours.

— J'ai une paire d'escarpins qui fera tout à fait l'affaire, dit Shelby. Voilà, on peut y aller.

— J'espère que tu accepteras de mettre les boucles d'oreilles de ta grand-mère, dit sa mère. Je les avais moi-même pour mon mariage, et elles m'ont porté chance pendant plus de deux décennies.

Pour ce qui était de la chance, elle ne pouvait s'offrir le luxe d'un refus.

— J'en serai ravie, merci, maman.

Mais, à la mention de sa grand-mère, elle se rappela celle de Liam… Qui était-elle ? Que lui était-il arrivé ?

— Je ferme Pie Diner pour une réception privée demain de 12 h 30 à 13 h 30.

— Ah bon ? fit Shelby. À quelle occasion ?

— Parce que ma fille se marie !

Elle sourit à sa mère.

— Merci, maman, c'est gentil.

— Je te laisse le soin d'inviter les Mercer. Ainsi, nous pourrons faire leur connaissance.

Shelby hocha la tête. Au fond, une réception informelle serait peut-être la meilleure façon de réconcilier Liam et son père, car elle savait que l'attitude de ce dernier envers Alexander avait jeté un froid entre eux deux, et chacun était bien trop entêté pour faire le premier pas vers l'autre en vue d'une réconciliation.

Elle repensa à la lettre : Harrington serait-il dévasté de découvrir qu'il avait été adopté, le cas échéant ? Si l'idée que son propre petit-fils ne soit pas un « vrai Mercer » lui était intolérable, comment pourrait-il accepter de ne pas être celui pour qui il se prenait ?

Mais en quoi cela la concernait-il, au fond ? commença-t-elle à se demander avant de se rappeler qu'elle allait entrer dans cette famille et qu'Alexander et Shane étaient liés pour toujours aux Mercer. Finalement, la question la regardait bien.

Elle-même n'allait-elle pas devenir une Mercer sous peu ?

- 10 -

Le mercredi matin, Liam posa sur le plateau de la chaise haute d'Alexander son petit pot préféré, en l'occurrence une purée de patates douces, et sur celui de Shane, son favori également, à savoir une compote aux abricots, puis une cuillère dans chaque main il entreprit de les faire manger.

— Vous savez quoi, les garçons ? dit-il tandis qu'ils engloutissaient bruyamment leurs bouchées. Aujourd'hui, je vais épouser votre mère et vous porterez vos plus belles grenouillères.

Shane darda alors sur lui ses grands yeux bleus, et il lui caressa la joue : le petit bonhomme entoura tout de suite sa main autour de son index.

— Bababa, roucoula-t-il avec un grand sourire.

Alors, à cet instant, une porte s'ouvrit en Liam, une brèche par laquelle se mirent à couler des flots d'amour.

Tu es mon fils, songea-t-il en silence le cœur prêt à éclater. *Nous allons rattraper le temps perdu, toi et moi.*

Au moins, s'il pouvait en éprouver pour les enfants, son cas n'était pas complètement désespéré, en matière d'amour.

— Je suis ton papa, murmura-t-il à Shane avant de se tourner vers Alexander et d'enchaîner : et je suis aussi ton papa.

Celui-ci avala la cuillerée qu'il lui tendit et poussa à son tour un joyeux gazouillis, avant de saisir son jouet favori pour le cogner contre la chaise haute.

Ce fut alors que son téléphone sonna. Il avait un message de sa cousine Clara.

On se retrouve à la chapelle à midi, puis on se rend tout de suite après à Pie Diner.

Son père était-il inclus dans ce « on » ? se demanda-t-il. Liam avait appelé ses parents la veille pour leur annoncer le mariage. Sa mère avait été fort surprise, mais avait admis que c'était la bonne solution. Il avait alors entendu son père parler à l'arrière-plan d'un contrat de mariage. Liam avait soupiré puis exposé à sa mère la façon dont la journée se déroulerait, avant de raccrocher bien vite.

Aussi ignorait-il si son père assisterait ou non à la cérémonie.

Au moins, il savait que la future mariée serait présente ! À deux reprises la nuit dernière, il avait frappé à sa porte d'où filtrait un rai de lumière pour s'assurer qu'elle allait bien, et elle lui avait certifié que oui, qu'elle se préparait juste psychologiquement à l'événement du lendemain.

Il savait que ce mariage imminent l'empêchait de dormir, que son âme romantique n'avait jamais imaginé une union uniquement destinée à sceller le sort d'une famille. Mais il restait persuadé que leur union fonctionnerait car ils n'avaient de toute façon pas le choix.

— Je pensais que cela ne te dérangerait pas de voir la mariée avant la cérémonie, déclara Shelby en entrant dans la cuisine. Quoi qu'il en soit, je m'habillerai chez ma mère et tu pourras nous rejoindre là-bas avec les garçons. Tu veux que j'en prenne un ?

— Non, je me charge des deux.

Elle regarda sa montre, soupira, puis dit :

— Dans ce cas, rendez-vous à midi.

— Shelby…

Elle se retourna.

— Tout va bien se passer, lui assura-t-il. Je sais que je me répète, mais notre mariage sera une réussite, car c'est ce que nous voulons.

Elle parvint à lui sourire.

— Je compte sur toi, dit-elle.

Elle pouvait, jamais il ne la laisserait tomber. Sans doute ne serait-il pas en mesure de lui donner tout ce qu'elle voulait, mais elle aurait au moins un foyer solide.

— Bababa ! s'écria Alexander en tapant sur le plateau de sa chaise haute.

— Bababa ! renchérit Shane d'un ton joyeux.

Elle sourit.

— Eux aussi comptent sur toi.

Il repensa aux alliances en or, dans sa poche, symbole de force et d'éternité, aux vœux qu'ils allaient échanger. La veille, il avait appelé Norah pour connaître la taille du doigt de Shelby puis il était allé acheter deux anneaux assortis qui, il était certain, plairaient à cette dernière.

Il ferait tout ce qui était en son pouvoir pour qu'Alexander et Shane soient élevés au sein d'une famille équilibrée et que Shelby et lui profitent de leurs deux bébés. Ainsi, chacun serait heureux.

Encore que ce terme ne semblait pas s'appliquer à Shelby quand elle sortit de la cuisine… Le téléphone de Liam sonna soudain, et il fut ravi de la distraction : c'était son frère Drake.

— Alors, tu es dans tes petits souliers ? demanda ce dernier.

— Pas du tout. Je suis calme et concentré.

— Arrête, Liam ! Tu vas te marier, ce n'est pas rien.

Liam reposa les cuillères.

— Drake, tu sais comme moi que nous nous marions pour pouvoir garder nos enfants et élever celui qu'on nous a au départ dénié. Il s'agit d'un contrat fondé sur un besoin impérieux. Presque comme la fusion de deux sociétés.

Drake se mit à rire.

— Tu ressembles plus à papa que tu ne veux bien l'admettre, répondit-il.

Liam fronça les sourcils.

— Que veux-tu dire, au juste ?

— Que parfois tu as besoin qu'on te donne un bon coup de pied au derrière pour te remettre les idées en place.

— Pardon ?

Ce n'était tout de même pas son frère, cet invétéré coureur de jupons, qui allait lui faire la leçon sur le mariage.

— Je sais ce que je fais, Drake, précisa-t-il alors.

— Je voulais juste te dire que le réveil risque d'être difficile.

— Mais quel réveil, bon sang ?

— Sur ce que sera votre mariage ! Tu ne signes pas un contrat avec une nouvelle entreprise, Shelby est une personne, et Shane une minipersonne. Tu ne peux pas les traiter comme des chiffres et faire en sorte d'obtenir les résultats prévus.

— Et depuis quand es-tu expert ès mariages, toi ?

— Tu as raison, je n'ai aucune expérience en la matière, mais en revanche je te connais. Et tu ne regardes pas Shelby de la même façon que tu consultes tes bilans d'acquisition.

— Et pour cause, ce ne sont pas une belle femme.

— Exactement.

— Bon, tu peux me libérer, maintenant ? Je suis en train de donner à manger à *mes* fils.

À ces mots, il se figea et regarda Shane, tout étonné, puis Alexander. Il avait employé le pluriel !

Un silence assourdissant s'ensuivit au téléphone.

— Liam, s'écria tout à coup Drake, tu as entendu ? Tu as dit « mes fils ». Tu es passé d'un fils à deux, en même pas une semaine.

— Je sais, reprit-il, c'est la première fois que je le dis, mais c'est bien le cas, j'ai deux fils, à présent. Et c'est pourquoi j'épouse Shelby. Ce sera le meilleur partenariat de ma vie.

— Eh bien, je ne voudrais pour rien au monde manquer ton mariage ! À tout à l'heure à la chapelle.

Troublé, Liam essaya ensuite de se concentrer sur les joyeux bébés dans leur chaise haute. L'un repoussa une cuillerée de céréales qui se répandirent sur le sol, tandis que l'autre jeta ses jouets à travers la pièce.

Et il les en remercia presque, car cela, c'était son quotidien, il savait le gérer !

En revanche, son mariage avec Shelby, ce qu'il ressentait pour elle, tout au fond de lui-même, s'apparentait à un territoire inconnu auquel il préférait ne pas trop réfléchir.

La chapelle de Wedlock Creek était une belle bâtisse blanche, construite en 1895. Elle ressemblait un peu à un gâteau de mariage et sa cloche était en forme de cœur, ce qui avait frappé Shelby, la première fois qu'elle y était entrée. Aujourd'hui, elle avait été surprise que le sien n'ait pas lâché quand elle y avait pénétré, mais elle s'était efforcée de ne pas penser à son premier mariage et de rester concentrée sur Shane, Alexander et Liam.

Elle se trouvait actuellement dans l'espace réservé à la mariée, l'estomac noué. Par chance, Norah se tenait près d'elle, et son calme avait sur elle un effet apaisant.

— Il est magnifique, lui murmura cette dernière.

Elle venait de soulever discrètement un coin de l'épais rideau pour regarder le marié.

— Sur son trente et un, précisa-t-elle.

— Vraiment ? demanda Shelby.

Et elle vint se placer derrière sa sœur.

À la vue de Liam, le souffle lui manqua. Il était incroyablement beau et sensuel dans son impeccable costume bleu nuit et sa cravate de même ton. Shane et Alexander étaient dans leur coque, près de lui, et si elle ne se trompait pas ils portaient des grenouillères qui ressemblaient à des smokings.

— Les bébés aussi sont adorables, ajouta Norah. Comme tu as de la chance ! Tu vas avoir un riche et séduisant mari, ainsi que deux enfants. Je sais que la semaine dernière a été rude pour toi, mais regarde comme tout s'arrange, finalement !

— Ce n'est jamais très drôle, tu sais, d'épouser un homme pour une autre raison que l'amour et de devoir passer le reste de sa vie avec lui, rappela Shelby à sa jeune sœur dont les yeux brillaient.

— Je sais, mais si tu devais épouser un homme, tu ne pouvais pas mieux tomber que sur Liam Mercer.

Shelby regarda une dernière fois le marié et se rendit compte qu'elle avait en réalité du mal à détacher ses yeux de lui.

— Bon, laisse-moi t'inspecter, déclara Norah, en la jaugeant de pied en cap.

— La robe est parfaite, le maquillage quasi inexistant à la demande de la mariée. Les boucles d'oreilles de notre grand-mère te vont à ravir et l'écharpe est clairement sortie du fin fond de ton placard, mais l'un dans l'autre, Shelby Ingalls, tu es splendide.

Elle se regarda dans le miroir. La robe était des plus simple mais bien ajustée et elle convenait pleinement pour un mariage à l'heure du déjeuner. Et ces boucles d'oreilles, portées par sa grand-mère et sa mère, représentaient à ses yeux une bénédiction des générations passées.

On frappa à la porte.

— Si vous êtes prêtes, allons-y, indiqua Annie qui allait célébrer le mariage.

Elle lui sourit puis, se retournant vers sa sœur quand Annie eut disparu, elle s'interrogea à voix haute :

— Suis-je vraiment prête à épouser un homme que je ne connaissais pas jeudi dernier ?

— Tu es prête en tout cas à épouser le père de Shane et à être la mère d'Alexander, non ?

— Tout à fait.

— Dans ce cas, ne te pose plus de question, décréta Norah en ouvrant la porte.

Il n'y eut pas de marche nuptiale, mais un tapis rouge avait été déployé, de sorte que la mariée et son témoin, en l'occurrence Norah, l'empruntèrent pour regagner l'autel. Il y avait trois Ingalls du côté gauche et cinq Mercer du côté droit.

Shelby se concentra sur les bébés dans leurs grenouillères-smokings : ils étaient si adorables qu'un grand sourire éclaira soudain son visage. Un sourire qui venait du fond du cœur. Seulement, il s'évanouit quand elle tourna la tête vers le marié, à côté de la maire, tant elle était nerveuse.

Elle allait donc épouser cet homme. Il allait devenir son mari, certes pas à tous les sens du mot, mais il serait néanmoins sien.

Les paroles de la maire lui parvenaient à présent comme à travers du coton, bien qu'elle s'efforçât de se concentrer sur ce qu'elle disait et non sur les sensations étranges qu'elle éprouvait.

— Shelby Rae Ingalls, consentez-vous à prendre pour époux Liam West Mercer ? demanda Annie.

Elle lança un coup d'œil à Liam qui la regarda droit dans les yeux, sans paraître inquiet. *Parce qu'il a obtenu exactement ce qu'il voulait*, songea-t-elle : *une mère pour Alexander, et son fils biologique, Shane. En d'autres termes, un contrat sans amour, sans idylle et sans passion.*

Elle regarda de nouveau les petits. *Tu le fais pour eux, et pour toi, pour les garder tous les deux auprès de toi et ne pas t'inquiéter de leur sort.*

Et un peu pour Liam, qui comptait beaucoup à ses yeux, aussi, dut-elle admettre. Parce que c'était un homme bon, attentionné, affable.

— Oui, répondit-elle alors à la question restée en suspens.

Ce fut au tour de Liam de prononcer ses vœux, les anneaux furent échangés, le sien lui allait à la perfection. Son nouveau mari avait sans doute pris ses renseignements auprès de sa sœur. L'alliance en or, piquée de diamants qui étincelaient à son doigt, était exactement à sa taille.

— Vous pouvez embrasser la mariée…

Elle sursauta, mais à ces mots Liam se pencha pour lui donner un preste baiser sur la bouche.

— Félicitations, monsieur et madame Mercer, enchaîna Annie.

Tous les convives applaudirent.

Il n'échappa toutefois pas à Shelby que le père de Liam faisait preuve d'une grande retenue, désapprouvant manifestement le cours qu'avaient pris les événements, tout comme il était clair que sa mère était un peu confuse d'assister au mariage de son fils avec une femme dont, avant le week-end dernier, elle n'avait jamais entendu parler. Le frère de Liam lui donna en revanche une tape affectueuse dans le dos avant d'enlacer Shelby et de lui souhaiter la bienvenue dans la famille.

— Ce n'est pas à proprement parler un véritable mariage, déclara Harrington Mercer. Vous vous mariez uniquement à cause de la situation dans laquelle vous vous êtes retrouvés.

— Si légal et véritable sont synonymes en matière de mariage, alors celui-ci l'est bel et bien, répliqua Liam d'un ton légèrement agacé.

Son père lui tourna alors le dos, tandis que Larissa Mercer, sourcils froncés et pleine de compassion envers son fils et sa nouvelle belle-fille, s'empressa de dire :

— À tout de suite à Pie Diner.

Clara, la cousine de Liam, et la famille de Shelby bondirent devant les mariés en brandissant leurs smartphones pour les prendre en photo, puis Norah déclara :

— Et maintenant prenez vos enfants pour quelques clichés avec eux.

Oui, c'était d'eux qu'il s'agissait, pensa aussitôt Shelby, et elle s'empara de la coque d'Alexander tandis que Liam saisissait celle de Shane.

Tout à coup, elle poussa une petite exclamation en comprenant qu'elle n'avait pas cherché à prendre Shane, mais que c'était Alexander qu'elle tenait dans les bras.

Le blottissant contre elle, elle murmura :

— Tu es mon fils et tu le seras toujours, au même titre que Shane.

Liam embrassa ce dernier sur le front, puis proposa de les échanger pour la photo.

Quand elle retrouva Shane, la familiarité de son petit corps la réconforta, sachant qu'elle avait à présent tout le temps voulu pour s'habituer à Alexander et ne plus faire de différence entre les deux.

La séance photo se poursuivit à l'extérieur, de sorte que Shelby ne doutait pas que la langue de ses clients se délierait à propos de la propriétaire de Treasures qui avait épousé le puissant Mercer.

— Shelby et Liam, s'écria Annie, les yeux brillants de larmes, je suis si heureuse pour vous ! Et regardez, la légende de Wedlock Creek est déjà devenue réalité.

Shelby jeta un coup d'œil à son nouveau mari et répondit, un rien gênée :

— Je ne suis pas enceinte, Annie. Et encore moins de plusieurs bébés.

— Sans doute, mais vous avez des jumeaux, maintenant, non ? répliqua Abe, son mari, en rajustant son nœud papillon. Ces petits gars, là, ont exactement le même âge, sont nés le même jour et quasiment à la même heure. Ils ont toutes les caractéristiques des jumeaux, à part le sang.

Shelby retint un petit cri et Alexander haussa un sourcil.

— Vous avez raison, admit-elle en regardant Alexander et Shane, nous avons bien deux enfants.

— Indéniablement, reprit Liam.

— On pourra donc rajouter une croix sur le mur des couples pour qui la légende s'est concrétisée !

Et là-dessus tout le monde se dirigea vers Pie Diner, où la famille de Shelby avait accroché une bannière sur laquelle était écrit en lettres énormes : Félicitations ! Des ballons gonflables et des serpentins étaient également disposés aux murs et au plafond.

Les Mercer, y compris Harrington, étaient chaleureux et amicaux, et tout le monde apprécia les tartes, le café et le thé glacé concoctés par les Ingalls. Quand Harrington demanda à tenir Shane dans ses bras pour célébrer son lien officiel avec le petit garçon, Shelby regarda Liam à la dérobée, lequel scrutait attentivement son père. Ce père, qui depuis le début avait complètement ignoré Alexander, ne lui avait pas même accordé un regard.

Tous les autres Mercer traitaient Alexander comme le petit-fils adoré qu'il avait toujours été pour eux et s'affairaient aussi autour de Shane, le nouveau venu dans la famille. Mais Harrington ne s'intéressait qu'à Shane.

Bon sang ! songea Shelby. Il était manifeste que cet homme ignorait qu'il avait été adopté, sans quoi l'ADN n'aurait pas revêtu une telle importance à ses yeux. Il aurait su qu'une famille se construisait sur l'amour, l'engagement, la sollicitude et les responsabilités.

Tandis que Shelby écoutait d'une oreille Clara Mercer complimenter Norah sur sa tarte au beurre de cacahuète et aux copeaux de chocolat, elle continuait à observer Liam qui lui-même fixait son père, yeux plissés : Harrington Mercer, qui tenait toujours Shane dans ses bras, était à présent en train de lui montrer, par la fenêtre, un petit oiseau au col rouge, posé sur la branche d'un arbre.

Shelby connaissait assez son nouveau mari pour savoir qu'il fulminait intérieurement et qu'une épreuve de force se profilait. Sans doute pas aujourd'hui, pas le jour de leur mariage, mais sous peu. Liam, doué d'une grande sensibilité, allait lui-même être, tôt ou tard, confronté à ses propres contradictions : on ne pouvait en effet pas décider qu'on n'aimerait pas la femme qu'on venait d'épouser par souci de tenir l'affect, forcément porteur de complications, à distance. Tout comme son père ne pouvait décréter qu'il n'aimait plus son petit-fils de six mois sous prétexte qu'il n'était pas un « vrai Mercer ».

L'amour reposait sur une alchimie et des mystères qui lui étaient propres, personne n'était en mesure de le commander, dans un sens comme dans un autre, et les deux hommes allaient l'apprendre à leurs dépens.

Elle était en effet certaine que Liam éprouvait plus que de l'amitié pour elle, il lui suffisait de regarder la magnifique alliance qui brillait à son doigt et qu'il avait lui-même choisie.

Des surprises attendaient Shelby dans sa nouvelle demeure, puisque d'un commun accord ils avaient décidé qu'ils emménageraient au ranch juste après le mariage. Ainsi, un nouveau berceau fantaisie avait été commandé pour Shane et son nom peint en gros caractères sur le mur, comme celui d'Alexander.

Liam avait vu juste quand il lui avait affirmé qu'elle adorerait la chambre d'amis décorée par sa cousine Clara. Dès qu'elle y pénétra, elle eut la sensation d'être au bord de la mer, dans un bungalow conçu exactement selon ses goûts dans des tons de bleu clair, de jaune pâle et de blanc, avec une touche de rose ici et là. Un fauteuil à bascule se trouvait près de la fenêtre avec, disposé sur un guéridon, ce dont elle pourrait avoir besoin pour calmer un petit enfant agité au cœur de la nuit.

Des roses rouges avaient été placées sur la table de nuit.

Un peignoir blanc avec chaussons assortis était posé sur le lit, ainsi qu'un énorme cadeau enrubanné.

— Qu'est-ce que c'est ? demanda-t-elle, soudain un peu gênée de se retrouver dans la chambre avec lui, le jour de leur mariage.

Soit, ce n'était que l'après-midi, mais tout de même… Un lit, une alliance, des vœux échangés.

— Un présent pour toi, répondit-il.

Elle sourit, intriguée par cet imposant cadeau rectangulaire. Elle dénoua bien vite le ruban argenté, ôta le papier et ouvrit alors de grands yeux émerveillés.

— Oh ! Liam, c'est magnifique !

C'était une malle aux trésors, un trousseau, en marqueterie blanche avec son nom écrit en or sur le dessus. Elle l'adora sur-le-champ.

— J'ai toujours rêvé d'en posséder un, dit-elle. Merci, Liam.

— J'en ai un moi-même pour Alexander où je range tous ses trésors.

Elle se mordit la lèvre, perturbée, car elle avait cru qu'elle lui était destinée, mais dans un suprême effort renchérit :

— C'est parfait. Moi aussi j'ai quelque chose pour toi.

Et elle sortit alors de son sac un paquet enveloppé qu'elle lui tendit.

Un sourire se dessina sur ses lèvres quand il retira le

papier cadeau : une photo d'Alexander et de Shane dans leurs transats. Shelby avait capté un moment où Shane tentait d'attraper le petit chapeau de cow-boy d'Alexander.

— Hélas, ce petit chapeau me rend bien triste maintenant ! dit-il.

Et zut ! Elle n'avait pas pensé à sa portée symbolique !

— En tout cas, poursuivit-il, si mon père est réellement le bébé dont il s'agit dans la lettre que tu as trouvée dans la boîte à musique, nous pouvons être sûrs d'une chose : il ignore qu'il a été adopté, sans quoi il n'aurait jamais tourné le dos à Alexander sous prétexte qu'ils n'étaient pas liés par le sang.

— C'est aussi ce que je me suis dit, tout à l'heure, à Pie Diner. Je suis si désolée, Liam.

— Comment peut-on cesser d'aimer un bébé de six mois ? C'est insensé.

Elle hocha la tête.

— Il n'a pas cessé d'aimer Alexander, c'est impossible, il essaie juste de mettre un mur entre eux. Et un mur peut tomber, tu sais.

— Peut-être, mais les murs sont en général solides et mon père est entêté.

— Il faut que tu discutes avec lui, que tu lui dises combien son attitude t'affecte et qu'Alexander pourrait être perturbé quand il sera un peu plus grand si son grand-père le rejette.

— Le rejeter ? hurla Liam. Ça, je ne pourrai pas l'accepter. Je lui donne deux ou trois semaines pour se ressaisir, après quoi, s'il n'en fait rien, je n'assisterai tout simplement plus aux dîners des Mercer, le vendredi.

— Tu ne peux pas le sortir de ta vie.

— Et pourquoi pas, s'il ne veut pas prendre Alexander en considération ?

— Ah, que c'est compliqué !

— Non, Shelby, l'amour et la famille ne sont pas compliqués, il suffit de réfléchir un peu. Prends notre exemple. Nous nous sommes mariés sans que je sois éperdument amoureux de toi, mais cela nous a permis de surmonter un problème sinon insoluble. Et nous savons que les règles du jeu seront immuables.

— On n'est jamais sûr de rien dans la vie, et tu peux parfaitement changer d'avis concernant l'amour, Liam.

Mince ! Avait-elle prononcé ces paroles à haute voix ?

Elle se sentit violemment rougir, mais il était parfois bon d'aller jusqu'au fond des choses. Après tout, s'il espérait venir à bout de l'obstination de son père, elle pouvait elle aussi l'aider à comprendre qu'il faisait fausse route en refusant la notion même d'amour.

— Il ne s'agit pas de pouvoir, mais de vouloir, rétorqua-t-il. Et j'ai décidé de rayer de ma vie l'amour romantique.

— Et si tu tombes follement amoureux de moi, Liam ? Comment feras-tu pour récuser tes sentiments ?

— Mais je ne vais pas tomber amoureux de toi, Shelby, parce que telle est ma décision, et que je me tiens à mes choix effectués en toute conscience.

Elle lui sourit.

— Le problème de l'amour romantique, Liam, c'est qu'on n'en décide pas, il vous tombe dessus.

— Et moi, je prétends que l'on peut toujours l'éviter. J'ai été par deux fois dévasté par l'amour, et il est hors de question que je revive de telles épreuves. Désormais, j'ai tout ce qui est nécessaire à ma vie : mes deux fils et une mère qui les aiment tous les deux, et rien ne viendra se dresser entre nous car nous ne sommes pas engagés de façon romantique l'un envers l'autre mais que nous sommes des partenaires.

Elle prit une profonde aspiration.

— Liam, ton père a choisi pour l'instant de ne pas aimer Alexander. Et cela te déplaît.

Il s'assit sur le lit.

— Je ne crois pas que ce soit un choix, chez lui. Il s'agit plutôt d'un sentiment qui l'a assailli violemment, en l'occurrence la peur.

— Qu'est-ce qu'un choix, on pourrait en discuter

pendant des heures. Ton père comprendra bientôt qu'il a eu tort, tu verras.

— J'aimerais être aussi optimiste que toi.

— Je sais, dit-elle. Fais-moi confiance.

Il darda alors les yeux sur elle et les plissa, se gardant toutefois de lui demander de préciser le sens exact de ses paroles. Sans doute préférait-il ne pas fouiller trop profondément en lui, concernant l'amour et le mariage.

Elle avait encore dix-sept ans et demi pour aider Liam Mercer à ouvrir son cœur. Mais qu'arriverait-il une fois que les enfants partiraient pour l'université et seraient légalement des adultes ? Liam lui dirait-il : « Maintenant, nous avons fait notre devoir et nous pouvons nous séparer ? »

Elle l'ignorait, et il était inutile qu'elle se torture avec une perspective si lointaine, puisqu'elle ne savait même pas ce qu'elle ressentirait dans un mois en vivant chaque jour aux côtés d'un homme qui n'était que légalement son mari.

Tout à coup, le réel et l'irréel s'emmêlèrent dans son esprit : tout était bien plus compliqué qu'elle ne l'aurait cru.

— Eh bien, reprit Liam, aujourd'hui est un grand jour : si je faisais griller des steaks et débouchais une bonne bouteille ?

Voilà qui étaient des propos non dépourvus de romantisme, songea-t-elle. C'était un bon début, même s'il n'était pas intentionnel.

- 11 -

Le lendemain du mariage, la première chose que Liam vit en se réveillant, fut la photo d'Alexander et de Shane sur sa table de nuit. La seconde fut son alliance.

Il avait pris un congé pour le reste de la semaine afin de mener les démarches nécessaires à l'adoption des garçons, d'enquêter sur la boîte à musique et avant tout de passer du temps en famille pour créer un lien avec le bébé échangé.

Il avait préparé le petit déjeuner pour chacun, notamment des pancakes aux myrtilles pour Shelby. Celle-ci avait été agréablement surprise qu'il sache si bien cuisiner. Puis ils avaient rassemblé les affaires pour emmener les garçons au parc de Wedlock Creek. Le mois d'avril n'était pas doux au point de porter des T-shirts à manches courtes, mais le soleil brillait et ils purent promener les enfants en leur montrant la beauté naturelle du Wyoming.

Ils se rendirent ensuite au tribunal, où le juge ne put leur fournir aucune réponse immédiate sur leur situation bien particulière, mais leur assura qu'il allait se renseigner et leur indiquerait ensuite la marche à suivre pour que chacun soit bien le parent des deux, Liam ayant fortement insisté sur ce point.

Après quoi, ils allèrent pique-niquer sur la pelouse de la ville après avoir acheté ce qu'il fallait à une camionnette qui préparait des tacos au centre de Wedlock Creek où elle avait pris résidence, pour la plus grande joie de tous.

Une fois qu'ils eurent bien crapahuté sur la grande couverture du pique-nique, les deux enfants, épuisés, s'endormirent dans leur coque. Liam leva alors une canette de soda.

— Je porte un toast à notre première journée en tant que cellule familiale. Elle s'est formidablement bien passée, non ?

Elle trinqua avec son propre soda.

— Tout à fait. Ce mariage a beau relever d'un partenariat pragmatique, nous avons passé une journée bien spéciale. Merci, Liam.

Sur ces mots, elle se pencha vers lui pour lui donner un baiser sur la joue. Un tendre baiser en guise de remerciement, rien de plus.

Mais le désir et l'instinct se saisirent immédiatement de lui et, avant qu'il ne puisse les maîtriser, il enserra le visage de Shelby et lui donna un baiser sur la bouche.

Puis il s'écarta et cligna des yeux : pourquoi avait-il fait ça ?

— Oh ! désolé ! Je me suis laissé emporter par la chaleur du moment.

— Eh bien, moi, je ne suis pas désolée, Liam. Se laisser emporter est une bonne chose, c'est naturel et…

— Cela ne se reproduira pas, ne t'inquiète pas, trancha-t-il.

Il y veillerait ! Pour le salut des deux petits garçons qui faisaient tranquillement la sieste à quelques centimètres l'un de l'autre, il ne pouvait pas tomber amoureux de leur mère. Car l'amour pouvait conduire à d'éventuels désaccords et déceptions, leur briser le cœur. Or, pour l'instant, tout était parfait, ils étaient de véritables amis : ainsi, la veille, ils avaient discuté à cœur ouvert tout en se régalant de steaks, de purée faite maison et de vin, assis sur le canapé. Ils s'étaient confiés, elle lui avait raconté la fois où, enfant, elle avait grimpé à un arbre et avait eu besoin du concours des pompiers pour redescendre ; il lui révéla que le jour le plus heureux de sa vie était celui où il avait été nommé président de Mercer Industries.

Jour supplanté par la naissance d'Alexander, dès que le médecin l'avait placé dans ses bras ; néanmoins, une joie assombrie par la disparition de Liza. En tout cas, ça avait été la journée la plus particulière de sa vie, et la force de l'amour qu'il avait ressenti pour son fils l'avait désarçonné.

Ils avaient longuement discuté et évoqué leurs souvenirs respectifs. Puis Shelby lui avait raconté dans le détail les premiers six mois de Shane afin qu'il n'en ignore rien – sa première otite, son premier rire – et vice versa.

Après quoi, elle avait tendu la main pour prendre son verre, et il avait aperçu sa peau, au niveau de la taille, une peau toute veloutée. Il avait alors relevé les yeux pour se heurter à sa poitrine bien dessinée, son beau profil, sa chevelure soyeuse… Et le désir l'avait submergé.

Il avait eu la subite envie de coucher avec elle. Enfin non, pas de coucher avec elle, mais de lui faire l'amour toute la nuit. Aussi s'était-il bien vite retiré dans sa chambre, et à peine la porte fermée lui avait-elle manqué.

La prudence s'imposait ! Il devait se garder de tout acte spontané. Or le baiser qu'il venait de lui donner était totalement déplacé.

— Un penny pour tes pensées, lança-t-elle tout à coup.

— Je me disais juste que j'étais heureux que nous soyons alliés, dit-il.

Pourquoi n'avait-il pas répondu que la dinde au taco était délicieuse ?

— Moi aussi, affirma-t-elle.

Et elle lui étreignit la main.

Il aurait aimé la tenir toujours ainsi.

Le lendemain matin, alors que Shelby ouvrait sa boutique, une de ses clientes préférées, Charlotte Linden, poussa la porte, chargée d'un grand carton.

— Charlotte ! Laissez-moi vous aider, s'empressa de dire Shelby en courant vers elle.

— Oh ! je vous en prie ! J'ai beau avoir soixante-dix-huit ans, devinez qui s'en sort le mieux au cours de yoga ?

— Vous, je n'en doute pas, répliqua Shelby en souriant. Que m'apportez-vous, aujourd'hui ?

Charlotte ouvrit la boîte.

— J'ai hérité tout un bric-à-brac de mon arrière-grand-tante il y a quelques années, et en toute honnêteté ces objets sont affreux. Pour ma part, je déteste les grenouilles, mais je sais que certaines personnes les adorent.

Shelby se mit à rire : deux lampes assorties reposaient en effet sur un socle en bronze représentant des grenouilles.

— Vous savez qui adore les grenouilles ? lança-t-elle. Callie Minnow ! Je suis certaine qu'elle va sauter dessus dès que je les mettrai en vitrine. Je vous donne cinquante dollars pour les deux.

— Vingt suffiront, répliqua Charlotte avant de s'exclamer : Ça alors ! Est-ce bien ce que je crois que c'est ?

Et elle écarquilla les yeux en regardant fixement l'alliance de Shelby, à laquelle cette dernière commençait tout juste à s'habituer. Mais, à chaque fois que les diamants scintillants attiraient son regard, elle ne pouvait s'empêcher de se demander : d'où vient cette bague ? Suis-je mariée ? Que s'est-il passé ? Peut-être qu'avec le temps elle s'y ferait, lorsqu'elle aurait véritablement l'impression d'être mariée à Liam.

— Tout à fait, répondit-elle. J'ai épousé hier Liam Mercer.

Charlotte ouvrit de plus grands yeux encore.

— Liam Mercer ? Sérieusement ? Alors vous allez vendre la boutique.

— Mais non, pourquoi ? J'adore Treasures, et c'est toujours un grand plaisir pour moi quand on m'apporte, comme vous venez de le faire avec vos lampes grenouilles, des objets à vendre et que je sais qui va les acheter.

— Mais vous êtes millionnaire à présent, vous n'avez plus besoin de travailler.

Elle, une millionnaire ? Elle manqua éclater de rire avant de se rendre compte que sa cliente disait vrai, puisque Liam avait refusé de signer le moindre contrat de mariage, arguant que leur union durerait toujours puisque la raison la commandait.

— Peu importe la fortune de mon mari, Treasures est une partie de moi-même, et vous le savez bien, Charlotte.

— Méfiez-vous malgré tout des Mercer, je les connais depuis longtemps, vous savez. Ne vous laissez surtout pas marcher sur les pieds.

Tous les sens de Shelby furent immédiatement en alerte. Non en raison de la mise en garde, mais parce que Charlotte les connaissait depuis longtemps ; par conséquent, elle détenait peut-être des renseignements intéressants sur Wilton et Alexandra Mercer.

— Oh ! ne vous inquiétez pas pour moi ! Liam n'aimerait pas, je crois, que j'arrête de travailler. Ainsi, donc, vous connaissez bien la famille ? Vous avez côtoyé ses grands-parents, Wilton et Alexandra ?

— Bien sûr que je les connaissais, comme tout le monde à Wedlock Creek. Ils donnaient de somptueuses réceptions tous les week-ends sur leur ranch. Si vous y étiez invité, vous saviez que vous aviez réussi dans la vie.

Elle fit la grimace.

— Autant vous dire qu'on ne m'y a jamais conviée ! Alexandra Mercer portait toujours des robes et des manteaux fabuleux, même pour aller acheter du lait à l'épicerie. C'était le chic incarné, mais elle avait aussi l'étoffe d'une femme d'affaires. Il se murmurait que c'était elle, le cerveau de Mercer Industries. Je dois dire que j'avais de l'admiration pour elle.

Shelby sourit.

— A-t-elle continué à travailler, quand elle était enceinte ? demanda-t-elle en retenant son souffle.

— Ça, je ne sais pas trop. Comme je vous l'ai dit, je ne la connaissais pas personnellement, je la croisais juste de temps à autre en ville. Je l'ai aperçue une seule fois quand elle était *très* enceinte et elle avait l'air radieuse. Je me rappelle avoir pensé que ce bébé-là ne manquerait de rien.

Très enceinte. Le père de Liam n'avait-il donc pas été adopté ? Que signifiait alors la lettre dans la boîte à musique ?

Pourtant, étant donné la date à laquelle elle avait été écrite, il ne pouvait s'agir que de Harrington Mercer.

— Comme ce doit être agréable d'être riche, poursuivit Charlotte. Mais vous allez maintenant en faire l'expérience, ma chère.

Et, avant que Shelby n'ait le temps de lui préciser qu'elle n'avait nulle intention de changer son mode de vie, Charlotte poursuivit :

— Mon amie Pearl travaillait autrefois pour les Mercer, elle était domestique et c'était elle la responsable des bijoux de Mme Mercer. La première fois qu'elle a vu sa collection, elle a cru défaillir.

Une domestique ? Tiens, tiens, intéressant… Ceux-ci, souvent considérés comme des invisibles par les familles riches pour qui ils travaillaient, détenaient généralement de précieuses informations puisqu'on parlait devant eux comme s'ils n'existaient pas. Pearl pourrait peut-être lui en apprendre davantage sur la grossesse d'Alexandra…

— Comme j'aimerais rencontrer votre amie pour qu'elle me raconte comment la vie se déroulait à cette époque, dit alors Shelby. Liam était un enfant quand Alexandra est décédée, et ses parents ne lui ont pas raconté grand-chose de leur propre famille.

Charlotte lui sourit.

— Je comprends que cela vous intéresse, d'autant que vous êtes attachée au passé, et à toutes les histoires qui en découlent. Pas étonnant pour la propriétaire d'une boutique de brocante ! Vous voyez la grande ferme, au bout de l'ancienne voie ferrée ? Eh bien, c'est celle de Pearl. Elle a ouvert un refuge pour animaux, donc ne vous étonnez pas si vous entendez des chiens aboyer.

— Merci, Charlotte. J'y passerai peut-être demain.

Elle avait hâte de tout raconter à Liam.

À la première heure le lendemain matin, Shelby fila chez Pearl en compagnie de Liam, après s'être fait remplacer à la boutique par sa sœur et avoir confié les « jumeaux », ainsi que Norah les appelait désormais, à la garde de sa mère et de sa tante Cheyenne. Tout comme Charlotte l'avait prévu, un concert d'aboiements retentit alors qu'ils n'avaient pas encore pénétré dans la cour. Une meute de chiens les entoura dès qu'ils sortirent de voiture, curieux de savoir qui venait leur rendre visite.

— Laissez nos convives passer, allons ! dit une femme en sortant sur la terrasse.

Grande et encore robuste, elle devait avoir tout juste passé les quatre-vingts ans. Une longue tresse retombait d'un côté de son épaule, et elle était chaussée de bottes en caoutchouc vertes.

— Si vous voulez les adopter tous les six, ils sont à vous, poursuivit-elle.

Shelby ressentit dans sa voix toute l'affection qu'elle portait aux animaux.

— Nous avons déjà deux bébés et un chat capricieux, donc non, nous ne cherchons pas un chien, répondit Shelby avant d'enchaîner : Une de mes amies, Charlotte Linden, m'a dit que vous aviez travaillé pour la famille Mercer, autrefois. J'aimerais que vous nous parliez un peu de l'époque où ils vous employaient.

— Tiens, curieux hasard, dit Pearl en regardant Liam.

— Que voulez-vous dire au juste ? rétorqua ce dernier, en lançant un coup d'œil à Shelby.

— Vous êtes bien Liam Mercer, n'est-ce pas ?

— Tout à fait. Pourquoi parlez-vous de curieux hasard, Pearl ? Serait-ce vous qui avez laissé la boîte à musique sur la terrasse de mes parents ?

Shelby retint son souffle. Était-ce elle ?

— Votre visite n'est donc pas fortuite, déclara la vieille femme en redressant le menton. Oui, c'est bien moi qui ai déposé la boîte à musique, mais je suis surprise que ce ne soit pas Harrington Mercer en personne qui vienne m'interroger. Je suppose qu'il vous a envoyé pour savoir qui avait écrit la lettre, non ?

Shelby et Liam échangèrent de nouveau un rapide regard. Merci, Charlotte, pensa-t-elle alors. Avec ses lampes en forme de grenouille, elle les avait conduits tout droit à la bonne personne, celle qui avait déposé la boîte à bijoux chez les Mercer.

— En fait, Harrington n'a pas découvert ni lu la lettre, reprit Shelby. C'est sa femme qui l'a trouvée, et comme elle a déjà bien trop d'objets chez elle, elle me l'a donnée pour ma boutique, Treasures. Et c'est moi qui ai découvert la lettre en examinant la boîte.

— Ah, Harrington ne l'a donc pas lue, dit Pearl d'un air songeur.

Toutefois, elle ne montra ni regret ni déception.

— Non, pas encore du moins, intervint Liam. Charlotte a dit à Shelby qu'elle se rappelait avoir vu ma grand-mère, Alexandra, avec un énorme ventre. Donc si Alexandra était enceinte et a accouché de mon père…

— Elle n'était pas enceinte, le coupa Pearl. Et n'a donc pas accouché de votre père.

Pardon ? Shelby n'y comprenait plus rien.

— Mais, commença Liam.

— Vous savez, ce n'est pas compliqué d'avoir l'air enceinte, un bon coussin et le tour est joué. Les actrices ne font pas autrement, dans les films.

Liam considéra Pearl un instant, puis demanda :

— Êtes-vous la mère biologique de mon père ?

— Ah non, alors ! Mais je sais qui c'est, puisqu'elle était mon amie.

Était, nota Shelby en silence.

— Donc c'est bien vrai, dit Liam d'un ton à la fois surpris et incrédule. Mon père a été adopté par Alexandra et Wilton Mercer à la naissance ?

Pearl hocha la tête.

— Exactement.

Puis elle lança un regard à Liam et ajouta :

— Entrez boire un café, nous pourrons ainsi discuter plus tranquillement.

Liam hocha la tête.

— Merci, dit-il d'une voix tendue.

Ils emboîtèrent le pas à Pearl qui les conduisit dans son salon et leur indiqua le canapé, avant de s'éclipser pour préparer du café.

Shelby étreignait alors la main de Liam, puis s'assit sur le sofa, près d'un épagneul qui faisait la sieste. Celui-ci releva la tête, la flaira, puis se rendormit. Liam finit lui aussi par prendre place à côté d'elle.

— Je ne mettais pas en doute la lettre, murmura-t-il, mais c'est une chose de la lire et c'en est une autre d'apprendre cette nouvelle si déterminante pour mon père de la bouche d'une tierce personne.

Il secoua la tête.

— Il ne le sait sans doute pas lui-même, chuchota à son tour Shelby.

Liam acquiesça et détourna le regard. Incontestablement, ils avaient eu leur part de surprises concernant les liens de parenté, ces temps-ci.

Pearl revint avec un plateau sur lequel étaient disposés une cafetière en argent, trois tasses, du lait et du sucre. Elle posa le tout sur la table basse et s'assit sur une causeuse en face d'eux avant de servir chacun.

Liam parut d'abord s'absorber dans la contemplation de sa tasse puis, se redressant soudain, demanda :

— Quel genre d'employeurs étaient mes grands-parents ?

— Ils m'ont toujours bien traitée, ils m'ont même promue chef des autres domestiques.

— J'en suis soulagé, mais dites-moi, Pearl, comment se fait-il que vous soyez entrée en possession de cette lettre ?

Celle-ci avala une gorgée de café et, à cet instant, l'épagneul sauta du canapé pour se réfugier sur la causeuse et se rendormir contre elle.

— J'avais une amie qui s'appelait Jeannie et qui n'était pas en très bonne santé, mais comme elle était seule au monde, elle devait travailler. Par mon intermédiaire, elle a été employée à la maison Mercer, sous les ordres de la gouvernante.

Les grands-parents de Liam menaient grand train, pensa Shelby en entendant l'énumération de tous les domestiques. Toujours était-il qu'à l'époque Alexandra et Wilton n'avaient pas encore d'enfant.

— La pauvre Jeannie s'est laissé séduire par un goujat qui a fui après l'avoir mise enceinte. Comme elle pouvait à peine subvenir à ses propres besoins, elle était terrifiée à l'idée de n'être pas en mesure d'élever son enfant et de la vie misérable qui attendait le pauvre innocent.

Le cœur de Shelby se serra : elle non plus n'avait pas misé sur le bon numéro, mais au moins elle avait pu compter sur sa famille. Jamais elle ne s'était retrouvée vraiment seule.

— Je suis sincèrement désolé pour elle, dit Liam. Ce doit être terrible d'être seule au monde.

Pearl hocha la tête.

— La vie était dure pour tout le monde, mais surtout pour la pauvre Jeannie qui avait aussi, comme je vous l'ai dit, des problèmes de santé. Un matin, prise de nausée, elle s'est assise sur le tout nouveau canapé d'Alexandra Mercer et a vomi dessus, juste au moment où celle-ci entrait dans le salon. Mme Mercer n'a bien entendu guère apprécié. Puis elle a avisé le ventre arrondi de Jeannie et son expression a changé. Elle l'a alors entraînée dans une autre pièce.

— Je commence à comprendre…, dit Liam.

Shelby hocha la tête.

— Jeannie vous a-t-elle rapporté la discussion ? s'enquit-elle.

— J'ai dû la cuisiner, mais elle m'a finalement avoué la vérité en me faisant jurer de garder le secret, car Mme Mercer lui avait elle-même fait jurer de se taire. Elle lui avait en effet demandé si sa grossesse était désirée, et Jeannie lui avait alors expliqué que non, que le père de l'enfant l'avait abandonnée, qu'elle était en mauvaise santé et qu'elle ne savait pas quoi faire. Mme Mercer lui avait alors proposé d'adopter le bébé et de lui donner assez d'argent pour qu'elle aille se faire soigner loin de Wedlock Creek. Elle lui avait aussi promis d'élever l'enfant avec tout l'amour qu'elle avait dans le cœur et que le petit ne manquerait de rien.

— Quelle affreuse situation ! murmura Liam.

Pearl acquiesça.

— Jeannie était à la fois soulagée et brisée, mais elle savait que si sa patronne adoptait son enfant, celui-ci aurait un avenir assuré. Aussi suivit-elle à la lettre les consignes de Mme Mercer, qui lui loua un appartement à quelques villes d'ici, employa une infirmière pour s'occuper d'elle et, à la naissance du bébé, alla le chercher pour l'amener dans son foyer. Personne n'a su que Harrington était un enfant adopté. C'était un secret bien gardé.

— Qui aurait eu envie, de toute façon, d'avoir affaire à ma grand-mère ? Elle pouvait être redoutable si on la contrariait.

— Exactement, et je peux vous assurer que personne n'en a jamais rien su, à part votre grand-père, j'imagine. Mais comme votre grand-mère n'aimait pas le mensonge, elle ne s'est pas beaucoup affichée en public pendant sa grossesse, juste deux ou trois fois avec des coussins, ainsi que Charlotte vous l'a dit.

— Incroyable, dit Liam, désormais tout pâle.

Shelby se pencha en avant.

— Pearl, qu'est-il arrivé à Jeannie ?

— Elle est décédée quelque temps après l'accouchement, en raison de complications liées à une mauvaise grippe. Mais avant de mourir elle m'a remis la boîte à musique, le seul objet qu'elle n'avait jamais vendu, et m'a indiqué qu'une lettre à l'attention de son petit garçon se trouvait sous la doublure. Elle espérait qu'un jour peut-être elle pourrait lui parvenir, si les circonstances le voulaient… Je n'avais pas envie d'assumer cette responsabilité.

— Je vous comprends, dit Shelby.

— Une adoption à huis clos, maintenue secrète… Cette lettre aurait pu affecter la vie de toutes les personnes concernées, renchérit Liam.

— Exact, dit Pearl. C'est pourquoi j'ai attendu presque soixante ans, et puis aujourd'hui, à l'âge de quatre-vingts ans, il m'a semblé peu correct de taire une telle vérité. Je ne voulais pas emporter la mascarade dans ma tombe.

— Alors vous avez mis la boîte dans un sac que vous avez déposé sur la terrasse de mes parents, en prenant soin de l'étiqueter à l'attention de Harrington, compléta Liam.

Pearl hocha la tête.

— J'ai songé que cette boîte finirait peut-être par arriver entre les mains de Harrington, ou bien qu'une domestique ou sa femme la mettrait à la poubelle ou au grenier, mais en tout cas je ne pouvais plus la garder chez moi, et tant pis si c'était un coup d'épée dans l'eau. Je dois admettre que je n'avais pas pensé qu'elle finirait à Treasures et que vous l'y trouveriez, Shelby.

— Le hasard a plutôt bien fait les choses puisque je suis depuis peu la femme du fils de Harrington.

Alors Pearl parut remarquer pour la première fois l'alliance de Shelby. Elle poussa une exclamation.

— Félicitations ! C'est absolument incroyable, cette histoire. Le sac a donc fini entre les bonnes mains puisque, comme vous êtes de la famille, vous déciderez avec votre mari du sort à réserver à cette lettre.

— C'est-à-dire que…, commença Liam. Enfin, je n'ai pas très envie de porter une telle responsabilité.

— Je vous comprends, dit Pearl. Désolée.

Shelby avala un peu de café puis demanda :

— Pearl, pensez-vous qu'il soit possible que Harrington sache qu'il a été adopté ?

Elle secoua la tête.

— Je ne vois pas comment. Alexandra est allée jusqu'à mettre des coussins pour faire croire qu'elle était enceinte. Elle a fait jurer à Jeannie de garder le secret.

— Et vous, pensez-vous que je doive le dire à mon père, Pearl ? demanda Liam.

— C'est à vous d'en décider. De voir si cela lui sera bénéfique ou non. Si vous estimez qu'il en sera meurtri, alors il est peut-être préférable de vous en abstenir. La vérité est importante, mais l'ignorance est parfois une bénédiction, n'est-ce pas ?

Shelby repensa alors à Shane et Alexander. Elle avait vécu six mois de bonheur total avant d'apprendre qu'elle élevait le fils d'un autre…

— Je ne sais vraiment pas ce que je vais faire, dit Liam.

Sur ces mots, il se leva et tous deux remercièrent chaleureusement Pearl de leur avoir tout raconté avant de prendre congé d'elle et de ses chiens.

Ils effectuèrent le trajet du retour en silence, son mari ayant une décision terriblement difficile à prendre.

- 12 -

Liam était heureux d'être de retour au ranch, et non pas dans le petit appartement de Shelby. Il partit se promener dans les champs pendant plus d'une heure avec Shane calé contre lui dans le porte-bébé. Shelby ayant de son côté emmené Alexander au travail avec elle, désireuse de lui montrer la boutique et ses objets préférés.

De la même façon, Liam avait indiqué du doigt à Shane ses endroits favoris, sur le ranch, à commencer par la cour sécurisée extérieure. Cette cour avait été une surprise que Harrington avait réservée à Alexander pour fêter son premier mois et qui comportait une maisonnette, des balançoires et des toboggans, ainsi qu'une cage à poules où il pourrait se livrer à tous les exercices qu'il voudrait quand il serait plus grand. Il y avait aussi de petites structures gonflables et des cachettes en mousse.

— Alexander et toi jouerez tous les deux ici, comme deux frères, dit Liam, une main protectrice posée sur le porte-bébé au niveau des reins de Shane.

Ce dernier leva vers lui ses magnifiques yeux bleus

— Un jour, quand le moment sera venu, je te parlerai de ta mère biologique. Liza était une femme formidable, et je sais que d'où elle se trouve elle veille sur toi.

Shane fit une petite moue amusante, et Liam lui caressa la joue, le cœur soudain empli d'un tel amour pour ce précieux petit garçon qu'il le crut près d'exploser.

— Nous avons perdu les six premiers mois de ta vie,

mais désormais je serai toujours là pour toi, quoi qu'il arrive. Tu es mon fils au même titre qu'Alexander.

Si seulement son père pouvait avoir la même approche de la situation et estimer qu'Alexander était autant le fils de Liam que Shane ! Comment était-il donc possible que cet homme, qui l'avait élevé, ait une vision aussi différente des relations humaines et des valeurs si opposées aux siennes ?

— L'ADN n'est pas l'unique socle d'une famille, reprit Liam en regardant un oiseau se poser sur un poteau. L'amour, le sens de la responsabilité et de l'engagement sont aussi nécessaires à une famille.

Comment se faisait-il que son père ne le comprenne pas ?

Comment pourrait-il alors lui montrer la lettre que Shelby avait trouvée dans la boîte à musique ?

Mais en même temps comment pouvait-il lui cacher une chose aussi importante sur sa propre histoire ?

— Je me pose la question depuis une heure sur cette lettre, enchaîna Liam à haute voix. Et je ne suis pas plus avancé que tout à l'heure quand je suis sorti de chez Pearl avec ta maman.

— Ba-la, gazouilla Shane en tendant les doigts vers lui.

Liam sourit et secoua la minuscule main de Shane.

— Que dois-je faire, petit sage ?

— Baoua, reprit son fils.

Ce qui malheureusement pouvait aussi bien signifier : « Montre-lui » que : « Ne dis rien. »

Mais Shelby serait sans doute de meilleur conseil, pensa-t-il.

— Rentrons et attendons ta maman. Si je connais bien Shelby Ingalls, pardon, Shelby Mercer, rectifia-t-il, elle y aura pensé toute la journée au travail. Tu sais, Shane, il est important d'être entouré de femmes intelligentes, ne l'oublie jamais.

Sur le chemin du retour, il se dit que finalement il allait montrer la lettre à son père et puis, quand il ouvrit la porte, il pensa que non, en réalité, il n'en ferait rien.

Ses hésitations durèrent près d'une heure jusqu'à ce que

Shelby rentre finalement à la maison avec Alexander. À leur vue, il en oublia toutes les questions qui s'agitaient dans son cerveau. Il fallait dire que Shelby était si belle, avec sa chevelure blonde qui tombait en cascade sur ses épaules et son pull à col en V qui mettait ses yeux en valeur.

— Alors, as-tu pu prendre ta décision ? lui demanda-t-elle en changeant Alexander de bras.

Il se frappa le front avec la paume.

— Et zut, je viens juste d'oublier ce que j'ai finalement décidé alors que je me suis torturé l'esprit tout l'après-midi sur la question.

Elle lui sourit.

— Désolée, nous ne sommes pas obligés de reparler de cela ce soir, tu n'as pas à prendre une résolution tout de suite.

— Sauf qu'il est affreux pour moi de détenir un secret sur une personne qui se trouve être mon père !

— Mettons ces deux-là au lit, puis je nous préparerai un bon dîner réconfortant et nous en discuterons tranquillement.

— Le programme me plaît, affirma Liam.

« Un bon dîner réconfortant », une discussion avec une femme intelligente, son médecin n'aurait pas pu lui prescrire de meilleurs remèdes. Ils montèrent à l'étage avec les enfants, les installèrent sur leur siège adapté, dans la baignoire, et après un bon bain mousseux ils les séchèrent, les mirent en pyjama, leur lurent deux histoires, leur chantèrent trois chansons et les couvrirent de baisers. Les deux petits garçons s'agitèrent un peu une fois au lit, mais le sommeil finit par les emporter assez vite, et Liam n'entendit plus rien que les miaulements de la chatte de Shelby, qui elle aussi avait emménagé au ranch et réclamait son dîner.

— Et si tu lui donnais ses croquettes pendant que je me charge du dîner ? suggéra Shelby avec un sourire.

Conscient qu'on lui avait confié la tâche la plus facile, il demanda à Shelby, une fois le félin servi :

— En quoi puis-je t'aider ?

— Emporte ça au salon, assieds-toi sur le canapé et détends-toi, répondit-elle en lui tendant une bière.

— Tu es si gentille avec moi.

— Tu l'es aussi avec moi.

Ce mariage était une vraie réussite, pensa Liam. Ils n'étaient mariés que depuis mardi, mais cette union fonctionnerait, c'était certain, car la bienveillance y régnait.

Liam s'installa sur le canapé, posa les pieds sur la table basse et savoura sa bière, tout en s'efforçant de ne pas trop penser à la lettre, car chaque fois qu'il croyait avoir fait le bon choix il changeait d'avis la minute suivante.

— Le dîner est servi, annonça Shelby en entrant dans le salon, un plateau à la main. C'est la tarte salée inscrite ce soir au menu, à Pie Diner, une spécialité de Norah, à base de bœuf et de légumes.

— Elle sent merveilleusement bon, déclara-t-il en humant l'air.

Il en avait déjà l'eau à la bouche.

Elle lui en servit une grosse part, et il s'empressa de mordre dedans. Un vrai délice !

— Tu diras à Norah que je n'ai jamais rien mangé d'aussi exquis ! s'exclama-t-il.

Elle lui sourit.

— Entendu.

— Bon, alors, à ton avis, que dois-je faire, à propos de cette lettre ?

— C'est toi qui connais le mieux ton père, et je crois que Pearl n'avait pas tort quand elle t'a dit d'évaluer si cela lui serait bénéfique ou non. Sa mère biologique et ses parents, les trois personnes avec qui il voudrait logiquement parler, ne sont plus là.

— Exact, je n'y avais pas pensé.

Shelby mordit à son tour dans sa tarte.

— Ce que Pearl a dit de Jeannie m'a touchée, enchaîna-t-elle. Son immense solitude, notamment. Je dois vraiment m'estimer heureuse d'avoir une famille sur qui je peux toujours compter, quoi qu'il arrive. En ce qui concerne ton père, il a lui aussi une famille aimante : ta mère, ton frère, toi. Et si des questions métaphysiques le tourmentent, certes il ne peut pas les poser à Jeannie ni à ses parents, mais à vous trois.

— Encore bien vu.

Elle lui sourit.

— Peut-être, mais pas très utile.

Liam avala une gorgée de bière.

— Lui révéler le secret de sa naissance l'aiderait peut-être à admettre que l'ADN ne prime pas sur tout. Que ne pas avoir les gènes des Mercer n'en fait pas moins de lui un Mercer. Tout comme moi j'en suis un. Et Alexander également. Pareil pour Shane. Aucun d'entre nous n'est plus un Mercer que l'autre, surtout depuis que l'on a connaissance des origines de mon père.

— Sauf que, puisque l'ADN est primordial pour lui, la nouvelle risque de le dévaster.

— *Sauf que ça ne devrait pas !* Cela ne changera rien à qui il est, il faut qu'il le comprenne, voilà pourquoi je pense que je dois lui dire.

— Agis selon ta conscience, c'est tout ce que je peux te conseiller.

— Merci pour la confiance que tu me portes, Shelby, car parfois je n'en ai aucune en moi.

À cet instant, elle lui donna un baiser sur la joue, et de nouveau, il lui enserra le visage entre les mains et l'embrassa sur la bouche.

Cette fois, elle lui rendit son baiser, de sorte qu'il ne put s'écarter d'elle.

De toute façon, il ne le souhaitait pas, il avait tant envie qu'elle reste dans ses bras… Soudain, bien malgré lui, ses mains s'égarèrent dans sa chevelure si douce, sous son pull, il effleura sa taille, sa poitrine protégée par de la dentelle délicate. Lui donnant alors un baiser ardent, il la fit basculer sur le canapé, et elle noua ses bras autour de son cou, la respiration saccadée, tandis que de légers gémissements lui échappaient. Ces sons excitaient terriblement son désir…

— Liam, murmura-t-elle tout à coup, je ne veux pas dire des banalités, mais ne fais rien que tu regrettes demain.

— Pardon ? dit-il en déposant de tendres baisers sur sa nuque.

— En ce moment, tu cèdes au plaisir de l'instant, tu ne réfléchis pas, mais une fois que nous aurons fait l'amour et que nous serons blottis l'un contre l'autre, tu éprouveras une subite sensation d'inconfort et tu songeras que tu as gâché ta vision parfaite de la famille en tant que partenariat. Tu me repousseras, je serai blessée et ce sera, je le crains, le début de la discorde, entre nous.

Il se redressa sur une main pour considérer son doux visage : Shelby se souciait *réellement* de lui, comprit-il alors.

Et cette pensée était si effrayante que cette fois il s'assit.

— Tu as raison, trancha-t-il. Heureusement que l'un de nous deux monte toujours la garde.

Elle soupira en croisant les mains.

— Je dois être prudente avec toi, Liam. Très prudente.

— Mais encore ?

— De toute évidence, nous sommes physiquement attirés l'un par l'autre, nous sommes mariés, nous habitons ensemble, nous avons des enfants, et tous ces éléments créent une réelle intimité entre nous. Il suffirait d'un verre de vin de trop pour que toutes mes inhibitions volent en éclats et que je perde de vue ce qui compte vraiment pour moi. Tu sais, je pensais que tu serais le plus prudent d'entre nous, et regarde ce qui se passe… Où cela nous mènerait-il en fin de compte ? L'amour dégénère souvent en haine, alors nous nous battrions pour la garde des enfants ? Tu imagines ?

Son estomac se contracta violemment. *Peut-être, mais je te désire si fort*, pensa-t-il. *Tu as raison à cent pour cent, et cependant comment vais-je arriver à me contrôler ? J'ai une telle envie de te toucher, te caresser… Tu occupes toutes mes pensées.*

— Bon, finissons le repas et regardons les nouvelles, décréta-t-elle. Il n'y a rien de tel pour tuer l'ambiance.

Quand elle se saisit de la commande, il ravala un soupir et reprit sa fourchette. N'avait-il pas dit à Shane combien il était important de s'entourer de femmes intelligentes ? Et Shelby était de fait bien plus intelligente que lui.

Il n'était pas censé la désirer avec une telle intensité.

Ni tomber amoureux d'elle bien qu'elle soit pourtant sa propre femme.

Idiote, se fustigeait Shelby en se tournant et se retournant dans son lit, toute seule. Évidemment, elle pensait tout ce qu'elle lui avait dit pour l'empêcher d'aller plus loin, pour qu'ils ne commettent rien qui soit susceptible de gâcher leur si bel arrangement, leur fameux *mariage*.

Parfois, quand elle passait en revue tous les grands pas de côté qu'ils effectuaient pour ne pas céder à leurs émotions, à leur attirance physique, elle en concluait que leur attitude était insensée. *Embrassons-nous, faisons l'amour et on verra bien*, aurait-elle parfois aimé hurler. Mais si Liam était juste intéressé par elle physiquement et considérait sa compagnie d'un mortel ennui sans ça ? Alors que serait ce mariage ? Une amitié avec des avantages ? En outre, que se passerait-il s'ils faisaient l'amour et qu'elle se rendait compte qu'en réalité elle n'était pas aussi éprise de lui qu'elle le croyait ? Il en serait profondément blessé et la mettrait à distance. Et qui paierait les pots cassés de tout cela ? D'innocents bébés de six mois !

Non, le risque encouru était trop grand. Partager *réellement* la vie de Liam serait fantastique, mais perdre les enfants ? Pas question ! Elle ne pouvait pas mettre en péril l'équilibre qu'ils avaient trouvé.

Parfait, donc, Liam et elle étaient sur la même longueur d'onde, ils prendraient des douches froides et se lamenteraient que les choses ne soient pas autrement. Point.

Elle se retourna sur le ventre, puis sur le dos. Se mit sur un côté, sur l'autre. Bon sang ! Elle ne parvenait pas à trouver une position confortable. Son inconfort n'était pas juste d'ordre physique.

En réalité, elle aimait déjà son mari, mais ne passait

pas à l'acte, ignorant si ce dernier qui certes, concevait de l'affection pour elle, l'aimait lui aussi en retour… Il la désirait, c'était incontestable, il l'avait prouvé ce soir, mais un homme aussi passionné que Liam Mercer aurait-il été capable de se contrôler s'il l'avait *vraiment* aimée ? N'avait-il pas martelé que ce qui l'intéressait, c'était leur « cellule familiale » ? Il réagissait à sa présence car c'était un homme au sang chaud, mais cela ne signifiait pas qu'il était amoureux.

Donc, arrête de rêver, Shelby !

Sur cette conclusion, elle se leva pour aller voir si les bébés dormaient d'un sommeil tranquille.

Enfilant le peignoir que Liam avait déposé sur son lit à son arrivée, elle se rendit à pas feutrés dans la chambre d'enfants et constata qu'une douce lumière y brillait. Était-ce les veilleuses ?

Elle poussa la porte : Liam somnolait dans le fauteuil à bascule, près de la fenêtre, un album pour enfants sur le ventre. Encore une fois, il ne portait pas de haut, juste un jogging, et évidemment il était pieds nus.

Et si séduisant qu'elle en eut le souffle coupé.

Séduisant parce que c'était vraiment un homme très désirable, extrêmement affable, un père exceptionnel et un mari tout aussi attentionné…

En toute honnêteté, combien de temps encore pourraient-ils tenir ainsi, à craindre les éventuelles blessures à venir, à imaginer d'avance leur famille détruite, à redouter de perdre Shane et Alexander ? Étaient-ce ces valeurs-là qu'ils voulaient inculquer à leurs enfants ? Éviter la vraie vie et les réelles émotions pour ne jamais souffrir ?

Dans un soupir, elle sortit de la chambre.

Demain, Liam parlerait ou non de la lettre à son père, mais elle avait la sensation que le choix qu'il effectuerait l'affecterait définitivement.

Mais de quelle façon ? Tel était ce qui la préoccupait.

- 13 -

Le lendemain matin, disposant de dix minutes avant l'ouverture de la boutique, Shelby montrait à Alexander sa nouvelle collection de peintures que lui avait données une cliente habituelle : elle les avait héritées de sa grand-mère et les trouvait affreuses. Shelby en appréciait quelques-unes et savait par ailleurs qu'elles se vendraient sans difficulté, les natures mortes plairaient notamment à certains de ses clients.

— Alors qu'en penses-tu, Alexander ? J'adore la touche de rose à l'arrière-plan pour illuminer le gris de la mer. Tu vois le canot, ici ? Quand Shane et toi serez plus grands, je vous…

Une sorte de râle sortit soudain du petit corps d'Alexander, suivi d'une toux rauque : Shelby se figea. Était-ce son imagination, ou bien était-il tout rouge ? Et marbré, par-dessus le marché ? Il se mit à s'agiter contre elle et elle posa la main sur son front : il était brûlant. De nouveau, sa respiration se fit sifflante et il toussa. Elle sentit les battements de son cœur s'accélérer.

— Oh non, tu as une fièvre carabinée, toi !

Elle fila à l'étage pour prendre sa température. Terriblement élevée ! constata-t-elle, affolée. Saisissant son portable, elle appela le pédiatre qui suivait Shane : ce dernier lui conseilla d'emmener tout de suite Alexander à la clinique, lui indiquant qu'il la retrouverait là-bas. Elle appela alors Liam pour lui expliquer la situation.

— Il tousse et respire bruyamment ? C'est un simple

refroidissement, non ? Un peu de sirop et ça passera, tu ne crois pas ?

— Euh, il a vraiment beaucoup de fièvre, le Dr Lewis souhaite l'examiner.

— Très bien, dans ce cas, je te rejoins dans dix minutes à la clinique. Shane est à la crèche, choyé et sous bonne garde.

— Parfait, à tout de suite, dit-elle.

En moins de dix minutes, elle arriva à la clinique et le Dr Lewis était en train de mettre son stéthoscope quand une infirmière introduisit Liam dans la salle. Celui-ci avait l'air très inquiet.

Il lui saisit la main et l'étreignit. Encore une fois, Shelby fut frappée par l'impression de couple normal qu'ils donnaient, sauf que le leur était tout à l'opposé ! Quoi qu'il en soit, elle se réjouissait de sa présence.

— Bien, dit le médecin après avoir écouté les poumons d'Alexander, il est clair que ce petit bonhomme souffre d'un VRS, autrement dit un virus respiratoire syncytial susceptible de dégénérer en bronchiolite.

— Est-ce grave ? s'enquit vivement Liam.

— Sa vie n'est pas en danger, je vous rassure, mais il est préférable que nous le gardions deux ou trois jours ici afin de bien le surveiller et aussi parce qu'il sera contagieux pendant une semaine.

— Dans ce cas, je l'emmènerai à l'appartement avec moi, quand il sortira de la clinique, et Shane restera au ranch avec toi, dit Shelby à Liam.

— Oui, c'est une bonne idée, approuva le Dr Lewis.

Ils allaient donc être séparés, ce qu'ils ne voulaient précisément pas.

— Allons, ce sera juste pour une semaine, nuança Liam en passant le bras sous celui de Shelby. Ce qui n'est rien comparé à toute la vie que nous allons passer ensemble.

Elle hocha la tête, réconfortée par ces paroles, même si l'idée de ne pas voir Shane ni Liam pendant une semaine l'attristait.

— Je vais appeler ma famille pour les prévenir. J'espère

qu'une livraison de tartes s'ensuivra, dit-elle en arrivant à esquisser un petit sourire.

— Une tarte est toujours d'un grand réconfort.

— Appelle ton père, dit-elle. Dès qu'il saura qu'Alexander est à la clinique, il surgira comme si sa vie en dépendait.

Liam fronça les sourcils.

— Hélas, j'en doute !

— Appelle-le, Liam ! Un enfant à l'hôpital, ce n'est pas rien, ça bouleverse toujours l'entourage.

— Très bien, je vais lui téléphoner, mais je ne m'attends pas à un revirement si soudain de sa part.

Liam délégua son travail de l'après-midi à sa cousine Clara qui promit de rendre visite à Alexander en soirée, puis se rendit chez ses parents avec Shane. Shelby avait raison, pensa-t-il, il fallait qu'elle ait raison : son père allait s'effondrer en apprenant que son cher Alexander était malade. Et il tenait à lui annoncer en personne afin qu'ils se réconcilient dans la foulée. Il n'avait nul besoin d'être en froid avec son père alors qu'il s'inquiétait pour son fils malade.

Sa mère n'étant pas à la maison, ce fut Harrington qui l'accueillit.

— Tiens, voilà mon petit bonhomme, dit-il en portant les yeux sur Shane, dans les bras de Liam.

Abandonnant son journal et son whisky, il s'avança vers l'enfant et ajouta :

— Donne-moi mon petit-fils, je veux le tenir.

Liam se figea, mais Harrington l'avait prestement pris et le faisait à présent sauter en l'air.

— Quel magnifique garçon tu es ! disait-il. Nous avons tant à rattraper tous les deux.

— Papa, déclara alors Liam, je suis venu t'apprendre qu'Alexander est malade, il est à la clinique car il a un VRS, autrement dit un virus respiratoire syncytial susceptible de dégénérer en bronchiolite. Il va rester environ trois jours à la clinique puis on le ramènera chez Shelby afin qu'il ne contamine pas Shane, qui restera avec moi au ranch, car ce virus est très contagieux.

— Voilà qui est parfait, déclara alors son père avant de poursuivre à l'attention du bébé : Fais-moi confiance, Shane, aucun vilain virus ne t'attaquera. Et pourtant, on est cernés, mais comme…

Liam fronça les sourcils et cessa d'écouter les bavardages de son père, médusé par sa réaction. Au bout de quelques instants, il l'interrompit.

— Vas-tu finir par me demander comment va Alexander ? questionna-t-il avec froideur.

— Je suis certain qu'il est entre de bonnes mains.

— Mais enfin, il est hospitalisé et tu t'en fiches complètement ? s'écria-t-il, incapable de se contenir plus longtemps.

— Liam, arrête de dramatiser ! De plus, Alexander n'est plus mon petit-fils, tu le sais parfaitement. C'est un Ingalls, un membre de la famille qui tient Pie Diner. Mon petit-fils, c'est désormais Shane, et c'est sur lui que je dois me concentrer.

Sans mot dire, Liam arracha littéralement Shane des bras de son père et, devant le visage étonné de son fils, il s'excusa à voix basse de son attitude, avant de décréter à l'attention de son père :

— Dans ce cas, au revoir. Tu ne sais pas ce que le mot famille signifie.

Et il pivota sur ses talons, bien résolu à ne plus revoir son père tant qu'il ne serait pas revenu à la raison.

Ce dernier se leva.

— Liam !

L'estomac noué, il se retourna, et l'expression résignée de Harrington le frappa alors.

— L'ADN compte, que cela te plaise ou non.

N'était-ce pas le moment idéal de lui montrer la lettre ? se demanda Liam. Puis il se rappela les sages paroles de Pearl : n'en parler que si cela était bénéfique. En l'occurrence, il blesserait son père par pur esprit de vengeance, car, si l'ADN était si important pour lui, la vérité sur sa naissance l'anéantirait et ce n'était pas non plus ce qu'il souhaitait. Il avait beau être en désaccord avec son père, il ne l'en aimait pas moins.

— Je suis bien placé pour le savoir, tu peux me croire, lâcha Harrington d'une voix éteinte.

Ces paroles et ce ton alarmèrent tout de suite Liam.

— Papa ?

Ce dernier se dirigea alors vers la large baie de son bureau, les bras croisés autour de lui, dans un geste protecteur. Il prit une grande inspiration et déclara :

— Je suis bien placé pour le savoir, répéta-t-il, car je suis moi-même un enfant adopté.

Et, se tournant vers son fils, il le regarda droit dans les yeux pour ajouter :

— Je ne suis pas un vrai Mercer.

Incroyable ! Il était donc au courant…

— Je vois bien que ma révélation te choque, poursuivit Harrington. Si j'ai gardé le secret, c'était pour te protéger.

Oh ! papa ! pensa Liam. Et il ferma les yeux pour encaisser le coup.

— Enfant, j'ai surpris un jour une dispute, entre mes parents. J'avais neuf ans. Mon père affirmait qu'il était ridicule de ne toujours pas m'avoir dit que j'étais un enfant adopté, tandis que ma mère plaidait pour que je n'en sache rien. J'ai tout de suite compris que je n'étais pas leur fils biologique, mais que pour ma mère cela n'avait pas d'importance. J'étais leur fils, point.

Liam se représenta alors la scène, d'autant qu'il avait encore à l'esprit les photos de son père enfant dans les albums que Shelby et lui avaient récemment feuilletés, en quête d'un signe de grossesse chez Alexandra.

— Mais mon père maintenait que la vérité devait être dite et qu'ils avaient tort de me cacher une information aussi importante sur mon identité. Soudain, ma mère lui a opposé un argument que je n'oublierai jamais : « Il est trop tard, maintenant. S'il avait grandi en le sachant, ça aurait été différent, mais à présent il aurait le cœur brisé d'apprendre qu'il n'est pas un véritable Mercer ».

— Oh ! papa ! marmonna Liam, en sentant les larmes lui monter aux yeux.

— Je suis alors parti en courant, ils n'ont jamais su que j'avais surpris leur conversation et ne m'ont jamais dévoilé mes origines. Longtemps après le décès de ma mère, et alors que mon père vivait ses derniers instants, il m'a pris la main et m'a dit : « N'oublie jamais que tu es un Mercer, cela te permettra de surmonter bien des épreuves. »

Liam sentit son cœur fléchir : il ignorait tant de choses sur son père et d'ailleurs, d'une façon générale, les personnes les plus proches de vous ne révélaient pas grand-chose des traumatismes qui les avaient profondément affectés.

— Je ne lui ai bien sûr pas dit que je connaissais la vérité sur mon identité, cela lui aurait brisé le cœur d'apprendre que j'étais au courant depuis des décennies. Ensuite, je me suis échiné au travail pour œuvrer à la prospérité de Mercer Industries et devenir un Mercer à tous les sens du terme. Je crois avoir fait honneur à ce nom, même si je n'ai jamais eu l'impression qu'il était réellement le mien.

Liam tentait de digérer toutes les informations, cependant quelque chose n'allait pas…

— Étant donné tout ce que tu viens de me dire, pourquoi persistes-tu à affirmer qu'Alexander n'est pas un vrai Mercer, puisque ce sont tes parents qui ont fait de toi un Mercer, et non ton ADN ?

— Parce que la vérité est insupportable, Liam, et qu'Alexander va grandir en la connaissant. Il est un Ingalls, et je ne vais pas lui mentir en faisant comme s'il était un Mercer. Mon petit-fils, c'est Shane.

— Très bien, donc si tu n'es pas un Mercer, cela signifie que moi non plus je n'en suis pas un, et tu sais quoi ? Shane non plus. Donc il semblerait que tu n'aies pas de petits-enfants.

Son père le regarda fixement, puis détourna les yeux.

— Où cela s'arrête-t-il, papa ?

Sans mot dire, son père alla se resservir un whisky.

— J'ai quelque chose pour toi, déclara subitement Liam. C'est dans ma voiture, je reviens tout de suite.

Sentant ses jambes lourdes, tout comme son cœur, il sortit de la pièce : peu désireux de laisser son père seul avec ses pensées, il tenait toutefois à lui remettre la boîte à musique et la lettre, car le moment était opportun.

Quand il revint dans le bureau, son père se tenait toujours près de la fenêtre.

— Papa, tu te souviens que maman t'avait montré cela ? demanda-t-il en brandissant la boîte à musique. Elle était dans un sac qu'elle avait trouvé sur la terrasse et qui t'était destiné puisque ton nom était écrit dessus.

Harrington haussa les épaules.

— Ta mère me montre tant de choses.

— Eh bien, elle a donné cette boîte à Shelby pour sa boutique de brocante, mais comme celle-ci l'a trouvée très jolie elle a décidé de la garder au lieu de la vendre. Et, quand elle l'a examinée de plus près, elle a découvert une lettre cachée sous la doublure.

— Et ? fit son père d'un ton agacé.

Il avala un trait de whisky puis se laissa tomber dans un fauteuil club, près de la cheminée.

— Tiens, répondit Liam en lui tendant la boîte. La lettre est à l'intérieur, tu devrais la lire.

Harrington roula des yeux, mais obtempéra… Il changea d'expression quand il lut la date.

— C'est ma date de naissance, constata-t-il.

Liam s'assit en face de lui et le laissa en prendre tranquillement connaissance. Quand son père émit une petite exclamation, il sut tout de suite où il en était dans sa lecture, c'est-à-dire à la première mention de « Mme Mercer. »

Harrington demeura d'une raideur sans nom, lettre à la main. Il la lut et la relut encore avant d'enfouir son visage dans ses mains, les épaules tremblantes.

Son père était en train de pleurer.

Spontanément, Liam se leva pour le consoler, et posa

une main sur son épaule. Harrington se mit alors lui aussi debout et l'enlaça en continuant de sangloter.

— Et dire que ça a failli finir sur la cheminée d'un inconnu, parvint-il à articuler.

Liam lui sourit.

— Exact, mais ça a fini entre les mains de ta belle-fille, Shelby. Shelby *Mercer*. Qui est une Mercer parce qu'elle m'a épousé. Je suis moi-même un Mercer car tu es mon père et Alexander est un Mercer car je suis *son* père. Et tu es toi-même un Mercer car tu es le fils d'Alexandra et de Wilton Mercer.

Des larmes brillèrent dans les yeux de Harrington.

— Mais je suis aussi le fils de cette femme, Jeannie.

— Tout à fait ! Comme Shane est *aussi* mon fils. Même si je ne l'ai pas élevé pendant les six premiers mois de sa vie et que quelqu'un d'autre s'en est chargé à ma place, comme nous l'indique en l'occurrence l'ADN. Pour ce qui est d'Alexander, il est mon fils par amour. *L'amour*, papa, c'est ce qui compte. Ta mère biologique t'aimait, c'est certain, tout comme il est clair que tes parents adoptifs t'aimaient. C'est l'amour qui fonde une famille. Rien de plus.

Sans mot dire, Harrington revint se placer près de la fenêtre.

— Shelby et moi avons mené l'enquête, et cela nous a conduits chez une certaine Pearl qui s'occupe d'un refuge de chiens, aux abords de la ville. C'est à elle que Jeannie avait confié la lettre, car c'était son amie. Elle pourra te raconter toute l'histoire, si tu en as envie.

— Je ne suis pas certain de vouloir l'entendre, répondit Harrington en buvant encore un peu de whisky.

— Rien ne presse, tu iras quand tu seras prêt, si un jour tu l'es.

Là-dessus, il l'enlaça longuement, sans prêter attention à la raideur que son père afficha alors, car tel était Harrington Mercer. Un dur à cuire.

Une fois sur le seuil, il s'arrêta et lança :

— À propos, je serai au chevet d'Alexander jusqu'à

17 heures et ensuite j'irai chercher Shane chez les Ingalls où je vais le déposer en sortant d'ici, puis nous rentrerons tous les deux au ranch. Juste pour te tenir informé.

Son père hocha la tête, mais ne répondit rien.

Eu égard à cet échange, son père allait-il changer de comportement ? Liam l'ignorait, mais ce qu'il savait, en revanche, c'était qu'il avait hâte de retrouver Alexander et qu'on lui certifie que son fils allait mieux, même si Shelby l'avait rassuré une heure plus tôt. Mais, s'il ne la voyait pas elle non plus sous peu et ne la tenait pas longuement dans ses bras, il allait se consumer de désespoir sur place.

— C'est dur de voir un bébé à l'hôpital, dit Norah.

Shelby lui sourit. Sa sœur avait un peu de mal à tenir en équilibre le singe en peluche, les albums pour enfants et la couverture à ourlets conçus pour être mordillés qu'elle avait achetés pour Alexander. Elle regarda le petit garçon endormi dans son berceau.

— Merci de lui avoir apporté tous ces cadeaux. Entre toi, tante Cheyenne, maman, le frère de Liam, sa mère et sa cousine, nous allons pouvoir ouvrir une boutique de cadeaux pour enfants.

Norah sourit.

— On dirait qu'Alexander a repris des couleurs.

— Selon le médecin, il répond bien au traitement. Il se pourrait qu'il ne reste ici que deux jours.

Une journée de moins, donc, sans Shane et Liam, sans que la famille soit séparée.

Comme Norah devait revenir à Pie Diner en vue du premier service, elle se leva pour sortir, au moment où Liam arrivait. Celui-ci embrassa sa belle-sœur et la remercia pour toutes les tartes qu'elle avait fait livrer chez lui et au bureau, tout en précisant que celle au bœuf et aux légumes était la meilleure qu'il ait jamais mangée. Norah s'éclipsa, et les yeux de Liam se portèrent ensuite sur les amoncellements de cadeaux destinés à Alexander.

— Waouh ! En voici un enfant choyé. Ce sont mes parents qui ont apporté le dauphin en peluche ? s'enquit-il.

— Non, c'est ton frère, indiqua Shelby. Ainsi que des livres audio de *Narnia* et de *Harry Potter*, et des berceuses pour enfants chantées par ses artistes préférés.

— Ça, c'est mon frère tout craché, observa-t-il en souriant.

— Et ta mère a acheté cela, dit-elle en montrant un immense tapis d'éveil, avec toutes sortes de choses à tirer. Elle était très inquiète pour Alexander et a dit qu'elle rappellerait plus tard.

— Et mon père ?

— Il n'est pas venu.

— Et ma mère, comment l'as-tu trouvée ?

— Pas franchement en forme.

— Ça ne m'étonne pas.

Et il lui rapporta toute sa conversation avec son père.

— Donc il savait dès l'âge de neuf ans qu'il avait été adopté, répéta-t-elle en secouant la tête. Cela a dû être dur de l'apprendre ainsi.

— La vie est faite de choses difficiles à accepter ! répliqua Liam, visiblement très en colère. Il aurait dû venir voir son petit-fils à l'hôpital. Cela fait deux heures que je suis parti de chez lui. Comment peut-il se conduire ainsi ?

Et comme il s'était emporté, il baissa les yeux vers le berceau, redoutant de toute évidence d'avoir réveillé Alexander, mais il n'en était rien. Il ferma les paupières un instant puis, lui tournant le dos, il croisa les bras.

— Liam…

Il se mit alors à faire les cent pas dans la chambre.

— Regarde comme une famille peut se déliter en un rien de temps ! coupa-t-il. On ne peut compter que sur soi-même. Crois-moi, notre mariage arrangé, avec la liste précise de ce que l'on peut faire et ce que l'on ne doit pas faire, est la meilleure façon de maintenir une unité familiale. Ainsi, personne ne souffre.

Oh non, pitié ! implora Shelby en silence. *Nous étions censés avoir progressé ! Ce que nous ressentons l'un pour l'autre va faire voler ce ridicule arrangement en éclats et rendre notre mariage bien réel à tous les égards.*

— Vraiment, tu as eu raison de m'arrêter dans mes élans, hier, je ne te remercierai jamais assez, car tout cela n'aurait conduit qu'à une peine de cœur. Et je souffre suffisamment.

— Non, Liam, j'ai eu tort !

Il la regarda fixement, désarçonné, attendant la suite.

Elle se rapprocha de lui et enchaîna :

— J'ai eu peur, tout comme toi. Or, nous interdire d'aimer et de consommer notre mariage parce que nous sommes mus par la peur, c'est très bizarre. Nous avons tort.

Visiblement frustré, il passa la main dans ses cheveux : il était clair qu'il pensait qu'elle n'avait pas compris l'enjeu.

Non, c'est toi qui ne comprends pas, Liam. Réfléchis à ce que tu as !

Elle allait à présent aborder le problème différemment et lui expliquer ce qui les attendait, s'il acceptait de couper les barbelés amers qui entouraient son cœur.

— Liam, à chaque minute de notre vie, un risque nous attend au tournant. Regarde aujourd'hui : Alexander est tombé malade. Ça aurait pu être bien pire, mais par chance il sera bientôt guéri. À cinq ans, Shane chutera peut-être d'un arbre en tentant d'y grimper, et à huit ans, Alexander se blessera peut-être en tombant de vélo. Il y aura des accidents, des mésaventures, des chagrins et que sais-je encore, mais ainsi va la vie, Liam, et nous devons tous y faire face.

— Oui, quantité d'imprévus arrivent, Shelby, crois-moi, je sais de quoi je parle et toi aussi. Donc, ne cherchons pas à ajouter des complications à notre mariage platonique qui fonctionne très bien.

— Ah bon ? Il fonctionne très bien, selon toi ? Se coucher chacun de notre côté tous les soirs, c'est la preuve d'un mariage qui *fonctionne très bien* ? Regretter de ne pas être ensemble, cela s'appelle *fonctionner très bien* ?

Elle marqua une pause, se demandant si elle devait aller plus loin et si elle était la seule à ressentir ces frustrations ? Soudain, son cœur se serra à l'idée que Liam ne nourrisse pas des sentiments aussi profonds que les siens à son égard, même si son instinct lui dictait que si.

— Et les garçons, poursuivit-elle alors, crois-tu vraiment qu'il soit sain qu'ils grandissent avec des parents simplement unis par le sens pratique et l'amitié ?

Il détourna de nouveau les yeux, poussa un lourd soupir puis lui fit face.

— Je ne vois pas en quoi le sens pratique et l'amitié poseraient problème. Il y a pires choses sur lesquelles fonder un mariage. Comme uniquement la passion.

Mais nous, nous avons tout, se récria-t-elle intérieurement. *Le sens pratique, l'amitié et la passion.* Elle ouvrit alors la bouche pour formuler ses pensées à voix haute, mais il secoua la tête :

— Il n'y a rien de plus à ajouter, Shelby. Je vais chercher Shane et le ramener au ranch avec moi. Ces quelques jours de séparation nous feront sans doute du bien à tous, ils te permettront de renforcer ton lien avec Alexander et moi, le mien avec Shane. Nous pourrons aussi oublier ce qui s'est passé hier soir, et repartir sur de bonnes bases.

Quelles bonnes bases ? Je t'aime et je veux que tu sois mon mari à tous les sens du terme.

Mais le moment n'était guère opportun pour plaider sa cause, pensa-t-elle, et lui prouver qu'il se mentait à lui-même, car il était blessé, furieux et à cran. Une petite séparation était sans doute la bienvenue.

Elle lui permettrait peut-être de recouvrer ses esprits.

Mais si tel n'était pas le cas, que se passerait-il ? L'adage tel père, tel fils était-il d'actualité, dans cette famille ?

Un frisson la parcourut…

Liam se pencha alors au-dessus du berceau d'Alexander et lui donna un baiser sur le front avant de sortir de la chambre, emportant avec lui le cœur de Shelby.

- 14 -

L'après-midi suivant, Shelby ramena Alexander chez elle, au-dessus de la boutique, le médecin ayant autorisé sa sortie de la clinique. Liam avait appelé au moins dix fois depuis le matin pour prendre de ses nouvelles.

Et pour savoir aussi si son père était passé à la clinique voir le petit.

À chaque fois, elle lui avait répondu par la négative, et le silence avait systématiquement suivi. Liam n'avait toujours pas surmonté la réaction de son père. Ce qui était, soit dit en passant, tout à fait compréhensible !

Shelby avait passé la nuit à la clinique à observer le petit corps d'Alexander se lever et s'abaisser au rythme de sa respiration ; son amour pour le bébé l'avait maintenue éveillée jusqu'à l'aube, elle n'avait pas voulu manquer un seul instant de cette nuit-là, tant elle avait à rattraper avec lui. Le sommeil ayant fini par la gagner, elle s'était réveillée toute courbatue pour avoir dormi dans un fauteuil. Heureusement, sa mère lui avait apporté des bagels au sésame, du jus d'orange et du café, et lui avait fait un formidable massage. Elle avait pris sur elle pour ne pas confier à Arlena tout ce qu'ils avaient appris sur le père de Liam et ce qui s'était passé entre ceux-ci.

En général, elle lui racontait tout ce qu'elle avait sur le cœur, mais il s'agissait en l'occurrence de la famille de son mari et il ne lui semblait pas correct de gloser sur eux juste pour se sentir mieux. Sauf que c'était aussi ce à quoi servaient les proches, à vous réconforter !

Norah la rejoignit chez elle une demi-heure avant l'ouverture de Treasures. Aujourd'hui, celle-ci lui avait proposé de tenir la boutique afin qu'elle puisse se consacrer à Alexander. Alors, devant sa sœur, elle ne put plus se contenir et lui raconta tout ce qui lui pesait sur le cœur.

— Ne t'inquiète pas, Shelby, lui dit Norah en leur servant du café, il finira par comprendre. Cet homme t'aime, il est amoureux de toi, cela saute aux yeux. Il ne pourra pas contrôler éternellement ses sentiments, en dépit de toute sa détermination.

Shelby sentit ses épaules se voûter malgré elle puis, plongeant une cuillerée de sucre dans sa tasse, elle répondit :

— Son père en est bien capable !

— Arrête ! s'agaça Norah. Cet homme a reçu deux chocs successifs, laissez-lui le temps de les digérer. D'abord, il apprend que son petit-fils a été échangé à la naissance, puis que sa mère biologique lui a écrit une lettre. Il venait à peine de la lire que Liam l'attendait déjà à la clinique. Encore une fois, accordez-lui un peu de temps.

— Oui, tu n'as sans doute pas tort. Liam craint pourtant que ce soit une cause perdue.

Norah avala un peu de café, puis fronça les sourcils en découvrant la trace de rouge à lèvres qu'elle avait laissée sur le mug.

— Écoute, reprit-elle, je ne connais pas Harrington Mercer, je lui ai très peu parlé à votre réception de mariage, mais j'ai de l'intuition concernant les gens, et je peux t'assurer que cet homme a du cœur.

Elle disait vrai, Norah ne se trompait jamais sur les gens, elle voyait tout de suite clair en eux.

— Vraiment, tu crois ? demanda Shelby, n'osant pas se réjouir trop vite.

— Bien sûr, sans quoi, je ne t'aurais rien dit. Tiens, à propos, c'est fini entre l'avocat et moi.

— Oh non ! s'écria Shelby, désolée.

David Dirk avait été très sympathique avec elle pendant les journées les plus difficiles de sa vie.

— Et tu le prends bien ? s'enquit-elle aussitôt. Navrée d'avoir accaparé toute la conversation alors que tu avais cette nouvelle importante à m'annoncer.

— Ce n'est pas une affaire d'État, tu sais ! Nous n'étions pas éperdument amoureux l'un de l'autre, et physiquement ce n'était pas non plus extraordinaire. En fait, il n'y avait aucune alchimie entre nous.

— Et le frère de Liam, Drake, comment le trouves-tu ? C'est un bel homme, tu ne peux pas prétendre le contraire.

Norah acquiesça.

— Tout à fait, mais il est déjà sous le charme d'une autre.

— Ah bon ? Liam ne m'en a rien dit. Qui est-ce ?

Norah prit une gorgée de café.

— Je n'en suis pas certaine à cent pour cent, donc je préfère le garder pour moi pour l'instant, mais certains regards ne m'ont pas échappé. Il y a anguille sous roche, tu verras. En tout cas, j'ai également vu la façon dont Liam te regardait, et il t'aime c'est évident. Je n'ai aucun doute là-dessus.

— Je t'aime, Norah ! s'exclama Shelby en se levant pour serrer sa jeune sœur dans ses bras.

— Idem, répondit celle-ci en souriant.

Là-dessus, elle bondit de sa chaise, son café à la main, et ajouta :

— Il est l'heure d'ouvrir la boutique ! On ne peut faire attendre les sœurs Minnow.

Shelby lui sourit et entendit soudain un cri de mécontentement s'élever de la chambre d'enfants.

— Merci pour tout, Norah. À tout à l'heure.

Puis elle se rendit auprès d'Alexander pendant que cette dernière dévalait les marches.

Son petit garçon avait le teint bien plus frais aujourd'hui, il allait nettement mieux et de toute évidence avait aussi très faim.

Au moins, elle avait un tiers de son cœur auprès d'elle, ce matin.

*
* *

Liam venait juste de donner à Shane sa dernière cuillerée de compote de pommes dont la moitié était tombée sur son menton, quand on sonna à la porte.

Faites que ce soit Shelby, pria-t-il alors. Il détestait la façon dont ils s'étaient séparés, la veille. Il ne supportait pas de l'avoir blessée alors que telle n'était vraiment pas son intention. Leur mariage n'était-il justement pas destiné à éviter toute souffrance ?

Hélas, il savait que ce ne pouvait être Shelby, elle venait juste de sortir de la clinique avec Alexander et devait le garder au chaud pendant quelques jours, le médecin ayant finalement jugé qu'une semaine entière n'était pas nécessaire. Néanmoins, ces journées allaient lui permettre de se ressaisir et de se rappeler pourquoi il l'avait épousée, en l'occurrence pour le bien de leur famille.

C'était quand ses yeux se posaient sur elle que les problèmes commençaient… Notamment le matin quand elle se levait, encore toute endormie, son pantalon de yoga moulant ses courbes appétissantes et qu'elle prenait les enfants dans ses bras pour les couvrir de baisers en guise de bonjour. Elle rayonnait alors d'amour pour eux.

Ce qui le troublait aussi, c'était la façon dont elle le contemplait quand elle n'était pas sur ses gardes.

Sauf qu'il n'était pas censé apprécier ce genre de regards !

Il secoua la tête pour se remettre les idées en place, comme si ce geste avait un jour marché. Il déposa Shane dans le parc et alla ouvrir, certain qu'il s'agissait d'une nouvelle et délicieuse livraison de Pie Diner… Mais ce fut sa mère qu'il découvrit sur le seuil.

— Je suis juste passée prendre de tes nouvelles, dit-elle en essayant de sourire, sans y parvenir réellement.

Larissa Mercer était une femme très secrète qui savait parfaitement bien cacher ses émotions, mais il était manifeste qu'elle était à cran, ce matin.

— Tout va bien, maman ? s'enquit Liam en la faisant entrer.

Ses talons cliquetèrent alors sur les tomettes.

— Ton père m'a rapporté votre conversation d'hier, dit-elle en enlevant sa veste avant de s'asseoir sur un siège à haut dossier, devant la cheminée. Je ne l'ai jamais vu aussi bouleversé, avec de telles difficultés pour s'exprimer.

Tiens, voilà qui était une réaction des plus inattendues de la part de son père ! Liam s'assit dans un siège qui se trouvait dans sa diagonale.

— Savais-tu qu'il avait été adopté ? questionna-t-il.

Larissa ne répondit pas immédiatement. Évoquer les secrets de famille, ou ce que l'on ressentait tout au fond de soi, ne faisait pas partie des habitudes en cours chez les Mercer, et il était conscient que tous ces événements étaient difficiles pour sa mère.

— Oui, finit-elle par admettre, il me l'a dit le jour où il m'a demandée en mariage, après que j'ai accepté sa demande, affirmant que je ne pouvais pas l'épouser sans connaître toute la vérité sur lui, sur le fait qu'il n'était pas « un vrai Mercer ».

Encore une fois, Liam visualisa Harrington en jeune homme, un genou posé à terre pour sa demande en mariage, et refusant de mentir par omission à la femme qu'il aimait. Il fallait avoir du cran pour se mettre ainsi à nu, ce qui lui redonna de l'espoir concernant son père.

— Je lui ai dit qu'il était un vrai Mercer, reprit Larissa, et que je l'aimais, quelle que soit la mère qui l'ait mise au monde. Je n'oublierai alors jamais son expression touchée, reconnaissante. Mais après quoi, plus jamais il ne m'en a reparlé.

Ces parents étaient mariés depuis trente et un ans, il était incroyable que pendant tout ce temps le sujet n'ait jamais été évoqué !

— On ne peut pas vivre en refoulant ses sentiments, dit-il alors.

Et, en prononçant ces paroles, il pensa à Shelby et au désir fou qu'elle lui inspirait.

Combien il l'aimait.

Et voilà, il venait de s'avouer à lui-même ce dont il ne voulait pas entendre parler : il aimait Shelby ! De toutes ses forces, constata-t-il, car il avait la sensation que cet amour sourdait de toutes les cellules de son corps sans qu'il n'y puisse rien, car comme elle le lui avait dit, nul n'était en mesure de contrôler son amour.

En revanche, on pouvait se maîtriser soi, prétendre qu'on ne ressentait rien, nier la vérité.

Comme son père.

Et, comme lui jusque-là, pour s'assurer que ceux qu'il aimait étaient protégés…

Bon sang ! Pourquoi la vie était-elle si compliquée ? Il pensait avoir tout bien planifié, et voilà que la pratique venait anéantir la théorie.

— Tu as raison, renchérit sa mère, ce n'est pas une vie, mais c'était la seule possible pour ton père. C'était très personnel, donc, je ne lui ai jamais posé de questions à ce sujet. J'aurais peut-être dû…

— Je comprends ton attitude, il voulait oublier et il est parfois difficile de lui parler.

— Non, tu crois ?

Un sourire éclaira enfin son visage.

— Je ne sais pas si je pourrai lui pardonner de ne pas être allé voir Alexander à la clinique, hier, car il était vraiment malade, et son grand-père n'est pas venu, dit Liam. C'était un test concernant les sentiments qu'il porte à son petit-fils, et il a lamentablement échoué.

— Je sais, et je crois bien que cela a coûté aussi à ton père et qu'il en souffre encore. En ce moment, Harrington est très tourné sur ce qu'il ressent, sur lui, et sur la façon dont les choses devraient être. Il y aura bien sûr des conséquences à payer.

Ces paroles résonnèrent étrangement en lui. « La façon dont les choses devraient être. » Comme lui-même qui estimait nécessaire que son mariage avec Shelby reste platonique ? « Les conséquences à payer. » Perdre Shelby, par exemple ?

Il sentit son cœur fléchir. Assez ! Encore une fois, il s'agissait de son père et non de lui.

— Quoi qu'il arrive avec ton père, poursuivit sa mère, sache que Shelby, Alexander, Shane et toi pouvez compter sur mon plein soutien. Ce sont tous les deux mes petits-fils, mes trésors.

Ce terme lui rappela la boutique de Shelby. Qui était elle-même un pur trésor…

Sur ces mots, elle s'avança vers Shane, puis le prit dans ses bras pour l'enlacer.

— J'ai hâte de te découvrir, je vais venir souvent passer du temps avec toi.

Elle lui donna un dernier baiser sur la joue et le reposa.

— À très bientôt, Liam, dit-elle.

Il la raccompagna à la porte, toujours accaparé par ses pensées, son mariage, l'attitude à adopter. Ne devait-il pas garder ses distances émotionnelles et physiques avec sa femme ? En même temps, il se rendait bien compte que c'était un pari impossible à tenir…

Liam se dirigea alors vers la paroi vitrée, pour admirer le ciel de nuit et les bois éclairés par des lampes extérieures. Un frisson lui parcourut la nuque alors qu'une terrible pensée le traversait. Au fond, n'aurait-il pas été préférable qu'ils ne se marient pas, au lieu de cette mascarade ? Ils auraient parfaitement pu vivre chacun de leur côté et se partager la garde des enfants… Non, cela non plus n'était pas une bonne idée, il ne voulait pas voir Shane juste une semaine sur deux, ni renoncer la moitié du temps à Alexander, et puis les deux frères devaient grandir ensemble. Ce qui le ramena à son mariage avec Shelby, leur mère.

Sauf que vivre dans le mensonge n'était plus acceptable, il ne voulait pas pratiquer la politique de l'autruche, ainsi que son père l'avait fait pendant de longues années. Seulement, vivre comme de vrais époux avec Shelby, c'était courir un énorme risque, puisque l'amour ne durait jamais… Alors la vie des deux petits garçons en serait affreusement affectée. Et voilà il était revenu au point de départ !

Il devait absolument rediscuter de tout cela avec Shelby car il ne pouvait continuer ainsi.

Liam déposa Shane chez les Ingalls qui insistèrent pour lui remettre de nouvelles tartes. À ce rythme-là, il allait bientôt peser une tonne ! Il les remercia chaleureusement de veiller sur Shane pendant une heure ou deux, le temps que Shelby et lui trouvent un véritable modus vivendi, puis regagna l'appartement de cette dernière.

Quand, après avoir sonné, il entendit des bruits de pas, il sentit son cœur s'accélérer… Il avait hâte qu'elle lui ouvre la porte, hâte de la voir, de la serrer dans ses bras.

Car il l'aimait, et cet amour vibrait dans chaque parcelle de son corps.

Du calme ! s'ordonna-t-il. Il était venu ici pour que les choses changent entre eux et qu'ils cessent de vivre dans le mensonge.

Mais la vérité, c'est que tu aimes Shelby Ingalls Mercer, ta femme. C'est cela, la vérité.

La porte s'ouvrit.

Shelby surgit devant lui, plus belle que jamais dans son jean délavé et son T-shirt à manches longues. Son alliance étincela à son doigt dans la douce lumière du vestibule, sa main étant posée sur le dos d'Alexander qu'elle portait sur la hanche.

— Tout va bien, Liam ? Shane n'est pas malade, au moins ?

— Non, il va bien, je l'ai laissé à ta famille pour une heure ou deux. Il fallait que je te voie.

L'affolement succéda à l'inquiétude, sur le visage de Shelby.

Parce qu'elle t'aime aussi, pauvre idiot, pensa-t-il. Et cette réalité le frappa tel un coup de poing en plein visage.

C'était sûrement ce qu'elle avait tenté de lui dire, un peu plus tôt dans la journée, qu'elle l'aimait.

Il prit ses mains dans les siennes.

— Tu avais raison sur tout, Shelby, déclara-t-il alors.

— Ah bon ? lança-t-elle en feignant de toute évidence la surprise.

— Sur la façon dont fonctionnait l'amour, sur le fait qu'on ne pouvait pas le contrôler et que, si on essayait malgré tout, ça finissait par un ulcère.

— Tout à fait, même si je n'ai pas prononcé ce mot.

— Si nous sommes amoureux l'un de l'autre, ce qui me semble une évidence, alors consommons ce mariage ! Que l'amour et la passion y règnent en maître, ainsi que le don et le partage. Soutenons-nous mutuellement, choyons-nous, restons ensemble pour le meilleur et pour le pire, aussi longtemps que nous vivrons.

— Amen ! hurla-t-elle alors en éclatant de rire, mais émue aux larmes.

Il se mit aussi à rire lui aussi et la serra très fort contre lui.

— Et si nous nous disputons, ce qui arrivera forcément, si nous sommes vraiment furieux l'un contre l'autre, nous serons aussi assez forts pour surmonter nos différends.

— Tu as raison, reprit une voix de ténor derrière lui. Car nous sommes des Mercer, et que c'est ainsi que vivent les Mercer.

Liam pivota vivement sur les talons : son père se tenait à quelques centimètres de lui, sur le trottoir.

— J'aimerais voir mon petit-fils, si c'est possible, dit Harrington. J'ai quelque chose à lui remettre.

Mon petit-fils. Enfin !

— Bien sûr, répondit Shelby. Allons à l'étage.

Et, quand Liam gravit les marches dans le sillage de cette dernière et de son père, il eut la sensation qu'un fardeau de cent kilos venait de quitter ses épaules.

À peine entré dans l'appartement, son père se précipita vers Alexander dans son parc et le prit dans ses bras, les larmes aux yeux.

— Mon petit-fils, mon précieux petit-fils. Jamais plus je ne te laisserai tomber, je t'en fais la promesse solennelle. Tiens, je t'ai apporté quelque chose, c'est à toi, je te le redonne.

Et, fouillant dans le sac qu'il tenait à la main, il en sortit le fameux petit chapeau de cow-boy qu'il avait offert à Alexander le vendredi où la vie de tous avait changé irrémédiablement.

— Ça alors, je l'ai cherché partout ! Je suis content que tu l'aies retrouvé, s'exclama Liam.

Harrington redressa les épaules, embrassa Alexander sur la joue et le reposa dans son parc avant de répondre :

— Je ne l'ai pas retrouvé, je l'avais mis de côté le soir où Shelby et toi nous avez annoncé l'échange des bébés.

Oh non, son père était incroyable !

— Quand tu es parti, hier, j'ai regardé ce minuscule stetson pendant des heures, ta mère me parlait, me disait de me raisonner, mais je ne l'écoutais pas. Finalement, j'ai relu la lettre de Jeannie, les passages qui évoquait ma mère Alexandra, mon père Wilton. Puis j'ai repensé à ce que m'a dit Pearl.

Shelby ne put retenir un petit cri.

— Vous êtes allé la voir ?

— Naturellement ! Et j'ai même adopté deux de ses chiens.

Shelby se mit à rire.

— C'est vrai ?

Il hocha la tête.

— Tout à fait. L'un s'appelle Clint, c'est moi qui l'ai baptisé, et l'autre attend encore que Larissa se décide entre deux noms. Ce sont des bergers allemands croisés avec je ne sais quelle race.

— C'est génial, papa ! Toi qui as toujours voulu un chien, voilà que tu en as deux d'un coup !

— Deux fils, deux petits-fils et deux chiens, déclara-t-il alors.

Puis il regarda tour à tour Liam et Shelby avant de porter de nouveau les yeux vers Liam.

— Désolé, fils, d'avoir mis du temps à comprendre la chance qui me tombait dessus. Il a fallu que je me recentre sérieusement sur moi, sur ma vie, mais peu importe ce que j'ai vécu enfant, Alexander est mon petit-fils et je l'adore.

— Je sais, papa, et tu as dû terriblement souffrir de t'éloigner de lui.

— Tu as vu juste, et cela ne se reproduira plus jamais.

À ces mots, Shelby étreignit Harrington qui la serra lui aussi dans ses bras.

— Nous sommes des Mercer, affirma ce dernier. Et nous sommes aussi des Ingalls, et des McCord.

— Des McCord ? répéta Liam.

— Tout à fait ! Ma mère biologique s'appelait Jeannie McCord.

Shelby sourit.

— Espérons que nous aurons la chance d'avoir d'autres enfants. J'en voudrais cinq. Je ne sais plus si je t'avais prévenu, Liam.

Elle lui lança un regard malicieux puis se tourna de nouveau vers Harrington.

— Et si nous donnions le nom de McCord en deuxième nom à notre prochain enfant, en l'honneur de Jeannie ? Qu'en pensez-vous ?

Des larmes brillèrent dans les yeux de Harrington.

— J'en serais ravi.

— Moi aussi, renchérit Liam en prenant la main de sa femme dans la sienne.

Cette nuit-là, Shelby était étendue sur son lit, Liam collé contre son dos, un bras passé autour d'elle. La brise qui entrait par la fenêtre ouverte la faisait un peu frissonner car elle était entièrement nue…

Faire l'amour avec Liam avait été exactement comme elle l'avait rêvé, semblable en tout point à ce qu'elle avait imaginé.

Elle était aussi heureuse que la première fois où elle avait tenu Shane dans ses bras, à la clinique. Que la première fois où elle avait pris Alexander et que son cœur avait compris qu'elle était sa mère à lui aussi, bien avant que son cerveau ne l'intègre.

Liam remua derrière elle, puis enfouit la main dans ses cheveux, avant de la laisser glisser sur ses épaules.

— Je crois que je vais vite ne plus pouvoir me passer de cette vie, murmura-t-il.

— J'ai la même impression, renchérit-elle en se retournant.

— Je t'aime, Shelby Mercer.

— Je t'aime, Liam Mercer.

— Et j'aime notre famille, dit-il en prenant la flûte de champagne, à côté du lit.

Ils avaient en effet ouvert une bouteille pour fêter leur nouveau statut de vrais époux et tous les merveilleux moments que la vie aurait à leur offrir.

— Je porte un toast à nos magnifiques enfants et à nous.

Elle l'imita et choqua sa flûte contre la sienne.

— À nous et nos fils, dit-elle à son tour.

Puis chacun reposa sa flûte, et ils se regardèrent intensément.

Un premier pleur retentit tout à coup, suivi d'un deuxième…

— Je pense que le premier venait du jumeau connu sous le nom de Shane, dit Liam.

— Et le deuxième du jumeau connu sous le nom d'Alexander, enchaîna Shelby.

Et bientôt des cris succédèrent aux pleurs…

— J'y vais, dit-elle.

— Je t'accompagne !

Sur ces mots, il la souleva du lit et la transporta dans ses bras jusqu'à la chambre des enfants, en profitant pour la couvrir de baisers.

Épilogue

Quelques mois plus tard, Shelby, Liam, Alexander et Shane se retrouvèrent au tribunal du comté, où la juge déclara que l'échange des bébés s'était finalement merveilleusement bien terminé et avait permis à une famille de se constituer.

Shelby entendit alors des pleurs derrière elle et se retourna : toutes les femmes de sa famille s'essuyaient les yeux avec des mouchoirs en papier, Norah pleurant à chaudes larmes.

Elle adressa un sourire à sa sœur qui en plus d'être si sentimentale subissait l'influence de ses hormones. Norah attendait des triplés ! Selon tante Cheyenne, il suffisait sans doute d'entrer dans la chapelle de Wedlock Creek pour donner la vie à plusieurs enfants en même temps. Un vrai miracle.

Ses yeux se dirigèrent ensuite vers Harrington Mercer qui avait apporté pour l'occasion un énorme kangourou avec son petit dans sa poche et l'avait posé près de lui. Sa femme, son fils et Clara étaient assis près de lui, de l'autre côté.

Finalement, Shelby et Liam se levèrent, chacun tenant un bébé coiffé d'un ministetson.

— C'est officiel, dit Liam. Nous sommes tous des Mercer.

— De vrais Mercer, souffla alors Harrington.

Liam sourit et étreignit la main de Shelby. Elle savait qu'il voulait lui dire qu'ils l'étaient tous depuis le début, mais que chacun avait eu besoin d'un peu de temps pour s'en rendre compte. À présent, la tête et le cœur étaient synchrones.

À la sortie du tribunal, ils se rendirent chez les Mercer où une deuxième réception de mariage avait été organisée, préparée cette fois par Larissa elle-même. Le buffet qui les attendait était très généreux, puisque tel était le mot préféré de sa belle-mère.

Ce mariage avait beau être très réel, pensa-t-elle, elle n'en vivait finalement pas moins un rêve. Un rêve ou un conte de fées qui s'était concrétisé.

MELISSA SENATE

Des triplés pour un détective

Traduction française de
AURE BOUCHARD

Passions

HARLEQUIN

Titre original :
DETECTIVE BARELLI'S LEGENDARY TRIPLETS

- 1 -

La première chose que Norah Ingalls remarqua en se réveillant ce dimanche matin-là, ce fut l'alliance en or qui scintillait à sa main gauche. Sauf que… Norah n'était pas mariée. Elle ne l'avait jamais été. C'était même une célibataire endurcie. Maman de triplés âgés de sept mois.

La deuxième chose qu'elle nota : elle était accablée d'un affreux mal de crâne.

La dernière : il y avait un très bel inconnu allongé à côté d'elle.

Une vague réminiscence lui revient à l'esprit. Et soudain la panique la submergea. Immobile, le cœur battant à tout rompre, Norah observa l'inconnu qui partageait son lit. Il avait les cheveux courts et épais, de la même teinte foncée que sa barbe naissante. Une cicatrice se dessinait au-dessus de son sourcil gauche. Allongé sur le dos, il avait le couvre-lit remonté jusqu'au nombril, laissant à la vue son torse sculpté à la perfection recouvert d'une fine toison. Sans parler de ces impressionnants biceps. Manifestement, ce gars était un sportif. Ou peut-être un cow-boy ?

Norah se redressa. Oh non. Oh non ! Oh non… Cet homme n'était pas un cow-boy. C'était un agent des services secrets ! Oui, cela lui revenait à présent. Voilà… Elle l'avait rencontré au festival de Wedlock Creek, hier soir.

Ils n'avaient pas échangé leurs vrais noms, ne s'étaient pas raconté leurs vies… Au lieu de cela, ils s'étaient inventé des personnages le temps d'une soirée. Une idée de Norah, qui avait insisté pour incarner un rôle.

Bon. Cet homme dans son lit n'était donc pas un espion. Elle n'avait toutefois aucune idée de sa véritable identité, ni de ce qu'il faisait dans la vie.

La gorge nouée, elle déglutit péniblement et ferma les yeux. Que s'était-il donc passé ? *Réfléchis, Norah !*

Il y avait eu beaucoup de verres de ce cocktail aux agrumes et des montagnes de fous rires alors même que Norah n'était pas du genre à se laisser facilement aller. L'homme avait fini par suggérer que le cocktail était peut-être un peu alcoolisé.

Norah se mordit la lèvre inférieure et chercha la main gauche de l'inconnu. Elle se trouvait sous le couvre-lit. Celui de sa grand-mère, en tartan écossais.

Retenant son souffle, elle souleva l'étoffe pour révéler sa main. Il avait la même bague en or autour de son annulaire.

Alors que les souvenirs de la soirée commençaient à lui revenir à l'esprit, Norah se recoucha doucement, espérant que l'inconnu ne se réveillerait pas avant qu'elle se soit souvenue de la façon dont elle s'était retrouvée mariée à un illustre étranger. Le feu d'artifice avait débuté derrière la chapelle de Wedlock Creek, elle avait commencé à le regarder avec cet homme et puis… Et puis, c'était le trou noir. Norah ferma les yeux et essaya de forcer sa mémoire

Une première fusée, rouge et blanche, zébra timidement le ciel étoilé, inaugurant le feu d'artifice. Fabio et Norah en étaient à peu près à leur dixième verre de cocktail. Le grand saladier en argent était posé sur le buffet près des stands de nourriture. À côté des gobelets en plastique se trouvait une urne sur laquelle était collée une affiche.

Deux dollars le verre : Servez-vous !

Fabio avait glissé un billet de cent dollars dans la boîte avant d'emporter le saladier et deux verres sous un érable, au pied duquel ils s'étaient assis, pour savourer siroter ensemble en plaisantant.

Moins d'une heure plus tôt, la mère et la tante de Norah,

Cheyenne, l'avaient poussée à profiter du festival alors qu'elles gardaient les triplés. Elle avait dégusté un *corn dog*, gagné un dauphin en peluche, qu'elle avait rapidement égaré, à un jeu de fléchettes avant de rencontrer ce bel inconnu fraîchement débarqué en ville au buffet des boissons.

— Je vous sers un cocktail ? proposa-t-il, en lui tendant un verre tout en glissant cinq dollars dans l'urne.

Il remplit alors un verre avec la louche.

Elle goûta le breuvage. Délicieux. À son tour, elle glissa cinq dollars dans l'urne et leur servit deux nouveaux verres.

— Je ne vous avais jamais vu avant, dit-elle, en le jaugeant ouvertement.

Du haut de son mètre quatre-vingt-dix, il était à la fois fin et athlétique. Chemise bleu marine, jean usé et bottes de cow-boy. Cheveux et yeux bruns. Un régal pour les yeux… Même si jamais elle ne poserait les mains sur lui. *Jamais.*

Il lui tendit la main.

— Enchanté, je m'appelle…

Mais elle lui retint le poignet.

— Non, non. Pas besoin de nos noms. Ni de se raconter notre vraie histoire.

Elle était seule pour la soirée, ne s'offrait jamais de temps rien qu'à elle, alors quitte à bavarder avec un homme, séduisant de surcroît, chose qu'elle avait soigneusement évitée depuis qu'elle était devenue mère, un peu de fantaisie serait de mise. Norah n'avait pas d'homme dans sa vie : les histoires d'amour, ce n'était pas pour elle. Sa mère, sa tante et sa sœur secouaient toujours la tête et s'efforçaient de lui rappeler que sa foi en l'amour, et peut-être même en elle-même, avait été ébranlée, rien de plus, et qu'elle finirait par changer d'avis. *Rien de plus ?* Oh ! mais, la vérité, c'était qu'elle en avait fini avec les hommes, et bien fini !

Il sourit, creusant de petites rides d'expression autour de ses yeux bruns. Il devait avoir trente ans, pensa-t-elle. Et il était beau comme un diable.

— Dans ce cas, je suis… Fabio. Un… agent des services

secrets. Voilà. Fabio, agent des services secrets. En mission pour protéger le calme et la quiétude de Wedlock Creek.

Elle pouffa. Bon sang, qu'y avait-il donc dans ce cocktail ? Et depuis quand n'avait-elle pas ri ?

— Tu portes une tenue décontractée pour un agent fédéral, nota-t-elle en admirant ses bottes brunes éraflées.

— Je dois me fondre dans le décor, dit-il en agitant un bras pour désigner la foule qui festoyait autour d'eux.

— Ah, je vois. Moi, c'est Angelina, hôtesse de l'air.

Mais où était-elle allée chercher cela ? Angelina, ça sonnait sexy, non ? Elle prit une frite molle dans l'assiette qu'il avait achetée à la baraque à burgers de l'autre côté du champ, la trempa dans du ketchup avant de la porter à sa bouche.

— Tu arrives à rendre une frite sexy, murmura-t-il avec un sourire enjoué.

Norah Ingalls, mère célibataire de triplés en pleine poussée dentaire, cohabitant avec l'adjectif *sexy* dans une phrase ? Quelle blague ! Elle gloussa de nouveau, et il prit son visage entre ses mains pour chercher son regard.

Embrasse-moi, imbécile ! pensa-t-elle. *Fabio… Pseudo-agent des services secrets.* Mais son regard sur elle était doux, aucune intention licencieuse à l'horizon. Dommage…

C'est à ce moment-là qu'il lui avait suggéré de s'asseoir sous l'érable et qu'il avait mis le billet de cent dans l'urne pour emporter le saladier.

— Trinquons encore, implora-t-elle en se servant un verre.

Puis un autre. Et encore un autre. Il lui raconta son enfance, lui parlant notamment d'un vieux ranch en ruine sur une quarantaine d'hectares, mais elle n'était pas certaine de ce qui était vrai et de ce qui ne l'était pas. Elle lui parla de son père, qui avait été son plus grand champion. Elle lui confia aussi la recette secrète de la tourte au poulet de sa mère, tellement renommée à Wedlock Creek et sa région que la *Gazette* avait publié un article sur le sujet. Elle lui parla de tout, sauf de la vérité la plus intime à son sujet.

Ce soir, Norah profitait du festival annuel pour s'octroyer

quelques heures de fantaisie avant que le carrosse ne se transforme en citrouille, en compagnie d'un homme attirant, doux, plein d'esprit et follement drôle. À minuit, enfin plutôt à 23 heures, heure de la fermeture de la fête foraine, elle redeviendrait elle-même : une femme qui n'adressait pas la parole aux hommes célibataires et séduisants.

— Quelle sorte d'alcool penses-tu qu'ils ont mis dans ce cocktail ? demanda-t-elle alors qu'il lui offrait une nouvelle frite froide tout en lui servant un autre verre.

Lentement, il promena alors deux doigts sur sa joue.

— Je ne sais pas, mais ça fait du bien de se détendre le temps d'une soirée, quand je ne suis pas en service.

En service ? Ah, oui… Il travaillait pour les services secrets. Elle ricana, puis dessoûla l'espace d'une seconde, rattrapée par un furtif retour à la réalité.

Les premières explosions des feux d'artifice résonnèrent autour d'eux. On entendait des applaudissements au loin. Or, de là où ils se trouvaient, ils ne pouvaient voir le spectacle.

— Allons voir ! proposa-t-elle, en prenant sa main pour se lever.

Mais l'expression de Fabio avait changé. Livide, il semblait perdu dans ses pensées.

— Fabio ? demanda-t-elle en s'efforçant de recouvrer ses esprits. Est-ce que ça va ?

Il avala un autre verre de cocktail.

— C'étaient des feux d'artifice, déclara-t-il, en reprenant des couleurs. Pas des coups de feu.

— Des coups de feu ? répéta-t-elle en riant. À Wedlock Creek ? Il n'y a pas de chasseurs ici à cause du tourisme, et on n'a pas déploré de crimes depuis plus de soixante-dix ans. Si tu lèves légèrement la tête, tu pourras voir un peu les feux d'artifice derrière la cime des arbres.

Il redressa la nuque, appuyant son épaule contre la sienne.

— D'accord. Voyons voir ça.

Ils marchèrent main dans la main jusqu'à la chapelle, mais le temps d'y arriver, négociant péniblement quelques virages à cause de leur ébriété, le feu d'artifice était terminé.

Les spectateurs quittaient déjà le quai pour regagner le festival. La chapelle de Wedlock Creek était tout illuminée, et la rivière à l'arrière scintillait sous la lueur de la lune presque pleine.

— J'ai toujours rêvé de me marier ici, déclara-t-elle en contemplant la magnifique bâtisse blanche, qui rappelait un peu un gâteau de mariage.

D'aspect victorien, avec son clocher qui ressemblait presque à un cœur, l'édifice dégageait une impression rétro. Selon la légende de la ville, ceux qui se mariaient ici étaient voués à avoir des jumeaux, des triplés ou même des quadruplés, que ce soit par mariage, adoption, action médicale ou hasard. Pour l'instant, pas encore de quintuplés. Mais la ville et tout le comté regorgeaient d'enfants issus de grossesses multiples, avec des parents mariés à la chapelle. Preuve que la légende n'en était pas qu'une.

Certaines personnes, comme Norah, avaient eu des triplés sans avoir jamais mis les pieds dans la chapelle. Quand elle avait découvert sa grossesse, avant même de l'annoncer au père de l'enfant, elle avait rêvé d'un mariage à la chapelle et d'une grossesse multiple… Même si celle-ci était intervenue avant le mariage. Pour elle un seul bébé était déjà une bénédiction, alors plusieurs… Norah adorait les enfants et avait toujours voulu une famille nombreuse. Sauf que l'homme qui l'avait mise enceinte, un champion de rodéo toujours en tournée, lui avait répondu : « Désolé, moi, je n'ai rien demandé », et avait quitté la ville avant son prochain concours. Elle ne l'avait jamais revu depuis lors.

Elle contempla la chapelle, splendide au clair de lune, et la vie présente lui revint brusquement à l'esprit. *Où est passé ce saladier à cocktail ?* se demanda-t-elle.

— Tu as toujours voulu te marier ici ? Eh bien, marions-nous donc ! lança Fabio en la soulevant dans ses bras avant de la porter jusqu'à la chapelle.

Son rire flotta dans la brise de cette soirée d'été.

— Mais… On est soûls comme des barriques, comme avait l'habitude de dire mon père !

— C'est d'ailleurs la seule façon de me faire passer la corde au cou, rétorqua-t-il en marmonnant.

— Alors emmène-moi, cow-boy ! murmura-t-elle en rejetant sa tête en arrière.

Annie Potterowski, la vieille concierge de la chapelle, conférencière locale et officier d'état civil, passa une tête dans l'embrasure de la pièce du fond. Elle scruta Norah un instant, puis tourna son regard vers le beau Fabio.

— Ah, inspecteur Barelli ! Ravie de vous revoir.

— Vous connaissez Fabio ? demanda Norah, confuse.

À moins que son prénom ne soit vraiment *Inspecteur* ?

— J'ai croisé le shérif, mon cousin au second degré du côté de ma mère, quand il faisait visiter la ville à l'inspecteur Barelli, expliqua Annie.

Vous n'avez qu'à parler cinq fois plus vite, pensa Norah, qui commençait à avoir mal à la tête.

Annie connaissait donc déjà son fantasme d'un soir ? Son fiancé imaginaire ! *Incroyable !* pensa Norah, dont l'esprit était soudain assailli de toutes sortes d'images. Notamment les visages de ses triplés. Elle fronça les sourcils. Oh ! ses bébés… Elle ferait bien de rentrer chez elle. Sauf qu'elle se sentait si bien avec cet homme qui la portait dans ses bras comme sa future épouse…

Le mari d'Annie, Abe, apparut alors en arrangeant son nœud papillon bleu.

— Nous avons marié seize couples ce soir. L'un d'eux avait fait tout le chemin depuis Texas pour se marier ici !

— Nous serons le dix-septième, affirma Fabio en resserrant son bras autour de celui de Norah.

— Vous êtes un saint ! s'enthousiasma Annie en se précipitant sur lui. Norah, je suis si heureuse pour toi !

Saint Fabio… Norah réfléchit un peu, puis éclata de rire.

— Tu veux que je te dise un secret ? chuchota Norah à l'oreille de l'homme, qui deviendrait son mari sous peu, alors qu'il la déposait sur le tapis de velours rouge de l'allée menant à l'autel.

— Bien sûr.

— Je ne m'appelle pas vraiment Angelina. Mais Norah. Avec un *h*.

Il sourit.

— Et moi je ne m'appelle pas Fabio. Mais Reed. Avec deux *e*, ajouta-t-il en titubant un peu.

Cet homme était aussi ivre qu'elle.

— Je n'aurais jamais pensé épouser un espion, bafouilla-t-elle en remontant l'allée au son de la *Marche nuptiale*.

— Et nous pourrons utiliser tous tes *miles* d'hôtesse de l'air pour notre lune de miel, reprit Reed.

Ils éclatèrent de rire.

— Veuillez signer ici, mes amis, déclara Annie en leur désignant le certificat de mariage devant l'autel.

Norah apposa sa signature, bientôt imitée par Reed. Annie plia le document et l'inséra dans une enveloppe affranchie.

Je me marie ! pensa Norah en plongeant dans le regard sombre de Reed qui se tenait face à elle, les mains dans les siennes. Elle baissa alors les yeux vers son short et son T-shirt bleu et blanc, un peu confuse. Où était donc son bustier, sa dentelle, sa robe de princesse avec perles et décolleté plongeant ? Était-elle véritablement obligée de se marier avec ses baskets usées, qui n'avaient rien d'immaculé ?

Mais ils n'avaient pas le temps de se changer. Annie demandait déjà à Reed de formuler ses vœux…

— Reed Barelli, voulez-vous prendre cette femme, Norah Ingalls, pour légitime épouse, dans la richesse ou dans la pauvreté, dans la santé ou dans la maladie, jusqu'à ce que la mort vous sépare ?

— Bien sûr que je le veux, répondit-il avant d'éclater d'un rire aussi mélodieux que contagieux.

Annie se tourna vers Norah. À son tour, elle prononça ses vœux. Oui, bien sûr que oui, elle prenait cet homme pour époux !

— Par les pouvoirs qui me sont conférés par l'État du Wyoming, je vous déclare mari et femme ! Vous pouvez embrasser votre épouse.

Reed dévisagea Norah pendant un moment, puis posa

ses mains de chaque côté de son visage et l'embrassa si tendrement, mais passionnément, que l'espace d'une seconde, dans un éclair de lucidité, Norah ne ressentit plus que l'amour que lui portait cet homme. Voilà cinq secondes qu'ils étaient mariés, mais cet homme, qu'elle connaissait depuis environ deux heures, l'aimait réellement !

Une onde de chaleur la traversa de part en part et, quand le riz qu'Abe avait lancé en l'air retomba sur eux, elle pouffa, ivre comme jamais.

Malgré son mal de tête, Reed Barelli ouvrit les yeux. Le soleil matinal brillait à travers les rideaux blancs. Il se massa les tempes. Il avait acheté tout un tas d'affaires pour sa nouvelle maison hier après-midi, de la literie aux tasses à café en passant par la cafetière elle-même, mais il ne se souvenait pas avoir ramené ces rideaux aux imprimés fleuris. Ils détonnaient avec le style de sa maison.

Il ouvrit complètement les yeux, son regard se posa sur une pile de livres sur la table de chevet. Un roman policier. Un guide touristique du Wyoming et un exemplaire de *Mon bébé de zéro à douze mois*.

Une petite minute… Il se redressa d'un bond. Où diable se trouvait-il ? Il n'était pas dans la maison qu'il venait de prendre en location ?

Il entendit alors un léger soupir près de lui. Aussitôt, il se retourna sur sa gauche… Et n'en crut pas ses yeux.

Bon sang ! Il y avait une *femme* qui dormait dans son lit.

Enfin… Dans son lit à elle, vu qu'il ne se trouvait manifestement pas chez lui. Il lui releva ses longs cheveux brun acajou du visage, avant de refermer les yeux. Oh non… Était-ce possible ? Angelina / Norah… Hier soir, il avait cédé à son petit jeu de rôle, trop heureux d'oublier le temps d'une soirée ses années passées en tant que policier à Cheyenne.

Il cligna des yeux pour s'éclaircir les idées. Non, il n'exerçait plus à Cheyenne. La dernière affaire sur laquelle il avait travaillé l'avait achevé et, après un congé de trois semaines, il s'était décidé et avait trouvé ce poste d'inspecteur à Wedlock Creek, la petite ville idyllique où il avait passé plusieurs étés, enfant, auprès de sa grand-mère paternelle. Une ville où il n'arrivait jamais rien. Une ville qui n'avait pas enregistré le moindre meurtre depuis soixante-dix ans. Norah ne l'avait-elle pas elle-même mentionné hier soir ?

Norah… Hier soir.

Il se frotta le visage, et c'est alors qu'il s'aperçut qu'il portait un anneau en or, sur l'annulaire gauche.

Mais qu'est-ce que… ?

Peu à peu, quelques bribes de la soirée lui revinrent à l'esprit. Le festival… Le cocktail qu'il avait réquisitionné et emporté sous un arbre pour le déguster avec Norah… Un cocktail manifestement lourdement alcoolisé… Puis Norah le prenant par la main, pour le conduire à la chapelle. Elle avait toujours rêvé de s'y marier, lui avait-elle confié. Et il avait répondu : « Dans ce cas, marions-nous ! »

Lui, il avait dit ça ! Reed Barelli avait prononcé ces mots ! Retenant son souffle, il descendit doucement le couvre-lit de son épaule pour examiner la main gauche de Norah, mais elle l'utilisa pour remonter la courtepointe sur elle, fronçant son adorable petit nez avant de se retourner.

Elle avait aussi une bague en or autour de l'annulaire !

Oh non ! Ils l'avaient *vraiment* fait ? Ils s'étaient *mariés* ?

Non. Impossible. La vieille dame qui officiait à la chapelle avait appelé Reed par son nom. Oui, elle l'avait reconnu, après l'avoir croisé avec le shérif qui lui faisait visiter la ville hier à son arrivée… Et elle avait semblé bien connaître Norah aussi. Bon sang, elle n'avait pas pu les laisser se marier dans un tel état d'ébriété ! Ce serait là le comble de l'irresponsabilité. En tant qu'homme de loi, Reed exigerait d'elle qu'elle s'explique et annule tout ce qu'ils avaient pu signer : il se souvenait vaguement avoir griffonné son nom sur ce qui devait être un registre des mariages.

Norah remua de nouveau. Elle dormait encore. Pendant une seconde, il ne put s'empêcher de contempler son visage aux traits fins, son teint de porcelaine…

En revanche, pas moyen de se souvenir s'ils avaient consommé… Quoique, cocktail suralcoolisé ou pas, il s'en serait souvenu, non ?

Peut-être étaient-ils rentrés chez elle pour cuver avant de s'effondrer de sommeil sur son lit ?

Il referma les yeux, puis les rouvrit lentement. *Respire profondément, Barelli…* Il regarda autour et rechercha ses repères dans la chambre. C'est alors qu'il aperçut la photo encadrée sur la console du côté de Norah.

Norah sur un lit d'hôpital, dans une de ces blouses bleues, serrant trois nouveau-nés contre sa poitrine.

Aïe, aïe, aïe…

- 2 -

— Je suis sûre que l'on ne s'est pas mariés ! lança Norah d'une voix haut perchée en s'enroulant dans le drap avant de se précipiter, prise de panique, contre le mur de sa chambre, sans quitter des yeux l'inconnu dans son lit.

Un homme qui, à en croire l'alliance qu'elle portait à sa main gauche, et celle que *lui* arborait, était son *mari*.

Elle avait fait semblant de dormir quand il s'était mis à bouger sous les draps. Il s'était levé d'un coup, et elle avait senti qu'il la regardait fixement. Or pas question de rester allongée là, sans rien faire, malgré sa peur panique d'ouvrir les yeux et d'affronter la réalité.

En fait, elle s'était à son tour redressée soudainement : elle avait oublié d'aller récupérer les triplés ! Puis, les paroles de sa tante lui étaient revenues à l'esprit : pour lui permettre de rentrer tard hier soir, Cheyenne avait prévu de lui ramener les petits au restaurant ce matin. Rassurée, Norah s'était alors calmée. Lentement, elle avait ouvert les yeux. En découvrant l'inconnu qui la dévisageait à côté d'elle dans le lit, elle avait bondi, vêtue de son seul débardeur et de ses sous-vêtements.

Oh non, est-ce qu'ils avaient… ?

Elle scruta longuement Reed. Dans *son* lit.

— Est-ce qu'on a…, balbutia-t-elle d'une voix éraillée.

Il haussa les épaules.

— Je ne sais pas… Désolé… Je ne pense pas, en fait.

— Ce cocktail était alcoolisé ?

— Sans doute le fait d'un plaisantin…

— Et maintenant nous voilà *mariés* ? dit-elle. Ha ha ha…

Son regard glissa vers l'alliance autour de son doigt, avant de lever de nouveau les yeux vers elle.

— Je suis sûr que l'on peut rectifier le tir. Le couple qui nous a mariés semblait nous connaître tous les deux. Pourquoi nous auraient-ils laissés nous marier alors que nous étions manifestement ivres ?

À son tour, elle haussa les épaules. Elle connaissait Annie depuis sa plus tendre enfance. Cette femme faisait des extras en tant que serveuse dans le restaurant de sa famille depuis toujours pour arrondir ses fins de mois. Comment avait-elle pu laisser Norah faire une chose pareille ? Pourquoi Annie n'avait-elle tout simplement pas téléphoné à sa mère, sa tante ou sa sœur pour prévenir : « Viens chercher Norah, elle est ivre et essaie d'épouser un parfait inconnu » ?

— Elle semblait vous connaître aussi, remarqua Norah.

À cet instant, elle mourait d'envie de prendre une tasse de café. Et deux comprimés pour la tête.

— Je passais mes étés à Wedlock Creek avec ma grand-mère quand j'étais enfant, expliqua-t-il. Annie connaissait peut-être ma grand-mère. Les Potterowski vivent-ils à proximité de la chapelle ? Peut-être pourrait-on y aller maintenant pour éclaircir tout ça. Je suis sûr qu'Annie n'a pas encore envoyé le certificat de mariage.

— Exact ! s'enthousiasma Norah en resserrant le drap sur elle. Ce qui est fait peut toujours se défaire ! Allons-y !

Il avisa la pile de vêtements sur le sol à côté du lit.

— Je vais aller à la salle de bains pour m'habiller.

Il se leva, vêtu d'un simple boxer noir incroyablement sexy. Puis il ramassa ses habits et rejoignit la salle de bains.

Elle entendit l'eau couler, puis quelques minutes plus tard il ressortit, habillé comme le Fabio de la veille. Alors, elle se précipita vers sa commode, s'empara d'un jean, d'un T-shirt et de dessous propres, avant de filer à la salle de bains, le cœur battant à tout rompre. Elle se lava rapidement le visage, se brossa les dents, s'habilla puis regagna la chambre.

Reed était assis sur la chaise dans le recoin, les coudes sur ses genoux, la tête dans ses mains. Comment pouvait-il être aussi beau avec les cheveux dans un tel désordre ? Il secoua lentement la tête d'un air dépité.

— Donc, vous avez toujours rêvé d'être agent des services secrets ? demanda-t-elle pour briser ce silence gênant.

Il se redressa et lui offrit un sourire.

— Je ne sais pas pourquoi j'ai dit ça. J'ai toujours voulu être policier. Je commence à la police de Wedlock Creek lundi. Et je suppose que vous n'êtes pas hôtesse de l'air, ajouta-t-il.

— Je n'ai jamais quitté le Wyoming, admit-elle. Je cuisine au sein du restaurant que tient ma famille.

Elle avait toujours rêvé d'intégrer l'entreprise familiale et de se perfectionner en matière de tartes salées, sa spécialité.

Penser au Pie Diner la ramena de nouveau à la réalité : les petits visages poupins de Bella, Bea et Brody lui revinrent à l'esprit. Ils lui manquaient, elle avait besoin de les voir, de les tenir dans ses bras. Et elle devait aller au restaurant pour dire à sa famille qu'elle allait bien. Elle n'avait pas appelé une seule fois pour prendre des nouvelles des triplés hier soir. Sa mère et sa tante devaient probablement s'inquiéter, et se demander ce qui avait pu lui arriver pour qu'elle n'ait pas appelé toutes les deux minutes afin de s'assurer que tout se passait bien pour les bébés.

Cela dit, le téléphone de Norah n'ayant pas sonné hier soir, elles avaient dû se dire qu'elle avait rencontré de vieux amis et qu'elle s'était bien amusée. Elle jeta un coup d'œil à son réveil. Il était à peine 6 heures. On ne l'attendait pas au restaurant avant 7 heures.

Reed observait la photo à côté du réveil. Celle où elle posait avec ses triplés quelques instants après leur naissance. Il ne dit pas un mot, mais elle pouvait deviner le fil de ses pensées. N'importe qui penserait la même chose. *Aidez-moi, au secours ! Sortez-moi de là. Mais qu'ai-je donc fait ? Des triplés ? Ahhhhhhhh !* Au fond de lui, il devait être horrifié.

Heureusement, s'il y avait une chose pour laquelle Norah Ingalls était douée, c'était donner le change.

— Allons voir Annie et Abe, dit-elle. Ils se réveillent à l'aube, alors je suis certaine qu'ils seront debout.

— Bonne idée, murmura Reed en se tournant vers elle. On peut les rejoindre avant qu'ils envoient le certificat de mariage au bureau d'État pour enregistrement.

— Exact. Ce mariage ne peut pas être authentique. Je veux dire, tout ça n'a rien de *légal*.

Il hocha la tête.

— On pourrait annuler tout ça avant 7 heures du matin et retourner à nos vies, déclara-t-il.

Car *ça*, ce n'était aucunement sa vie.

Norah passa la tête par la porte d'entrée de sa maison, qui, grâce au ciel, était encadrée par de hauts feuillus. La dernière chose dont elle avait besoin, c'était que tout Wedlock Creek sache qu'un homme avait été repéré sortant de chez elle à 6 heures du matin. Elle habitait à l'angle de Main Street, à quelques minutes à pied du restaurant, mais la chapelle se trouvait à un près d'un kilomètre dans la direction opposée.

— Prenons la route parallèle pour que personne ne nous aperçoive, dit-elle. Je suis sûre que vous n'avez pas envie de vous retrouver au cœur des commérages avant même de commencer votre première journée au poste de police.

— Absolument ! s'exclama-t-il.

Ils marchèrent à demi voûtés dans une rue latérale avec jardins sur leur gauche et bois et rivière à droite. À cette heure matinale, les gens n'étaient pas encore sortis. Les Potterowski habitaient la maison de gardiens, à droite de la chapelle. En montant les marches du perron, Norah aperçut Annie, quatre-vingt-un ans, dans une robe de chambre rose, assise devant son café fumant. Elle appuya sur la sonnette.

Annie vint à la porte, et son visage s'éclaira en découvrant les jeunes mariés.

— Norah ! Je ne m'attendais pas à te voir si tôt. Tu ne devrais pas être en voyages de noces ? lança Annie avant de se tourner vers Reed. Ah, vous voilà, beau diable ! Entrez donc, tous les deux. Je viens de préparer du café.

Comment pouvait-elle faire preuve d'un tel calme ? Ou faire comme si leur mariage n'était qu'un détail ?

Norah et Reed entrèrent mais restèrent debout.

— Annie, reprit Norah, Reed et moi avons tous les deux été victimes d'un cocktail trop alcoolisé au festival hier soir ! On était complètement soûls. Tu as bien dû t'en apercevoir ?

Annie inclina son visage encadré de boucles argentées.

— Saouls ? Je ne me souviens pas vous avoir vus vous conduire comme des gens alcoolisés. Croyez-moi, on a notre lot de couples ivres, ici, et on les éconduit sans ménagement.

À ces mots, Norah plissa les yeux. Annie avait *forcément* compris qu'ils n'étaient pas sobres.

— Annie, pourquoi je me mettrais à épouser un inconnu sur un coup de tête ? Ça ne t'a pas paru bizarre ?

— Mais Reed n'est pas un inconnu, nota Annie en sirotant son café. J'ai entendu dire qu'il était de retour en ville pour travailler au commissariat. Je me souviens de vous, jeune homme, quand vous étiez petit. J'ai connu votre grand-mère, Lydia Barelli. Nous étions très amies. Oh je me rappelle très bien combien elle espérait que vous viendriez vivre un jour à Wedlock Creek. Je suppose que vous allez à présent vous installer au ranch, comme elle en a toujours rêvé.

Reed haussa un sourcil.

— J'ai loué une maison en ville. J'aimais beaucoup ma grand-mère, mais elle a passé sa vie à me faire du chantage pour que je me marie et que je fonde une famille, expliqua-t-il à Annie, tout en relevant le menton.

Manifestement, l'inspecteur n'avait pas envie de s'appesantir sur le sujet. Annie agita la main avec dédain.

— Eh bien, chantage ou pas, vous voilà marié ! Le testament de votre chère grand-mère vous lègue le ranch dès le jour où vous aurez la bague au doigt. Vous pouvez désormais recevoir votre héritage légitime.

À ces mots, Norah interrogea tour à tour Annie et Reed du regard. Quelle était donc cette histoire de ranch et d'héritage ? Si Reed avait eu l'intention de se trouver une idiote pour se marier afin de satisfaire les conditions d'un testament et prendre possession de son ranch, alors pourquoi aurait-il loué une maison en arrivant en ville ?

L'inspecteur croisa les bras.

— Je n'ai pas l'intention de déménager au ranch, Annie.

— Comment ça ? s'exclama la vieille dame en agitant son toast. Vous voilà marié, un point c'est tout. Vous allez vivre au ranch, selon le souhait de votre grand-mère, et notre pauvre Norah aura un père pour ses triplés.

Bon sang ! Qui aurait pu imaginer que cette bonne vieille Annie Potterowski les avait ainsi arnaqués tous les deux ? !

Norah vit Reed déglutir péniblement et sentit ses joues s'embraser.

— Annie, gronda Norah, les mains sur les hanches. Tu savais qu'on était ivres ! Et malgré tout tu nous as mariés !

— Pour votre bien à tous les deux, assura la vieille dame. Mais ce n'est pas moi qui vous ai attirés ici. Je n'ai pas mis l'alcool dans ce cocktail. Vous êtes venus à la chapelle de votre plein gré. Je vous ai juste laissés faire, c'est tout.

— Vous pouvez la placer en état d'arrestation pour une chose pareille ? dit Norah à Reed, en fusillant Annie du regard.

La vieille dame écarquilla les yeux.

— J'espère que vous allez partir en lune de miel dans un lieu exotique, ajouta-t-elle, imperturbable. New York, peut-être. Ou pourquoi pas Paris ? C'est tellement romantique…

Norah agita les mains en l'air.

— Elle trouve réellement que cela est normal !

— Annie, voyons, insista Reed. On ne peut pas être *vraiment* mariés. Une soirée arrosée, une chapelle sur notre chemin, aucun délai de réflexion : tous les ingrédients pour un fiasco sont réunis. Nous sommes venus récupérer notre certificat de mariage. Vous ne l'avez sûrement pas envoyé ?

— On va se contenter de le déchirer et ensuite on s'en va, déclara Norah en regardant rapidement l'heure.

— Oh ! mes petits... Je suis navrée, mais c'est impossible, assura Annie. J'ai envoyé Abe au tribunal du comté de Brewer il y a vingt minutes. J'ai bien peur que votre certificat de mariage et les seize autres que nous avons établis hier soient sur le point d'être déposés. Il y a une boîte aux lettres juste devant le bâtiment. Bien sûr, nous sommes dimanche et les bureaux sont fermés, donc il est inutile que vous preniez votre voiture pour essayer de récupérer ce document.

Visiblement ahuri, Reed dévisagea Annie.

— Il faudra bien faire quelque chose à un moment donné !

— En effet, reconnut Norah qui en avait le tournis.

Entre tous ces verres d'alcool, la surprise de se réveiller la bague au doigt, et maintenant ce qui semblait être une folie d'Annie de vouloir entériner ce qu'elle avait laissé se produire, il y avait de quoi avoir la migraine...

— Il me faut du café, dit Reed en secouant la tête. Un bon tonneau de café.

Norah hocha la tête.

— Moi aussi.

— Servez-vous, dit Annie en désignant la cafetière sur le bar, tout en mâchonnant son pain grillé.

Reed soupira et se tourna vers Norah.

— Rentrons chez vous et discutons de tout ça. Il faut que l'on réfléchisse à un plan pour se sortir de ce pétrin.

Norah approuva d'un nouveau signe de tête.

— À plus tard, Annie, dit-elle en se dirigeant vers la porte, malgré la fureur qu'elle éprouvait contre la vieille dame.

Elle connaissait Annie depuis toujours, et elle avait toujours été adorable avec elle. Annie avait même offert à chaque triplé un adorable petit chien en peluche, à leur naissance, et les couvrait régulièrement de cadeaux depuis.

— Au fait, Norah ? Reed ? appela Annie quand ils sortirent sur le porche.

Norah se retourna.

— *Félicitations !* reprit la vieille dame avec un sourire innocent, le regard pétillant de malice.

Reed était tellement furibond quand il avait quitté la maison de Norah pour la chapelle qu'il ne s'était pas rendu compte à quel point il faisait frais ce matin : à peine douze degrés. Norah, elle, ne portait qu'un T-shirt et gardait ses mains dans ses poches en se recroquevillant. Elle avait froid. Alors, il ôta sa veste et la mit sur les épaules de Norah.

Elle tressauta, puis leva les yeux vers lui.

— Merci, dit-elle, en y glissant ses bras avant de la refermer. J'étais tellement en colère que j'ai oublié de prendre un pull. Mais maintenant vous allez avoir froid ?

— Ma colère me tiendra chaud, dit-il. Et je l'ai bien cherchée, cette migraine, au sens propre comme au figuré.

— Moi aussi, affirma-t-elle à voix basse.

La brise soufflait dans ses cheveux, le soleil illuminant leurs reflets auburn, et il eut soudain envie de les ramener derrière son oreille. Mais elle le devança d'un geste agacé.

— Je suis policier, Norah. Mon travail, c'est de servir et de protéger les gens. Je n'aurais pas dû boire ainsi, surtout au cours d'un événement public.

— Eh bien, ce cocktail devait contenir un alcool très fort. Et vous n'étiez pas en service, souligna-t-elle. Vous ne commencez dans votre nouveau poste que demain.

— Sauf qu'un policier est toujours en service. Malheureusement, quand j'ai compris que le cocktail devait être alcoolisé, j'étais déjà trop ivre pour faire marche arrière.

On ne l'y reprendrait plus ! Surtout après avoir quitté la ville de Cheyenne, embrassé ce nouvel avenir à Wedlock Creek, même sans pouvoir habiter le ranch de sa grand-mère, pour oublier le citadin qu'il avait été… Il avait baissé sa garde et en payait le prix fort. Norah aussi.

Bon sang ! À Cheyenne, il s'était presque fait tuer pendant une planque.

— Et vous disiez être heureux de tourner la page ou quelque chose comme ça ? dit-elle en cherchant son regard.

Il contempla une rangée d'arbres le long de la route.

— Je suis venu ici pour prendre un nouveau départ. Maintenant, j'ai besoin d'un nouveau départ pour mon nouveau départ, dit-il en secouant la tête. Quel bazar… Tout de même, seize couples en plus de nous ? murmura-t-il en reprenant sa marche. Ce ne serait pas un peu trop facile de se marier dans l'État du Wyoming ?

— Il faudrait modifier la loi, répondit Norah. Il devrait y avoir une période de réflexion. Des analyses sanguines obligatoires. Quelque chose, n'importe quoi, qui empêcherait les gens de se marier sur un coup de tête…

Comment ne pas être d'accord ?

— C'est comme un mini-Las Vegas. Je me demande combien de ces couples voulaient réellement se marier…

— Je suis certaine qu'ils le voulaient tous ! La chapelle de mariage de Wedlock Creek est très réputée. Les gens y viennent à cause de la légende.

Il la dévisagea longuement.

— Quelle légende ?

— Presque tous ceux qui se marient dans cette chapelle deviennent parents de jumeaux, triplés ou quadruplés d'une manière ou d'une autre. D'après la légende, cette chapelle est sous le coup d'un sort, que lui a jeté une sorcière stérile l'année de sa construction, en 1895.

Reed haussa un sourcil.

— Une sorcière stérile ? Ce sort était censé être bienveillant ou malveillant ?

— Personne ne le sait vraiment, dit-elle en souriant. Mais en tant que maman de triplés, je suis heureuse de les avoir.

Reed s'arrêta de marcher.

Voilà, elle l'avait dit. La vérité. Elle était maman. Pas étonnant qu'Annie Potterowski l'ait traité de « saint » hier soir. La vieille dame avait cru qu'il épousait en connaissance de cause une mère célibataire de trois enfants !

— Vous vous êtes mariée à la chapelle ?

Il la croyait divorcée.

Elle baissa les yeux.

— Non. Je ne me suis jamais mariée. Le père des bébés

a mis les voiles une heure après que je lui ai annoncé ma grossesse. On n'était ensemble que depuis trois mois à ce moment-là. Je pensais qu'on avait quelque chose de spécial, mais je me trompais, dit-elle d'une voix chevrotante…

Il lui prit la main.

— Norah… Je suis désolé.

Ce crétin l'avait donc abandonnée ? Elle élevait ses bébés, des triplés, toute seule ? Un bébé devait déjà vous occuper tout votre temps. Et Norah en avait trois… Il ne pouvait même pas imaginer à quel point cela devait être difficile.

Elle se mordit la lèvre et esquissa un demi-sourire, en sortant la main de la sienne pour la glisser dans sa poche.

— Oh ! Ce n'est pas si grave. J'ai mes enfants, que j'aime à la folie. J'ai une grande famille, un travail que j'aime. Ma vie est belle. Je ne me plains pas.

— Mais la vie ne doit pas être facile tous les jours.

Elle haussa un sourcil.

— Quelle vie ? La vôtre ?

Il rit.

— Touché. Et je n'ai même pas un animal domestique. Ni même une plante d'ailleurs.

Elle sourit, et il fut soulagé de voir cette lueur sombre s'estomper de ses yeux.

— Alors, quel plan faut-il imaginer pour remettre la main sur notre certificat de mariage ? Je suppose qu'on peut se rendre à Brewer demain matin à la première heure et demander à le récupérer. Si nous arrivons au palais de justice dès l'ouverture, je suis sûre qu'on récupérera notre dossier avant qu'il soit traité.

— Ça me paraît sensé, dit-il.

— Et si on n'arrive pas à le récupérer pour une raison ou pour une autre, nous ferons annuler le mariage.

— Comme si rien ne s'était passé, ajouta-t-il.

— Exactement, dit-elle en hochant la tête avec un sourire.

Or c'était bel et bien arrivé, et Reed avait le sentiment qu'il n'effacerait pas si facilement cette péripétie, ni avec le temps, ni avec une annulation… Norah et lui s'étaient mis dans un « sacré pétrin », comme avait coutume de dire sa grand-mère.

— Je suppose que ça signifie que vous ne m'avez pas épousée pour secrètement mettre la main sur le ranch de votre grand-mère, reprit Norah. Car vous aviez loué une maison dès votre arrivée en ville hier. Mes doutes sont dissipés…

Il envisagea presque de lui révéler pourquoi il ne croyait pas au mariage, mais il se contenta de hocher la tête. Hier soir, alors qu'il l'avait épousée dans cette chapelle, il était un homme, agent des services secrets, qui croyait au mariage et voulait fonder un foyer. Il aimait être cet individu. Bien sûr, dès l'aube, aidé par sa migraine et la froide réalité, il était redevenu Reed Barelli et le mariage n'était pas fait pour lui.

Reed se voyait vieillir seul, avec deux chiens pour lui tenir compagnie et quelques relations ponctuelles avec des femmes qui comprendraient dès le départ qu'il ne cherchait pas à se caser. Il avait cru que la dernière femme avec qui il était sorti, la belle et amusante Valérie, était sur la même longueur d'onde, mais quelques semaines après le début de leur relation elle avait voulu aller plus loin… Et il n'avait pas répondu à ses attentes. Alors tout s'était terminé en désastre. Entre les pleurs et les accusations, il lui avait inlassablement répété la même chose : « Mais je t'ai dit dès notre premier rendez-vous ce que je ressentais. » C'était il y a six mois, et il n'avait plus fréquenté personne depuis. Le sexe lui manquait énormément, mais il ne voulait plus faire souffrir personne.

Ils marchèrent en silence, Norah lui fit signe de traverser Main Street. En descendant la rue de Norah, Sycamore, il se rendit compte qu'ils avaient échafaudé leur plan et qu'il n'avait pas vraiment besoin de ce café, après tout. Il la raccompagnerait chez elle, avant de…

— Norah ! Tu es vivante !

Reed se retourna en direction de la voix. Une jeune femme blonde se tenait devant la petite maison blanche de Norah, leur faisant signe d'une main, et, de l'autre, maniant une poussette de laquelle émergeaient trois petits visages ronds.

Trois. Petits. Visages.

Est-ce qu'il avait récemment reçu un coup sur la tête ?

Presque tous ceux qui se marient dans cette chapelle deviennent parents de jumeaux, triplés ou quadruplés d'une manière ou d'une autre.

Parce qu'il venait de comprendre que la légende de la chapelle de Wedlock Creek venait de se réaliser. Sur lui.

- 3 -

Norah était tellement soulagée de voir les bébés qu'elle se précipita vers le porche en oubliant de cacher la bague qui n'était pas à son doigt hier encore.

Or sa sœur, Shelby, n'était pas du genre à manquer ce genre de détail. D'autant qu'elle remarqua aussi l'alliance sur la main gauche de Reed.

— Je suis passée au restaurant ce matin avec une quiche grecque que j'ai mise au point hier soir, et tante Cheyenne et maman m'ont dit qu'elles n'avaient pas eu de tes nouvelles. J'ai donc pensé que je pourrais me balader avec les triplés pour m'assurer qu'il ne t'était rien arrivé.

La sœur de Norah parlait avec une certaine désinvolture, mais son regard naviguait inlassablement entre l'alliance de Norah et celle de Reed. Shelby mourait d'envie d'en savoir plus, cela ne faisait pas l'ombre d'un doute.

— Je vais bien, assura Norah. Les choses sont un peu compliquées, mais je vais bien.

Elle se pencha alors vers la poussette.

— Vous m'avez manqué, mes chéris, murmura-t-elle en se rappelant qu'elle n'avait jamais passé une nuit loin de ses enfants depuis leur naissance.

Shelby se racla la gorge.

— Je ne peux pas ne pas remarquer que toi et ce monsieur portez des alliances en or assorties et vous baladez dans les rues à 6 h 30 du matin…

À ces mots, Shelby quitta Reed du regard, puis fixa Norah avec son air de dire « Raconte-moi tout, et tout de suite ! »

Norah se redressa et inspira profondément. Heureusement que sa sœur était là. Shelby était pragmatique, intelligente : elle savait quoi dire en toutes circonstances.

— Reed Barelli, voici ma sœur, Shelby Mercer, déclara Norah. Shelby, tu es la première à qui je présente mon mari accidentel, l'inspecteur Reed Barelli de la police de Wedlock Creek… Enfin, il prend son service dès demain.

Cette fois, les yeux verts de Shelby s'arrondirent. *Quoi ?* mima-t-elle du bout des lèvres à l'intention de Norah.

— Inspecteur, ça vous dérangerait de surveiller les triplés un instant pendant que ma sœur et moi discutons ?

Reed baissa les yeux vers la poussette.

— Pas du tout, répondit-il, en s'approchant prudemment.

Norah ouvrit la porte de la maison, et Shelby la poussa à l'intérieur. À peine la porte fut-elle refermée que Shelby s'écria :

— Qu'est-ce que c'est que cette histoire ?

Norah se prit le visage entre les mains en secouant la tête, puis finit par raconter toute l'histoire.

— Je suis allée à la fête foraine pour faire plaisir à maman et à tante Cheyenne. La dernière chose dont je me souvienne clairement, c'est d'avoir mangé un *corn dog* et gagné un dauphin en peluche que j'ai fini par égarer. Ensuite, le reste de la soirée n'est qu'une succession d'images floues. Reed et moi trinquant avec ce cocktail, un saladier entier, et nous rendant à la chapelle pour nous marier.

— Ouf ! dit Shelby d'un ton soulagé. J'ai cru que tu avais pris l'avion pour Las Vegas ou ce genre de folie. Annie ou Abe ne t'auraient jamais laissée épouser un inconnu alors que tu étais ivre. Je suis sûre que tu as *cru* que tu t'étais mariée.

— Oui, c'est aussi ce qu'on a pensé, reprit Norah. Mais on revient tout juste de chez Annie. Il s'avère qu'elle connaissait Reed depuis l'époque où il passait ses étés ici quand il était petit. Apparemment, elle était amie avec sa grand-mère. Elle l'a traité de « saint », hier soir. Annie nous a mariés en toute connaissance de cause ! Et notre certificat de mariage est déjà au tribunal du comté, avec les seize autres de la soirée.

Des pleurs surgirent de derrière la porte.

— On dirait Bea, dit Norah. Je vais aider Reed à…

Mais Shelby plaça son bras devant la porte.

— Oh non, certainement pas, Norah Ingalls ! Cet homme est un policier. Les bébés sont en sécurité en sa compagnie pendant quelques minutes, affirma-t-elle en se mordant la lèvre. Qu'allez-vous faire tous les deux ?

Norah haussa les épaules.

— Si on ne peut pas récupérer le certificat avant qu'il ne soit traité, il faudra faire annuler le mariage.

— C'est de la folie ! marmonna Shelby. Bon sang, et moi qui pensais que ma vie était folle…

Norah n'aurait jamais imaginé vivre quoi que ce soit susceptible de surpasser ce que Shelby avait traversé juste avant que Norah ne tombe enceinte. Sa sœur avait découvert que son bébé et celui d'une inconnue avaient été échangés à la maternité, six mois après avoir ramené leurs garçonnets de la clinique de Wedlock Creek. Shelby et Liam Mercer s'étaient mariés pour que chacun puisse être auprès des deux garçons et tous deux étaient tombés follement amoureux. Maintenant, ils formaient tous les quatre une famille très heureuse.

— Tu sais ce qui est dingue aussi ? reprit Norah d'une voix tremblante. C'était tellement spécial, cette cérémonie. J'étais là, avec mon simple T-shirt, mon short et mes baskets dégoûtantes, à prononcer mes vœux… Et à entendre un homme me formuler les siens. À ce moment-là, Shel, je me sentais tellement… en sécurité. Pour la première fois en un an et demi, je me suis sentie en sécurité !

Des larmes lui montèrent aux yeux.

Elle, la femme qui ne voulait pas d'histoire d'amour, qui ne croyait plus aux fins heureuses… Pourquoi diable le mariage, même avec un inconnu, lui donnait-il une impression aussi merveilleuse, aussi *sécurisante* ?

— Oh ! Norah, dit sa sœur en la serrant dans ses bras. Je vois ce que tu veux dire.

Norah poussa un lourd soupir avant de se ressaisir.

— Je sais que ce n'était pas réel. Mais au moment précis où Annie nous a déclarés mari et femme, la façon dont Reed m'a regardée puis embrassée, dans cette célèbre chapelle… C'était comme un vieux rêve qui se réalisait. Sauf que, depuis ce matin, c'est le retour à la réalité.

Shelby pressa sa main dans la sienne.

— Mais est-ce qu'hier soir M. et Mme Barelli auraient…

Norah sentit ses joues s'enflammer.

— Je ne sais pas. Mais si on l'a fait… Ça a dû être incroyable. Tu as vu l'homme dont on parle…

Shelby sourit.

— Tu peux peut-être le garder ?

Norah secoua la tête. Deux fois de suite.

— Les hommes et moi, c'est fini, tu te souviens ? Fi-ni !

Shelby lui adressa alors son sourire mutin.

— Oui, pour ce qui est de tous les autres hommes, bien sûr. Puisque tu es mariée maintenant.

Norah déglutit péniblement. Mais elle se rappela que rien de tout cela n'était réel et devait être rectifié. Brody se mit à pleurer, et une fois de plus elle revint à la réalité. Elle n'était l'épouse de personne. Personne. Il y avait une grande différence entre de vieux rêves et la vraie vie.

— Je ferais mieux d'aller libérer l'inspecteur de mes trois petits monstres.

Norah ouvrit la porte et manqua de s'étouffer en découvrant ce qu'elle vit sur le pas de la porte. Brody était dans les bras solides de Reed, qui avait retroussé les manches de sa chemise bleu marine. Il souleva le bébé en l'air, puis se tourna vers Bea et Bella dans la poussette, avant de leur faire des petites grimaces et soulever Brody à nouveau.

— Allez, on refait l'avion ! lança Reed. Waouh, encore !

Les bébés rirent aux éclats, leurs petites voix suaves résonnant sous le porche.

Norah scruta Reed, puis se tourna vers Shelby, qui observait Reed Barelli avec étonnement.

— Mon premier coéquipier quand j'étais à Cheyenne a eu un bébé, et chaque fois qu'il commençait à s'agiter je lui faisais faire l'avion et il éclatait de rire, expliqua Reed, soulevant Brody encore une fois pour sa plus grande joie et celle de ses sœurs.

Bea tendit ses bras. Reed reposa Brody dans la poussette et se mit à faire l'avion avec Bea, puis sa sœur.

— Je vais dire à maman et tante Cheyenne que tu ne viendras peut-être pas travailler aujourd'hui, déclara Shelby très lentement.

Puis elle se tourna vers Reed, visiblement sous le charme, tout comme Annie tout à l'heure.

— Je vais leur expliquer la vérité. Tu as la migraine à cause du cocktail d'hier soir, ajouta Shelby.

— Merci, dit Norah. Je ne me sens pas encore prête à tout raconter.

Sa sœur les salua, puis pivota sur ses talons pour rejoindre le restaurant. Norah apprécia que Shelby n'ait pas conclu sur un « Bienvenue dans la famille ! » Elle se tourna vers Reed, qui triturait machinalement son alliance.

— Vous deviez travailler aujourd'hui ? s'enquit-il.

— Oui, et le dimanche est une des journées les plus chargées au Pie Diner, mais je ne pense pas être en état de me concentrer. Ma mère et ma tante vont me poser des questions. Maintenant que j'y pense, avec le festival et le carnaval qui se poursuivent aujourd'hui, la fréquentation devrait être en baisse. Je préparerai mes tartes ici et je les livrerai plus tard au restaurant, dès que vous et moi nous serons mis d'accord sur une version officielle à raconter si notre situation venait à se savoir.

— Ça va se savoir ? demanda-t-il alors. Oh non, ne me dites pas qu'Annie et Abe font des commérages.

— Ils sont très tactiques, dit Norah. C'est exactement comme ça que l'on s'est mariés et que l'on n'a pas été renvoyés chez nous hier soir.

— Ce qui signifie qu'ils ébruiteront l'affaire auprès de peu de gens, mais aux bonnes personnes, pour qu'il nous soit ensuite difficile de délier le mariage.

— Elle a probablement un cousin éloigné qui travaille au tribunal ! s'exclama Norah en agitant les mains.

Or les ragots de la ville étaient le cadet de ses soucis en ce moment. Pour l'heure, elle avait des affaires plus urgentes à régler. En particulier celle impliquant l'homme qui se tenait en face d'elle… tellement séduisant.

Elle arracha son regard de sa silhouette sublime et tenta de réfléchir à qui elle pourrait s'adresser pour garder ses petits ce matin, juste une heure ou deux, le temps qu'elle puisse préparer ses tartes et recouvrer ses esprits.

Hors de question de demander quoi que ce soit à sa famille, bien sûr. Sa sœur était assez occupée avec ses propres enfants et son magasin d'articles d'occasion. Elle donnait en plus très régulièrement un coup de main au restaurant. Il y avait bien Geraldina, la voisine, mais c'était une vraie commère, qui les avait peut-être déjà vus rentrer chez Norah hier soir, Dieu seul savait dans quel état… Tout ce dont Norah se souvenait, c'était que Reed Barelli l'avait soulevée dans ses bras, comme dans *Officier et Gentleman*, et l'avait portée sur le seuil de sa maison.

Enfin… Il lui semblait…

— Ça va ? lança-t-il en la dévisageant.

Ses épaules s'affaissèrent.

— J'essaie juste de trouver qui pourrait s'occuper des triplés pendant que je fais mes six tartes. Ce matin, je ne peux faire appel à aucune des personnes de confiance habituelles.

— Considérez-moi à votre service, dans ce cas.

— Quoi ? dit-elle en secouant la tête. Je ne peux pas vous demander une chose pareille.

— C'est le moins que je puisse faire, Norah. Je vous ai mis dans l'embarras. Si je me souviens bien, hier soir, vous m'avez dit que vous aviez toujours voulu vous marier dans cette chapelle, et je vous ai répondu « Marions-nous ! » rappela-t-il en soupirant. Je n'en reviens toujours pas d'avoir fait ça !

— J'aime me dire que tout est votre faute. Merci, murmura-t-elle en souriant, reconnaissante qu'il se montre aussi… attentionné.

— En plus, j'aime les bébés et tout ce que j'avais prévu aujourd'hui, c'était de me familiariser de nouveau avec Wedlock Creek, ajouta-t-il,

— D'accord, mais vous ne pourrez pas m'accuser de ne pas vous avoir prévenu. Les enfants de sept mois qui commencent juste à ramper sont des créatures ingrates.

— J'ai eu affaire à beaucoup de créatures ingrates en huit ans de carrière dans la police. Je sais gérer.

Haussant un sourcil, elle ouvrit la porte, surprise de voir Reed saisir son énorme poussette pour la faire entrer dans la maison. Elle n'était pas habituée à ce que quelqu'un d'autre… soit là.

— Ne vous ai-je pas entendu dire à Annie que vous n'aviez pas l'intention de vous marier ? Je pensais que ça voulait dire que vous n'aviez pas non plus l'intention d'avoir des enfants.

— Vous avez raison sur ces deux points. Mais j'aime les enfants des autres. Et les bébés sont irrésistibles. Et les vôtres m'adorent déjà.

Brody leva ses petits bras, tout en révélant à Reed ses trois petites dents.

— Vous voyez ? dit-il.

Norah sourit.

— Vous m'avez convaincue. J'apprécie votre aide. Merci.

Norah ferma la porte derrière Reed. Quelle sensation étrange que de se retrouver chez elle, en compagnie de ses trois bébés et de son tout nouvel… *époux*.

Elle baissa les yeux vers son alliance. Puis vers celle de Reed. Mais quelle folie… Pour un homme qui n'avait pas l'intention de se marier ou d'avoir des enfants, il héritait aujourd'hui d'une grande famille… Même si celle-ci serait dissoute dès demain au palais de justice.

En approchant de la maison de Norah à leur retour de chez Annie et Abe, Reed était à deux doigts de suggérer de monter dans son SUV, avec les bébés, pour trouver quelqu'un, n'importe qui, pour leur ouvrir le palais de justice. Ils pourraient fouiller le courrier qui avait été déposé, trouver leur certificat de mariage et le déchirer. Ainsi, plus de mariage !

Mais il se tenait juste devant la porte de Norah, avec l'adorable petit Brody dans les bras, quand il avait entendu ce que Norah avait dit à sa sœur. Haut et fort. Et alors, quelque chose en lui avait changé.

« Tu sais ce qui est dingue aussi ? C'était tellement spécial, cette cérémonie. J'étais là, avec mon simple T-shirt, mon short et mes baskets dégoûtantes, à prononcer mes vœux… Et à entendre un homme me formuler les siens. À ce moment-là, Shel, je me sentais tellement… en sécurité. Pour la première fois en un an et demi, je me suis sentie en sécurité ! »

Il avait regardé le bébé, dont l'odeur de shampoing spécial nourrisson lui emplissait les narines, tout en le tenant dans ses bras. Puis il avait contemplé les deux petites filles dans la poussette. Alors, il avait entendu Norah dire quelque chose à propos d'un rêve qui se réalisait avant un brusque retour à la réalité.

Son cœur s'était serré dans sa poitrine quand elle avait déclaré s'être sentie en sécurité pour la première fois depuis que les triplés étaient nés. Cela lui rappela le jour où il avait entendu sa mère raconter que les seules fois où elle se sentait en sécurité, c'était lorsque Reed partait à Wedlock Creek avec sa grand-mère paternelle, sachant que son fils était bien nourri et soigné.

La mère fragile de Reed avait été seule, abandonnée par le père de Reed pendant la grossesse, sans pension alimentaire, sans rien. Elle s'était remariée, plus par sécurité que par amour, mais ce mariage n'avait pas duré un an. Il s'était avéré que son époux ne supportait pas les enfants. Sa mère occupait alors deux emplois pour joindre les deux bouts, et Reed se retrouvait souvent seul à la maison.

Il détestait l'idée que Norah ressente une telle instabilité, cette précarité, cette solitude. Cette belle femme portait tant de choses sur ses épaules. Ces trois petits… sous sa seule responsabilité. L'espace d'un bref moment dans cette chapelle, mariée à lui, elle s'était sentie en sécurité.

Il voulait l'aider, d'une façon ou d'une autre. Alléger son fardeau. À son humble niveau. Et, si cela impliquait une séance de baby-sitting de quelques heures pendant qu'elle travaillait, il serait plus qu'heureux de la dépanner.

Elle souleva deux bébés de la poussette, les équilibrant entre chaque bras en véritable professionnelle.

— Voulez-vous bien prendre Bea ? demanda-t-elle.

Il prit la petite fille dans ses bras, laquelle lui saisit aussitôt la joue et le fixa de ses immenses yeux gris-bleu. Puis il suivit Norah dans la cuisine. Un parc était installé dans un recoin. Norah posa les deux bébés à l'intérieur, et Reed vint placer Bea à côté d'eux. Tous trois se mirent immédiatement à attraper leurs petits jouets.

Sans attendre, Norah s'empara d'un tablier près du réfrigérateur.

— Si j'étais au restaurant, je préparerais douze tourtes, cinq au poulet et trois à la dinde, deux au bœuf et deux aux légumes, mais ici je ne dispose de suffisamment d'ingrédients que pour en faire six au poulet et trois au bœuf. Je vais toutes les préparer ici, avant de les déposer au Pie Diner pour la cuisson. Le four de cette maison n'est même pas en état de cuire une pizza congelée correctement.

Reed balaya du regard la cuisine en piteux état. Elle était propre et avait manifestement été sécurisée pour les bébés, à en juger par les cache-prises électriques. Mais le réfrigérateur était étrangement bruyant, le parquet se gondolait. Bref, tout dans cette maison paraissait… ancien. Et même s'il détestait le formuler ainsi : un peu déprimant.

— Vous vivez ici depuis longtemps ?

— J'ai emménagé quelques mois après avoir appris que

j'étais enceinte. Avant cela, je vivais avec ma mère et elle aurait voulu que je reste auprès d'elle, mais il fallait que je coupe le cordon. J'allais devenir mère de trois enfants, et il était temps pour moi de construire un foyer. Ne pas faire de ma mère ma baby-sitter attitrée, ne pas abuser de sa générosité. Ce logement était dans mes moyens. C'est petit et un peu vieillot, mais avant tout propre et fonctionnel.

— Vous avez une cuisine, un séjour et une salle de bains, dit-il en balayant du regard le petit séjour avec canapé doré.

Il y avait des affaires pour bébés partout, des tapis de mousse colorés aux blocs de construction en passant par les hochets. Apparemment, il n'y avait pas de salle à manger. Une table carrée était calée devant une fenêtre avec une chaise et trois chaises hautes.

— Combien avez-vous de chambres à l'étage ?

— Seulement deux. Mais pour l'instant cela suffit : une pour moi et une pour les triplés, expliqua-t-elle avant de se mordre la lèvre. Oh ! ce n'est pas un palais… Ce n'est pas la maison de mes rêves. Mais on fait au mieux. Je suis leur maman, et c'est à moi de subvenir à nos besoins.

Tout avait l'air usé, d'occasion, et c'était probablement le cas. Cet endroit rappelait à Reed l'appartement de son enfance. Sa mère ne disposait même pas de sa propre chambre. Elle dormait sur le canapé-lit du salon qu'elle refermait tous les matins. Elle aurait voulu tellement plus pour eux deux, mais son salaire ne lui permettait guère de rêver. Quand il avait eu dix-huit ans, Reed s'était inscrit à l'école de police et avait débuté les cours du soir, s'efforçant d'offrir à sa mère un meilleur niveau de vie. Mais elle était morte avant qu'il puisse réaliser ses rêves.

Un petit vagissement émana du parc, et Reed regarda du côté des triplés. Le petit gars mâchonnait un livre en tissu, une de ses sœurs appuyait sur les petites touches de leur piano et l'autre babillait en secouant des hochets.

— C'est Bea la boute-en-train, expliqua Norah en faisant sauter les escalopes de poulet dans une poêle, les émincés de bœuf dans une autre, avant de déposer carottes et oignons sur le bar. Bella aime tout ce qui est musical, et Brody est le plus calme des trois. Il aime qu'on lui fasse la lecture, alors que Bea a plutôt tendance à déchirer les pages des livres.

— Ça ne doit pas être facile d'élever trois bébés en même temps. Surtout toute seule…

— Ça peut aller. Mais je vais vous dire, je sais ce qui est l'amour à présent. Je veux dire, j'aime ma famille. J'ai cru aimer leur père, mais ce que je ressens pour ces trois petits ? Ça ne ressemble à rien que j'avais connu jusque-là. Je sacrifierais n'importe quoi pour eux.

— Vous êtes une maman, résuma-t-il, admiratif.

Elle confirma d'un hochement de tête.

— Une maman avant tout. Ma famille passe son temps à essayer de m'arranger des rencontres. Quel homme normalement constitué passerait la bague au doigt à une femme qui élève des triplés de sept mois ? dit-elle avant de commencer à émincer les carottes. Ah, ah, je vous ai piégé !

Il sourit.

— Angelina, l'hôtesse de l'air, n'était pas mère de trois enfants, vous vous souvenez ? C'était juste une femme qui venait se détendre lors du festival d'une petite ville.

Elle posa le couteau et le regarda.

— Vous m'en voulez de ne vous avoir rien dit ? De vous avoir laissé m'épouser sans savoir dans quoi vous vous embarquiez ?

Il se dirigea vers le bar et se tint en face d'elle.

— Nous étions tous les deux ivres morts…

Elle sourit et se remit à hacher ses ingrédients.

— Quand on aura déchiré notre acte de mariage avant qu'il puisse être enregistré, je dirai à ma famille d'arrêter de me chercher un mari, et vous vous occuperez de résoudre les crimes de Wedlock Creek.

— Vous ne cherchez pas un père pour vos triplés ? s'étonna-t-il.

— Peut-être que je le devrais… Pour être juste envers eux. Mais honnêtement ? Non. Je ne crois plus en l'amour.

J'ai une vie bien trop remplie pour me la compliquer avec une relation, de toute façon.

Eh bien… Elle ressentait la même chose que lui. Enfin, jusqu'à un certain point. Le mariage lui procurait un sentiment de sécurité, mais pas les relations amoureuses. Intéressant, pensa-t-il, en fuyant son regard.

Alors qu'elle ouvrait un placard, la charnière se brisa et manqua de lui heurter la tête. Reed se précipita pour la rattraper au dernier moment.

— Cet appartement tombe en ruine, dit-il en secouant la tête. Vous auriez pu vous blesser ! Et vous auriez pu avoir un des triplés dans les bras…

Elle fronça les sourcils.

— Je l'ai réparé trois fois. Je vais appeler ma propriétaire. Elle s'en occupera.

— Ou je vais m'en charger tout de suite, dit-il en examinant la charnière. C'est réparable. Vous avez une perceuse ?

— Dans ce tiroir, répondit-elle en la désignant du doigt. Je garde tous mes outils là-dedans.

Il trouva le nécessaire pour faire les travaux.

— Ça devrait suffire, affirma-t-il. Vous avez d'autres choses à réparer ?

— Waouh, il fait du baby-sitting *et* en plus il est bricoleur ? plaisanta-t-elle en souriant. Je ne pense pas avoir d'autres réparations à effectuer, merci…

À ces mots, elle ajouta les légumes dans une casserole qui chauffait sur la cuisinière.

Comme les triplés commençaient à s'agiter, il annonça que c'était l'heure du baby-sitting. Il souleva les deux fillettes qu'il installa dans leurs balancelles du séjour, puis courut chercher Brody qu'il plaça ensuite sur la sienne. Tous les trois s'amusaient joyeusement en babillant. Il tira Bea, il savait que c'était Bea par sa chemise jaune, alors que celle de Bella était orange, et la fit se balancer de haut en bas, à la grande joie des deux autres, qui rirent en levant leurs bras.

— À ton tour ! dit-il à Bella entre les petits cris de ses frère et sœur. Et ensuite, ce sera au tour de Brody !

Ils étaient vraiment adorables. Tous les trois avaient les mêmes joues rondes, de grands yeux bleu-gris et des cheveux brun clair. Ils étaient épanouis, gazouillaient, babillaient, riaient aux éclats, bref, ils avaient sept mois.

Quelque chose se serra à nouveau dans sa poitrine, avec cette fois-ci une étrange sensation de nostalgie. De par son point de vue au sujet du mariage, il ne connaîtrait jamais cela : des bébés, une femme qui cuisinait des tartes aux légumes, une famille. Et, malgré cette petite maison délabrée, ces moments passés à jouer en famille lui apparurent… plus agréables que prévu.

Brody se frotta les yeux. Il était peut-être l'heure de leur sieste ? Il était à peine7 h 30 du matin, mais les petits s'étaient probablement réveillés avant l'aube.

— Que diriez-vous d'une histoire ? proposa-t-il en s'asseyant sur le tapis avant de s'emparer d'un livre sur la table basse, *Lulu va à la foire*.

Un poulet coiffé d'une casquette de base-ball paradait sur la couverture.

— Votre mère et moi sommes allés à la fête foraine hier soir, leur dit-il. Alors ce livre sera parfait.

Et il leur lut l'histoire de Lulu qui voulait monter sur la grande roue, mais qui n'avait pas réussi à atteindre la marche avant que deux autres poulets de son école ne l'y aident. Puis ils firent ensemble un tour sur la grande roue. Fin de l'histoire. Bella et Brody ne semblèrent guère intéressés par Lulu et sa journée à la foire, mais Bea était ravie. Peu après, ils se mirent tous les trois à se frotter les yeux et à s'agiter.

Il était maintenant 8 heures. Peut-être serait-il judicieux de replacer les bébés dans le parc pour voir s'il pouvait aider Norah. Non pas qu'il sût cuisiner, mais il était capable de lui passer ingrédients et ustensiles.

Il souleva les deux fillettes et retourna dans la cuisine, souriant à Norah, avant de déposer les petites dans le parc et d'aller ensuite chercher Brody.

— Merci de les avoir surveillés et de leur avoir fait la lecture, dit-elle.

— Avec plaisir, s'entendit-il répondre.

Cela lui fit bizarre. Était-ce vraiment ce qu'il voulait dire ?

— Vous êtes sûr de ne pas avoir déjà reçu le titre d'oncle de l'année ? D'où vous vient cette vocation avec les bébés ?

— Je vous l'ai dit, j'adore les enfants. Qui ne les aime pas ? J'ai appris deux ou trois astuces au travail, je suppose.

Mais pourquoi avait-il dit « Avec plaisir » ? Cela n'avait rien de neutre.

Les bébés s'étant calmés pour le moment, il secoua la tête en espérant se remettre les idées en place et regarda Norah cuisiner, impressionné par sa capacité à mener de front plusieurs activités. Elle avait six moules à tarte désormais couverts de pâte. Une odeur d'oignon, de poulet et de bœuf flottait dans toute la cuisine. Son estomac se mit à gargouiller. Avaient-ils seulement pris un petit déjeuner ? Il se rendit soudain compte qu'ils avaient l'estomac vide.

— J'ai fait du café et grillé quelques bagels, dit-elle comme si elle avait lu dans ses pensées. J'ai du fromage crémeux et du beurre.

— Vous êtes assez occupée, déclara-t-il. Je m'en occupe. Qu'est-ce que vous voulez sur votre tartine ?

— Du fromage s'il vous plaît. Et… Merci, Reed.

Il versa le café dans des tasses et tartina des bagels, une fois de plus troublé par la proximité de cette femme étonnante. Il ne put s'empêcher de remarquer à quel point elle était incroyablement attirante, là, debout, dans son jean et son T-shirt marron, qui moulaient admirablement ses formes. Il n'y avait nulle part où s'asseoir dans la cuisine, alors il se tint près du comptoir, sirotant ce café dont il avait si désespérément besoin.

— Mon chef m'a dit que le Pie Diner est le lieu idéal pour déjeuner à Wedlock Creek. Je suis sûr que j'aurai l'occasion de goûter une de ces tartes dès demain.

Elle sourit.

— Tant mieux. Je vais devoir le remercier de vanter ainsi

nos produits. Nous devons attirer les nouveaux arrivants en ville avant que le fast-food ne nous les vole, dit-elle entre deux gorgées de café. Ah, ça fait du bien !

Elle goûta une bouchée de son bagel, puis le dévisagea comme si elle voulait lui demander quelque chose, mais elle se mit à ajouter les garnitures sur ses pâtes à tarte à la place.

— Vous disiez avoir emménagé ici pour prendre un nouveau départ ?

Il avait éludé cette question tout à l'heure. A priori, il pouvait y répondre sans entrer dans les détails de sa vie. Alors, après une nouvelle gorgée de café, il hocha la tête.

— Je suis venu aux funérailles de ma grand-mère il y a quelques mois. Elle était mon dernier parent du côté de la famille de mon père. À sa mort, j'ai soudain éprouvé l'envie de venir ici, à Wedlock Creek, où j'avais passé tous ces étés, dans mon enfance. Après une mauvaise planque il y a quelques semaines qui a failli me coûter la vie, et a blessé mon coéquipier, j'en ai eu assez. J'ai démissionné et j'ai postulé à Wedlock Creek. Il s'avère qu'un inspecteur avait pris sa retraite quelques semaines auparavant.

— Je suis navrée pour votre grand-mère. On dirait qu'elle comptait énormément pour vous.

— En effet. Mon père nous avait abandonnés ma mère et moi quand j'avais à peine un mois, mais ma grand-mère tenait à maintenir le contact avec moi. Elle m'envoyait des cartes et des cadeaux, et me téléphonait toutes les semaines. Elle venait me chercher chaque été pour passer trois semaines chez elle. C'était à trois heures de route.

Il n'oublierait jamais ces moments où, à sept, dix, onze ans, il regardait par la fenêtre de son appartement, attendant de voir cette vieille voiture verte tourner lentement dans la rue. Et, quand enfin elle arrivait, l'émotion le submergeait au point qu'il lui fallait moins d'une minute pour se précipiter au rez-de-chaussée avec sa valise.

— C'est bien que vous ayez pu compter sur elle dans votre vie. Vous n'avez jamais revu votre père ?

— Il m'envoyait de temps en temps des cartes postales du Grand Ouest. La dernière que j'ai reçue venait d'Alaska. On a appris qu'il était mort et qu'il avait laissé des instructions pour faire répandre ses cendres en mer. Je l'ai vu pour la dernière fois quand j'avais dix ans. Il était alors revenu pour les obsèques de son père, mon grand-père.

— Et votre mère ?

— C'était dur pour elle d'élever seule un enfant sans argent ni perspectives. Elle n'avait que moi. Elle s'est remariée, mais ça ne s'est pas bien passé, ni pour elle ni pour moi, poursuivit-il avant de prendre une longue gorgée de café.

Il changea alors de sujet.

— Comment faites-vous pour vous occuper de trois bébés avec juste deux mains ?

Elle sourit et versa son appareil sur la pâte, élaborant une sorte de décoration au centre.

— De la même façon que vous avez emmené les triplés de la cuisine vers salon. Il suffit d'être rapide et constamment sur ses gardes. Et puis, on n'a pas le choix, c'est tout.

Un gémissement de colère s'éleva alors au niveau du parc. Puis un autre. Les triplés recommençaient à se frotter les yeux, cette fois avec des petites moues très contrariées.

— Le timing est parfait, mes tartes sont assemblées, dit-elle en se précipitant vers l'évier pour se laver les mains, avant de rejoindre le parc. C'est l'heure de la sieste pour vous, mes mignons !

— Je vais vous aider, dit Reed en posant sa tasse.

Brody levait les bras en fixant Reed. Reed sourit et le prit dans les bras. Brody attrapa la joue de Reed, comme l'avait fait sa sœur. Norah prit quant à elle Bea et Bella. Ils montèrent à l'étage, faisant grincer l'escalier en bois qui ne serait certainement pas adapté aux bébés lorsqu'ils commenceraient à ramper, ce qui ne saurait tarder.

La nurserie était spartiate, mais relativement bien équipée. Trois berceaux, une commode et une table à langer. Les murs étaient jaune pâle avec des étoiles et des lunes blanches peintes un peu partout au pochoir.

— Vous avez déjà changé une couche-culotte ? demanda-t-elle en posant ses deux filles dans un berceau, pour leur retirer leurs grenouillères.

— Quand on est policier, on sait à peu près tout faire. Et j'en ai changé un certain nombre, de couches, expliqua-t-il en posant Brody sur la table à langer. Ouf ! Notre jeune homme est seulement mouillé.

Il s'acquitta rapidement de sa tâche en saupoudrant le bébé de talc, avant de lui remettre une couche propre.

— Son pyjama est dans le tiroir du haut.

Reed porta le bébé jusqu'à la commode, ouvrant le tiroir d'une main. Les petits habits y étaient tous soigneusement pliés. Il sortit une grenouillère en coton bleu avec des motifs de dinosaures. Puis il coucha Brody, plaçant délicatement ses petits bras et ses petites jambes dans les bons trous, et quelques instants plus tard, il était prêt à aller dormir. Il le serra contre sa poitrine, alors que ses petites paupières tombaient et sa bouche frémissait.

Il essaya d'imaginer son propre père le tenant ainsi, la chair de sa chair, le sang de son sang. Il les avait abandonnés sans état d'âme. Comment une chose pareille était-elle possible ? Reed était incapable de comprendre.

— Son berceau est celui de droite, expliqua Norah, en finissant de changer une de ses petites filles qu'elle vint ensuite déposer dans le berceau vide.

Puis elle souleva l'autre bébé, qu'elle changea à son tour avant de la replacer dans le berceau.

Il posa Brody et caressa sa petite joue. Brody saisit son pouce et s'y accrocha.

— Vous lui plaisez, c'est sûr, murmura Norah.

Reed encaissa tant bien que mal la salve qui agitait son cœur. Alors que Brody fermait les yeux, son petit poing se desserra et Reed recula d'un pas.

Norah éteignit la lumière et alluma une veilleuse. Après une très brève agitation, les trois bébés fermèrent les yeux, tétèrent leurs sucettes et étendirent leurs bras au-dessus de leur tête.

— Bonne sieste, mes amours, chuchota Norah en se dirigeant vers la porte.

Reed la suivit et vit son alliance dorée scintiller dans la lumière tamisée de la pièce. Il était là, dans cette chambre d'enfants. Auprès de la femme qu'il avait accidentellement épousée, mère de trois enfants, qu'il venait de garder.

Que s'était-il donc passé dans sa vie ? Pas plus tard qu'hier, il s'apprêtait à prendre un nouveau départ ici, à Wedlock Creek, où la vie lui semblait autrefois tellement idyllique. Cette région où sa grand-mère avait vécu seule une fois veuve. Or, au lieu de se concentrer sur la lecture des manuels de démographie locale et de se mettre à jour sur les affaires en cours, son cœur était happé par trois petits êtres ne pesant pas plus de vingt kilos en tout.

Et par leur magnifique maman.

Alors qu'il entrait dans le couloir, la lumière lui éclaircit les idées.

— Bon, je ferais mieux d'y aller. Je passe vous chercher à 8 h 30 demain ? Le palais de justice ouvre à 9 heures. Heureusement, je ne prends pas mon service avant midi.

— Ça me convient, dit-elle en descendant l'escalier. Merci de votre aide. Vous avez réussi à préparer Brody pour sa sieste comme un champion !

Mais, au lieu de se diriger vers la porte, il resta planté là. Il ne voulait pas laisser Norah et ses petits seuls. Tout seuls. Dans cette maison délabrée.

Il se sentait… responsable d'eux. Oui, c'était bien cela : *responsable.*

Mais il avait aussi besoin de faire un grand pas de côté pour reprendre ses esprits.

Mais alors pourquoi était-ce si dur de partir à présent ?

- 4 -

À 8 h 30 précises le lundi matin, Norah vit Reed s'arrêter devant sa maison. Il devait éprouver le même empressement qu'elle à régler cette affaire de mariage. Hier, après son départ, elle avait pris un long bain chaud à l'étage, tendant l'oreille du côté des enfants, même si ceux-ci avaient dormi pendant une bonne heure et demie. Pendant ce temps, une foule de pensées lui avaient traversé l'esprit, des bribes de souvenirs de sa soirée avec Fabio jusqu'au mariage, en passant par le réveil de l'inspecteur Reed Barelli dans son lit et la façon dont il s'était occupé des triplés. Sans parler du fait qu'il lui avait préparé son bagel. Et réparé son placard.

Elle n'arrêtait pas de penser à lui, à son dévouement, à sa bonne humeur. Pour sa première journée en ville, il s'était retrouvé marié à une mère célibataire. Elle n'arrêtait pas non plus de penser à sa silhouette aussi élancée qu'athlétique, moulée dans ce boxer noir. La façon dont ses yeux sombres étaient encadrés de petites fossettes.

Dès que les triplés s'étaient réveillés, elle les avait mis dans la poussette et s'était rendue au Pie Diner avec ses six contributions. Incapable de garder son secret, Norah avait tout raconté à sa mère et à sa tante, essayant de rester hors de portée des oreilles de leur cuisinière à temps partiel et des deux serveuses qui entraient et sortaient de la cuisine. Elle leur avait tout expliqué et put voir sur le visage de sa sœur à quel point Shelby était soulagée de ne plus avoir à garder son incroyable secret de famille.

— Quelle femme, cette Annie ! s'était exclamée tante Cheyenne en un clin d'œil. Toujours à veiller sur nous.

Arlena Ingalls avait eu le même sourire diabolique.

— Beau gosse ?

— Maman ! s'était indignée Norah. C'est un inconnu !

— Il ne l'est plus vraiment, avait fait remarquer sa mère en plaçant deux grosses parts de quiche lorraine sur le plateau d'une serveuse, après avoir lu le bon de commande.

Tante Cheyenne avait ri.

— Tout de même, Norah… On t'envoie au festival pour ta première sortie en sept mois, et tu reviens mariée ! Et au nouvel inspecteur de la ville, qui plus est. Pour ma part, je suis très impressionnée !

La conversation avait alors dévié vers la personne qui aurait peut-être suralcoolisé le cocktail, et Norah, exaspérée, avait tourné les talons. Sa mère lui avait proposé de garder les triplés ce matin pour qu'elle puisse remettre de l'ordre dans sa vie.

— Enfin, si tu penses que c'est nécessaire…, avait soupiré sa mère.

Norah regarda Reed sortir de son 4x4 bleu foncé. Comme si le mariage était une fin en soi… Comme si un homme bon était forcément un sauveur. Elles ne savaient même pas si Reed était un homme bien.

Mais évidemment qu'il l'était ! Cela avait été évident dès le départ, depuis l'instant où il avait glissé ce billet de cent dollars dans l'urne pour s'approprier tout le saladier de cocktail, jusqu'à celui où il l'avait emmenée dans la chapelle pour exaucer son rêve de s'y marier. C'était un homme bon, que ce soit ivre ou sobre. Il avait diverti les bébés et s'était assuré que chacun puisse jouer à l'avion tour à tour. Et il avait réparé son placard cassé.

Oh ! bon sang, il était franchement agréable à regarder… Ses cheveux épais et foncés brillaient sous le soleil du matin. Il portait un pantalon anthracite, une chemise grise et des chaussures noires. Une vraie tenue de détective.

Dans sa baignoire, puis durant toute la nuit dans son lit,

entre deux voyages à la chambre des enfants pour s'assurer que personne ne pleurait, elle avait fantasmé sur Reed Barelli, dans son boxer… Elle était presque sûre qu'ils n'avaient pas fait l'amour. Une expérience pareille, elle s'en souviendrait, n'est-ce pas ? Au moins par bribes… Il n'était pas possible que cet homme, aussi beau et sexy, ait posé ses mains et sa bouche partout sur elle, sans qu'elle s'en soit souvenue.

De toute façon, dans une demi-heure, il aurait mis un terme à leur union. Il était amusant de fantasmer sur ce qu'ils auraient pu faire samedi soir, mais seulement parce que ce n'était que pure fantaisie. Et Reed sortirait très vite de sa vie. Ils se croiseraient simplement au café ou à l'épicerie, comme de vieilles connaissances. Peut-être même qu'ils plaisanteraient de ce moment de faiblesse durant lequel ils s'étaient mariés par accident.

Elle attendit que la sonnette retentisse, mais il ne se passa rien. Reed n'était pas du genre à attendre dans sa voiture en klaxonnant, alors elle regarda par la fenêtre. Il se tenait sur le pas de la porte, pianotant sur son téléphone. Peut-être contactait-il sa petite amie. Cet homme devait avoir une femme dans sa vie. Il cherchait probablement à s'expliquer. Pauvre homme.

Sa mère était déjà venue chercher les bébés. Norah était donc prête à partir. Elle portait une jupe et un haut décontractés en coton pour aller en ville récupérer leur certificat de mariage, mais au fond d'elle-même elle savait bien qu'elle s'était apprêtée pour cet homme séduisant. Un peu de mascara, un soupçon de gloss, une petite touche de parfum derrière les oreilles…

Ce qui était ridicule, vu qu'elle consacrait cette matinée à se défaire de son union avec cet homme !

Un SMS arriva alors sur son téléphone.

Je ne sais pas si les petits sont à la sieste, alors je préfère ne pas sonner…

Le SMS lui était donc bien destiné et non pour une petite amie ! Peut-être qu'il n'avait pas de femme dans sa vie après tout.

De nouveau, elle baissa les yeux vers son écran. La chaleur qui se répandait dans son cœur la fit sourire. *Les petits*. Il avait pris soin de ne pas utiliser la sonnette pour ne pas déranger les triplés. Si elle avait encore eu besoin de preuves que Reed Barelli était un homme de première classe, ce n'était plus le cas.

Reprenant son souffle, elle ouvrit la porte. Pourquoi fallait-il qu'il soit si beau ? Elle arrivait à peine à décrocher ses yeux de lui.

— Bonjour, Reed, dit-elle simplement. Ma mère a déjà les triplés : nous pouvons y aller.

— Je nous ai pris du café et des muffins, répondit-il, en lui tendant un sac de chez Java Joe's. Léger et sans sucre, c'est ça ? C'est comme ça que vous avez pris votre café hier.

Elle sourit.

— Vous remarquez tout…

— Déformation professionnelle…

— Quel genre de muffins ? demanda-t-elle en s'efforçant de ne pas le regarder en face.

— Je vous ai pris un canneberge-orange, annonça-t-il en lui ouvrant la porte côté passager.

— Bonne idée, dit-elle en souriant.

Elle se glissa dans sa voiture d'une propreté immaculée. Deux cafés attendaient, calés sur la console centrale, l'un marqué d'un R, au côté de pièces de monnaie et de quelques stylos dans l'un des compartiments.

— Et j'ai aussi quatre autres sortes de muffins au cas où vous n'aimeriez pas les canneberges et les oranges, dit-il en lui remettant la tasse qui n'avait pas de marque particulière.

Elle regardait droit devant elle quand il contourna le capot avant de monter à bord. Quand il referma sa portière, elle éprouva un étrange malaise à le sentir si proche…

— Merci, bredouilla-t-elle, touchée par sa délicatesse.

— Alors, dans une demi-heure on est au tribunal, on récupère notre certificat et c'est tout.

Il démarra le 4x4 et se tourna vers elle.

Elle soutint son regard un instant avant de siroter son café, bien plus à l'aise quand elle ne le regardait pas.

Ce serait bien de poursuivre ce fantasme un peu plus longtemps, se dit-elle. *Faire comme si nous étions mariés, une famille, avec ma mère qui garde les petits pendant que nous allons au siège du comté pour… admirer l'architecture, prendre un brunch dans un restaurant à la mode.*

Il était une fois… Voilà tout ce à quoi elle aspirait. Trouver son partenaire de vie, construire une vie avec un homme fabuleux, avoir des enfants, fonder une famille. Mais tout s'était retourné contre elle. Maintenant, elle avait à peine confiance en elle, et encore moins en toute personne avec qui elle n'avait aucun lien de parenté.

C'était peut-être pour cela qu'elle avait confiance en Reed. Il était de sa famille. Jusqu'à la prochaine demi-heure, en tout cas.

Lorsqu'ils arrivèrent au palais de justice, un magnifique bâtiment ancien à la façade blanche, elle avait fini son café et mangé la moitié d'un muffin aux canneberges et à l'orange, et quelques bouchées de biscuits à la cannelle. Reed vint lui ouvrir sa porte avant même qu'elle n'ait pu attraper la poignée.

— Eh bien, nous y sommes.

— Nous y sommes, répéta-t-elle en le dévisageant.

Il devait se dire : *Dieu merci. Nous sommes enfin arrivés. Déchirons ce certificat de mariage !*

Ils entrèrent dans le bâtiment. La fente à courrier en bronze sur le côté de la porte était large. Norah imagina ce vieil Abe Potterowski se précipitant pour y glisser tous les certificats. Alors que Reed et elle poussaient la porte tournante, Norah jeta un coup d'œil du côté de la boîte aux lettres : il n'y avait qu'une panière de courrier vide.

Vide. Évidemment. Chaque étape de ce processus fou s'annonçait compliquée.

Après avoir obtenu les instructions pour se rendre au bureau qui s'occupait des certificats de mariage, ils prirent l'ascenseur jusqu'au troisième étage.

Une plaque était accrochée à gauche de l'entrée du bureau 310 :

« MAURA HOTCHNER,
greffière du comté ».

Ils entrèrent et Norah sourit à la femme installée derrière son office.

— Madame Hotchner, je m'appelle Norah et…

— Bonjour, madame, l'interrompit la fonctionnaire avec un sourire chaleureux. Mme Hotchner débute son congé maternité aujourd'hui. Je suis Ellen Wheeler, greffière temporaire du comté, et assistante de Mme Hotchner. Que puis-je pour vous ?

Norah expliqua qu'elle souhaitait récupérer son certificat de mariage avant qu'il ne puisse être enregistré.

— Oh ! zut, s'exclama Ellen Wheeler. Comme c'était mon premier jour de remplacement, je suis arrivée plus tôt et j'ai traité tous les certificats de mariage déposés dans la boîte aux lettres durant le week-end. Croyez-moi ou non, il y en avait dix-sept rien que pour Wedlock Creek ! J'ai déjà mis au courrier les certificats définitifs.

Le cœur de Norah se mit à battre frénétiquement.

— Vous voulez dire que mon mariage avec cet homme est légalement validé ?

La greffière dévisagea Norah puis Reed, manifestement sous le charme de l'inspecteur.

— Tout à fait, madame. Votre mariage est inscrit aux registres à présent. Vous êtes légalement mariée.

Oh non ! Oh non ! Oh non ! Ce n'était pas possible.

Elle jeta un regard du côté de Reed, dont le visage avait blêmi.

— Vous ne pouvez pas tout effacer, récupérer notre certificat et le déchirer ? Je veux dire, vous l'avez traité il y a quinze minutes, non ? C'est à ça que sert la touche effacer…

La fonctionnaire parut horrifiée par cette suggestion.

— Madame, je suis navrée, mais je ne peux certainement pas « effacer » un document légalement validé. Ces papiers ont été traités. Vous êtes officiellement mari et femme.

Norah se couvrit les yeux de la paume de sa main.

— Est-ce le bon bureau pour obtenir un formulaire d'annulation ? demanda aussitôt Norah.

Car il y avait encore un moyen de réparer cette… folle erreur. Ellen pâlit, observant tour à tour les alliances de Norah et Reed.

— Tenez, il s'agit de ce formulaire.

Norah s'empara des documents avant de pivoter sur ses talons en toute hâte. Au bord de l'évanouissement, elle atteignit le banc devant les ascenseurs.

Reed vint poser sa main sur son épaule.

— Est-ce que ça va ? Vous voulez un verre d'eau ?

— Je vais bien, dit-elle. Non merci, ça va aller. Je n'arrive pas à y croire. Vous et moi, nous sommes mariés !

— En effet, répondit-il, assis à côté d'elle. Nous remplirons le formulaire d'annulation, et je suis sûr que tout sera résolu en un rien de temps.

Elle parcourut du regard la notice d'instructions jointe au formulaire.

— Parmi les motifs d'annulation, ils acceptent la maladie mentale. C'est tout nous, pas vrai ?

Il se mit à rire avant de la dévisager longuement. Puis, glissant ses mains dans ses poches, il détourna le regard.

— Je vais remplir ça et vous le donner pour que vous le signiez ? dit-elle en feuilletant les quelques pages.

Détestant ce genre de formulaires importants avec leurs petites cases à cocher, elle poussa un soupir.

Il hocha la tête et tendit la main.

— Allez, venez. Rentrons à la maison.

Pendant une fraction de seconde, elle se mit à rêver qu'il était son mari et qu'ils avaient un véritable foyer où rentrer, et non une maison qui tombait en ruine. Elle lui prit la main en se disant qu'elle ne devrait jamais la lâcher…

Elle était bel et bien folle. Oui, ce devait être ça, la folie. ? Car oui, malgré toute la complexité de la situation, elle avait la furieuse impression… d'en pincer pour cet homme.

Pour son *mari* !

En empruntant la route de Wedlock Creek, Reed distingua au loin la vieille girouette noire sur le toit de la grange de sa grand-mère. La maison se situait à quelques kilomètres de là, mais la girouette avec ses flèches avait toujours été un repère pour lui, au moment où la vieille voiture verte franchissait ce carrefour pour l'emmener en vacances chez sa grand-mère.

— Vous voyez cette girouette ? dit-il à voix basse.

Norah se pencha un peu.

— Ah oui, je la vois maintenant.

— C'est la grange de ma grand-mère. Quand j'étais gosse et que je l'apercevais, je savais que tout irait bien.

— J'adorerais voir la propriété, Reed. Peut-on s'y arrêter ?

Il s'y était rendu deux fois samedi matin, juste après son arrivée à Wedlock Creek, mais il n'était pas descendu de voiture. Il était attaché à la vieille maison du ranch et à ses terres, et il en assurait l'entretien, même si elle ne devait jamais lui appartenir. Voilà pourquoi il ne tenait pas à remuer le couteau dans la plaie. Bien que, techniquement, tant que le mariage n'était pas annulé, cette propriété lui revenait de droit. De là où elle se trouvait, sa grand-mère devait se réjouir de sa situation. Il l'imaginait sans peine, croyant qu'il allait enfin se ranger, juste pour pouvoir obtenir le ranch, puis tomber follement amoureux de sa femme comme par magie, et couler des jours heureux avec elle pour toujours. Ben voyons.

Il s'arrêta sur le chemin de gravier menant au ranch et, comme toujours, lorsque la ferme blanche de deux étages apparut à l'horizon, son cœur se mit à battre plus fort.

Comme il aimait cet endroit… Pendant une partie de son enfance, quand son grand-père était encore en vie, il n'y restait qu'une semaine en vacances, le vieux grincheux ne supportait pas de plus longues visites. Mais, quand celui-ci était décédé, sa grand-mère l'accueillait durant presque tout l'été. À plusieurs reprises, elle avait proposé à sa mère d'aménager avec Reed, mais sa mère avait sa fierté, et la perspective de vivre sous le toit de son ancienne belle-mère ne l'enchantait guère.

— Quelle belle demeure ! s'émerveilla Norah. J'adore ce genre de fermes. Elles ont tellement de caractère. Et cette magnifique porte rouge, avec ces volets noirs…

Il la regarda entrer dans la grange, juste à gauche de la maison. Elle ressemblait plus à un garage qu'à une écurie. Puis son regard embrassa les prairies bordées d'arbres à perte de vue. C'était le lieu idéal où réfléchir, rêver, *habiter*…

— J'adorerais visiter l'intérieur, murmura-t-elle.

Il n'y voyait aucun inconvénient. Il avait une clé, après tout. Depuis toujours. Et il était marié, de sorte que cette propriété n'était plus dans le flou juridique, puisqu'il remplissait désormais toutes les conditions du testament.

Il monta les trois marches jusqu'au vaste porche qui faisait le tour de la maison. Combien de chocolats chauds avait-il dégustés ici, combien d'histoires sa grand-mère lui avait-elle lues sous ce porche, sur ces deux rocking-chairs aux coussins bleu délavé ?

Dès qu'il pénétra à l'intérieur, une certaine sérénité s'empara de lui. Il se sentit… *chez lui*. Là où il voulait être.

Tout le contraire de la petite maison impersonnelle qu'il avait louée près du commissariat. Enfin, il n'était arrivé que depuis deux jours, et il n'y avait même pas dormi samedi soir. Les meubles s'y entassaient maladroitement, sans réelle harmonie, et il avait déjà changé de place le canapé et le téléviseur à écran géant.

— Oh ! Reed, cette maison est fantastique ! s'exclama Norah, en regardant tout autour d'elle.

Elle se dirigea vers le vaste salon avec son immense cheminée en pierre, la longue baie vitrée donnant sur les champs et les bois à perte de vue au-delà.

Sa grand-mère avait des goûts classiques, les meubles lui semblaient parfaitement assortis à la maison : canapés en cuir marron, fauteuils club, grands tapis persans. Elle aimait peindre, et ses tableaux étaient accrochés un peu partout, y compris le portrait de Reed quand il était petit, puis adolescent.

— Vous étiez mignon, dit Norah en étudiant une photo de lui à neuf ans. Bizarre qu'on ne se soit jamais croisés durant vos étés ici. J'aurais craqué pour ce type, ajouta-t-elle en désignant son portrait à l'aquarelle à seize ans.

Il sourit.

— Ma grand-mère n'aimait pas tant que ça la ville, ni les mondanités. Quand je lui rendais visite, elle cuisinait pour dix, on se baladait dans les bois et on allait pêcher dans la rivière, juste à côté de ses terrains.

Norah s'aventura dans la cuisine de campagne spacieuse avec ses placards blancs et sa baie vitrée. Il la suivit. Il voyait qu'elle aimait la maison et ne put dissimuler sa fierté en lui montrant le séjour donnant sur une terrasse, puis en lui faisant visiter les quatre chambres à l'étage. La suite parentale était un peu féminine à son goût avec son couvre-lit à motifs fleuris, mais la salle de bains offrait une baignoire spa avec jets, une grande douche… Au fil des ans, il avait pris en charge les frais d'entretien de la maison, heureux d'y voir sa grand-mère si heureuse.

— Je sens à quel point cette maison compte pour vous, déclara Norah alors qu'ils redescendaient au salon. Ça vous ennuie que votre grand-mère ait rédigé son testament comme elle l'a fait ? Vous obligeant à vous marier pour en hériter ?

— Bien sûr, mais je peux comprendre ce qu'elle essayait de faire. Sur son lit de mort, elle m'a assuré qu'elle me connaissait mieux que moi-même, que j'avais besoin d'une épouse et d'enfants, et que cette vie un peu folle de justicier solitaire ne me rendrait pas heureux.

« Peut-être que ton cœur se brisera à nouveau, mais le deuil fait partie de la vie. Qui ne tente rien n'obtient rien », avait ajouté Lydia Barelli.

Pourquoi diable avait-il confié à sa grand-mère qu'il avait essayé de se caser, et où cela l'avait mené ? Ces derniers jours de la vie de sa grand-mère, il n'était plus d'humeur à parler de la seule femme avec qui il avait tenté de construire quelque chose de sérieux. Il songeait à faire sa demande en mariage, lorsque la femme qu'il voyait depuis près d'un an lui avait annoncé qu'elle était tombée amoureuse d'un riche avocat. Il ne s'était autorisé à tomber amoureux de personne depuis. Cinq ans s'étaient écoulés. Et entre cette déconvenue et ce qu'il avait pu voir du mariage quand il était petit, non merci, très peu pour lui.

Pour ne pas décevoir sa grand-mère bien-aimée, Reed lui avait alors rétorqué : « Qui sait ce que l'avenir nous réserve ? » Il ne pouvait tout de même pas lui laisser croire qu'il finirait par changer d'avis à propos du mariage. Or il ne s'était pas non plus résolu à lui expliquer qu'aucune femme sur cette terre ne l'aimerait jamais. Elle ne l'aurait pas supporté.

— Avez-vous été heureux ? dit Norah en cherchant son regard avant de s'éloigner de quelques pas.

Il haussa les épaules.

— Assez heureux, oui. Mon travail, c'était ma vie et il m'a comblé pendant longtemps. Mais quand j'ai perdu la seule famille que j'avais, quelqu'un de très spécial pour moi, je vais vous dire, je l'ai ressenti, ce truc.

— Ce truc ? répéta-t-elle.

— Cette perte… de lien avec tout le reste, je suppose.

Elle hocha la tête.

— C'est ce que j'ai ressenti à la mort de mon père. Alors que j'avais ma mère, ma tante et ma sœur qui pleuraient avec moi. Vous avez dû vous sentir tellement seul.

Il se détourna et regarda par la fenêtre.

— Eh bien, on ferait mieux d'y aller. Je dois me présenter au commissariat pour mon intégration à midi. Dès demain, je commence à plein temps.

— Merci de m'avoir montré la maison. Je serais presque restée. Tout est tellement… accueillant, ici.

Il balaya du regard l'espace autour de lui et inspira profondément. Ils devaient partir. Il *devait* partir. Parce que cette maison ne serait jamais la sienne. Et se trouver là, sous son toit, faisait un mal de chien.

- 5 -

Assis dans son bureau du service de police de Wedlock Creek, Reed se délectait du fait même d'avoir un bureau. Même s'il était exigu, la fenêtre qui donnait sur Main Street, lui permettait d'observer l'effervescence du centre-ville. Longue de trois kilomètres, la rue regorgeait de boutiques, de restaurants et d'entreprises. En étirant un peu le cou, on apercevait le Pie Diner de l'autre côté de la rue, ce qu'il se surprit à faire de temps en temps dans l'espoir de voir Norah.

Son épouse *provisoire*.

Il ne l'avait pas revue aujourd'hui depuis qu'il l'avait déposée. Mais regarder ainsi par la fenêtre lui avait donné des idées de pistes sur quelques-unes des affaires en cours qu'il avait héritées de son prédécesseur parti en retraite. Wedlock Creek n'avait peut-être pas connu de meurtre depuis plus de soixante-dix ans mais avait son lot de petite délinquance ordinaire. L'affaire la plus urgente, au centre des préoccupations de Reed, concernait le cas d'une personne disparue. Un homme de trente ans, avocat, David Dirk, qui devait se marier samedi prochain, avait disparu voici trois jours. Personne n'avait de ses nouvelles, et aucune de ses cartes de crédit n'avait été utilisée. Pourtant il n'y avait pas trace d'acte criminel.

David Dirk. Trente ans. Ce devait être lui… Quand Reed était enfant, David Dirk était son voisin le plus proche et ils exploraient inlassablement les bois et prairies durant les étés que Reed avait passés chez sa grand-mère. David était un garçon intelligent et curieux, qui avait lui aussi été abandonné par son père. Reed et lui aimaient se raconter que leurs pères étaient peut-être partis traiter des affaires gouvernementales secrètes, dont ils ne pouvaient rien dire à leurs épouses ou à leurs enfants. Bref, ils avaient dû les abandonner pour sauver le monde. Comme ils avaient tous les deux eu besoin de croire, étant enfants, que leurs pères étaient des hommes bons, qui les aimaient malgré tout… La famille de David avait ensuite déménagé, et ils s'étaient perdus de vue à l'adolescence. Puis le temps avait fini de dissoudre leurs liens.

Reed jeta un coup d'œil à la photo agrafée sur le côté gauche du dossier. Il reconnaissait son vieil ami malgré son visage d'adulte. Ces mêmes yeux bleu intense derrière des lunettes à monture noire, ces mêmes cheveux brun clair et raides. Reed passa l'heure suivante à lire le dossier et à prendre des notes sur la disparition de David.

Sa fiancée, Eden Pearlman, spécialiste en extensions capillaires au Hair Palace de Main Street, était convaincue que quelque chose de terrible était arrivé à son « Davy chéri », sinon il l'aurait contactée. Selon elle, Davy devait être gravement meurtri dans un fossé quelque part, à moins qu'un associé mécontent l'ait délibérément blessé, parce que se marier avec elle était le point culminant de sa vie. Reed espérait qu'elle se trompait. Il interrogerait Mlle Pearlman demain et reprendrait l'enquête en cours.

En attendant, cependant, il passa deux heures à appeler toutes les cliniques et les hôpitaux pour s'assurer qu'aucun inconnu n'y avait été admis, conscient ou inconscient. Les résultats furent rassurants. Puis Reed parcourut les notes mentionnant la dernière grosse affaire que David avait gagnée pour son client, quelques jours seulement avant sa disparition. Une transaction immobilière qui avait mal tourné. Reed fit des recherches sur le plaignant débouté de ses demandes, qui avait apparemment passé toute la journée où David avait été vu pour la dernière fois à une réunion de famille, à une heure de route de là. D'après les notes, le demandeur avait interjeté appel et déclaré avoir hâte de retrouver son adversaire et son rat d'avocat devant le tribunal, où il obtiendrait cette fois-ci gain de cause. Se débarrasser de David d'une manière infâme ne lui aurait certainement pas permis de régler cette affaire, et Reed doutait que cet homme ait eu quelque chose à voir avec la disparition de David.

Mais alors, où es-tu, David ? Que t'est-il arrivé ?

Frustré par ces notes et ses appels qui ne l'avaient mené nulle part, Reed emballa ses dossiers à 18 heures. Demain, il effectuerait sa première journée complète dans la police et il prévoyait de retrouver David Dirk avant la fin de celle-ci. Il éprouvait un certain malaise, sans forcément arriver à mettre le doigt dessus. Il allait devoir interroger sa fiancée, ainsi que les autres protagonistes.

En quittant le commissariat, il remarqua Norah sortant d'un immeuble de bureaux en brique, poussant son énorme poussette triple.

Il aperçut la plaque sur la porte qui indiquait « Dr Laurel McCray, pédiatre ». À l'avant, Brody hurlait comme un fou. Bella poussait des petits cris. Ou était-ce Bea ? Ce dont il était sûr, c'était qu'une des filles, assise au milieu, était silencieuse et picorait les céréales du petit plateau devant elle.

Il traversa la rue et se précipita vers eux.

— Norah ? Tout va bien ?

Elle avait l'air aussi mal en point que les deux petits.

— Je sors de chez le pédiatre. Brody a passé l'après-midi à se toucher l'oreille en pleurant. Il a une otite. Il vient d'avoir sa première dose d'antibiotiques, mais ils n'ont pas encore fait effet.

— Pauvre bonhomme, soupira Reed, en s'agenouillant pour faire courir un doigt le long de la joue chaude et humide de larmes de Brody.

Le petit cessa de pleurer, alors Reed recommença. Quand il se leva, Brody poussa un cri déchirant.

— Il vous aime vraiment beaucoup, dit Norah, un instant

stupéfaite avant que sa lassitude de maman ne reprenne le dessus. Même Bella a arrêté de pleurer, bravo !

À peine eut-elle fini sa phrase que Bella recommença à hurler et, d'après l'odeur qui s'élevait de la poussette, Reed comprit qu'elle ne souffrait pas du même problème que son frère. Les passants de la rue les regardaient fixement, leur souriant tour à tour non sans curiosité.

Les épaules de Norah s'affaissèrent.

— Je ferais mieux de les ramener à la maison.

— Vous avez besoin d'un coup de main ? demanda-t-il. En fait, c'était une question rhétorique, alors ne répondez pas. Vous avez besoin d'aide, et je rentre avec vous.

— Reed, je ne peux pas continuer à profiter de vos talents en puériculture.

— Bien sûr que si. Je veux dire, à quoi servent les maris s'ils ne participent pas aux tâches ménagères ?

Elle pouffa.

— Je n'arrive pas à croire que vous m'ayez fait rire alors que j'ai envie de fondre en larmes.

— Les maris servent à ça aussi, dit-il malgré lui.

Il plaisantait, essayait de détendre l'atmosphère, mais il était son mari. Et il n'y avait rien d'amusant à cela.

— Eh bien, vous serez libéré de cette charge dans quelques jours, promit-elle. J'ai rempli le formulaire d'annulation, il ne vous reste qu'à le signer, et je le posterai. Il est sur ma table basse.

Elle n'avait pas perdu de temps. Norah Ingalls était tout simplement très efficace, malgré le fait qu'elle élevait seule ses triplés. Il hocha la tête.

— Dans ce cas, je vais au bon endroit.

Un quart d'heure plus tard, ils entraient dans la petite maison exiguë et délabrée de Norah. Reed tenait le pauvre Brody contre lui pendant que Norah changeait Bella, qui avait cessé de crier. Mais les trois bébés avaient faim, et l'heure de leur dîner était un peu dépassée.

Reed s'occupait de Brody, qui était exceptionnellement attentif à lui, malgré son otite, et s'assit devant la chaise haute du bébé pour lui donner sa bouillie préférée : des céréales aux poires. Norah avait pris place sur la chaise à côté de lui, nourrissant les deux filles. Bella était de bien meilleure humeur à présent qu'elle dégustait ses patates douces en purée. Quant à Bea, elle se délectait d'un petit pot de haricots verts en purée.

Reed se leva pour remplir d'eau le gobelet de Brody avant de s'arrêter net.

Sur le réfrigérateur, à demi cachée sous un aimant Mickey Mouse, il aperçut une invitation de mariage.

Interloqué, Reed l'observa longuement.

Joignez-vous à nous pour célébrer notre mariage

EDEN PEARLMAN et DAVID DIRK…

Norah était invitée au mariage ? Il retira le carton du réfrigérateur.

— Vous êtes invitée par le marié ou la mariée ? demanda-t-il en brandissant l'invitation.

Norah leva les yeux, dirigeant une cuillère pleine de purée de haricots verts en direction de la bouche ouverte de Bea.

— Par le marié. Son invitation m'a surprise. Je suis sortie avec David Dirk pendant quelques semaines, il y a deux ans. Il m'a laissée tomber pour la femme qu'il disait être l'amour de sa vie. Ce qui s'est avéré, puisque j'ai reçu cette invitation il y a environ six semaines.

— Vous ne l'avez fréquenté que quelques semaines ?

Elle hocha la tête.

— On s'est rencontrés au Pie Diner. Il n'arrêtait pas de venir et de commander la tarte du jour. Je pensais qu'il était fan de nos tourtes, mais apparemment c'était moi qui lui plaisais. Il m'a invitée à sortir. Nous n'avions absolument rien en commun et pas grand-chose à nous dire. Mais sachez que quand ma sœur, Shelby, a eu besoin d'un avocat pour une affaire concernant son fils Shane, je lui ai recommandé David, dont la réputation n'était plus à faire.

Il l'a représentée dans une affaire compliquée, et elle m'a assuré qu'il avait fait de l'excellent travail.

Intéressant.

— Personne ne l'a vu ni entendu depuis trois jours. Selon sa fiancée, cela ne peut s'expliquer que par un acte criminel. Or mon prédécesseur n'a rien trouvé de suspect.

— Hum. David est un avocat redoutable, qui pousse les gens à judiciariser leurs litiges pour obtenir des dommages et intérêts. Il a quelques ennemis. À deux reprises, on m'a dit : « Comment as-tu pu sortir avec une telle crapule ? »

Reed haussa son sourcil.

— Vraiment ? Vous vous rappelez qui vous a dit cela ?

— Je vais vous écrire leurs noms sur un papier. J'espère que David va bien. Je veux dire, c'était un requin, mais, comme je l'ai dit, quand Shelby a eu besoin d'un avocat solide, il a été présent. Je ne l'ai pas très bien connu, mais il s'est toujours comporté en gentleman, en gentil garçon. On n'avait juste pas grand-chose à se dire. Zéro alchimie.

Au moment de replacer le carton sur le réfrigérateur, il se ravisa.

— Je peux le garder ?

— Bien sûr, répondit-elle avant de se tourner vers Brody, qui avait l'air plus calme depuis la prise de son médicament.

Elle se pencha et lui caressa délicatement la joue.

— Ça va un peu mieux maintenant, mon chou ?

Brody tapa des mains sur son plateau et sourit.

— Ça veut dire que tu veux des Cheerios ? demanda Reed avant d'en offrir un au petit, qui le prit, l'examina, puis le fit glisser dans sa bouche, gratifiant Reed d'un grand sourire révélant sa gencive boursouflée.

Bea saisit sa cuillère juste au moment où Norah l'approchait de sa bouche, et la moitié de son contenu atterrit dans ses cheveux. L'autre dans ceux de Norah.

— Oh ! merci ! Exactement ce dont mes cheveux avaient besoin, dit Norah en souriant avant de chatouiller le ventre de Bea. Et maintenant vous avez tous les trois besoin d'un bain.

Elle rit en secouant la tête.

À 20 heures, Norah avait débarrassé ses cheveux de la purée pour bébé, les trois petits avaient mangé, ils étaient propres, avaient eu leur histoire, et il était temps pour eux d'aller au lit. Reed se tenait près de la porte pendant que Norah leur chantait une berceuse. Que sa voix était belle. Il s'endormit presque en l'écoutant.

— Eh bien, ça y est, ils dorment, murmura-t-elle en sortant de leur chambre tout en laissant leur porte entrouverte. Je ne vous remercierai jamais assez pour votre aide ce soir, Reed.

— Ce fut un plaisir.

Pendant un moment, il se perdit dans ses yeux noisette, une odeur de poire accrochée à sa tunique… Il avait une telle envie de l'embrasser qu'il se pencha presque vers elle. Mais il se ressaisit au tout dernier moment. Bon sang, mais qu'est-ce qui lui prenait ? Il ne pouvait pas embrasser Norah. Ils n'étaient pas en couple. Ils ne sortaient même pas ensemble.

Non, ils étaient seulement *mariés…*

Oh ! comme il avait envie de l'embrasser, passionnément, là, sur ce canapé aux couleurs fanées, comme il avait envie d'explorer chaque centimètre de son corps au parfum de poire… Or c'était impossible. Tout était si compliqué entre eux. Et les choses devenaient vraiment étranges.

Il était censé signer les formulaires pour l'annulation. Mais ces papiers, posés sur la table basse, il les avait soigneusement ignorés depuis deux heures. Norah lui en avait parlé dès qu'ils étaient arrivés ce soir.

— Voilà les papiers, avait-elle dit en les désignant du menton, d'un air assez décontracté.

Mais il avait laissé les formulaires de côté et donné à manger à Brody à la place. Il avait ensuite bercé le petit bonhomme pendant que Norah donnait un bain à ses sœurs. Il avait alors mis Brody en pyjama et lui avait fredonné une berceuse de son invention.

Pendant tout ce temps, il ne pensait qu'à une chose :

Comment puis-je tourner le dos à cette femme, à ces bébés ? Comment puis-je les quitter ?

Il en était incapable. Signer ces papiers d'annulation signifierait que ce mariage n'avait jamais eu lieu et que Norah et lui reprendraient le cours de leur vie, chacun de leur côté.

Ce n'était pas ce qu'il voulait. Il était incapable de faire une chose pareille. Il n'avait jamais voulu entendre parler d'amour ou de mariage, mais cela ne signifiait pas pour autant qu'il ne pouvait pas s'engager pour Norah.

Et puis l'évidence finit par lui sauter aux yeux :

Si tu restes marié à Norah, si tu pourvois à ses besoins, tu peux récupérer le ranch de grand-mère. Vous pourrez y vivre tous les deux. Ce sera ton chez-toi. Votre chez-vous, loin de cette petite maison minable qui tombe en ruine.

Pourquoi ne proposerait-il pas un arrangement à sa nouvelle épouse ? Pourquoi ne resteraient-ils pas mariés afin qu'elle se sente en sécurité tous les jours. Cela lui permettrait de récupérer le ranch Barelli de façon loyale.

Norah avait dit ne plus vouloir entendre parler de romance, ni d'amour. Tout comme lui.

Que penserait-elle d'une telle proposition ? Elle pourrait s'en offenser et le gifler. Ou simplement lui rétorquer que cette idée était ridicule. Ou encore répondre quelque chose comme « Tu sais quoi, marché conclu ! » tout en ponctuant sa réponse d'une franche poignée de main. Pas un baiser, non. Parce qu'il s'agirait là d'un arrangement, rien à voir avec de l'amour ou de quelconques sentiments.

Il rassembla ses pensées pour prendre le temps d'y réfléchir. Un homme ne proposait pas un mariage sans amour à une femme sans y avoir pensé sous tous les angles. En réalité, une seule idée le poussait à envisager une telle chose : il n'était pas question pour lui de laisser Norah seule avec ses triplés. C'était hors de question. Tel père, mais pas tel fils.

Norah travaillait sur une nouvelle recette de tarte à la viande et aux herbes quand la sonnette retentit. Ce ne pouvait pas être Reed. Il était parti il y a dix minutes et n'aurait pas appuyé sur la sonnette en sachant que les triplés dormaient. Tout comme sa sœur, sa mère, ou sa tante.

Faites que ce ne soit pas un colporteur, pensa-t-elle en se dirigeant vers la porte d'entrée.

Amy Ackerman, qui vivait au bout de la rue, se tenait sur le seuil, une pile de dossiers sous le bras. Elle semblait dépitée.

— Oh ! Dieu merci, tu es là, Norah. J'ai un grand service à te demander.

Norah tenta de se souvenir de la dernière fois où on lui avait demandé une faveur. Au début de sa grossesse, peut-être ? Avant que son ventre ne commence à s'arrondir. Les gens n'étaient guère enclins à demander des services à une maman élevant seule ses triplés.

— Louisa ne peut pas assurer le cours de naissances multiples de zéro à six mois, et la session débute mercredi ! s'écria Amy dont les mains débordaient de dossiers. Seize personnes sont inscrites à ce cours, dont huit femmes à grossesse multiple. Je ne peux pas les abandonner.

Amy était la directrice du Wedlock Creek Community Center, un lieu qui offrait toutes sortes de cours et services pour enfants et adultes. Les cours dédiés aux naissances multiples y étaient très populaires. Le centre offrait des séances de préparation à la naissance et à l'accueil de l'enfant, des premières semaines de grossesse jusqu'à l'éducation des adolescents : Comment allaiter des jumeaux âgés de trois semaines ? Comment changer les couches de vos triplés quand ils sont tous trempés en même temps ? Comment résoudre les problèmes éducatifs avec deux enfants du même âge ? Ou trois. Voire quatre, dans certains cas…

Pendant sa grossesse, Norah avait elle-même suivi le cours de préparation à l'accouchement, puis le cours d'accueil de l'enfant de zéro à six mois.

À l'époque, elle était tellement stressée de ne pas savoir à quoi s'attendre qu'elle avait à peine retenu ce qu'elle y avait appris. En revanche, elle se souvenait du réconfort que Lu avait apporté le simple fait d'y assister. Elle était alors la seule participante à ne pas être accompagnée d'un mari ou d'un compagnon. Ce qui lui avait valu pas mal de regards de pitié et, lors des activités qui se pratiquaient avec son partenaire, elle avait dû s'associer avec l'instructrice, Louisa.

— On considère que tu as validé ton diplôme d'autodidacte, maintenant que tes bébés ont sept mois, reprit Amy. Acceptes-tu de prendre ce cours en charge ? Tu seras rémunérée au tarif courant, plus un bonus pour ce court préavis. On table sur un cours par semaine pendant les six prochaines semaines.

Confuse, Norah interrogea Amy du regard.

— Moi ? Donner des cours ?

— Oui, toi. Qui de mieux ? Non seulement tu as des triplés, mais tu es une maman célibataire. Tu te débrouilles seule. Et, à chaque fois que je te vois avec ces trois petites crevettes, je me dis que tu es une championne !

Euh… Norah ? *Championne ?* Pourquoi pas, après tout ?

Certes, elle était consciente qu'Amy faisait tout pour l'amadouer. Mais tout de même, il y avait une certaine sincérité dans les yeux de sa voisine, qui s'était toujours montrée bienveillante avec elle. En fait, la première fois que Norah s'était inscrite au cours de zéro à six mois, Amy lui avait fait grâce des frais d'inscription, assez onéreux.

Mais comment saurait-elle donner un cours au sujet de quoi que ce soit ? Elle n'avait aucun diplôme en matière d'éducation de triplés. La semaine dernière, au supermarché, Norah avait commis l'erreur de guider son Caddie un peu trop près des étalages. Bella avait alors réussi à renverser tout un étalage de nouilles instantanées, et Bea ou Brody avait lancé un bocal de cornichons en verre qui s'était écrasé à terre, bloquant le chemin d'une femme très empruntée qui avait jeté un regard assassin à Norah d'un air de lui signifier de mieux contrôler sa progéniture.

Ensuite, il y avait eu cette fois où Norah, attendant un appel téléphonique du pédiatre avec des résultats d'analyses, cherchait son téléphone dans son immense sac fourre-tout rempli à ras bord d'accessoires pour bébé et avait lâché la poussette pendant une seconde pour fouiller des deux mains. La poussette avait roulé, Norah avait dû se lancer à sa poursuite. Elle avait surpris de nombreux regards désapprobateurs en sa direction. Et puis, il y avait eu toutes les fois où on avait expliqué à Norah qu'il fallait faire porter des chapeaux à ses bébés, qu'il ne fallait pas leur donner de tétines ou encore ceux qui l'accusaient d'empoisonner ses enfants avec des petits pots non biologiques.

Sans parler de tous ses moments de solitude, en privé. Comme lorsque Brody avait failli tomber de la table à langer quand elle avait couru pour empêcher Bea de ramasser l'œil en plastique d'un ours en peluche qui s'était détaché dans son lit. Des exemples comme ceux-là, Norah en avait encore à n'en plus finir. Elle élevait peut-être seule ses triplés, mais elle n'avait rien d'une super maman.

Repenser à tout cela la décourageait, malgré le fait qu'on lui fasse confiance pour enseigner les rudiments de la maternité et partager son expérience avec des familles qui pourraient avoir besoin de son aide.

— Amy, je suis désolée, mais je ne pense pas être..., commença Norah.

Mais Amy l'interrompit en levant la main.

— Si quelqu'un est compétent pour enseigner ce cours, c'est toi, Norah. Je te promets que je ne dis pas ça parce que je cherche désespérément une solution. Il me faut une instructrice de confiance. Et c'est toi.

Norah fronça les sourcils.

— Je fais tellement d'erreurs... Tout le temps.

— Oh. Tu veux dire que tu es humaine ? Que ce n'est pas facile de s'occuper de bébés triplés ? Sans blague ?

À ces mots, Norah se surprit à sourire.

— Eh bien, présenté sous cet angle...

— Il n'y a pas d'autre façon de présenter les choses.

— Tu sais quoi, Amy ? Tu peux compter sur moi. Je vais l'enseigner, ce cours.

Pourquoi pas, après tout ? Cela ne serait pas plus difficile que de s'occuper seule de ses triplés depuis sept mois. Cela dit, elle devrait prendre une baby-sitter ou demander à sa mère ou à sa tante de surveiller les bébés le temps du cours.

La rémunération était plutôt correcte. Même en payant une nounou, il lui resterait suffisamment d'argent pour arrondir ses fins de mois, ce qui lui donnerait les moyens d'acheter un climatiseur pour le rez-de-chaussée. Norah avait cependant le sentiment que sa mère et sa tante insisteraient pour garder les petits.

Le soulagement qui traversa le visage d'Amy conforta Norah.

— Je te dois une fière chandelle ! Voici le programme et les notes de Louisa. Mais tu n'as pas besoin de coller forcément à son programme. Tu auras peut-être d'autres idées. Il s'agit désormais de ton cours, alors fais-le à ta façon.

— J'ai hâte d'y être, admit Norah. Merci de m'avoir fait cette proposition.

Une fois Amy repartie, Norah apporta le dossier dans la cuisine et le déposa à côté du bol de sa sauce barbecue spéciale, qui n'était pas encore tout à fait à son goût. La sauce barbecue habituelle de Norah était très bonne, mais elle aimait créer des spécialités pour les tourtes et avait envie d'innover avec quelque chose se rapprochant des saveurs de la Louisiane. Elle allait tenter une nouvelle fournée, cette fois avec une touche de piment de Cayenne et un peu moins de mélasse. Elle poursuivrait ses essais jusqu'à réussir, ce qui, maintenant qu'elle y pensait, était assez proche de la façon dont l'éducation des enfants se déroulait. Certes, il y avait des bases à connaître, mais parfois il s'agissait simplement d'être là, de faire les choses…

En se dirigeant vers la cafetière pour sa dose de caféine, elle remarqua l'enveloppe kraft sur le comptoir. Les formulaires d'annulation se trouvaient à l'intérieur. Un post-it jaune avec le nom de Reed à l'extérieur. Demain, elle le déposerait au commissariat, il le signerait, et il ne leur resterait qu'à poster les documents. Ce serait enfin la fin de toute cette mascarade.

Reed ne serait plus son chevalier servant, comme il l'avait été aujourd'hui.

Terminé le mari et le père de rêve.

Terminé l'homme séduisant arpentant sa cuisine et son salon.

Mais, plus que tout, elle aimait tous les sentiments que Reed avait éveillés en elle. Malgré ses propositions de l'aider, il ne la regardait jamais comme une femme ou une maman au bord de la crise de nerfs. Il lui donnait l'impression qu'elle avait simplement besoin d'un peu de soutien… d'un partenaire.

Se pourrait-il que ces documents d'annulation tombent accidentellement derrière le bar et disparaissent ? Elle sourit. Elle aimait cette nouvelle Norah qui se dessinait : elle allait dispenser des cours et désirait soudain que son mari accidentel reste à proximité.

Peut-être parce qu'elle savait que cela n'arriverait pas ?

Car en réalité, demain, elle n'aurait plus d'époux.

- 6 -

Norah venait de garnir sa dixième tourte au porc de la matinée quand elle remarqua que Reed Barelli faisait les cent pas sur le trottoir face aux fenêtres de la cuisine du Pie Diner. Il semblait perdu dans ses pensées. Elle trépignait de connaître la raison de son agitation. Sans doute son affaire de disparition. Ou peut-être les formulaires d'annulation qu'il avait oublié de signer hier soir avant de partir de chez elle ?

Ce n'est pas faute de le lui avoir rappelé, pensa-t-elle. La façon dont il était venu à son secours hier soir, tel un super héros, avait ravivé ses vieux fantasmes et son rêve d'avoir quelqu'un qui la protège. Quelqu'un sur qui s'appuyer, au sens propre comme au figuré. Oh ! comme elle avait envie de sentir ces bras puissants s'enrouler autour d'elle.

Concentre-toi sur ton travail, s'agaça-t-elle. Elle referma la tourte avec la pâte supérieure et dessina un losange au centre, puis plaça la tarte sur le plateau pour la première fournée du déjeuner.

— Norah ? appela soudain une serveuse nommée Evie. Il y a quelqu'un qui demande à te voir.

Ce devait être Reed. Il avait disparu de la rue. Elle se lava rapidement les mains et ôta son tablier, avant de quitter la cuisine. Reed était assis tout au bout du comptoir. À 11 heures, il était en retard pour le petit déjeuner et en avance pour le déjeuner. Le Pie Diner comptait pour l'heure très peu de clients. Il était seul au bar, à l'exception d'Old Sam, un habitué qui passait à peu près toute la journée assis là, payant une part de tarte et de café et se laissant resservir un nombre incalculable de fois jusqu'au dîner. Un petit manège qui durait depuis plus de dix ans. La mère de Norah avait un faible pour ce veuf d'un certain âge qui devait lui rappeler son défunt père.

Reed avait l'air… grave. Norah sentit son cœur se figer. Il avait dû venir signer les papiers.

— J'ai les formulaires dans mon sac, déclara-t-elle. On a tous les deux oublié de les signer hier soir. Suivez-moi au bureau et vous pourrez les signer là-bas si vous voulez.

Il regarda autour de lui, puis se leva pour la suivre. Le vaste bureau faisait office de coin nurserie pour les triplés, qui faisaient la sieste dans leurs petits hamacs.

Elle saisit son *tote bag* accroché sur le dossier du fauteuil de bureau et sortit les documents officiels de l'enveloppe.

Mais Reed ne prit pas les papiers. Il observait les bébés.

— Je suis content qu'ils soient là, dit-il à voix basse. Parce que je suis venu vous dire quelque chose de fou. Mais revoir les triplés renforce ma conviction que ce n'est peut-être pas aussi fou que cela. Que moi, je ne suis pas fou.

Elle le dévisagea longuement, n'ayant pas la moindre idée de ce qu'il essayait de lui dire.

Il lui prit alors les documents des mains et les posa sur le bureau.

— Plutôt que signer ça, j'ai une proposition à vous faire.

Norah inclina la tête et s'aperçut que sa mère, sa tante et sa sœur étaient en train de les épier. Elle aurait pu fermer la porte pour s'accorder un peu d'intimité, mais cela l'aurait contrainte à répéter ce que Reed allait lui dire à sa famille, alors autant qu'elles entendent tout directement. Et puis, elles ne lui pardonneraient jamais de les avoir exclues d'un moment aussi crucial.

— Une proposition ? répéta-t-elle.

Du coin de l'œil, elle pouvait voir les trois femmes se rapprocher un peu plus du bureau.

Il hocha la tête.

— Si je signe ces papiers et que vous les rendez à la

greffière dans une semaine, on ne sera plus mariés. Ce sera comme si ça n'était jamais arrivé. Une erreur alcoolisée. Sauf que… C'*est* arrivé. Et les deux journées intenses que j'ai passées dans votre vie m'ont rendu incapable de vous tourner le dos, à vous Bella, Bea et Brody. Je ne peux pas. Je n'y arrive pas. Un homme ne peut pas faire ça, Norah.

Avait-elle bien entendu les trois soupirs provenant de la cuisine ?

— Reed…, reprit-elle en le regardant fixement. On s'est mariés par accident. Lors d'une soirée très alcoolisée, comme vous venez parfaitement de le rappeler.

— Peut-être. Mais le fait est qu'on s'est mariés. Nous sommes tous les deux allés à la chapelle et avons prononcé nos vœux. Ivres ou pas, Norah, on s'est mariés.

— Alors vous avez l'impression de devoir honorer ces vœux prononcés sous le coup de la folie et de l'ivresse ? Pourquoi pensez-vous que ces deux raisons sont justement des motifs d'annulation ?

— Je suis de votre côté, et de celui des triplés. Si nous restons mariés, je disposerai aussi du ranch Barelli en toute honnêteté. Je n'ai jamais eu l'intention de me marier. Vous m'avez confié que vous non plus. On en est revenus, vous et moi, de l'amour éternel et toutes ces balivernes. Alors pourquoi ne pas nous associer, puisque nous sommes déjà légalement liés, et accéder ainsi à ce dont nous avons tous les deux besoin ?

— Et de quoi ai-je besoin exactement ? demanda-t-elle en fermant les yeux.

— Vous avez besoin d'un foyer sûr, par exemple. Un logement assez spacieux pour trois enfants qui grandissent chaque jour. Vous avez besoin de stabilité et de sécurité financières. Vous avez besoin de quelqu'un vingt-quatre heures sur vingt-quatre, sept jours sur sept, pour vous soutenir, pour vous aider, pour partager l'énorme responsabilité d'élever trois enfants. Voilà ce dont vous avez besoin.

Sans blague. Il avait raison. Elle avait besoin de toutes ces choses, plus qu'elle ne voulait l'admettre. Elle voulait aussi assumer la responsabilité de sa propre vie, celle de ses propres enfants, et faire cela toute seule. Or tout était plus difficile qu'elle ne l'avait imaginé lorsqu'elle avait décidé de quitter la maison de sa mère pour se débrouiller seule.

Son obstination ne devait pas se faire aux dépens des enfants. Elle devait d'abord penser à eux, au lieu de se demander à quel point la proposition de Reed était folle. Parce que, en fin de compte, il avait tout à fait raison quant à ce dont elle avait besoin.

Et ce dont lui avait besoin, c'était le ranch de sa grand-mère. Elle avait vu à quel point ses yeux brillaient quand il lui avait fait visiter la maison. Ce ranch comptait tellement pour lui. Il s'y sentait chez lui. C'était un lien avec sa famille. C'était son avenir.

Il lui proposait donc un accord donnant-donnant ?

— Moi, j'accède à la stabilité et à la sécurité, et vous accédez au ranch Barelli, n'est-ce pas ?

Il la dévisagea, et elle comprit qu'il essayait de lire en elle. Elle s'assura d'afficher son expression la plus neutre. Elle n'avait aucune idée de ce qu'elle pensait de cette proposition. Rester légalement mariée à un homme qu'elle ne connaissait que depuis quelques jours pour y trouver un bénéfice mutuel ?

— C'est vrai, admit-il, que j'en ai besoin plus que je ne l'aurais jamais cru. C'est ma maison. Le seul endroit où je me sois jamais senti chez moi. Cela vous permettrait de quitter votre petit logement déprimant pour profiter du ranch et de ses grands espaces qui raviront à coup sûr les triplés.

Certes, sa maison était un véritable taudis. Elle détestait ses escaliers en bois raides et glissants. Elle détestait le fait de devoir renouveler le bail d'un mois sur l'autre. Ce serait simple d'y mettre un terme.

Mais cet homme parlait de choses aux lourdes conséquences juridiques. Il parlait tout de même *d'officialiser* leur mariage.

Elle leva les yeux vers lui.

— Alors on déchire les formulaires et on reste mariés ?

— Absolument, Norah. Certes, on peut procéder à l'annulation. Ou alors, nous pouvons conclure un marché dans lequel chacun de nous trouve son compte. Aucun de nous ne recherche un vrai mariage d'amour et tout le tralala. On s'est tous les deux fait avoir et on est sur la même longueur d'onde sur ce point. Notre mariage serait un véritable partenariat basé sur ce dont chacun de nous a besoin. Je pense que nous serions assez heureux.

Assez heureux ? Elle n'était même pas sûre d'être faite pour le bonheur tout court. Elle gagnerait du confort, peut-être. Mais se déferait-elle un jour de cette peur qu'elle semblait éprouver presque à chaque instant ?

Et qu'est-ce que ça lui ferait de ressentir ce qu'elle avait ressenti durant la cérémonie ? Cette impression de sécurité. D'être chérie. Bien sûr, l'homme qui lui avait promis tout cela était ivre mort, mais aujourd'hui il se tenait là, devant elle, sobre comme jamais, et renouvelant sa promesse.

Peut-être pas de la chérir. Mais de se tenir à ses côtés. Oh bon sang, oui c'était ce qu'elle voulait ! Un homme digne de confiance à ses côtés, oui, juste *là*, tout simplement.

Mais que savait Reed Barelli, ce célibataire endurci, de la vie sous le même toit que trois bébés, vingt-quatre heures sur vingt-quatre ? Que se passerait-il si elle se laissait aller à accepter cette idée folle, déménageait dans ce ranch magnifique, s'accordant pour la première fois depuis plus de sept mois un répit, mais que Reed ne supportait plus la vie avec des enfants au bout de quelques jours ? Il n'avait aucune idée de ce qui l'attendait.

— Qu'est-ce qui vous laisse croire que vous avez envie de vivre avec trois bébés âgés de sept mois, et qui font leurs dents ? demanda-t-elle en haussant un sourcil. Vous êtes fou ou quoi ?

— Fou, vous vous souvenez ? dit-il en riant.

Il devait l'être. Et elle aussi. Mais, finalement, qu'avait-elle à perdre ? Si leur arrangement ne fonctionnait pas, il n'aurait qu'à signer les papiers et ce serait tout.

Alors, pourquoi ne pas… essayer ? Après tout, ils étaient

déjà mariés. Elle n'avait rien d'autre à faire que d'emménager dans une magnifique maison de ranch aux parquets qui ne gondolaient pas et avec un four qui ne fonctionnait pas par intermittence. Bien sûr, elle vivrait avec Reed Barelli. Oh ! bon sang… Quel homme. Dans quel genre de vie s'engagerait-elle alors ?

— Faisons l'essai, Norah, chuchota-t-il.

Elle le regarda de nouveau, essayant de mieux le cerner. Si elle lui répondait : « Oui, essayons donc votre idée folle ! », il aurait son ranch. Si elle disait non, il ne récupérerait jamais le seul endroit où il s'était senti vraiment chez lui. Reed ne se marierait pas juste pour obtenir le ranch, elle le croyait sincèrement. Mais à cause (ou grâce à) d'un saladier à cocktail, il avait eu sa seule et unique chance. Et il avait été tellement prévenant avec elle, et avec les triplés…

Brody poussa un soupir, et Norah couva son fils du regard. Sa petite bouche faisait une petite moue capricieuse, et une main remontait le long de sa joue. Cet arrangement profiterait aux triplés, et c'est tout ce qui comptait.

— J'allais dire : « Où dois-je signer ? », mais je suppose que tout est déjà signé, en fait, dit-elle en ramassant les papiers qu'elle rangea dans son *tote bag*.

Le soulagement qui traversa le visage de Reed l'émut au plus haut point. Garder ce ranch signifiait tellement pour lui. Même si cela voulait dire être réveillé à 2 heures du matin par un, deux ou trois bébés en pleurs. Puis encore à 3 heures du matin. Et ainsi de suite.

Du coin de l'œil, Norah surprit sa mère qui se hâtait de retourner à son poste en faisant semblant d'être occupée à fouetter des œufs. Elle passa la tête en dehors du bureau.

— Vous avez toutes entendu ce projet fou ?

— Quoi ? Pas du tout, nous n'écoutions pas, bredouilla sa mère. Bon, d'accord, juste un peu. Et je pense que ce projet fou n'est pas aussi fou que cela.

— Moi aussi, dit Cheyenne devant le four. Vous obtenez chacun ce dont vous avez besoin.

Même si ce n'est pas ce que nous voulons vraiment…

Reed ne voulait pas se marier. Pas plus qu'elle. Bien sûr, cela lui apporterait un sentiment de sécurité. Mais elle ne pourrait jamais confier son cœur brisé à quiconque, pas même à un homme bon comme Reed. Le cœur de Norah n'était pas à prendre, il ne l'était plus depuis le lendemain du jour où elle avait appris sa grossesse et avait été jetée à la rue.

Shelby apparut à côté de Norah pour lui prendre la main.

— Ça ne vous dérange pas si je vous emprunte votre épouse ? demanda-t-elle à Reed.

Norah ne manqua pas de remarquer comment Reed avait péniblement dégluti, mal à l'aise, au son du mot *épouse*.

Oui, Norah était désormais *l'épouse* de cet homme, beau, attentionné et droit.

— Pas le moins du monde, assura-t-il. Je garderai un œil sur les enfants.

Shelby lui adressa un sourire furtif, puis conduisit Norah par la main à l'autre bout de la cuisine.

— N'oublie pas de bien peser les règles du jeu.

— Les règles ? répéta Norah.

— De quel genre de mariage s'agit-il ? s'enquit sa sœur. Il a utilisé le mot *arrangement*, mais vous êtes tout de même mari et femme… Donc, vous partagerez la même chambre ?

Norah sentit son visage s'embraser. Elle n'était guère prude, mais l'idée de coucher avec Reed Barelli lui paraissait… une transgression, au sens le plus exquis du terme. Il n'y avait rien de sexuel entre eux, même s'ils étaient mariés. Hormis lors de la célébration de leur union, ils ne s'étaient même pas embrassés.

Mais Norah ne put s'empêcher de repenser à Reed en sous-vêtement.

— Je suppose qu'il va falloir qu'on en discute.

— Et comment ! répliqua Shelby. Je suis passée par là, moi aussi avec mon propre mari au début. Souviens-toi, Liam et moi ne nous sommes mariés que pour que l'on puisse chacun avoir nos deux bébés, ceux que l'on avait élevés pendant six mois et ceux qui étaient biologiquement les nôtres.

Comment Norah aurait-elle pu oublier cette époque de la vie de Shelby ? Surtout la fin heureuse qui était un bonus. Ce n'était pas comme si Norah et Reed Barelli allaient tomber amoureux. Vivre une romance ne l'intéressait aucunement. Certes, Reed était un homme particulièrement attirant, mais de là à ce que Norah sente son cœur s'affoler à chaque fois qu'elle était près de lui… Non, cela n'arriverait jamais. Pas à une femme qui s'était déjà brûlé les ailes. Pas à une maman de triplés surmenée. Et ça n'arriverait certainement pas à Reed. Il était encore plus hermétique au concept de romance qu'elle. Comment pourrait-il tomber amoureux d'une femme qui avait perdu tout son sex-appeal ? Quand elle ne sentait pas la compote d'abricots, le vomi ou le talc pour bébé, elle sentait la tarte au poulet. Difficile de faire moins glamour.

— Peu importe ce que tu penses, Norah, n'oublie pas une chose, reprit Shelby.

Norah inclina la tête.

— Quoi donc ?

Shelby se pencha et chuchota :

— C'est un homme.

— Autrement dit ?

— Combien de fois par seconde les hommes pensent au sexe ? demanda Shelby.

Norah pouffa de rire en agitant une main.

— Oh oui, je suis tellement irrésistible…

En l'occurrence, elle était à moitié couverte de farine. Ses cheveux s'échappaient de son chignon relâché. Elle portait une salopette décolorée et des Crocs jaunes.

— Fais-moi confiance, assura Shelby. La question se posera. Tu dois t'y préparer, Norah. Ta vie est à l'aube d'un grand bouleversement. Et je ne parle pas seulement d'un changement d'adresse.

Elle avait raison. Norah allait vivre avec un homme. Avec Reed Barelli.

— Quel est donc ton conseil ? demanda-t-elle à sa sœur.

— Ce qui doit arriver arrivera. Inutile de lutter.

À ces mots, Norah plissa ses yeux.

— Que veux-tu dire ?

— Voyons voir. Deux jeunes mariés qui emménagent ensemble…

Norah secoua la tête.

— Tu peux t'arrêter là, sœurette. On est peut-être jeunes mariés, mais, comme Reed l'a dit, il s'agit d'un arrangement et non pas d'amour. Il ne se passera rien entre nous.

— Nous verrons bien. Mais sache une chose, Norah : c'est agréable d'être heureux. Fais-moi confiance là-dessus.

Norah était heureuse de savoir sa sœur heureuse. Mais la poursuite du bonheur n'était pas la raison pour laquelle Norah acceptait la proposition de Reed.

— Je me sens enfin à ma place, Shel, expliqua Norah. Il m'a fallu beaucoup de temps pour me remettre d'avoir été abandonnée par le père de mes petits. Il m'a menti. Humiliée. Je ne saute peut-être pas de bonheur sur les toits, mais je ne suis pas malheureuse. Et je ne perds pas de vue le fait que mon premier et principal travail soit d'être une bonne mère. Je ne tomberai jamais amoureuse d'un homme qui m'a clairement fait comprendre qu'il ressentait la même chose que moi : à savoir que l'amour, c'était pour les autres.

Shelby serra sa main dans la sienne.

— Sache qu'à chaque fois que tu auras besoin d'une baby-sitter pour une soirée avec ton mari, je serai disponible.

— Je n'ai plus besoin de baby-sitter parce que j'en aurai un à domicile désormais !

— Tu as réponse à tout, hein ? dit Shelby avant de prendre sa sœur dans ses bras. Tout va bien se passer. Tu verras.

Norah retourna dans le bureau et contempla longuement

ses bébés endormis, puis Reed, qui s'appuyait contre le bureau d'un air un peu… amusé ?

— Ta sœur a raison, déclara-t-il, passant subitement au tutoiement. Tout va bien se passer.

Norah, elle, n'en était pas aussi convaincue.

D'ailleurs, avait-il entendu tout ce qu'elles s'étaient dit ?

- 7 -

Grâce au passage au numérique de la police de Wedlock Creek, les copies de tous les dossiers étaient désormais accessibles en un clic et sur le smartphone de Reed. Il était presque heureux d'avoir un cas épineux sur lequel se concentrer pendant les deux prochaines heures, en attendant que Norah fasse ses valises et celles des enfants.

Pendant un moment, il avait pensé qu'elle refuserait son offre. L'idée était folle. Rester mariés ? Tels deux associés d'affaires ? Quelle folie ! Franchement, qui faisait une chose pareille de nos jours ?

Des gens comme lui. Des gens dont la grand-mère rusée avait infligé un testament à conditions.

Des gens comme elle qui avaient besoin de stabilité pour construire leur vie.

Quand il avait quitté le Pie Diner, les papiers d'annulation dans l'enveloppe, non signés, et le ranch lui revenant de droit après une visite chez le notaire de sa grand-mère, il avait poussé un cri de joie. Un de ces cris ressemblant sans doute à ceux qu'il avait poussés le soir de son ivresse au festival. Le ranch devenait sa maison, pour de bon ! Il s'y réveillerait tous les matins… Il marcherait sur les terres qu'il avait explorées quand il était enfant et adolescent. Il pourrait enfin adopter un chien, ou deux, ou trois, et deux chats noirs comme il en avait toujours rêvé. Il rentrait *chez lui* !

Mais, pour l'heure, il devait retrouver David Dirk, dont on restait sans nouvelle depuis plusieurs jours. Assis dans son 4x4, Reed relut les notes sur son téléphone. La fiancée de Dirk, Eden Pearlman, vingt-cinq ans, coiffeuse, jamais mariée auparavant, et aucun squelette dans son placard selon les notes de son prédécesseur, avait accepté de le recevoir chez elle, dans son appartement au bout de Main Street.

Une fois devant l'immeuble, il leva les yeux vers la façade de brique de cinq étages, avec un auvent rouge sur le trottoir et un portier qui avait vu David Dirk partir pour son bureau il y a quatre jours à 8 h 45, comme à son habitude, une mallette dans une main, une tasse de café dans l'autre. Il portait un costume gris anthracite, une cravate rayée rouge. D'après les notes de son prédécesseur, David avait assuré ses rendez-vous de la journée, des réunions avec deux clients, puis un client potentiel, mais il s'était surtout occupé de mettre à jour ses dossiers. Son adjoint administratif à temps partiel avait travaillé jusqu'à 15 heures ce jour-là et avait remarqué que David était aussi dynamique qu'à son habitude. Sauf qu'il s'était volatilisé au lieu de rentrer chez lui dans l'appartement qu'il partageait avec sa fiancée depuis huit mois.

L'air aussi inquiète, que triste et pleine d'espoir, Eden referma la porte derrière Reed et s'assit dans un fauteuil.

Reed s'installa en face d'elle.

— Pouvez-vous me parler de la dernière fois où vous avez vu M. Dirk ?

Eden repoussa ses cheveux blond clair derrière ses épaules et poussa un soupir.

— C'était juste une matinée comme toutes les autres. Nous nous sommes réveillés, nous avons mangé – je lui ai préparé une omelette au bacon et au fromage avec un toast –, puis David est parti au bureau. Il m'a envoyé un SMS vers 11 heures disant « Je pense à toi, ma belle ». C'est la dernière fois que j'ai eu de ses nouvelles. Ce qui me fait penser que le drame est arrivé peu après parce qu'il m'aurait normalement envoyé d'autres petits messages quelques heures plus tard, mais il ne l'a pas fait. Il m'envoyait toujours de nombreux SMS dans la journée depuis le travail. Je sais juste qu'il est arrivé quelque chose de terrible ! Mais j'aimerais tellement me tromper !

Elle se mit à pleurer, faisant couler son maquillage sous les yeux. Reed s'empara de la boîte de mouchoirs sur la table et la lui tendit.

— Je sais que ce n'est pas facile, mademoiselle Pearlman, murmura-t-il alors qu'elle s'essuyait les yeux. Je vous remercie de me raconter tout ça. Je vais faire tout mon possible pour retrouver votre fiancé. J'ai bien connu David quand j'étais petit. Nous avions l'habitude de partir à l'aventure dans les bois ensemble quand je passais l'été chez ma grand-mère. J'ai de bons souvenirs de notre amitié.

Elle renifla et leva les yeux vers lui.

— C'est donc aussi une affaire personnelle pour vous. Tant mieux. Vous allez travailler dur pour retrouver mon Davydou.

Il se demanda si une de ses anciennes petites amies l'avait déjà surnommé Reedydou ou autre et espérait que non.

— De quoi avez-vous parlé au petit déjeuner ? s'enquit-il.

— Du mariage surtout. Il essayait même de me convaincre de nous enfuir à Las Vegas. Il a dit qu'il aurait aimé que je sois déjà son épouse et que nous pourrions même prendre l'avion dès ce soir-là.

Hum, il envisageait donc une fugue ? Dirk aurait-il voulu quitter la ville précipitamment ? Y avait-il une raison pour laquelle il songeait à Las Vegas en particulier ? Ou pour épouser Eden sans attendre le week-end, comme prévu ?

— Vous étiez d'accord pour vous enfuir avec lui ?

— Ma mère m'aurait fait pendre ! s'exclama Eden en secouant la tête En plus, toutes les invitations étaient déjà envoyées. Le mariage a lieu ce samedi !

— À quel endroit ?

— À la chapelle de Wedlock Creek, samedi soir, dit-elle en sanglotant. Et s'il n'est pas revenu d'ici là ?

— Je vais faire mon travail, promit-il. Je vous contacterai dès que j'aurai des nouvelles.

Elle lui serra la main.

— Merci, inspecteur. Je me sens mieux de savoir qu'un vieil ami de David est responsable de l'enquête.

De retour dans son véhicule, Reed vérifia encore les finances de David Dirk. Aucune de ses cartes de crédit n'avait été utilisée au cours des vingt-quatre dernières heures. Le prédécesseur de Reed s'était entretenu avec cinq concurrents potentiels de David, mais aucun d'eux n'avait paru avoir de rancœur à son égard. Reed feuilleta quelques pages de plus dans les notes du détective parti en retraite.

D'après ses amis et sa famille, David n'aurait jamais quitté Eden. Il l'aimait profondément.

Le mystère demeurait entier.

Que t'est-il donc arrivé, David Dirk ? se demanda Reed.

Reed avait envoyé un petit camion avec deux déménageurs pour apporter tout ce que Norah voulait emporter de sa maison au ranch. Or comme elle louait sa maison meublée, elle n'avait pas grand-chose à déménager. Seuls les cadeaux que sa sœur lui avait offerts venant de son magasin d'objets d'occasion, Treasures, s'étaient accumulés dans sa petite maison. Norah avait alors rangé ces bibelots et ses affaires de cuisine qui n'occupaient qu'un petit recoin du camion de déménagement. Il lui serait plus facile de se concentrer sur l'emballage de ses cadres photo que sur leur mise en place sur les murs de la maison de Reed.

Oh ! seigneur, elle emménageait vraiment avec lui ? Il semblerait que oui. Ils avaient passé un marché.

Norah n'avait jamais vécu avec un homme. Elle avait vécu seule très brièvement dans ce petit taudis, un peu moins d'un an. Même si elle appréciait d'avoir son propre logement et de tracer son propre chemin, cela lui manquait de ne plus entendre sa mère dans la cuisine ou chanter sous la douche. Est-ce que Reed chantait sous la douche ? Probablement pas. Quoique… Elle savait si peu de choses à son sujet.

Elle donna un dernier coup de balai dans le salon. Ce

matin, elle avait tout nettoyé de fond en comble, toute nerveuse qu'elle était au sujet de ce que lui réservait l'avenir. Car elle effectuait là un grand saut dans l'inconnu.

— Tout est prêt, mademoiselle, déclara le déménageur à la casquette de base-ball, tirant Norah de ses pensées.

Elle s'apprêtait à transférer les triplés de leur parc vers leurs sièges auto, puis se souvint que sa mère les avait pour la journée, afin de permettre à Norah de s'installer chez Reed. Depuis le pas de la porte, elle eut un dernier regard pour la maison, puis rejoignit sa voiture. Elle démarra et le camion la suivit.

En quinze minutes, ils étaient arrivés au ranch. Reed demanda aux déménageurs de déposer tous les cartons dans le séjour. Norah s'occuperait de tout déballer plus tard.

Une fois les déménageurs partis, Norah se retrouva en tête à tête avec Reed dans la maison, qui lui parut soudain immense et silencieuse. Désormais, c'était *sa* maison. Elle habitait ici.

— Je tiens à ce que tu te sentes à l'aise, affirma-t-il. Alors tu peux changer ce que tu veux.

— A-t-on parlé de la façon d'organiser les couchages ? demanda-t-elle en détournant les yeux pour tenter de se concentrer sur une peinture à l'huile de nature morte.

Ils n'en avaient pas encore discuté, elle le savait très bien.

— Je te laisse faire, murmura-t-il.

— Comme s'il y avait plus d'une option ?

Il sourit.

— Pourquoi ne prends-tu pas la chambre principale ? Elle est tellement féminine, de toute façon, dit-il en commençant à monter l'escalier. Viens, je vais te faire visiter.

Elle le suivit à l'étage. La première porte à gauche ouvrait sur une vaste chambre aux murs blancs avec un immense tapis oriental, une double commode en bois et un grand miroir rond. Une collection de vieux diffuseurs de parfum s'alignait sur un meuble. Un immense lit à baldaquin se trouvait près des fenêtres qui donnaient sur la grange rouge. Le couvre-lit rose et ses oreillers assortis étaient accueillants. Norah s'imaginait aisément s'endormir facilement dans cette pièce douillette. Mais tout de même…

— J'ai l'impression que c'est à toi que devrait revenir la suite parentale. C'est ta maison, Reed.

— Je préférerais vraiment garder la chambre que j'avais quand j'étais petit. Elle est spacieuse et a une vue magnifique sur le saule pleureur sous lequel j'avais l'habitude de lire. Ma grand-mère m'y installait toujours quand je venais lui rendre visite au fil des ans. Bref, tu prends la suite parentale.

— Si tu insistes pour que je prenne la chambre avec la plus grande salle de bains, qui suis-je pour refuser ? s'esclaffa-t-elle en le faisant sourire en retour.

Elle entra dans la chambre et s'assit sur le lit pour le tester.

— La literie est parfaite. Je prends !

Elle s'affala et, en étendant ses bras, se délecta de cette sensation d'être enfin chez elle.

— Alors c'est réglé !

Une vision de Reed Barelli vêtu de son seul caleçon noir lui revint à l'esprit. Elle n'avait pas oublié cette sensation à son réveil à côté de lui, sa musculature impressionnante, sa barbe naissante, avec ses longs cils fermés sur ses yeux.

Et dire que leur mariage resterait platonique… Sans sexe.

Concentre-toi, Norah. Arrête de fantasmer, c'est mauvais pour la santé. On ne peut pas faire confiance aux hommes, pour quoi que ce soit… Ce petit rappel la tira de sa rêverie.

— Ma sœur m'a suggéré de mettre les choses au point quant à la façon dont nous allons fonctionner, toi et moi.

— Ta sœur a raison. J'ai fait du café avant ton arrivée. Allons discuter un peu de tout cela.

Elle le suivit en bas jusqu'à la cuisine. Sur le réfrigérateur se trouvait un aimant avec une liste de numéros d'urgence. Elle remarqua qu'il y était inscrit le numéro du bureau de Reed et son numéro de portable. Ce mémo était donc pour elle.

Il servit le café et prépara celui de Norah comme elle l'aimait, déposant les deux tasses sur la table ronde devant la fenêtre avant de s'asseoir.

— J'ai le sentiment qu'on va devoir gérer les choses au fur et à mesure qu'elles se présentent à nous.

Elle était assise face à lui, contemplant la façon dont la lumière éclairait un côté de son visage. Il était tellement beau, avec ce corps d'athlète, ce charisme tellement… troublant.

— Mais le plus important, c'est que tu te sentes à l'aise ici. C'est ta maison maintenant. Et celle des triplés. Vous êtes les nouveaux maîtres des lieux.

Elle sourit.

— Je suppose qu'il va falloir s'y habituer.

Elle regarda par la fenêtre les champs où elle imaginait déjà Bella, Bea et Brody courir d'ici quelques mois à peine.

— Tu as tout ton temps pour cela, tu sais, ajouta-t-il.

Oh ! je sens que je vais très vite prendre mes marques, pensa-t-elle en se rendant compte que ce serait probablement le cas pour lui aussi. Il semblait être à l'aise avec cette nouvelle situation, à vivre soudain avec une femme qu'il avait accidentellement épousée en état d'ébriété et dont il s'était autodésigné responsable, avec ses trois enfants. Il n'était probablement pas attiré par elle physiquement, ni émotionnellement. Les hommes qui ne cherchaient pas à se marier ne s'intéressaient généralement qu'à des fêtardes, elles aussi allergiques à toute forme d'engagement. Norah Ingalls était tout sauf une fille légère. Enfin, sauf pour ce qui avait été de leur nuit de noces. Même si, ni elle ni lui ne se souvenait de ce qui s'était (ou plutôt de ce qui ne s'était pas) passé.

Le métier de l'inspecteur Reed Barelli consistait à servir et protéger, et c'était précisément ce qu'il faisait avec son « épouse par accident ». Voilà vraiment ce dont elle devait se souvenir pour ne surtout pas se laisser submerger par ses rêveries. La femme qu'il pensait avoir épousée s'appelait Angelina, une hôtesse de l'air. Pas Norah.

Il n'était pas nécessaire d'évoquer à nouveau les questions de partage des chambres, ni le genre exact de mariage qu'ils allaient mettre en place. C'était clair. Tout serait platonique. Ils seraient colocataires. Ils partageraient une maison, mais pas un lit. Ils s'entraideraient. À présent qu'elle avait cela en tête, elle se sentait plus à l'aise. Il y avait un cadre, ce qui était toujours bien. Elle pouvait admirer la beauté de son colocataire, mais elle ne poserait jamais une main sur lui, pas plus qu'elle ne l'embrasserait. Ni son cœur ni sa confiance ne seraient brisés.

— Y a-t-il autre chose que l'on devrait aborder ? lança Reed.

Elle se mordit la lèvre.

— Je pense que tu as raison. Nous verrons au fil du temps. Pour l'instant, il est difficile d'anticiper certaines situations.

— Par exemple, tu pourrais ronfler très fort et m'empêcher de dormir toute la nuit, ce qui m'obligerait à fermer ma porte tous les soirs pour ne plus entendre ce bruit d'hélicoptère…

— Je ne ronfle pas, assura-t-elle avec un sourire.

— Ce ne sera donc pas un problème, répondit-il.

Elle comprit alors que, encore une fois, il essayait de briser la glace, de la mettre plus à l'aise.

Avec un soupir, elle s'empara de sa tasse.

— Tu sais ce qui pourrait vraiment t'empêcher de dormir ? Les trois bébés de sept mois que tu as invités à vivre sous ton toit…

— Ils sont dans leur rôle, alors tout ira bien.

— Et toi, Reed, y a-t-il quelque chose qui te dérange ? demanda-t-elle avec franchise.

— Oui, à vrai dire. Quelques petits détails. Le premier étant le fait qu'on est mariés. Légalement.

Mais, sans lui laisser le temps de réfléchir à une réponse, il changea de sujet et reprit.

— Alors, quel est ton programme pour aujourd'hui ? s'enquit-il.

— Je vais passer les deux prochaines heures à défaire mes valises, puis je vais travailler cet après-midi. C'est le jour de la tarte « Grand-Mère », alors je vais en faire une cinquantaine de classiques à partir des recettes de ma grand-mère… Oh ! et je dois aussi rédiger un programme de cours.

Il avala une gorgée de son café et inclina la tête.

— Un programme de cours ?

Norah expliqua que la directrice du centre de services communautaires lui avait demandé d'assurer le cours des naissances multiples pour les parents et les professionnels des enfants de zéro à six mois.

— J'ai bien essayé de décliner l'offre, car je n'ai rien d'une experte, mais Amy m'a suppliée.

— Bien sûr que tu es une experte. Tu as sept mois d'expérience en tant que maman célibataire, tu vas pouvoir partager ton expérience avec des futurs parents et autres novices.

— Si tu le dis, murmura-t-elle en riant.

Norah avait toujours eu l'impression d'être sur le fil du rasoir, entre les doudous qui tombaient de la poussette, laissant une traînée de Cheerios derrière eux sur le trottoir, les nez à moucher, les couches à changer… Des gens bien intentionnés lui disaient souvent : « Je ne sais pas comment vous y arrivez », quand ils arrêtaient Norah dans la rue pour contempler les triplés. La plupart du temps, elle n'avait même pas l'impression de faire quoi que ce soit. Mais ses trois petits étaient là, en bonne santé et épanouis, alors elle n'avait pas le choix : elle assurait, voilà tout. Et elle continuerait à le faire. Alors tant mieux si elle pouvait être utile aux futures mamans de Wedlock Creek.

Elle se redressa sur son siège. Elle avait survécu à la tranche d'âge de zéro à six mois, non ? C'était une vétéran de ces six premiers mois tellement effrayants, qu'elle avait vécus seule qui plus est ! Avec l'aide de sa merveilleuse famille, certes. Mais toute seule. Alors elle saurait enseigner les rudiments les yeux bandés.

Reed posa la main sur la sienne pendant un moment, et elle sentit l'électricité la traverser à son contact jusqu'aux orteils.

— Je ferais mieux de commencer à défaire mes valises,

bredouilla-t-elle, en ayant l'impression d'être une gamine de seize ans submergée par ses hormones.

— Si tu as besoin d'un coup de main, dis-le !

Il était trop bon. Trop aimable. Trop serviable.

Et, bon sang, trop sexy.

Elle but un peu plus de café, puis se leva et porta la tasse dans le séjour, où les déménageurs avaient posé ses cartons. Mais elle avait envie retourner dans la cuisine, de discuter avec… son mari.

Son *mari*. Enfin, plus ou moins…

Elle ne s'était pas attendue à ce que ce soit aussi agréable. Elle venait de réaliser à quel point elle avait su tout gérer toute seule, mais comme il était agréable de partager cette responsabilité… Vraiment, vraiment agréable.

Après avoir emmené Norah au Pie Diner et goûté une part de la tarte au bœuf classique, Reed fut soulagé que le restaurant soit aussi bondé. Il pouvait ainsi fuir subtilement la mère et la tante de Norah qui essayaient de se glisser vers lui pour obtenir des informations sur l'emménagement de Norah chez lui. Heureusement, les clients n'arrêtaient pas réclamer plus de thé glacé, plus de bacon dans leur quiche lorraine, ou voulaient encore connaître les détails de l'option sans gluten.

L'installation de Norah au ranch s'était très bien passée. Il se sentait à l'aise avec elle pour une raison qui lui échappait.

Il n'avait jamais vécu avec une femme, ce qui lui avait valu plusieurs ruptures pour refus de partager un toit.

Pour l'instant, il envisageait cette nouvelle situation comme il le ferait avec n'importe quel autre colocataire. Norah et lui partageaient une maison. C'était clair et simple. Les bribes qu'il avait entendues de la conversation entre Norah et sa sœur ne s'appliquaient pas à leur situation. Il n'y aurait pas de sexe. Ni de baiser. Pas de romance. Tant qu'il ferait en sorte de ne pas trop penser à quel point elle était séduisante et aux raisons pour lesquelles ils restaient mariés, tout irait bien.

Une fois les idées claires, il quitta le Pie Diner avec son

sac à emporter et alla s'asseoir à une table de pique-nique à la lisière du parc, saluant quelques passants au passage. Helen Minnerman lui posa une question juridique sur les aboiements du chien de son voisin dans le jardin et il aida aussi un enfant d'une dizaine d'années à se relever après une chute à vélo, au cours de sa promenade.

La vie à Wedlock Creek était ainsi. Reed pourrait s'habituer à ce rythme plus lent. Un homme avait l'opportunité de réfléchir ici, dans ce grand espace vert au grand air. D'ailleurs, c'était exactement ce qu'il faisait. Il réfléchissait trop. À propos de sa nouvelle épouse et de ce que ce serait de se réveiller tous les matins en sachant qu'elle occupait le lit au bout du couloir. Qu'elle était sous la douche, nue sous un jet d'eau chaude et de bulles de savon. Ou en train de préparer des gaufres dans sa cuisine. Leur cuisine. Ou de s'occuper des bébés auxquels il était déjà trop attaché quelques jours seulement après les avoir rencontrés.

Mais toutes ses pensées ne le rapprochaient pas de David Dirk. Dans quinze minutes, il rencontrait l'ami le plus proche de Dirk, un de ses anciens associés, en espérant que cet homme l'aiderait à faire toute la lumière sur cette affaire.

Reed termina la dernière bouchée de son incroyable tourte au bœuf, puis se dirigea vers le bureau de Kyle Kirby dans un petit immeuble en brique proche de la bibliothèque.

Kirby, un homme grand et élancé avec des lunettes noires, se leva pour accueillir Reed, puis lui fit signe de s'asseoir.

— Avez-vous trouvé David ?

— Pas encore, répondit Reed en s'asseyant. Et, pour être honnête, je n'y comprends rien. J'ai envisagé toutes les possibilités, mais je suis perdu…

Kirby se mordilla la lèvre, comme s'il en savait plus qu'il ne voulait le dire. Ses yeux se posaient partout, sauf sur Reed.

— Monsieur Kirby, reprit Reed en le regardant fixement, si vous savez où se trouve David, s'il va bien ou pas, dites-le-moi maintenant.

Était-ce une goutte de sueur qui perlait sur le front de son interlocuteur en dépit de la climatisation glaciale ?

— J'aimerais pouvoir vous être utile. Sincèrement, dit Kirby en se levant. Maintenant, si vous n'avez pas d'autres questions, je dois retourner travailler.

Reed le dévisagea avant de se lever. Il y avait quelque chose d'étrange. Reed s'était renseigné sur la relation entre Kyle Kirby et David, deux amis très proches depuis que David était retourné à Wedlock Creek pour s'y installer après avoir obtenu son diplôme en droit. Kirby n'avait pas de casier et il n'existait aucune rancœur entre lui et David. Mais alors, que cachait Kirby ?

Frustré, Reed passa quelques heures de plus au commissariat, travaillant sur une autre affaire : un cambriolage à la pharmacie. Une piste prometteuse le mena à un suspect, et une heure plus tard Reed avait arrêté le malfaiteur. Ce succès rapide ne l'aida en rien à comprendre ce qui avait pu arriver à David. C'était comme si cet homme s'était volatilisé. Et cela mettait Reed de très mauvaise humeur.

Un peu plus tard, après une réunion du personnel et la célébration du gâteau d'anniversaire de la réceptionniste, Reed rentra chez lui. Il faillit prendre le chemin de la maison qu'il avait louée, ayant toujours du mal à croire que le ranch Barelli lui appartenait désormais et qu'en rentrant chez lui la maison ne serait pas vide. Norah serait là avec les enfants. Et ce soir il apprécierait leur compagnie plus que jamais.

En arrivant au ranch, il eut le plaisir de voir la voiture de Norah. À l'intérieur, il la trouva dans la cuisine, les triplés jouant dans leur grand parc près de la fenêtre. Bella mâchonnait un livre en tissu, Brody tapait sur un piano en peluche, et Bea secouait un hochet. Tous trois avaient l'air très heureux et occupés.

— Hum, ça sent vraiment bon, dit-il en arrivant derrière Norah tout en jetant un regard à la grande casserole sur la cuisinière. Tu nous fais des tartes pour le dîner ?

— Boulettes de viande et spaghettis pour nous, répondit-elle. Je me souviens que tu as dit que tu adorais cela le soir de notre rencontre, alors j'ai pensé que ça ferait un bon premier dîner pour nous…

— Tu veux dire notre premier dîner officiel en tant que mari et femme.

— Officiel, répéta-t-elle en se retournant vers la casserole, pour puiser à l'aide d'une louche les boulettes de viande et la sauce parfumée qu'elle transvasa dans un saladier.

Était-ce l'imagination de Reed, ou Norah avait l'air triste ?

— Est-ce que ça va ? s'enquit-il.

Elle ne répondit pas. Au lieu de cela, elle prit la casserole de spaghettis et l'égoutta dans une passoire au-dessus de l'évier, avant de verser les pâtes dans le plat rempli de sauce pour remuer. Avant qu'il ne puisse dire un mot de plus, la minuterie du four sonna et elle en sortit du pain à l'ail à l'odeur délicieuse.

— Je peux au moins t'aider ? demanda-t-il.

— Non, non. Les bébés ont mangé. Le dîner est prêt. La table est mise. Alors nous pouvons manger.

Elle avait servi du vin. Il y avait de l'eau glacée. Une serviette en tissu. Il n'avait pas eu droit à ce genre de dîner à la maison depuis très, très longtemps. Peut-être même depuis la dernière fois où il avait rendu visite à sa grand-mère, quelques semaines avant sa mort.

— C'est sympa, Norah. Je pourrais y prendre goût. Merci.

— Tu t'y habitueras : j'adore cuisiner et, vu tout ce que tu fais pour moi et les triplés, t'offrir un dîner est le moins que je puisse faire.

Mais, alors qu'ils se racontaient leurs journées et parlaient des triplés, elle le renseigna sur les événements à venir en ville, l'air de plus en plus triste. Quelque chose n'allait pas.

— Norah… Ce mariage doit être un vrai partenariat. Si quelque chose te tracasse, dis-le-moi. Parlons-en.

Elle fixa son morceau de pain à l'ail.

— C'est… C'est un peu bête.

— Je suis sûr que non.

— C'est juste que j'étais là, en train de cuisiner sur cette magnifique cuisinière, dans la cuisine de mes rêves, avec les triplés qui jouaient joyeusement dans le parc, et mon mari qui rentre à la maison… Sauf qu'il n'est pas vraiment mon mari. Je ne me plains pas, Reed. Je dis juste que ça me fait bizarre. Au fond de moi, j'ai toujours rêvé de rencontrer mon âme sœur, de vieillir à ses côtés… La totale, quoi.

— Ce n'est pas tout à fait ce à quoi je m'attendais pour moi non plus, admit-il en faisant tournoyer une bouchée de spaghettis. Il faudra du temps pour nous y habituer. Mais on apprendra à se connaître et bientôt on sera comme n'importe quel vieux couple marié.

— C'est un peu le monde à l'envers d'apprendre à se connaître après s'être marié…, remarqua-t-elle avec un sourire nostalgique avant de prendre une gorgée de vin.

— Le père des triplés, tu comptais l'épouser ?

Norah posa sa fourchette comme si cette question lui avait soudain coupé l'appétit.

— Je ne comprends pas comment on peut à ce point se tromper sur quelqu'un. Je suis vraiment tombée des nues. Je pensais qu'il était fou de moi. Il parlait toujours de nous et de l'avenir… Mais, quand notre avenir s'est présenté sous la forme de ma grossesse, tout a basculé. Je n'oublierai jamais son regard quand je lui ai annoncé que j'étais enceinte. Un mélange de panique et d'effroi.

— Désolé…

— Et maintenant, tout ce à quoi j'aspirais, le mari attentionné, les bébés, un véritable foyer, tout m'est tombé du ciel…

Il lui prit la main.

— Pas comme dans les vieux rêves…

Elle releva le menton et planta sa fourchette dans une boule de viande avec vigueur.

— Je suis ridicule. Je suis assise là, à me morfondre sur ce qui n'est pas advenu et n'adviendra pas… Nous avons eu raison de mettre au point cet arrangement. Pour nous deux. Et pour ces trois-là, ajouta-t-elle en désignant le parc.

La boulette de viande tomba de sa fourchette et rebondit sur son assiette, envoyant une éclaboussure de sauce sur sa joue et son bras. Ils éclatèrent de rire tous les deux, puis il lui tendit la main et essuya du bout de sa serviette la sauce sur sa joue, avant de faire la même chose sur son bras.

— Chaque fois que tu as besoin de parler de ça, dis-le-moi, murmura-t-il. On trouvera toujours un moyen de s'arranger.

— Même chose pour toi, tu sais.

Il hocha la tête.

— Même chose pour moi.

Alors qu'elle enroulait ses spaghettis à l'aide de sa cuillère, il se rendit compte qu'elle avait le même nœud à l'estomac que lui. Mais peut-être à cause d'une autre émotion... Avant de se persuader que ce n'était pas pour elle, elle avait aspiré à quelque chose de bien plus fort – une grande passion, une vraie histoire d'amour, éternelle – et elle avait dû se contenter d'être... pragmatique. Quant à lui, il avait prévu de rester seul, sans jamais s'engager, mais voilà qu'il venait de prendre le plus immense des engagements, même si son cœur n'était pas impliqué. Il était devenu responsable de cette famille de quatre personnes. Cinq avec lui.

Il ne voulait pas décevoir Norah. Jamais. Mais il savait qu'il ne pourrait jamais lui offrir ce à quoi elle aspirait au plus profond de son cœur.

- 8 -

Impossible de fermer l'œil ce soir. Comment Reed pouvait-il trouver le sommeil alors que Norah était au bout du couloir, allongée dans son lit ? Peut-être dormait-elle nue pour sa première nuit dans sa nouvelle maison avec son nouveau mari sous contrat ? Il l'avait entendue se lever deux fois à cause du plancher grinçant, pour rejoindre la chambre d'enfants. Un bébé s'était réveillé, et elle lui avait fredonné une berceuse qui avait presque réussi à faire s'assoupir Reed. *Presque*. Norah avait une si jolie voix.

Il consulta le réveil : 2 h 12. Il perçut alors un petit couinement qui ne tarda pas à s'amplifier. Apparemment, c'était Brody. Reed attendit le grincement du plancher de la chambre principale, mais rien ne vint. Sinon un nouveau petit couinement.

Après s'être assuré qu'il portait bien son T-shirt et son bas de pyjama, Reed se leva en direction de la chambre d'enfants. Il poussa doucement la porte. Un bébé, au visage rouge et colérique, était assis dans son berceau, agrippé à un barreau.

— Coucou, petit bonhomme, murmura Reed de sa voix grave pour ne pas réveiller les sœurs de Brody. Qu'est-ce qui t'arrive ? C'est quoi ce vacarme ?

Brody lui griffa le visage, furieux que Reed ne l'ait pas encore pris dans ses bras. Sa bouche s'ouvrit pour grogner à nouveau, mais Reed le souleva. Comme toujours, ce petit poids entre ses bras lui procura une immense joie. Or, vu l'odeur qui se dégageait du pyjama en coton léger,

Reed comprit qu'il attendait qu'on lui change sa couche. Il porta le bébé jusqu'à la table à langer et lui ôta sa couche mouillée, le saupoudra de talc, puis lui enfila une nouvelle couche avec une aisance de professionnel. Pendant tout ce temps, Brody le scrutait de ses grands yeux bleu ardoise.

Reed reprit le petit bonhomme dans ses bras et le serra contre sa poitrine, faisant le tour de la chambre à pas de loup tout en le berçant doucement. Les yeux de Brody se fermaient, puis se rouvraient aussitôt comme pour vérifier que Reed ne l'avait pas reposé dans son berceau. Au bout de la quatrième fois, Reed s'assit dans le rocking-chair, et Brody poussa un dernier soupir en fermant les yeux pour de bon.

— Je suppose que ça veut dire que tu te sens à ton aise, chuchota Reed.

Il attendit encore quelques secondes, mais, dès qu'il se leva, le bébé rouvrit les yeux. Reed se retint de rire.

— Rhô, tu m'as pris sur le fait ! Grillé…, murmura Reed en se rasseyant, comprenant qu'il n'était pas près de retrouver son lit. Tu veux que je te raconte une histoire ?

Brody ne broncha pas, alors Reed considéra que la réponse était « oui ».

— Il était une fois un petit garçon nommé Beed Rabelli. Ce n'est pas du tout moi, au passage.

Brody le croyait-il ? Probablement pas. Mais cela rendait l'histoire plus facile à raconter.

— Eh bien, ce petit garçon, Beed, faisait tout pour essayer de gagner l'approbation de son papa. Pour qu'il s'intéresse à lui. Mais quoi que Beed fasse, notamment faire semblant de s'intéresser à des choses qu'il n'aimait pas vraiment, son père ne lui prêtait aucune attention. Il ne venait le voir que de temps en temps. Et puis un jour le père de Beed n'est pas revenu, et Beed a commencé à recevoir des cartes postales d'endroits exotiques.

Brody posa son bras sur l'oreille de Reed, qui sourit. Ce bébé était tout simplement adorable. Et quel bon public !

— Un jour, Beed et son ami David Dirk faisaient de la

bicyclette en explorant les bois, et ils se sont dit que même s'ils avaient à peu près le même genre de papa, cela ne signifiait pas pour autant que leurs pères ne les aimaient pas. En fait, leurs papas étaient un peu comme des électrons libres… Bref, Brody, je veux juste que tu saches que ton papa est comme ça lui aussi, et c'est pour ça qu'il n'est pas là. Je ne veux pas que tu perdes ton temps à te demander pourquoi il ne s'intéresse pas à toi car je suis sûr que ce n'est pas aussi simple. Son parcours l'a emmené loin d'ici et…

Soudain, Reed se tut. D'où est-ce que cela lui venait, bon sang ? Pourquoi parlait-il ainsi à Brody ?

Parce que *lui*, il tenait à ce petit garçon, voilà pourquoi. Et il lui tenait à cœur que ces trois petits êtres innocents se sachent aimés, quoi qu'il en soit.

Il entendit renifler et se tourna aussitôt vers les berceaux de Bea et Bella. Elles dormaient toutes les deux profondément. Mais le petit bruit retentit de nouveau, et il réalisa qu'il venait de l'extérieur de la chambre. Reed reposa doucement Brody dans son berceau, et le bébé ne rouvrit plus les yeux. Victoire !

Il sortit sur la pointe des pieds pour chercher l'origine de ce petit bruit étrange. Norah était-elle malheureuse au point de pleurer dans son sommeil au milieu de la nuit ?

Il se figea en l'apercevant, debout, à gauche de la porte de la nurserie, en larmes.

— Norah ? Qu'est-ce qui ne va pas ?

Sans un mot, elle posa ses mains sur chaque côté de son visage et l'attira à elle. Alors, elle l'embrassa comme si le sort du monde en dépendait.

Oh ! bon sang… Elle sentait tellement bon et sa peau était si douce… Il sentit chaque cellule de son corps s'embraser. Il la plaqua contre le mur, se pressant tout contre elle et répondant à son baiser. Il promena ses mains le long de sa nuque, dans ses cheveux, le long de sa taille…

— Alors tu ne m'en veux pas ? chuchota-t-il à son oreille, avant de déposer une pluie de baisers le long de son cou.

— J'ai été touchée que tu te lèves en entendant un bébé

pleurer, dit-elle. J'allais entrer dans la nurserie quand je t'ai entendu parler à Brody et je n'ai pas pu m'empêcher d'écouter. Je ne peux pas te dire à quel point j'appréhende les questions qu'ils me poseront un jour, peut-être vers trois ou quatre ans. « Où est notre papa ? Pourquoi papa ne vit pas avec nous ? Pourquoi papa ne vient jamais nous voir ? On ne l'intéresse pas ? »

Norah s'essuya les yeux et colla son corps ô combien attirant contre celui de Reed.

— Je n'avais aucune idée de ce que je leur répondrais, de comment je les aiderais à passer ce cap. Et un changement de couche à 2 heures du matin plus tard, c'est réglé !

— Oh ! tu sais, je n'ai fait que lui raconter le résultat de mes réflexions de ces vingt-neuf dernières années.

Elle lui caressa le visage en souriant. Il appuya sa joue contre sa main. Puis il tenta de lui donner un autre baiser en priant pour qu'elle ne change pas d'avis.

Mais elle n'en fit rien. Elle l'embrassa en retour, posant ses mains sur son torse, avant de les promener autour de son cou, dans ses cheveux. Il l'entraîna dans le couloir vers sa chambre, et ils tombèrent à la renverse sur son lit. En sentant chaque courbe de son corps contre lui, il crut défaillir.

Sans plus de cérémonial, il glissa ses mains sous son T-shirt qu'il releva au-dessus de sa tête, avant d'arracher son propre haut qu'il jeta derrière lui. Il s'allongea sur elle, lui embrassant le cou, l'épaule, ses seins délicieux…

Puis il sentit qu'elle hésitait. Juste à peine. Elle se mordait les lèvres. Aussitôt, il recula et chercha son regard.

— Ça va trop vite ?

— Beaucoup trop vite, affirma-t-elle. Ce n'est pas que je n'aime pas ça. C'est même moi qui ai commencé…

— Et comment ! dit-il en riant.

Mais le sourire de Norah s'évanouit.

— Tu as été très clair quant au fonctionnement de ce mariage, Reed. Et jouer aux amis-amants quand on est mariés, ce serait trop étrange. Même pour nous. Je pense que nous devons garder des limites très claires.

Elle se détourna de lui et remit rapidement son T-shirt. Sans un mot, il fit de même.

— C'est un moment d'égarement, en pleine nuit... Et puis, je suis probablement encore sous l'influence de mes hormones. Bien sûr que je t'ai sauté dessus...

Elle essaie de sauver la face. Laisse-la faire.

— Crois-moi, si tu ne m'avais pas embrassé, je t'aurais embrassée en premier.

— Oh ! dit-elle, son joli visage éclairé d'un petit sourire. Je suppose qu'on sait à quoi s'en tenir, alors. On est follement attirés l'un par l'autre d'un point de vue purement physique, et on s'est laissé submerger par l'émotion à un moment donné, puis nous avons repris nos esprits. On va maîtriser nos mains à partir de maintenant. Pour que ce partenariat ait une chance de fonctionner.

Elle avait raison. S'ils compromettaient tout avec le sexe, cela engendrerait des complications, des attentes exagérées... En un rien de temps, elle lui jetterait les papiers d'annulation à la figure, et tous les projets de Reed pour rester à ses côtés avec les triplés échoueraient. Sans parler du ranch.

Il hocha la tête. Norah devait forcément avoir raison.

— Nous savons tous les deux où mènent les sentiments : à des problèmes. Des chagrins d'amour. Au désastre.

— En attendant, je n'ai plus de secret pour toi. Tu as vu mes seins !

Il ne put réprimer un petit rire. Mais il se ressaisit aussitôt quand il se rendit compte que le mystère n'était qu'à moitié levé : il ne l'avait pas encore véritablement touchée.

— Donc si je ne résiste pas, qu'il se passe bien quelque chose et que l'on réalise que c'est une mauvaise idée, qu'est-ce que ça veut dire ? demanda Norah à Shelby le lendemain matin alors qu'elles s'asseyaient à une table du Coffee Talk, leur point de rencontres préféré de Wedlock Creek.

Dans leurs deux énormes poussettes calées contre le mur derrière eux, les triplés dormaient et les fils de Shelby somnolaient après leur matinée à courir au parc. Les deux sœurs se partageaient une énorme part de fondant autour d'un café tout en discutant.

— Donc il s'est passé quelque chose ? interrogea Shelby en sirotant son moka glacé.

— Au milieu de la nuit hier, j'ai cru entendre un bébé pleurer, mais quand je suis allée à la nurserie, Reed était assis dans le rocking-chair, avec Brody dans les bras, en train de lui raconter l'histoire de son papa, en l'adaptant à celle des triplés. J'étais en larmes, Shel… Ça va te paraître stupide, mais à ce moment-là mon cœur a chaviré.

Shelby demeura bouche bée.

— Toi tu es en train de tomber amoureuse ! finit-elle par lâcher.

— Ma parole, je crois bien que oui. J'étais tellement émue et mes hormones affolées, que je me suis jetée sur lui. Mais j'ai tout de suite compris que c'était une bêtise, alors j'ai mis le holà à tout ça.

— Quoi ? Mais pourquoi ?

— Shelby, il a été très clair : il m'a épousée pour son ranch et parce qu'il ressent une sorte de devoir chevaleresque envers moi. Sauf qu'il n'est pas responsable de nous !

— C'est ce qu'il ressent, reprit Shelby. Cet homme est policier. Servir et protéger, ce sont ses missions !

Shelby avait peut-être raison de lui rappeler que Reed avait, de par son métier, un très haut sens des responsabilités. Son père l'avait abandonné, lui et sa mère ; le père des triplés leur avait tourné le dos, et Norah et Reed avaient été marqués au fer rouge par de tels traumatismes. Alors, il s'était impliqué. Qu'il soit ou non attiré physiquement par elle, les sentiments de Reed en ce qui la concernait n'étaient pas de nature romantique. Il essayait juste de réparer des torts.

— Excusez-moi ? fit une femme en approchant de la table.

— Bonjour, dit Norah. On peut vous aider ?

— J'ai remarqué vos triplés, dit-elle en contemplant Bella, Bea et Brody, qui étaient tous endormis dans leur poussette. Alors, c'est vrai ? Si on se marie à la chapelle de Wedlock Creek, on a des jumeaux ou des triplés ?

— Je ne me suis pas mariée à la chapelle et j'ai quand même eu des triplés, remarqua Norah.

— Et moi, je me suis mariée à la chapelle et j'ai eu un bébé, déclara Shelby. Mais j'ai fini avec… des jumeaux, en quelque sorte.

Devant l'expression perplexe de la femme, elle précisa :

— C'est une longue histoire.

Norah prit une gorgée de son café frappé.

— La légende dit que celui qui se marie à la chapelle aura de nombreux enfants d'une façon ou d'une autre. Espérez-vous avoir une maison pleine de bébés ? demanda-t-elle à la jeune femme.

— Mon fiancé a un frère jumeau, et nous avons donc de grandes chances d'avoir des jumeaux nous-mêmes, mais il tient à faire augmenter nos chances. Moi, je me dis juste que cette légende n'est qu'une rumeur idiote.

— Certainement pas ! s'exclama Shelby. Rien que l'an dernier, il y a eu cinq naissances multiples : deux fratries de triplés et trois de jumeaux. L'année précédente, quatre paires de jumeaux et des triplés. L'année d'avant, des quadruplés et deux paires de jumeaux. Et tout cela rien qu'à Wedlock Creek.

La jeune femme blêmit à ces mots.

— Oh… Donc cette légende est vraie ?

— Aussi vraie qu'une légende puisse être, répondit Shelby. Mais cette ville regorge de naissances multiples. Nous pouvons toutes les deux en témoigner personnellement.

— Est-ce une mauvaise chose ? dit gentiment Norah.

— Eh bien, des jumeaux, ça me paraît compliqué, balbutia la jeune femme. Un enfant, déjà, ça me paraît beaucoup. Je veux être mère, mais deux bébés à la fois ? Je ne sais pas… Je ne pense pas avoir envie de stimuler davantage nos chances, qui sont déjà élevées, vous voyez ?

— Alors ne vous mariez pas à la chapelle de Wedlock Creek ! affirma Norah en souriant, avant de désigner une dame de l'autre côté de la fenêtre. Vous voyez cette femme, là ? Enceinte de triplés. Tous des garçons !

La jeune femme déglutit péniblement.

— Je pense que nous nous marierons à l'hôtel Brewer. Merci, dit-elle avant de prendre quasiment ses jambes à son cou.

Shelby eut un petit rire.

— *Un seul* bébé, c'est déjà beaucoup de travail. Elle n'a pas tort.

— Mais plus on est de fous, plus on rit ! conclut Norah en soulevant sa tasse de café glacé pour porter un toast.

— Bien dit ! gloussa Shelby en trinquant sur sa tasse. Bien sûr, tu parles en connaissance de cause.

— Qu'est-ce que ça veut dire ?

— Reed et toi, vous vous êtes mariés à la chapelle. Vous aurez d'autres naissances multiples. Oh ! là, là, Norah, tu vas avoir, quoi, dix enfants ?

Elle imagina trois bébés supplémentaires ressemblant trait pour trait à Reed Barelli. L'idée la fit sourire.

— Bon sang, ça y est, tu es irrécupérable ! pouffa Shelby.

— Que le ciel me vienne en aide. Mais je crois que tu as raison.

Oui, elle était en train de tomber amoureuse de son mari de raison. Elle devait mettre un frein à ses sentiments. Mais comment était-on censé faire cela, une fois que l'on avait le cœur transpercé d'une si délicieuse flèche ?

- 9 -

Ce soir-là, Norah arriva au centre communautaire de Wedlock Creek avec sa pile de photocopies à distribuer, son ordinateur portable, son diaporama sur ses produits de puériculture préférés, et un trac qui frôlait la crise de panique. Alors qu'elle se tenait à l'avant de la salle, saluant les élèves qui entraient, elle prit une gorgée du café qu'elle avait apporté dans une thermos pour se donner du courage. En quittant le ranch, elle s'était surprise à constater à quel point elle aurait aimé que Reed soit là pour la voir partir en l'encourageant. Elle commençait à avoir un peu trop besoin de lui pour se réconforter, ou se motiver. Mais il travaillait tard aujourd'hui, suivant une piste prometteuse au sujet de David Dirk, qui était toujours porté disparu.

Une femme entra alors dans la pièce, précédée de son ventre arrondi.

— Si je perds les eaux pendant le cours, voici le numéro de portable de mon mari, dit-elle à Norah en souriant. Je ne dois pas accoucher avant un mois, mais on ne sait jamais…

On ne sait jamais. Elle ne croyait pas si bien dire.

Norah sourit et prit la carte avec les coordonnées du mari de la jeune femme.

— Bienvenue ! Si tu perds les eaux, j'ai aussi tous les numéros d'urgence préenregistrés sur mon portable.

— Priez pour que je n'accouche qu'après le dernier cours de la session ! J'ai tellement de choses à apprendre, soupira la jeune femme en se dirigeant lentement vers les bancs rembourrés très douillets qui avaient été installés spécialement pour les femmes dans son état.

Il y avait plusieurs femmes enceintes avec leurs compagnons, des mères, des belles-mères et divers membres de leur famille qui souhaitaient tous apprendre les rudiments des soins de puériculture dans les cas de naissances multiples. Plusieurs étaient déjà mamans. Norah balaya la pièce du regard, percevant l'excitation et le trac sur les visages. Exactement ce qu'elle avait elle-même ressenti quand elle s'était présentée à son premier cours.

Elle était sur le point d'accueillir officiellement ses élèves quand la porte s'ouvrit sur Reed, qui entra.

— Désolé du retard, dit-il en lui remettant une copie imprimée de son formulaire d'inscription en ligne.

Puis il prit un siège libre à côté d'un des maris, adressant à son voisin un signe de tête amical.

Reed ? Inscrit à son cours ?

Apparemment… Oui !

Norah lui sourit, et le sourire qu'il lui adressa en retour la fit presque chavirer.

Ne pense pas à ce qui s'est passé dans le couloir cette nuit. Oublie donc ses mains sur ta peau nue. Tu te tiens devant une salle pleine d'élèves !

Tout en poussant un soupir, elle détourna son attention de Reed et souhaita la bienvenue à ses élèves.

— Bonjour à tous. Il y a huit mois, j'en étais au même stade que vous toutes, déclara-t-elle. J'étais enceinte de triplés : un garçon, deux filles. J'étais sur les nerfs car non seulement j'allais donner naissance à trois bébés sans défense et entièrement dépendants de moi, mais qui plus est j'étais maman célibataire. Je vous préviens tout de suite : la chose la plus importante que j'ai apprise en devenant maman de triplés, surtout quand on est seule, c'est de savoir demander de l'aide.

Tous les yeux de l'auditoire étaient braqués sur elle, suspendus à ses lèvres, et certains participants prenaient même des notes.

Pour l’instant, tout allait bien.

— Mesdames, ne vous attendez pas à ce que votre mari lise dans vos pensées. Si vous voulez qu’il change Ethan pendant que vous changez Emelia, *demandez-le-lui* ! Inutile de ruminer devant la table à langer pendant qu’il regarde un match de base-ball. *Exprimez-vous !* Formulez clairement ce dont vous avez besoin !

— C’est à toi qu’elle parle, Abb ! chuchota l’homme à côté de Reed tandis que sa femme lui donnait une pichenette sur le bras.

Tout le monde se mit à rire. En fait, ça se passait plutôt bien ! Norah était là, à dispenser ses conseils… Et les gens réagissaient !

— Et vous les heureux papas, de jumeaux, triplés ou autres quadruplés, vous n’allez pas regarder votre match sans au moins prendre un ou deux bébés dans vos bras, une main sur un biberon, l’autre tapotant son petit dos pour lui faire faire son rot.

Un des hommes se leva puis fit semblant de se diriger vers la porte.

— Je plaisante, dit-il en souriant.

Fou rire général.

Norah sourit.

— Et vous, futures grands-mères… Qu’ai-je donc appris de ma maman ? C’est *vous*, la vedette ! Vous serez un véritable pilier pour la jeune maman et le jeune papa de fratries multiples. Avec votre expérience, même si ce n’est pas forcément en naissances multiples, vous êtes déjà passée par la case parentalité. Vous aimez ces petits êtres sans défense, et vous êtes là pour aider leurs parents. Parfois, votre fille ou belle-fille pourra vous hurler qu’elle préfère faire à sa façon. Laissez-la faire. Peut-être que sa méthode fonctionnera mieux que la vôtre. Peut-être pas. Mais ce qui importe, c’est de vous soutenir les uns les autres. C’est que vous soyez là.

Elle pensa à sa mère, à sa tante Cheyenne et à sa sœur.

Ses piliers à elle. Elle n'aurait pas pu y arriver sans elles, sans leur amour, leur soutien et leur bonne humeur.

— C'est donc le conseil le plus précieux que je puisse vous offrir : demandez de l'aide quand vous en avez besoin. Quand vous pensez en avoir besoin. Parce que vous en aurez besoin. Si certaines d'entre vous n'ont pas de réseau de soutien intégré, vous pourrez peut-être en initier un lorsque vous rentrerez chez vous ce soir. Vos amis. Quelques voisins bienveillants. Des gens de votre paroisse. Réfléchissez aux gens vers qui vous pouvez vous tourner.

À partir de là, Norah lança son diaporama de produits qu'elle avait trouvés indispensables. Elle parla lits et berceaux, horaires de tétée et sommeil. Comment la lessive pouvait occuper des soirées entières…

— Vous avez géré tout ça toute seule ? fit une femme.

— Je vis seule, mais j'ai une mère fabuleuse, une tante extraordinaire et une sœur géniale qui se sont relayées pour m'aider, surtout lors de ce premier mois de folie. Donc quand je vous dis que l'aide, c'est ess-en-tiel, je le pense vraiment. N'oubliez pas que les remerciements, les gestes d'affection et les petits plats maison font partie des marques de reconnaissance appréciées pour le soutien qui vous est offert.

Cinquante-cinq minutes plus tard, le cours était terminé. Norah annonça à son auditoire que dans deux semaines, elle amènerait ses triplés avec sa mère en tant qu'assistante pour leur montrer comment effectuer les tâches quotidiennes avec trois bébés. Après une séance de questions-réponses, Norah libéra ses élèves.

Voilà qui était fait… Elle avait donné un cours ! Et elle pensait être douée pour ça.

L'une des dernières élèves à se lever était une femme seule. Jeune trentenaire aux cheveux blond cuivré, elle avait l'air fatiguée et lasse, et n'avait pas beaucoup parlé durant cette première session. Elle s'approcha de Norah, les larmes aux yeux.

Aïe… La malheureuse semblait souffrir.

— J'ai des jumeaux de six semaines, expliqua la jeune femme. C'est ma mère qui les garde le temps du cours, Dieu merci. Ils ont des coliques, et je suis au bord de la dépression. Mon mari et moi passons notre temps à nous disputer. Et je n'ai que des jumeaux, je n'imagine même pas si c'était des triplés, mais j'ai l'impression d'être une épave à la dérive…

Norah posa sa main sur le bras de son interlocutrice.

— Je te comprends parfaitement, murmura-t-elle avec un sourire de compassion. Comment t'appelles-tu ?

— Sara Dirk.

Norah vit Reed hausser les sourcils en entendant son nom.

— Bienvenue, Sara. Je suis vraiment contente que tu sois là. Je n'ai pas personnellement eu à gérer des coliques du nourrisson, mais j'ai connu des bébés qui en souffraient, et laisse-moi te dire que si tu avais des sextuplés ce ne serait pas pire…

Sara finit par sourire furtivement.

— Ils n'arrêtent pas de pleurer. C'est à peine s'ils reprennent leur souffle. Je ne sais pas comment ma mère fait, les cris ne semblent même pas la déranger. Elle fait les cent pas avec un bébé dans les bras pendant qu'elle surveille l'autre dans son transat, puis elle les échange. Quand j'entends ces pleurs incessants, je n'ai qu'une envie : fuir !

Reed s'approcha et s'assit sur la chaise à côté du bureau, recueillant les polycopiés de Norah. Elle savait qu'il écoutait attentivement.

— C'est merveilleux que ta mère te soutienne autant, Sara. Écoute, passe au Pie Diner demain et dis à la vendeuse que Norah t'offre deux de tes tartes préférées à toi et à ta maman, offertes par la maison.

— J'adore la tarte au chocolat et au beurre de cacahuète du Pie Diner ! Elle me remonte toujours le moral… pendant dix bonnes minutes.

Norah sourit.

— Moi aussi je l'adore. Je vais faire des recherches pour trouver des conseils sur la façon de gérer ces coliques, dit-elle.

Je suis sûre que tu as déjà cherché de ton côté, mais je parlerai aux mères que je connais : elles ont toutes survécu. Je t'enverrai les liens par mail.

— Merci, dit Sara. J'apprécie, sincèrement.

Reed se leva avec les dossiers et l'ordinateur portable de Norah. Il tendit la main à Sara.

— Ton nom de famille est bien Dirk ?

Sara hocha la tête.

— Tu es parente de David Dirk ? lança-t-il.

Sara hocha la tête.

— David est le cousin germain de mon mari.

— Je suis Reed Barelli, inspecteur de la police de Wedlock Creek. J'ai bien connu David quand j'étais petit. J'essaie de le retrouver.

— J'espère qu'il ne lui est rien arrivé, soupira Sara. On ne comprend pas ce qui a pu se passer. La veille de sa disparition, il s'est arrêté quelques minutes pour nous déposer une perceuse qu'il avait empruntée à mon mari. Il avait l'air tellement heureux…

— Il avait une raison particulière de se réjouir ? À part son mariage prochain, je veux dire ? demanda Reed.

— Il a dit que quelque chose le tracassait, mais qu'il avait trouvé une solution. Et puis les jumeaux ont recommencé à hurler, comme d'habitude, et la conversation en est restée là. Il est reparti, et c'est la dernière fois que je l'ai vu.

— Sais-tu ce qui le tracassait ?

— Aucune idée. Je sais qu'il est fou amoureux d'Eden. Les choses vont bien pour lui au travail, autant que je sache.

— Quand l'as-tu vu avant cette dernière fois ? s'enquit Reed.

— Euh, deux ou trois soirs avant. Mon mari et moi avions besoin d'une baby-sitter pendant une heure, et ma mère ne pouvait pas nous dépanner, alors nous avons demandé à David. Eden et lui ont donc gardé les jumeaux. Croyez-le ou non, mais, après avoir gardé nos petits monstres, cette femme rêve toujours d'avoir des triplés ou même des quadruplés. C'est de la folie. Elle trouve ça génial…

— Chacun voit midi à sa porte, dit Norah.

— Bon, je ferais mieux de rentrer pour libérer ma mère. À la semaine prochaine, Norah. Inspecteur Barelli, j'espère que vous retrouverez David. Eden doit être folle d'inquiétude.

Norah regarda Reed attendre que Sara soit sortie, puis se précipita vers la porte qu'elle referma.

— Tu penses à ce que je pense ? demanda-t-il.

— J'ai tellement d'idées en tête que c'est possible…

— Au sujet de David Dirk. Et de sa disparition soudaine.

Norah inclina la tête et fixa Reed.

— Qu'est-ce que tu veux dire ?

— Tenons-nous-en aux faits : David Dirk a un cousin avec des jumeaux souffrant de coliques. David Dirk et sa fiancée vont garder ces jumeaux. Malgré les pleurs incessants pendant plus d'une heure, Eden rêve toujours d'avoir une grossesse multiple…

Norah ne voyait pas où il voulait en venir.

— Certes, dit-elle. Quel rapport avec sa disparition ?

— Eh bien, poursuivit-il, David et elle ont prévu de se marier à la chapelle de Wedlock Creek, où la légende dit que ceux qui se marient seront honorés de naissances multiples. La veille de sa disparition, David a confié à Sara que quelque chose le tracassait, mais qu'il avait trouvé une solution. La fiancée de David m'a révélé que le matin de sa disparition il lui avait suggéré de s'enfuir se marier à Las Vegas. Mais elle lui a rappelé à quel point elle tenait à se marier à la chapelle.

— Oh ! bon sang, Reed…

— Exactement ! Pourquoi David préférerait-il s'enfuir plutôt que se marier à la chapelle de Wedlock Creek ?

— La seule raison pour laquelle certains dans cette ville refusent de s'y marier, c'est parce qu'ils ne veulent pas de naissances multiples.

David avait-il pu être si effrayé par les coliques des bébés de son cousin et par le désir de sa fiancée d'avoir une grossesse multiple qu'il se serait enfui ? Était-ce possible ? Qui ferait une chose pareille ? Norah était elle-même sortie avec lui, et il lui était apparu comme un homme intègre, même s'ils n'avaient rien en commun.

Elle se souvint alors de la femme qui l'avait abordée avec Shelby au café hier. Elle voulait fuir cette légende comme la peste. Alors… Et si c'était vrai ? Si David s'était enfui ?

— C'est ce que je pense, murmura Reed. C'est la seule explication qui ferait sens. Hier, j'ai parlé à un de ses amis qui m'a dit qu'il l'avait trouvé nerveux, comme s'il cachait quelque chose. Peut-être connaissait-il la vérité, que David avait pris un billet d'avion, mais qu'il avait juré de garder le secret…

— Quel bébé, ce David, marmonna Norah.

— Tu verses dans le jeu de mots ?

— Non, non, assura-t-elle en riant. Mais il se comporte comme un bébé. Pourquoi ne dit-il pas simplement à Eden ce qu'il ressent ? Sa famille et ses amis ont peur que quelque chose de terrible lui soit arrivé. Il a demandé à un ami de mentir à un policier…

— D'après ce que je sais, je suis sûr à 99 % qu'il est parti seul. Je dois juste le retrouver. Peut-être que son ami peut nous éclairer. Mais je doute qu'il me dise quoi que ce soit.

— Alors, comment vas-tu t'y prendre ?

— En posant les bonnes questions, grommela Reed. Et peut-être en fouillant dans mes propres souvenirs des lieux où David avait l'habitude de se réfugier quand son monde s'écroulait. Je sais peut-être où il se trouve sans même m'en rendre compte. Il faut que je réfléchisse.

Elle hocha la tête.

— Rentrons à la maison, alors.

— À la maison… Au ranch… J'aime cette expression…

Norah sourit et lui prit la main avant de réaliser qu'ils n'étaient pas un couple. Mais alors, pourquoi le fait d'être mariée à cet homme lui paraissait si naturel ?

— Parle-moi un peu plus de la légende de la chapelle de Wedlock Creek, demanda Reed à Norah alors qu'ils étaient assis dans le salon devant deux bières artisanales et deux tranches de la tarte aux fruits du jour du Pie Diner.

— Pour autant que je sache, à la fin du XIXe siècle, une femme nommée Elizabeth Eckard, connue pour être un peu étrange, a épousé son grand amour à la chapelle.

— Étrange ? C'est-à-dire ?

— Certains disent que c'était une sorcière et qu'elle jetait des sorts, expliqua Norah. C'était juste une rumeur, mais la plupart des gens l'évitaient, juste de crainte de lui déplaire.

Reed haussa un sourcil.

— Apparemment, ça ne l'a pas empêchée de trouver le grand amour.

Norah sourit.

— D'après la légende, il était tellement amoureux d'Elizabeth qu'il l'a épousée sans la bénédiction de ses parents, qui refusaient d'entendre parler de leur histoire.

— Bon sang. C'est dur.

— Mais il l'aimait et il l'a épousée dans la belle chapelle qu'elle avait fait construire. Elizabeth avait reçu un bel héritage et tenait à ce que la nouvelle ville de Wedlock Creek ait une chapelle majestueuse pour toutes sortes d'occasions.

Reed prit une bouchée de la tarte.

— Ça aurait dû adoucir les habitants du coin. Est-ce que sa famille à elle est venue au mariage ?

— Non, non. Et les gens de la ville ont continué de la fuir. Certains évitaient même de fréquenter la chapelle. Mais on a alors commencé à remarquer que ceux qui allaient à l'église semblaient avoir plus de chance que ceux qui n'y allaient pas. Alors tout le monde s'est mis à y aller.

Reed secoua la tête.

— Évidemment.

— Eh bien, la chance n'a pas tourné pour Elizabeth. Tout ce qu'elle voulait, c'était des enfants : six. Trois garçons et trois filles. Mais elle n'est jamais tombée enceinte. Après cinq ans d'efforts, son mari lui a dit qu'il ne servait à rien de l'avoir épousée si elle ne pouvait pas lui donner une famille, et il la quitta.

— C'est une histoire terrible, dit Reed en sirotant sa bière.

Norah hocha la tête.

— Mais Elizabeth adorait les enfants et finit par transformer sa petite maison en un foyer pour orphelins. Ainsi, elle a eu les enfants qu'elle avait toujours tant désirés. Mais lorsque sa seule sœur s'est retrouvée dans la même situation, ne tombant pas enceinte, son mari est allé voir les officiers de la chapelle et a demandé l'annulation de leur mariage. Cette nuit-là, Elizabeth se glissa dans la chapelle à minuit et jeta un sort pour que ceux qui se marieraient dans ce lieu ne soient pas seulement honorés de nombreux enfants, mais de naissances multiples.

— Sans blague, soupira Reed.

Norah haussa les épaules.

— Neuf mois plus tard, la sœur d'Elizabeth donnait naissance à des jumelles. Et tous les couples qui se sont mariés à l'église cette année-là eurent aussi des naissances multiples. Alors on a commencé à spéculer sur le fait qu'Elisabeth avait lancé un sort à cette chapelle.

— S'est-elle remariée ? A-t-elle elle aussi eu ses propres grossesses multiples ?

Norah secoua la tête.

— Non, mais elle a accueilli des orphelins jusqu'à sa mort, puis a engagé des gens pour poursuivre la mission de son établissement. Il a continué de fonctionner jusqu'aux années 1960. Ensuite les familles d'accueil sont devenues prépondérantes.

— Ce qui est fou, c'est que je pense que David Dirk, raisonnable, intelligent, et rationnel comme je l'ai connu, puisse croire en cette légende au point qu'il a fui la ville pour éviter de se marier dans cette chapelle. C'est juste une vieille légende. Il n'y a aucune bénédiction ni sort…

— Alors qu'est-ce qui expliquerait toutes ces naissances multiples ? demanda Norah.

— Il faudrait appeler la science à la rescousse.

— Peut-être. Mais je connais au moins dix femmes

qui se sont mariées à la chapelle et ont eu des grossesses multiples sans l'aide d'un traitement pour la fertilité.

— Et ne m'oublie pas, nota Reed.

— Toi ?

— Je me suis marié à la chapelle et maintenant j'élève des triplés…

Elle sourit furtivement.

— Es-tu vraiment leur père, Reed ? Je veux dire, on n'en a jamais réellement parlé. Tu as dit que tu te sentais responsable d'eux et de moi. Que tu m'aiderais à les élever, à les soutenir. Mais cela signifie-t-il que tu veux être leur père ?

Il tressaillit et s'aperçut qu'elle venait de mettre le doigt sur un point crucial.

— Je…

Il but une gorgée de bière, sans savoir quoi répondre. Voulait-il être le père des triplés ? À n'en pas douter, il était l'époux de leur mère. Il suivait toutes les consignes de Norah quand il s'agissait de s'occuper de Bella, Bea et Brody. Il était là pour eux. Mais était-il vraiment leur père ?

Ce mot était tellement lourd de sens et de conséquences.

— Toi et moi, nous sommes *partenaires*, dit-elle, d'une voix plus formelle alors qu'elle se redressait sur son siège. Bien sûr que tu n'es pas leur *père*.

Elle agita la main en l'air et poussa un drôle de soupir, avant de couper une part de tarte aux fruits rouges.

— C'était idiot de ma part d'utiliser ce terme, conclut-elle avec un sourire forcé. Alors, où penses-tu que David Dirk se trouve ?

Devait-il la laisser changer de sujet ? Bien sûr, il était illusoire d'éluder cette question. Il faudrait bien éclaircir le sujet, à un moment ou à un autre. Mais il n'avait aucune idée de ce qu'il pensait de la question. Père, lui ? Était le père de quelqu'un ? Pourrait-il l'être ? Le désirait-il seulement ?

— Norah, ce dont je suis sûr, c'est que je veux prendre soin de vous quatre. Je suis responsable de vous tous.

— Parce que tu m'as épousée un soir de beuverie, lâcha-t-elle en desserrant à peine la mâchoire.

— Je suis légalement ton époux. C'était peut-être à cause du cocktail, mais ce mariage nous est utile à tous les deux.

— Tu as obtenu ton ranch, précisa-t-elle en le dévisageant. Moi, un peu de sécurité. Je dois juste garder cela à l'esprit. Pourquoi nous en sommes là. Pourquoi on a fait ça. Aussi fou que cela puisse être…

Mais était-ce aussi fou que cela ? Après tout, ils avaient tous les deux eu ce dont ils avaient besoin.

Et il n'était le père de personne. Reed Barelli, *père* ? Avec le modèle déplorable qu'il avait eu ?

— C'est bien de savoir, de se souvenir de ce que nous sommes, reprit-elle, d'une voix haut perchée.

Était-elle contrariée ou juste réaliste ? Ils avaient failli faire l'amour, mais elle s'était sagement ravisée. Elle savait que jouer avec la nature de leur partenariat risquait d'avoir de terribles conséquences. Tout ce qui pourrait être source de conflit entre eux risquait de tout gâcher. Et ce mariage était une bonne chose. Pour tous les deux.

Il n'était le père de personne. Il était le mari de Norah et une sorte de tuteur de ses enfants. Point final.

Même si rien de tout cela ne lui convenait. Ses épaules s'affaissèrent, et il termina sa bière.

— Je devrais peut-être aller chercher les bébés, déclara-t-elle. Ma mère propose de les garder pour la nuit, mais je suis sûre qu'elle préférerait avoir une vraie nuit de sommeil.

Elle avait besoin d'un dérivatif et lui aussi.

— Je viens avec toi, dit-il. À vrai dire, leurs petits visages me manquent.

Elle se mordit la lèvre en entendant ses paroles. Il ferait mieux d'arrêter de parler ainsi, même si c'était la vérité. Son affection pour les triplés était aussi une bonne chose : il était tombé sous leur charme et il tenait à être un bon protecteur pour eux tout en subvenant à leurs besoins.

Ainsi qu'il l'avait formulé dans ses vœux, à la chapelle.

- 10 -

Le lendemain matin, Norah se réveilla très tôt et prépara douze tourtes à livrer au Pie Diner. Tant qu'elle se consacrait à ses casseroles et autres ustensiles, elle ne pensait pas à Reed. Mais, alors qu'elle sortait les trois dernières tartes du four, réconfortée par l'odeur appétissante de la tarte aux légumes, elle ne put s'empêcher de repenser au fait que Reed n'était pas le père des triplés.

Elle le savait bien. Mais elle avait eu l'impression que cette paternité faisait partie de leur arrangement. Jusqu'à ce qu'elle s'entende dire ce qu'elle avait dit hier soir. Il lui avait répété qu'être marié, avec ou sans cocktail, leur était utile à tous les deux. Et elle avait répondu quelque chose du genre : « Tu as obtenu ton ranch, et moi ma sécurité. »

Sécurité. Voilà qui était fort différent d'un père pour ses enfants.

Ses épaules s'affaissèrent. Peut-être n'avait-elle pas assez réfléchi. Un père pour les petits aurait dû être sa priorité, non ?

Sauf que tu ne cherchais pas un père pour tes enfants, idiote ! se rappela-t-elle. *Tu ne cherchais personne. Tu t'es mise dans cette situation et tu y es restée pour que tes bébés et toi puissiez avoir cette sécurité : une maison sûre, un compagnon attentionné, une aisance financière et un soutien au quotidien. Tout cela en la personne d'un gentil et prévenant mari… qui s'avère aussi être terriblement séduisant.*

Personne, certainement pas Reed Barelli, n'avait utilisé le mot *père*.

D'accord. Elle allait juste devoir digérer et accepter cette situation. Son mariage était platonique. Son mari ne serait pas un père pour ses enfants. Elle ne perdait pas au change, et Reed non plus.

— Il y a vraiment des gens qui mangent de la tarte aux herbes fines pour leur petit déjeuner ? lança Reed en entrant dans la cuisine avec un T-shirt et un sweat-shirt bleu marine.

Même ses pieds, nus, étaient sexy. Il avait les cheveux adorablement ébouriffés, et elle le trouva si beau dans les premiers rayons du soleil qu'elle resta plantée là, à le regarder fixement jusqu'à ce qu'il incline la tête.

— La tarte aux herbes fines se déguste à toute heure, affirma Norah.

— Tant mieux, parce que ça sent tellement bon dans cette cuisine que j'en ai l'eau à la bouche.

— Tu as de la chance parce que j'en ai six au congélateur. Réchauffables en une demi-heure au four. Ta tarte sera prête dès que tu sortiras de la douche, déclara-t-elle en jetant un coup d'œil à sa montre. Je vais déposer celles fraîchement cuites au Pie Diner puis récupérer les bébés, les ramener à la maison et ensuite aller chez Sara Dirk avec des tourtes congelées. Je pense que cette jeune femme a besoin d'un congélateur rempli de repas faciles à réchauffer.

— C'est gentil de ta part. Tu sais quoi ? Pourquoi n'irais-tu pas chez Sara, pendant que moi je livrerais les tartes et récupérerais les triplés pour les ramener à la maison ? Je ne prends pas mon service avant midi.

— Je peux aller chercher les triplés, assura-t-elle en sentant son estomac se nouer. Ce sont mes enfants, et je…

— Norah, dit-il en s'approchant pour prendre ses deux mains dans les siennes. Je suis là pour ça. Je suis maintenant également responsable d'eux. Alors vas-y.

Il utilisait beaucoup le mot « responsable ». Elle devait garder cela à l'esprit. C'était par devoir qu'il s'était marié avec elle. Il avait perçu la note plaintive et nostalgique dans sa voix – « J'ai toujours rêvé de me marier ici » – et au lieu de prendre ses jambes à son cou, il s'était senti *responsable* de ses rêves déchus, et l'avait prise dans ses bras et portée jusqu'à la chapelle où il avait juré de l'aimer, de l'honorer et de la chérir pour le reste de ses jours.

Elle baissa les yeux vers leurs mains entrelacées. Pourquoi fallait-il que sa peau soit si douce ? Pourquoi n'arrivait-elle pas à se contenter de l'accord qu'ils avaient conclu ?

— Merci, dans ce cas, dit-elle en allant au congélateur pour en sortir six tourtes pour Sara. J'en mettrai une au four pour toi. Trente minutes, d'accord ?

— Compris. On se retrouve à la maison tout à l'heure.

En portant son sac jusqu'à la porte, Norah regarda autour d'elle. À vrai dire, elle ne se sentait pas vraiment chez elle dans ce ranch. Et pour cause. Ce n'était pas chez elle. Pas vraiment. Tout comme Reed n'était pas le père des triplés.

Mais aussi parce qu'il restait sur ses gardes, tout comme elle. Par instinct de survie.

Arrête de réfléchir, s'ordonna-t-elle en montant dans sa voiture et en allumant la radio, changeant de station jusqu'à trouver une chanson assez accrocheuse pour qu'elle puisse chanter le refrain à tue-tête. Une chanson d'amour qui ne tarda pas à lui rappeler un certain homme qui prenait sa douche en ce moment. Pourquoi ramenait-elle toujours tout à Reed Barelli ?

— Alors, comment ça se passe, la vie conjugale ? demanda Arlena, la mère de Norah, en déposant une part de tarte aux pommes devant Reed au comptoir du Pie Diner.

— Très bien, affirma Reed en toute honnêteté.

— C'est bien d'avoir quelqu'un, quand on rentre à la maison, n'est-ce pas ? renchérit Cheyenne, en se penchant avec une cafetière dans chaque main.

Elle servit deux tables derrière eux, puis remplit la tasse de Reed.

— Vous deux, laissez ce pauvre homme tranquille, répliqua Shelby. Nous savons tous que ce mariage n'est pas un vrai mariage.

Reed se crispa, puis se tourna vers Shelby. La sœur de Norah était une femme intelligente et franche. Propriétaire d'une entreprise prospère, elle avait tenu tête à Liam Mercer, l'un des hommes d'affaires les plus riches et puissants de Wedlock Creek… qu'elle avait fini par épouser. En l'occurrence, Reed avait l'impression que Shelby tentait de lui dire quelque chose ou de lui faire passer un message ?

Leur mariage était bel et bien vrai. Ils ne s'aimaient peut-être pas et ne se chérissaient pas comme dans les contes de fées, mais ils honoraient les souhaits et les besoins les plus élémentaires l'un de l'autre.

En tout cas, ces paroles le contrariaient. *Pas un vrai mariage. Pas un vrai mariage…*

Si leur union n'était pas réelle, alors pourquoi se sentirait-il responsable des enfants ? Car il se sentait bel et bien responsable d'eux. Depuis le premier jour, où il s'était réveillé avec la bague au doigt et qu'il avait aperçu cette photo de Norah et de ses triplés le jour de leur naissance.

— Tout le monde y trouve son compte, y compris mes petits-enfants bien-aimés, alors c'est tout ce qui importe, intervint Arlena, en prenant l'assiette vide de Reed.

Cheyenne hocha la tête, bientôt imitée par Shelby.

Arlena revint avec la poussette qu'elle gara à côté de Reed.

— Regardez qui est venu vous chercher ! dit-elle aux triplés avant de froncer les sourcils et se tourner vers Reed. D'ailleurs, comment faut-il vous appeler ?

— M'appeler ? répéta-t-il.

— Papa ? Da-da ? Reed ? Le mari de maman ? précisa la mère de Norah.

Il sentit ses joues s'embraser. Norah avait-elle parlé à sa mère de leur conversation ? Il doutait qu'elle en ait eu le temps.

— Les petits ne parlent pas encore, donc, pour l'instant, ils ne m'appellent pas.

— Ils finiront par parler un jour, nota-t-elle, clairement déterminée à ne pas éluder le sujet.

Sans doute Arlena Ingalls ferait-elle une bonne détective à ses heures perdues…

Il déglutit péniblement et se leva du tabouret de bar, refusant de prendre le billet de vingt dollars que Cheyenne s'efforçait de lui rendre. Il posa le billet sous sa tasse à café vide et sortit rapidement de la boutique avec la poussette triple. Enfin, aussi rapidement qu'il put en se frayant un chemin autour des tables tout en poussant une poussette trois places avec un sac à langer suspendu aux poignées.

Quoi qu'il en soit, ce qu'il avait répondu à propos de sa vie conjugale était vrai : les choses se passaient très bien. Norah et lui devaient s'habituer l'un à l'autre, voilà tout. Certes, il avait commis l'erreur de ne pas être clair à propos du rôle de père, mais le sujet n'avait jusqu'alors pas été abordé, même si c'était là le cœur du mariage.

Qu'est-ce qui n'allait pas chez lui ? Comment pouvait-il être aussi compliqué parfois ?

Et surtout… Comment les triplés allaient-ils l'appeler ?

Il n'aimait pas l'idée de se faire appeler Reed…

Fronçant de nouveau les sourcils, il installa les petits dans la voiture. Il rangea la poussette dans le coffre de son SUV et roula jusqu'au ranch. Pendant le trajet, il admira le soleil estival qui illuminait les pâturages à travers les arbres et, comme à chaque fois, lorsque la ferme apparaissait au loin, Reed se détendit progressivement. Il se souvenait avoir couru vers ce saule pleureur qui lui avait toujours paru hanté, avec David Dirk quand ils avaient neuf ans. David qui lui avait raconté l'histoire de son oncle, tellement chanceux d'avoir gagné un quart de million de dollars à Vegas. Il se souvenait de David disant que si seulement sa mère pouvait gagner autant d'argent, ils seraient les rois du monde et n'auraient besoin de rien d'autre. Comme si seul l'argent pouvait…

Une petite minute… Reed arrêta la voiture et regarda fixement ce saule pleureur.

David aurait-il pu s'enfuir à Las Vegas ? Pour tenter de gagner une grosse somme d'argent afin de pouvoir subvenir au besoin d'une éventuelle naissance multiple ? Ou peut-être pour se cacher quelques jours avant le mariage, histoire de réfléchir à ce qu'il voulait vraiment ?

Reed sortit son téléphone et appela la banque de David. En quelques secondes, il parla au directeur et se présenta comme le détective travaillant sur la disparition de Dirk. Le prédécesseur de Reed avait noté que David n'avait pas retiré de grosse somme d'argent avant sa disparition. Mais David n'avait jamais été un joueur. Il ne risquerait pas plus de cinq cents dollars aux machines à sous, même en cas de gros besoins financiers.

— Pouvez-vous me dire si David a retiré environ cinq cents dollars la semaine du 10 ?

— Il a retiré deux cent cinquante dollars le 11. Puis cent de plus le 12.

À peine de quoi payer un vol low cost, un motel bon marché et quelques parties de machines à sous. Mais il pouvait tout à fait avoir de l'argent en réserve, aussi.

Ce n'était qu'une intuition. Mais Reed était prêt à parier son ranch que David Dirk se trouvait à Vegas, assis devant une machine à sous, en train de paniquer à propos de ce qu'il était en train de faire et de ce qu'il avait fait.

Avant même que Norah ne descende de sa voiture, elle entendit les petits cris stridents venant de l'intérieur de la maison de Sara Dirk. Des hurlements de bébés.

Norah sonna et attendit une bonne minute avant que Sara lui ouvre la porte : un bébé hurlait contre sa poitrine et son visage fatigué trahissait l'ampleur de son stress. Dans le dos de Sara, Norah aperçut l'autre bébé sanglotant dans son transat.

— Je me suis dit que tu apprécierais des repas prêts à réchauffer, dit Norah en lui tendant son sac. Je t'ai apporté toutes les variétés de tartes que l'on produit au Pie Diner.

Au bord des larmes, Sara baissa les yeux.

— C'est vraiment gentil de ta part, répondit-elle avant

que son bébé ne pousse un gémissement qui lui fendit les oreilles.

— Tu as besoin d'une pause ? suggéra Norah en tendant les bras vers la fillette.

— Oh ! ma parole, oui ! lâcha Sara, en lui confiant le bébé. Je te présente Charlotte. Et là, c'est Gabrielle, ajouta-t-elle en se précipitant vers l'autre bébé qui pleurait dans son transat.

Elle prit son autre petite fille dans ses bras pour la bercer activement. Le bébé se calma.

Norah serra Charlotte contre sa poitrine, lui massant le dos en lui murmurant quelques paroles apaisantes.

— Enfin quelques minutes de répit, dit Sara. Elles aiment changer d'activité, mais ne tarderont pas à recommencer.

— Ton mari est au travail ? demanda Norah en donnant à Charlotte des petites tapes dans le dos pour la faire roter.

Sara hocha la tête.

— Il travaille à l'hôpital du comté et commence à 5 heures du matin. Mais le pauvre, il était réveillé depuis longtemps… C'est un si bon père. Il téléphone et nous envoie des SMS aussi souvent que possible pour vérifier si je vais bien et si elles vont bien.

Norah sourit.

— Le soutien, c'est primordial.

Sara hocha la tête.

— C'est vrai. La fiancée de David a dit qu'elle viendrait me donner un coup de main ce matin. Je me sens tellement mal pour elle. Il n'y a toujours aucune nouvelle de David ?

— Pas que je sache.

La sonnette retentit, et Eden apparut, ses cheveux blonds coiffés en queue-de-cheval. Norah connaissait Eden du Pie Diner, comme à peu près tout le monde en ville, donc il n'y avait pas à faire les présentations. Et comme Norah n'était sortie que deux petites semaines avec David, il n'y avait pas le moindre embarras à ce sujet avec Eden.

Très vite, cependant, Eden fondit en larmes.

— Tu sais ce que je pense ? hoqueta-t-elle en prenant

Gabrielle à Sara pour la bercer dans ses bras. Je crois que David a pris la poudre d'escampette. Je me dis qu'il a changé d'avis à propos de moi et qu'il n'a pas voulu me briser le cœur. Mais… Il a quand même tout brisé…

Elle pleurait à chaudes larmes en serrant doucement le bébé tout contre elle.

— Cet homme t'aime à la folie, assura Sara. Ce n'est un secret pour personne.

— Soit il gît quelque part dans un fossé, soit il s'est enfui parce qu'il ne veut plus m'épouser, renifla Eden.

Norah lui offrit un mouchoir. Ce n'était pas à elle d'évoquer la théorie de Reed. Mais peut-être pourrait-elle creuser la piste de la chapelle, pour voir si Eden était sûre que David désirait, comme elle, des naissances multiples.

Avant même que Norah ne puisse réfléchir à la façon d'aborder le sujet, le téléphone d'Eden sonna. Sara lui reprit Gabrielle, puis Eden se précipita sur l'appareil dans son sac.

— C'est *lui* ! hurla Eden. C'est David !

Norah dévisagea Eden qui lançait déjà : « Allô, Davydou ? » dans son téléphone. Elle s'éloigna un peu, pour laisser un peu d'intimité à la jeune femme.

L'oreille collée au combiné, Eden écoutait attentivement, ses yeux bleus se rétrécissant à chaque seconde qui passait. Bientôt, son regard devint assassin.

— Quoi ?… Quand je suis arrivée chez ta cousine aujourd'hui, j'ai marmonné sans trop y croire que j'étais sûre que tu avais fui à cause de moi ! J'ai dit ça pour que tout le monde me réponde que c'était impossible. Mais *c'est le cas* ! s'écria-t-elle si fort que les deux bébés sursautèrent et cessèrent de s'agiter.

La théorie de Reed était donc la bonne…

— Oui, ce sont les jumelles qui pleurent, David. Je suis chez elles. C'est ce que font les bébés : ils *pleurent* !

Silence. Ses yeux se rétrécirent un peu plus. Elle blêmit. Puis elle siffla, les dents serrées :

— Je ne veux pas d'un seul bébé. Je veux des triplés ! Ou même des quadruplés ! Des jumeaux au minimum !

Puis de nouveau, silence. Elle plissa encore les yeux.

— Eh bien, très bien ! Alors je suppose que c'est fini !

À ces mots, elle mit fin à l'appel, jeta le téléphone dans son sac, puis sortit en trombe. Une seconde plus tard, elle était de retour.

— Navrée que vous ayez eu à entendre ça. Apparemment, je m'étais fiancée à un crétin ! Sans vouloir offenser ton mari ou sa famille, Sara, ajouta-t-elle.

Norah fixa Sara, qui paraissait aussi stupéfaite qu'elle.

— Oh ! là, là, bafouilla Sara. Mais qu'est-ce qui se passe ?

Norah déplaça la petite Charlotte dans ses bras.

— Un petit malentendu concernant les attentes par rapport au mariage.

— Un petit malentendu ? fit Sara en secouant la tête. Je ne sais pas si je qualifierais ça de malentendu. Eden a parlé de se marier à la chapelle et d'avoir des triplés dès le premier dîner familial auquel elle a été invitée... David connaissait ses aspirations. Il n'y avait probablement pas trop réfléchi jusqu'à ce que son cousin ait des jumelles, avec l'option coliques du nourrisson, et il a réalisé ce qui l'attendait en réalité. David a été témoin de grosses disputes entre mon mari et moi. Il a dû paniquer avec le mariage qui approchait.

— Je suis contente qu'il aille bien, qu'il ne lui soit rien arrivé de grave, commenta Norah en s'apercevant tout à coup que Charlotte s'était endormie dans ses bras.

Elle se tourna vers Sara qui, soudain rayonnante, lui montra du doigt la chambre d'enfants. Norah avança alors sur la pointe des pieds jusqu'à la chambre et étendit le bébé dans son berceau. La petite créature ne broncha pas.

— Je te dois une fière chandelle, dit Sara. Merci, Norah !

Elles se tournèrent alors vers Gabrielle qui se frottait les yeux en bâillant. Quelques secondes plus tard, elle dormait à son tour dans son petit lit.

— Je vais pouvoir m'accorder un café ! s'esclaffa Sara. Merci beaucoup d'être restée pour m'aider.

— Avec plaisir, dit Norah. On se voit au prochain cours ! Et si ton mari a des nouvelles de David, tu préviens Reed ?

— D'accord !

Alors que Norah rentrait chez elle, impatiente de retrouver ses propres bébés, elle se demanda si ce n'était pas *elle* qui avait un problème. Elle avait choisi trois hommes qui refusaient d'être pères. Elle était sortie avec David, certes seulement pendant deux semaines. Puis il y avait eu le père de ses bébés. Et maintenant Reed.

Elle ruminait tout cela quand elle ouvrit la porte d'entrée pour trouver Reed assis dans le séjour avec ses trois petits dans leurs transats, en train de babiller et de jouer avec leurs hochets. Il leur lisait une histoire tirée d'un livre aux couleurs vives avec une girafe sur la couverture.

Et cet homme n'était pas un père ? Allons… Cet homme *était* un père, qu'il le veuille ou non.

— Figure-toi que j'ai des nouvelles pour toi, lui annonça-t-elle, avant de lui raconter en détail l'histoire d'Eden et l'appel téléphonique de David.

Reed secoua la tête.

— Au moins, il ne lui est rien arrivé. Et une fois qu'Eden aura mis la main sur lui…

— Je n'ai pas eu l'impression qu'il lui ait dit où il se trouvait, ni quand et *si* il rentrait à la maison.

— Je suis sûr à 99 % qu'il est à Las Vegas. Mais c'est une ville immense, et il n'utilise pas ses cartes de crédit : il peut se trouver dans n'importe quel motel. Même si maintenant qu'il sait qu'on le sait vivant et en bonne santé, il pourrait recommencer à se servir de ses cartes et s'enregistrer dans un endroit confortable en attendant qu'Eden digère la nouvelle.

Moins d'une minute plus tard, Reed reçut un appel de la gare. Un officier lui annonça que David Dirk avait finalement utilisé sa MasterCard pour réserver une chambre au Concordia, un hôtel de luxe.

— Je dois avouer, inspecteur, que tu es doué.

— Ça veut dire que tu m'accompagnes à Vegas ?

- 11 -

C’est ainsi que Norah se retrouva dans un avion pour Las Vegas, une ville qu’elle n’avait jamais visitée, avec Reed qui étudiait à ses côtés les plans de l’hôtel Concordia et des avenues de Vegas sur son iPad.

En contemplant les nuages en contrebas, elle se dit qu’elle aurait dû lui répondre « Non, bien sûr que non. Je ne t’accompagne pas. » Sauf qu’un « D’accord ! » lui avait spontanément échappé. Ce voyage n’était ni une lune de miel ni des vacances. Mais ce n’était pas non plus un déplacement strictement professionnel, ni l’affaire de la police de Wedlock Creek. David Dirk avait le droit de circuler où bon lui semblait. Une fois que Reed se serait assuré que l’homme avait volontairement quitté la ville, l’affaire serait classée. Reed tenait tout de même à retrouver David pour lui parler d’ami à ami et le ramener à la maison. Norah avait eu envie de s’éloigner de son quotidien pour passer du temps avec son mari, loin du ranch.

Enfin, elle n’était sûre de rien. Les choses seraient-elles différentes dans ce nouveau contexte ? Reed et elle garderaient probablement ce même fossé entre eux.

Pourtant, ce voyage était une chance. L’occasion de côtoyer Reed en dehors de son service, loin de la maison, dans un lieu où aucun d’eux n’avait aucune de ses responsabilités habituelles. Cela permettrait de voir comment ils se comportaient, ensemble, dans un environnement complètement différent. Peut-être qu’il n’y aurait rien entre eux, ce qui permettrait à Norah de pouvoir accepter leur relation platonique.

Le seul problème, c'était qu'assise aussi près de Reed, leurs bras se frôlant, elle n'avait jamais été aussi consciente de son attirance physique pour un homme de toute sa vie.

— Bien entendu, j'ai réservé des chambres séparées, précisa soudain Reed en se tournant vers elle. Elles seront juste en face l'une de l'autre.

Dommage que le Concordia n'ait pas affiché complet, à part une petite chambre avec un grand lit, pensa-t-elle, captivée par la toison brune sur ses avant-bras et par les rayons du soleil qui brillaient sur son alliance en or, symbole de leur union.

En un rien de temps, l'avion atterrit et ils se présentèrent à l'accueil. Reed avait la chambre 401. Norah était dans la 402.

— On se retrouve dans le couloir dans vingt minutes ? suggéra-t-il. Je n'ai pas vraiment l'intention de traquer David autrement qu'en m'asseyant dans le hall en attendant qu'il passe. On aura peut-être de la chance. J'ai essayé d'appeler son ami, Kyle Kirby, celui qui semblait retenir certaines informations, mais il n'a pas répondu à mon appel. On va devoir faire le pied de grue…

— Ce sera l'occasion pour moi de te voir faire ton travail de filature, dit-elle. Ça n'a rien d'ennuyeux. Rendez-vous dans vingt minutes, ajouta-t-elle en se précipitant dans sa chambre avec ses bagages du week-end.

La pièce était un peu plus chic qu'elle ne s'y attendait : un grand lit, une baie vitrée et un peignoir blanc accroché à la porte de la salle de bains. Elle téléphona à sa mère pour s'assurer que les triplés allaient bien et qu'ils avaient bien mangé, puis elle se rafraîchit et enfila une jupe, un débardeur en soie et des sandales à lanières.

Vingt minutes plus tard, quand elle sortit dans le couloir, Reed l'attendait déjà. Il la scruta de la tête aux pieds, appréciant manifestement sa tenue estivale. Tant mieux.

Comme toujours, il était incroyablement élégant. Et

comme tout détective qui se respecte, il portait un pantalon et une chemise foncés, sans cravate.

Ils restèrent assis dans le hall d'entrée pendant une quarantaine de minutes, faisant semblant d'étudier les cartes du Strip, les brochures et les menus du restaurant. Aucun signe de David. Le hall était pourtant très fréquenté, accueillant des voyageurs de toutes les nationalités. Norah convoitait le bar de l'autre côté du hall, obsédée par l'idée d'un moka glacé. Elle avait rudement besoin de caféine.

— Tu veux boire quelque chose ? lança-t-elle à Reed, qui surveillait le hall en scrutant les portes en chrome à chaque fois qu'elles tournoyaient.

— Un café glacé. Avec de la crème et du sucre. S'il te plaît…

Elle se demanda s'il allégerait sa surveillance pour la regarder s'éloigner. Après quelques pas, elle se retourna pour vérifier et manqua d'avoir le souffle coupé… Cette fois, c'était *elle* qu'il surveillait. Mais, très vite, il dirigea de nouveau son regard vers la porte tournante. Elle l'avait surpris en flagrant délit !

Autrement dit, il ignorait leur attirance réciproque que lorsqu'il n'avait pas le choix. Norah ne s'était pas fait des idées. Il y avait bien un espoir que les choses entre elle et l'inspecteur évoluent. Elle allait tenter sa chance… Après tout, Vegas n'était-elle pas la ville du péché ?

D'humeur soudain ragaillardie par son projet secret, Norah attendit son tour derrière un groupe de femmes en train de passer des commandes de boissons à la fois complexes et élaborées. Elle étudiait le menu pour voir si elle ne pouvait pas goûter autre chose que son moka glacé habituel quand elle entendit :

— Norah ?

Elle se retourna d'un bond et manqua de s'étouffer.

David Dirk ! En personne. Qui la dévisageait, bouche bée.

— Bon sang, mais c'est bien toi ! s'exclama-t-il en avançant vers elle.

Grand et élancé, cheveux châtain clair et lunettes rondes,

il tenait un café glacé dans une main et une petite assiette blanche avec une part de crumble dans l'autre.

— Je ne t'aurais jamais imaginée à Vegas…

Qu'était-elle censée comprendre ? Qu'elle n'avait pas le droit de se laisser aller en s'amusant un peu ni de profiter de la vie ?

Je suis avec l'inspecteur qui te cherche depuis des jours, eut-elle envie de répondre. Mais que savait-elle de l'état d'esprit de David ? Ne risquait-il pas de prendre la fuite ?

— Je suis venue avec mon mari, déclara-t-elle en levant la main gauche qu'elle agita en l'air.

Puis elle se retourna et chercha Reed du regard vers l'endroit où il était assis. Quand il leva les yeux et distingua clairement David, ses yeux étaient écarquillés.

Quand elle se retourna vers David, il scrutait son alliance.

— Oh ! Félicitations ! dit David, un sourire sincère sur son visage. Je ne savais pas que tu t'étais mariée. Tant mieux pour toi et pour les triplés.

À ces mots, il se mordit la lèvre, regarda de nouveau la bague et… éclata en sanglots. Il posa sa boisson et son gâteau sur le bar à côté d'eux et se prit le visage entre les mains.

— Je suis censé me marier demain soir… À la chapelle, hoqueta-t-il, d'un air effondré.

Il renifla, et Norah fouilla dans son sac pour en sortir ses mouchoirs en papier. Prenant tout le paquet, David se moucha bruyamment.

— Je sens qu'il y a un « mais »…, dit-elle à voix basse, bien qu'elle sache exactement de quoi il retournait.

Les larmes roulaient sur les joues de David. Avait-il toujours été aussi émotif ? Norah et lui étaient allés voir deux films durant le peu de temps où ils s'étaient fréquentés, des films d'action avec très peu de pathos, il n'avait donc pas montré beaucoup d'émotions.

— Je…, bredouilla-t-il en se tamponnant les yeux avec un mouchoir propre.

— Waouh, David ? David Dirk ? intervint alors Reed avec un étonnement feint alors qu'il s'approchait d'eux.

David dévisagea Reed, sans tout à fait le remettre. Puis sa bouche s'entrouvrit, esquissant un sourire.

— Pas possible ! C'est bien toi ? Barelli ? Que j'ai vu pour la dernière fois quand on avait treize ans ?

— En personne, mec ! dit Reed en lui tendant la main.

Mais David prit Reed dans ses bras et redoubla de pleurs.

— Tu dois te demander comment va ma vie après toutes ces années. Eh bien, je vais te le dire. Ça craint. J'ai tout gâché. J'ai détruit la meilleure chose qui me soit arrivée, hoqueta-t-il en retirant des mouchoirs du paquet avant de s'essuyer de nouveau les yeux.

— Si on allait boire une bière ? suggéra Reed en glissant son bras autour des épaules de David. On se racontera nos vies. Norah chérie, ça ne t'embête pas que l'on reste entre hommes quelques heures ?

Norah chérie. C'était de la comédie, mais ces mots lui réchauffèrent le cœur malgré tout.

— Pas du tout, assura-t-elle. Je vais faire les magasins. Peut-être me commander un massage.

— Attendez, dit David. Mais si vous êtes mariés… Comment vous êtes-vous rencontrés ? demanda-t-il, en interrogeant tour à tour Reed et Norah du regard.

— C'est une longue histoire, marmonna Reed. Je te raconterai tout ça devant un verre. Et toi, tu me raconteras ce qui se passe dans ta vie…

David hocha la tête, les épaules affaissées.

— J'ai laissé m'échapper la meilleure chose qui me soit arrivée.

— Il y a toujours une seconde chance si tu le souhaites, affirma Reed en se dirigeant vers le bar.

Il y a donc de l'espoir, pensa Norah. *Tant qu'il y a de la vie, il y a de l'espoir. Pour tout le monde.*

Le serveur déposa deux bières et une assiette de nachos sur la table devant Reed et David. Après sa première gorgée, David grommela :

— Bon, toi d'abord. Comment as-tu rencontré Norah ?

Reed raconta toute l'histoire à David. Toute la vérité, et

rien que la vérité. Lui et Norah s'étaient mis d'accord pour ne pas s'étaler auprès des gens quant à la nature réelle de leur union, mais Reed avait le sentiment que David pourrait s'inspirer de leur expérience pour se l'appliquer à lui-même.

— Oh ! mon gars, s'exclama David entre deux gorgées de bière. Alors toi aussi… Tu t'es marié à la chapelle. Et maintenant tu es le père de triplés.

Encore ce mot fatidique… *Père.*

— Ce que je n'arrive pas à croire, c'est que tu lui aies proposé de rester mariée à toi, reprit David. Cette femme t'a donné des formulaires d'annulation, mec ! Tu aurais facilement pu retrouver ta liberté…

— Je ne pouvais pas me détourner de Norah et de ses bébés. Comment aurais-je pu faire ça ?

Reed savait qu'il n'était pas utile d'ajouter quoi que ce soit car il était certain que David n'avait pas besoin de piqûre de rappel de sa propre histoire.

— Moi, je ne veux pas m'éloigner d'Eden, affirma David. Je l'aime. Je sais que j'ai merdé en m'enfuyant comme je l'ai fait. Mais il fallait que je réfléchisse. Je devais me remettre les idées en place. En passant du temps avec mon cousin et ses jumelles au quotidien, rythmé par les pleurs et les coliques des nourrissons, j'ai compris que je n'étais pas prêt pour ça. Je ne veux pas vivre ça.

— Tu ne veux pas quoi, exactement ? demanda Reed. Un bébé avec des coliques ? Des jumeaux ? Ou des enfants en général ?

David tripota un nacho dans son assiette, les yeux perdus dans le vague.

— Je n'en sais rien.

Comment un type aussi intelligent pouvait-il être aussi indécis ?

— Pourquoi ne pas dire la vérité à Eden ?

David fronça les sourcils.

— C'est ce que j'ai fait quand je lui ai téléphoné hier. Elle était tellement en colère contre moi qu'elle a raccroché.

Des larmes emplirent les yeux de David, qui avala alors d'une traite les nachos qu'il venait de tremper dans la sauce.

— Je pense que tu devrais rappeler Eden via FaceTime. Dis-lui exactement ce que tu ressens. J'ai l'impression que tu l'aimes énormément et que tu veux l'épouser, même si tu n'es pas prêt à avoir d'enfant.

— C'est ça, exactement ! Je veux des enfants… Un jour. Mais pas tout de suite. Et surtout pas plusieurs à la fois.

— Dis-le-lui. Tu dois avoir confiance en ta relation avec elle, David. Et rappelle-toi qu'en fuyant tu lui laisses entendre que tu n'as pas foi en elle, en votre relation… C'est probablement ce qui la bouleverse le plus.

David parut réfléchir. Il hocha la tête, puis avala une gorgée de bière.

— C'est aussi horrible que je l'imagine ?

Reed but une gorgée à son tour.

— Quoi donc ?

— Vivre avec trois bébés qui pleurent en permanence.

— En fait, j'adore ces petits coquins.

Mais, dès l'instant où il prononça ces mots, Reed sentit son sourire s'estomper. Il ferait n'importe quoi pour les triplés. Bien sûr qu'il les aimait. Il les aimait depuis le jour où il avait joué pour la première fois à l'avion avec eux sur le porche décrépi de l'ancienne maison de location de Norah.

— Vraiment ? demanda David, les yeux grands ouverts derrière ses lunettes noires.

— Ouais. Euh… Je suppose que devenir père est peut-être plus instinctif que je ne le pensais. Il n'y a rien d'autre à faire qu'être là, et faire ce qui doit être fait.

David hocha la tête.

— Je vois. J'imagine que je ne veux rien faire de tout ça… Pour l'instant.

— Alors tu ne devrais pas, affirma Reed en riant. Tout le monde n'est pas prêt à devenir parent au même moment.

Il pensait à Norah, qui n'avait pas eu le choix. Pas plus que lui, d'une certaine façon. Mais quelque chose disait à Reed qu'il était prêt depuis longtemps et qu'il avait toujours attendu ce moment de se dévouer à de petits êtres, comme son propre père ne l'avait jamais désiré.

Ainsi donc… Il était leur *père*. Leur *papa*. Il se mit à rire, et David le regarda bizarrement.

— Je pensais juste à quelque chose, murmura Reed.

David se leva et finit sa bière, déposant un billet de vingt dollars sur la table.

— Je vais faire un FaceTime avec Eden. Souhaite-moi bonne chance. Je vais en avoir besoin.

— Va donc la reconquérir ! lança Reed.

Mais alors qu'il était assis là, finissant sa bière et se servant lui-même de bons nachos, Reed réalisa une chose qui le bouleversa.

Peut-être qu'il s'était focalisé sur l'aspect *père* comme excuse pour ne pas se concentrer sur leur *mariage*. Peut-être était-ce seulement la fonction de *mari* qui le rebutait. Un *mari* qu'il n'avait pas envie d'être.

Au fond de lui, il savait que c'était cela. Bien sûr que c'était cela. C'était la seule raison pour laquelle il avait proposé ce qu'il avait proposé à Norah : une imposture de mariage pour obtenir son ranch et une chance de devenir le père qu'il n'avait jamais eu. Une occasion de réparer cette blessure.

Mais il savait aussi au fond de lui-même que ce n'était pas ce que Norah voulait. Pas du tout. Et elle était si indépendante d'esprit et habituée à être seule qu'il était presque sûr qu'elle ne renoncerait pas à ses rêves de sitôt. Elle finirait par lui dire que ce plan ne fonctionnait pas, qu'elle attendait plus de la vie… Qu'elle attendait un homme qui pourrait être un père *et* un mari.

Elle le méritait bien.

Reed resta assis là longtemps après avoir fini sa bière.

Qu' allait-il donc devenir ? Qu'allait devenir son mariage avec Norah ?

*
* *

Si Norah ne se trompait pas, Reed était… distant.

Pendant que Reed était avec David au bar, elle était allée dans la boutique de vêtements de l'hôtel et s'était offert une petite robe noire dont elle n'aurait pas besoin à la maison. Un modèle assez cher, qu'elle ne porterait probablement que pour les grandes occasions, puisqu'il s'agissait d'un modèle classique façon Audrey Hepburn, sans manches, avec un petit décolleté sage, mais assez audacieux pour que Norah se sente sortir un peu de son rôle de jeune maman de triplés.

Reed et elle avaient convenu de se retrouver à 18 h 30 pour dîner dans un restaurant italien de leur hôtel, qui était censé offrir des mets incroyables. Mais lorsqu'elle sortit de sa chambre à18 h 30 précises, tout apprêtée, avec une petite touche de parfum dans le décolleté, Reed sembla surpris. Il soutint son regard sans jeter ne serait-ce qu'un coup d'œil à sa jolie robe sexy.

Au lieu de cela, il lui raconta ce qui s'était passé avec David. Après leur entrevue, il avait envoyé un SMS à son vieux copain il y a une heure pour lui demander s'il avait parlé à Eden… Mais David ne lui avait pas répondu.

L'amour, le mariage, la paternité, la vie. Pourquoi était-ce aussi compliqué ? Pourquoi vouloir une chose signifiait-il que vous deviez en abandonner une autre ? Le sens du compromis était essentiel dans la vie et les relations.

Puis-je renoncer à mes rêves ? se demanda-t-elle en entrant chez Marcello. Le restaurant était tellement romantique avec sa lumière tamisée par les bougies et les tableaux de nus que Norah se dit que Reed n'avait pas vraiment réalisé dans quel établissement il avait réservé. *Puis-je rester mariée à un homme dont je suis en train de tomber amoureuse, alors que tout est platonique et qu'il ne souhaite pas que notre situation évolue ?*

Peut-être Reed attendait-il que les triplés grandissent, qu'ils entrent dans la vie active pour se délester de ce sens des responsabilités qu'il ressentait envers eux. *Oh ! je mets juste ma vie entre parenthèses pendant dix-huit petites années. Rien de grave.*

Sincèrement était-elle capable de vivre ainsi pendant dix-huit ans ?

Norah venait de remarquer une pancarte sur un chevalet près du long bar en zinc qui indiquait : « Fermé pour soirée privée », lorsqu'une femme se précipita vers eux. Le restaurant était fermé ? Ou même le bar ?

— Oh ! dit la femme, en les entraînant dans le restaurant, vous feriez mieux de vous dépêcher. Il ne reste qu'une table. Sinon, vous devrez manger debout au comptoir…

Norah se tourna vers Reed, qui haussa les épaules, et ils suivirent l'hôtesse jusqu'à une petite table ronde pour deux. Un homme et une femme étaient assis à une table surélevée au milieu de la salle à manger, une bougie entre leurs verres à vin et leur assiette de bruschetta.

— C'est peut-être leur anniversaire, chuchota-t-elle à Reed. Ce sont sans doute des VIP ou quelque chose dans le genre, alors ils ont droit à cette estrade.

— Tout est possible à Vegas, répondit-il en plissant ses yeux sombres dans la pièce à l'éclairage tamisé.

Il était tellement sexy, cette fois tout en noir, toujours sans cravate, malgré son veston.

On les fit asseoir, et Norah ne put s'empêcher de remarquer le couple d'une quarantaine d'années à la table à côté de la leur. La femme avait les bras croisés, l'air furieux. L'homme se gavait de pain italien qu'il tartinait de beurre.

— Comment peux-tu encore te gaver ainsi alors que je suis si contrariée ? murmura la femme.

L'homme leva à peine les yeux, continuant de se beurrer du pain qu'il dévorait.

— Bienvenue à tous ! lança alors la femme assise à la table surélevée.

Norah se tourna vers elle. Son compagnon et elle se levèrent. Ils avaient des micros. Aïe. C'était donc cela, la « soirée privée » ? Est-ce que Reed et elle s'étaient invités sans le savoir à un mariage ?

Ne devraient-ils pas se lever sur-le-champ et se faufiler

dehors discrètement ? Profiter du fait que tous les regards étaient rivés sur le couple, dans un silence absolu ?

— On s'éclipsera quand elle arrêtera de parler, cela se remarquera moins, murmura Reed.

Norah hocha la tête. Difficile de faire plus embarrassant…

— Je sais que ce n'est pas facile pour vous d'être là ce soir, continua la femme, se retournant lentement pour s'adresser à toutes les tables de la salle. Or le seul fait pour vous d'être présents signifie que vous avez fait le premier pas pour sauver votre relation.

Quoi ?

Reed haussa un sourcil et chercha Norah du regard. À présent ce fut son tour de hausser les épaules.

— Je m'appelle Allison Lerner, reprit la femme sur son estrade. Mesdames et messieurs, mon mari Bill et moi sommes mariés depuis trente-six ans. Oui, trente-six ans ! Certaines de ces années ont été assez mouvementées pour que nous nous menacions de divorcer tous les deux jours. Certaines périodes furent plus calmes. Mais pas un jour n'a pas été merveilleux. Vous voulez savoir pourquoi on n'a pas divorcé malgré les disputes, les soucis, les accidents ?

— Oui ! s'écria une femme.

Allison sourit.

— Nous n'avons pas divorcé parce que – et c'est là le grand secret – nous ne *voulions* pas divorcer. Pas vraiment. Même quand on se détestait. On ne voulait pas ne pas être mariés l'un à l'autre. Pas vraiment.

— Qu'est-ce que c'est que cette soirée privée ? chuchota Reed. Ce couple va nous faire le spectacle ?

— Ma parole, j'espère que non ! dit Norah à voix basse.

— Vous tous qui participez au séminaire de ce soir sur la résilience des couples, vous êtes ici parce que vous n'avez pas envie de divorcer, pas plus que de vous séparer. Alors, prenez un verre de vin, les amis, commandez vos amuse-gueules et vos entrées, et une fois que les serveurs seront repartis en cuisine, nous commencerons à travailler dur pour sauver vos couples. Parce que c'est ce que nous voulons tous !

Norah regarda autour d'elle. La femme aux bras croisés sur la poitrine avait les larmes aux yeux. Son mari lui caressait la main, avec une certaine réticence, mais au moins il faisait quelque chose. La totalité du restaurant avait dû être réservée pour le séminaire.

— Je me suis trompé dans le choix du restaurant… On s'en va ? suggéra Reed en rejetant sa serviette.

— Monsieur, vous pouvez y arriver ! lança soudain Allison Lerner derrière eux en posant une main sur le bras de Reed. Vous le méritez bien. Vous le savez, l'un comme l'autre. Accordez-vous cette chance, à vous et à votre mariage, ajouta-t-elle en lorgnant leurs alliances.

Alison et son mari devaient être habitués à traquer les déserteurs dès la fin du discours inaugural.

— Non, je…, bredouilla Reed.

— Allison a raison, déclara alors Norah à Reed. Nous devons apprendre à nous battre pour notre mariage au lieu de le combattre.

Quand Reed croisa son regard, elle réalisa à quel point ces paroles étaient justes. Reed luttait contre elle sans même s'en rendre compte, parce qu'il ne voulait pas d'un véritable mariage. Et Norah luttait car elle voulait plus alors même qu'elle avait accepté le minimum. Est-ce que tout ça avait un sens ? Pas étonnant qu'elle soit si confuse en ce qui concernait ses sentiments.

— Il nous faut trouver un moyen de faire en sorte que ça fonctionne, non ? reprit Norah. Alors restons ici.

Reed la dévisagea, puis interrogea le visage patient et indulgent d'Allison. Sans un mot, il se rassit doucement.

— Je prendrai peut-être des pâtes, dit Norah en ouvrant son menu.

Il fronça les sourcils. Puis elle vit son regard s'adoucir d'un air approbateur.

— D'accord, d'accord. Je reste, dit-il en décrispant ses épaules avant d'ouvrir son menu.

Ils commandèrent un délicieux risotto aux fruits de mer en entrée. Norah choisit ensuite les raviolis aux quatre fromages et champignons alors que Reed opta pour le filet mignon farci. Norah espérait qu'il lui en offrirait une bouchée.

— Mesdames, messieurs, je vous en prie, prenez une gorgée de votre boisson, que ce soit du vin, du soda ou de l'eau, lança Bill Lerner depuis la petite estrade.

Norah et Reed soulevèrent leurs verres, trinquèrent et burent une gorgée. Leur voisine de table se renfrogna. À sa table, on ne trinqua pas.

— Voilà, maintenant, posez vos verres, reprit Bill. Tournez-vous vers votre partenaire. Regardez-le ou la dans les yeux, et dites la première chose gentille qui vous vient à l'esprit à son sujet. Mesdames, on commence par vous.

Norah se tourna vers Reed. La tâche était aisée.

— J'adore la manière dont tu te comportes avec les triplés. J'aime ta façon de leur faire la lecture et de chatouiller les bras de Brody et Bea, mais pas ceux de Bella parce que tu sais qu'elle n'aime pas ça. J'adore le fait que tu aies retenu qui aime les patates douces et qui déteste les carottes. Pour la première fois depuis leur naissance, j'ai l'impression de pouvoir me détendre en tant que parent dans ma propre maison… Enfin, *ta* maison. Et c'est grâce à ta seule présence. C'est agréable. Bien mieux que je ne l'espérais.

Norah sentit des larmes lui monter aux yeux. Elle n'avait pas eu l'intention d'en dire autant… Mais chaque mot était sincère. Oh ! bon sang… C'était la seule raison pour laquelle elle avait accepté de ne pas déchirer les papiers d'annulation. Pour que ce qui ne s'était pas produit… se produise. Précisément. Et elle voulait que les choses changent. Quelle égoïste. Elle exigeait de Reed plus qu'il ne voulait offrir en retour, quitte à mettre en péril la stabilité des triplés. Sa vie amoureuse de maman n'était pas une priorité. Point final.

Reed lui prit soudain la main.

— Je te remercie. C'est très important à mes yeux. Ces bébés comptent beaucoup pour moi.

Elle faillit éclater en sanglots, mais parvint à contenir le flux d'émotion en prenant une gorgée de vin.

— D'accord, messieurs, reprit Allison depuis son estrade. À votre tour. Dites la première chose sincère et positive que vous ressentez pour votre partenaire.

Reed prit une gorgée de son vin et regarda Norah.

— Je t'admire. Tu t'en sors bien. Tu es pleine de charme. Bienveillante. Drôle. J'aime te voir sans cesse occupée à la maison.

Norah se mit à rire. Elle fut touchée par ses paroles. Peut-être n'était-ce pas aussi personnel que ce qu'elle avait dit, mais il venait de lui faire part de son affection, sincère. Et de sa satisfaction à partager le même toit avec elle.

— Alors, messieurs, lança Bill dans le micro. Maintenant, regardez votre partenaire et dites-lui ce que vous avez pensé de ce qu'elle vous a dit.

Reed posa son verre de vin, qu'il aurait volontiers vidé d'une traite.

— Je suis peut-être un père pour les triplés, après tout…

Norah sentit les larmes abonder encore dans ses yeux. Cette fois, elle ne les ravala pas et resta bouche bée.

— Je l'ai compris avant que tu ne me dises ce que tu viens de dire. Je l'ai réalisé en parlant à David Dirk. J'adore ces petits, Norah. Ils m'ont séduit. Je suis leur père. S'ils veulent bien de moi…

Norah se mordit la lèvre.

— Bien sûr qu'ils voudront de toi…

Et moi aussi.

— Mesdames, à présent, exprimez à votre partenaire ce que vous ont inspiré ces paroles bienveillantes.

Norah prit la main de Reed et la serra.

— Tu ne prononceras jamais aucune parole que je chérirai plus que celles que tu viens de dire. Les triplés sont ma priorité. Pour moi, c'est primordial…

Il inclina la tête comme pour réfléchir. Mais il ne dit rien et se contenta de hocher la tête.

— Ouf ! soupira Allison depuis l'estrade. Vous venez

déjà d'effectuer une grande partie du travail alors que les entrées ne sont pas encore servies ! N'hésitez pas à parler entre vous de ce que nous venons de faire ou à changer de sujet pour savourer votre dîner. Une fois que vous aurez eu l'occasion de manger, nous reprendrons avec le prochain exercice. Bien sûr, après le dîner, nous entrerons dans le vif du sujet.

— Heureusement qu'on a des projets, chuchota Reed. Il va nous falloir passer le « vif du sujet ».

— Ah bon ? fit Norah en souriant.

— Il y a quelque chose que je veux te montrer. Quelque chose de plus amusant que cela.

— J'ai l'impression que l'on vient de me remettre ma tête à l'endroit, admit-elle. Alors je dirais que ce séminaire sur la résilience des couples est déjà un énorme succès. Dès le premier exercice…

Il pressa sa main dans la sienne, mais encore une fois il garda le silence et entreprit de découper son appétissant filet mignon. Piquant sa fourchette dans le premier morceau, au lieu de le porter à sa bouche, il le tendit jusqu'aux lèvres de Norah.

— Honneur aux dames !

Elle sourit, sentant que sa détermination à se concentrer uniquement sur leur partenariat et non sur ses sentiments commençait à vaciller. Comment était-elle censée étouffer ses sentiments pour Reed Barelli alors qu'il était si merveilleux ?

Fermant les yeux, elle mordit dans le steak aussi tendre que goûteux.

— Incroyable, murmura-t-elle après un instant. Merci.

Puis elle glissa un ravioli dans l'assiette de Reed.

— Et voici pour toi.

Ils dégustèrent alors leur repas en silence, sans reparler de l'exercice, contrairement à la pauvre femme de la table d'à côté qui harcelait son mari de questions.

— Tu aimes vraiment ma nouvelle coiffure ? demandait-elle pour la troisième fois.

Le mari avala ses pâtes et leva à peine les yeux.

— Honnêtement, Kayla, avec cette teinte plus claire de blond, tu es exactement comme tu l'étais le jour où j'ai pris le courage de te parler après le cours de sciences au lycée. Il m'a fallu un mois pour trouver le cran de faire ça.

La femme sembla soudain sur le point de s'évanouir. Une joie immense illumina ensuite son visage, et elle serra la main de son mari.

— Oh ! Skip…

Parfois, il suffisait de dire le bon mot, au bon moment.

Reed jeta un coup d'œil du côté de l'estrade des Lerner. Bras dessus, bras dessous, ils se nourrissaient l'un, l'autre de *fettucine*. Les assiettes de Norah et de Reed étaient pratiquement vides, tous les deux étant plus que rassasiés.

— Je suggère que l'on s'éclipse maintenant.

Norah sourit.

— Allons-y…

Reed laissa cent cinquante dollars en billets sur la table, et ils se précipitèrent vers l'entrée avant de courir dans le couloir… Ils étaient libres.

— C'était… inattendu, dit Norah en riant, alors qu'ils s'arrêtaient à l'angle du hall.

Son premier rire depuis sa nuit de noces.

— Mais ça valait le coup, répondit Reed. Notre mariage est consolidé. On a fait du bon boulot avec ces conférenciers.

Norah sourit.

— Exact. Alors qu'est-ce que tu voulais me montrer ?

— Suis-moi.

Il appela l'ascenseur. Une fois à l'intérieur, il appuya sur le bouton *Rooftop*. Quarante-deux étages plus haut, ils sortirent dans un couloir désert menant à une seule porte, surmontée d'un écriteau indiquant le lieu. Reed poussa la porte, et elle lui emboîta le pas.

C'était une terrasse sur le toit, avec divans, fauteuils et fleurs, et un bar avec un serveur en smoking. Reed prit la main de Norah et la conduisit de l'autre côté de la terrasse, loin des petits groupes de clients. La vue sur le Strip était à couper le souffle, des lumières scintillaient partout, sous l'immensité du ciel étoilé.

— C'est autre chose, hein ? demanda-t-il en contemplant les lumières de la ville.

— Oui. On ne voit pas ça à Wedlock Creek.

Apprécierait-elle encore mieux la vue si Reed se rapprochait un peu ? Et l'enlaçait de ses deux bras musclés ? Oui, bien sûr. Mais n'avait-elle pas dit qu'elle ne serait ni intrépide ni égoïste ? Elle savait faire la part des choses. Elle devait garder cela à l'esprit et se contenter de ce qu'elle avait.

Le téléphone de Reed sonna dans sa poche. Il le sortit et consulta l'écran.

— C'est David Dirk, chuchota-t-il avant de se retourner vers le panorama. Allô, David… Ah oui, c'est une bonne nouvelle… Et, oui, ça nous ferait plaisir… D'accord, on se retrouve dans deux heures.

Norah fronça les sourcils.

— Qu'est-ce qui nous ferait plaisir ?

— On dirait qu'on est invités à être les témoins de David et Eden pour célébrer leur union à la Love Chapel.

À ces mots, Norah manqua de s'étrangler.

— Attends… Eden est venue ici ? Elle renonce à la chapelle de Wedlock Creek et à son rêve de triplés ?

— Je suppose qu'elle s'est posé des questions et qu'elle a décidé de ce qui comptait le plus à ses yeux.

Norah hocha la tête.

— C'est la clé… Ce qui compte le plus. Il faut suivre ses rêves même si ça implique un compromis.

Et ce *qu'elle* voulait le plus, c'était une vie stable pour ses enfants : la sécurité que Reed leur apporterait, l'amour et l'affection, le modèle qu'il serait pour eux. Elle voulait cela pour ses triplés plus que toute autre chose. Même si son propre cœur devait renoncer à l'amour pour l'obtenir.

— Waouh, fit Norah. Elle doit vraiment l'aimer.

— Eh bien, elle a encore un peu d'assurance. Il s'avère qu'il y a une légende associée à la Love Chapel.

— Et quelle est-elle ?

— Les parents d'Eden y ont fugué pour se marier, l'été après le lycée, scandalisant leurs parents. Vingt-cinq ans plus tard, les Pearlman sont aussi heureux que possible. Selon la légende de la famille Pearlman, si vous vous mariez à la Love Chapel de Las Vegas, vous êtes presque assuré d'être heureux jusqu'à la fin des temps.

Norah pouffa de rire.

— C'est une très jolie légende.

Reed hocha la tête.

— C'est une journée bien remplie pour nous. D'abord un séminaire de thérapie de couple pour le dîner et maintenant nous allons être témoins d'un mariage marqué sous le sceau de la légende.

— Comme le nôtre, nota-t-elle. C'est démentiel que ce mariage soit arrivé…

Il la regarda dans les yeux et pressa sa main dans la sienne.

— Je suis content que ça soit arrivé, Norah. Aussi fou soit-il, notre mariage a changé ma vie. Pour le meilleur.

Elle serra sa main à son tour.

— Il a aussi changé ma vie.

Parce que je suis amoureuse de mon mari. Exactement ce qui n'était *pas* censé arriver.

Je t'aime, Reed Barelli, hurla-t-elle dans sa tête. *Je t'aime !*

Et elle se demanda ce que lui devait crier dans sa tête.

- 12 -

— Eh bien, ce n'est pas la chapelle de Wedlock Creek, lança Eden en s'emparant du collier de perles de sa grand-mère. Mais si le fait de se marier ici a offert à mes parents vingt-cinq années de bonheur et quatre enfants, alors je veux bien m'inscrire dans la tradition…

Norah ferma le joli collier d'Eden et observa son reflet dans le miroir de la salle nuptiale de la Love Chapel. La mariée était absolument ravissante dans sa robe de princesse ornée de la dentelle et de perles.

— C'est génial. Tu as ta propre légende familiale !

Eden se mordit la lèvre et regarda Norah dans le miroir.

— Tu crois vraiment à cette légende de Wedlock Creek ? Je veux dire, toi, tu as eu des triplés sans te marier là-bas.

— À vrai dire, je me suis bel et bien mariée là-bas. Après la naissance de mes enfants. Le destin savait peut-être à l'avance que je me marierais à la chapelle, et j'ai donc eu mes enfants un peu en avance, précisa-t-elle en roulant des yeux. Je pense que Reed te dira que la légende est vraie : il s'est marié à la chapelle et le voilà papa de triplés.

— Pauvre homme ! dit Eden en riant avant de redevenir sérieuse. Tu me trouves idiote d'avoir pardonné à David et de l'épouser malgré ce qu'il a fait ?

— Je pense que tu connais mieux David que quiconque et tu sais ce qui est bien pour toi. Personne d'autre ne peut te dire le contraire.

Eden ajusta son long voile fleuri.

— Je sais qu'il m'aime. Mais il a vraiment fait n'importe

quoi en disparaissant comme ça. Je veux dire, j'ai vraiment cru qu'il lui était arrivé quelque chose, précisa-t-elle en fronçant les sourcils. Il est peut-être trop immature pour se marier…

— Eh bien, il a eu peur et il n'a pas su comment gérer ça, alors il s'est enfui. Il craignait de te perdre en te révélant ce qu'il ressentait vraiment. À la fin, il t'a appelée et t'a dit la vérité. Vous avez su surmonter cela, puisque tu es là.

Le sourire d'Eden illumina son visage.

— Ça fera une sacrée histoire de famille, hein ? Je raconterai à mes petits-enfants la fois où leur grand-père a pris le maquis pour éviter d'avoir des quadruplés !

— Et vous aurez peut-être des quadruplés malgré tout, dit Norah en riant. On ne sait jamais !

— Mouahahaha, fit Eden en imitant un rire de sorcière. Et toi, Norah, tu es donc en lune de miel ? C'est pour ça que Reed et toi êtes ici ?

Les lunes de miel, c'était pour les jeunes mariés, *vraiment mariés*. Norah sentit son cœur se serrer. Et voilà que ça recommençait. Était-ce mal d'aspirer à vivre son amour au grand jour, quand on avait le cœur gonflé de passion ?

Eden était en train de la dévisager, alors elle ferait bien de dire quelque chose de rationnel. Elle n'avait aucune idée de ce que Reed avait dit à David au sujet de la façon dont ils s'étaient mariés. Probablement la vérité. Elle connaissait Reed Barelli assez bien pour savoir qu'il ne mentait pas.

— Je suppose que c'est comme une mini-lune de miel. Reed vient juste de prendre son poste dans la police de Wedlock Creek, donc il ne peut pas s'octroyer de longs congés.

Elle aimait bien cette version des faits. C'était la vérité, dans un sens. C'était comme leur lune de miel. Et, puisqu'ils étaient jeunes mariés, ils avaient besoin de ce temps libre.

— Il doit vraiment t'aimer, déclara Eden en se retournant vers le miroir pour rafraîchir son rouge à lèvres. Il a quand même épousé une maman célibataire avec des triplés de sept mois !

Norah sentit son estomac se nouer. Comme elle aurait aimé que ce soit vrai… Bien sûr, ils ne pouvaient pas revenir en arrière, tomber amoureux et se marier. Ils avaient déjà fait les choses dans le sens contraire en se mariant d'abord, avant d'apprendre à se connaître. Elle sourit et se détendit soudain un peu. Il y avait de l'espoir, non ? Quand on brûlait les étapes, on ne pouvait plus qu'avancer dans un certain sens ? Dans leur cas, l'étape suivante pourrait-elle être… l'amour ? Le grand ? Le vrai ?

Mais quand votre mari était allergique aux relations sentimentales tout cela semblait impossible.

Est-ce qu'un homme qui ne croyait pas en l'amour emmenait sa femme accidentelle admirer une vue à couper le souffle au quarante-deuxième étage ? Se comportait-il comme Reed, attentionné et dévoué, y compris quand il s'agissait de lui offrir la première bouchée de son incroyable filet mignon ?

— C'est un type bien, affirma Norah.

Oh ! oui, il l'était…

Eden sourit et vérifia que ses boucles d'oreilles en perles étaient bien attachées.

— Tu as tellement de chance. Tu as tes triplés, et ton nouveau mari détective qui est fou amoureux de toi. Tu as tout ce dont une femme peut rêver !

Si seulement Eden pouvait dire vrai…

Après avoir fait son travail officiel en tant que témoin, Norah regarda David Dirk, tout endimanché dans son smoking, soulever son épouse et la porter jusqu'à la sortie de la Love Chapel. Reed eut à peine le temps de leur lancer du riz, que c'était déjà au tour du couple suivant de se dire « oui ». Norah et Reed ne tardèrent donc pas à sortir dans la chaleur de Las Vegas en ce mois de juillet.

— Affaire classée, avec un dénouement heureux, déclara Reed. Le genre d'affaire que je préfère…

— Je pense qu'ils vont s'en sortir, soupira-t-elle. Mais il n'est pas exclu que David panique de nouveau.

— Sans aucun doute, s'esclaffa Reed avant de la dévisager. Alors, on retourne à l'hôtel prendre un dernier verre sur la terrasse ?

— Ça m'a l'air d'être une bonne idée, répondit-elle.

Mais trop romantique. Pourtant pour rien au monde elle n'aurait écourté cette nuit au parfum d'amour et de mariage avec son propre mari.

Ils croisèrent beaucoup de couples se tenant la main. Des mariés passant une tête par le toit des limousines, en hurlant : « Ça y est, je l'ai fait ! »

Cette ambiance joyeuse et alcoolisée lui rappela sa propre nuit de noces.

En dix minutes, ils furent de retour au Concordia et prirent l'ascenseur jusqu'au quatrième étage. La chambre de Reed était identique à la sienne. Le grand lit au centre de la pièce avait retenu son attention. Soudain, elle ne songea plus qu'à son réveil au lendemain de son mariage, au choc d'avoir vu Fabio-Reed dans son lit, à moitié nu, à l'exception de son boxer noir…

— Tu crois que le soir de notre nuit de noces, nous avons… ?

Sa voix s'éteignit, et elle posa ses affaires à côté du lit.

— Nous avons quoi ?

— Fait l'amour, lâcha-t-elle, en se retournant vers lui.

Il posa sa carte d'accès sur la commode, avant de rejoindre le minibar.

— Non. En fait, je suis sûr à 99 % que nous n'avons rien fait.

— Comment peux-tu en être certain ?

Il leur servit deux verres de vin.

— Parce que si je t'avais fait l'amour, Norah, ce n'est pas le genre de chose que j'aurais oublié, affirma-t-il en soutenant son regard.

Aussitôt, elle sentit ses joues s'enflammer, une onde de chaleur se répandit dans sa poitrine, le long de son ventre, jusqu'à ses orteils.

Elle accepta le verre de vin qu'il lui offrait et en but une gorgée, avant de se diriger vers les fenêtres, incapable de se tenir trop près de lui, ou de le regarder dans les yeux sans se consumer spontanément. Se retrouver ainsi dans sa chambre, avec ce lit, le souvenir de son réveil à ses côtés, son visage sculptural, son corps incroyablement chaud… Elle désirait cet homme avec une férocité dont elle ne se souvenait pas avoir déjà fait l'expérience. Elle voulait sentir ses mains, sa bouche sur elle. Elle voulait… *consommer* ce mariage.

Peut-être pourrait-elle lui montrer le chemin… Lui suggérer combien ils pourraient être bien ensemble. Si elle, plus que quiconque, arrivait à se délester de sa méfiance et des murailles qu'elle avait érigées pour s'autoriser à risquer d'avoir des sentiments, alors lui aussi il en serait capable, bon sang… Il était impossible pour elle d'être mariée à cet homme, de partager sa maison et son quotidien avec lui, sans vraiment *être avec lui* dans tous les sens du terme. Et le fait que Reed soit manifestement attiré par elle lui donna le cran de prendre une longue gorgée de son vin, de poser le verre et de s'asseoir sur le bord du lit.

Il la suivit du regard mais demeura immobile.

Fallait-il qu'elle se jette sur lui ? Non. Elle était incapable d'une chose pareille.

Allons, quelle idiote… Autant oublier tout cela. Elle n'allait pas supplier cet homme, ni aucun homme d'ailleurs, d'avoir envie d'elle, de tout son cœur, de toute son âme, de tout son corps. Sa sœur ne lui avait-elle pas judicieusement suggéré de laisser les choses arriver naturellement ? Il valait mieux ne rien forcer.

Poussant un soupir dépité, elle se leva.

— Bon, je vais rejoindre ma chambre, peut-être regarder un film. Une comédie, je pense.

Elle avait besoin de rire. Franchement.

— Bonne idée. Un peu d'humour ne me ferait pas de mal, répondit-il en saisissant la télécommande du bureau pour afficher le programme de vidéo à la demande à l'écran. Hum, *Police Academy 3*, *Out of Africa*, *Jerry Maguire* ou *Full Metal Jacket* ?

Aïe. Dans son esprit elle n'avait pas suggéré qu'ils regardent un film *ensemble*. Ils allaient s'allonger tous les deux sur le lit, l'un contre l'autre, et regarder un film ? Vraiment ?

— À moins que tu en aies marre de moi et que tu préfères rester seule devant ton écran ? reprit-il avec un sourire. Je me sens tellement bien avec toi, que j'oublie que tout le monde n'a pas forcément envie de rester avec moi vingt-quatre heures sur vingt-quatre.

Elle éclata de rire. En plus d'être beau, il était drôle. Peu importait le film, non ? Tant qu'elle était auprès de *lui*.

— J'ai vu *Jerry Maguire* au moins cinq fois, mais on ne se lasse jamais de ce film, murmura-t-elle.

— Ah bon ? Moi, je ne l'ai jamais vu.

Tu. Es. Mon. Âme Sœur ! avait-elle envie de lui crier au visage, avant de le plaquer sur le lit et de couvrir son corps d'athlète de baisers.

— Attends, on ne peut pas regarder un film sans pop-corn, déclara-t-il en décrochant le téléphone.

Il commanda auprès d'un service d'étage un grand saladier de pop-corn chauds, deux sodas, une bouteille de bon vin blanc et deux tranches de gâteau au chocolat.

Norah n'en revenait pas.

— Toi, au moins, tu sais regarder un film dans les règles de l'art, dit-elle.

Il sourit.

— Pour moi, tu es toi-même assez douée quand il s'agit de faire les choses comme il faut.

C'est pourquoi il ne s'était pas précipité pour remettre les formulaires d'annulation à la remplaçante zélée du greffier du comté. Parce qu'il faisait les choses correctement. Comme rester marié à une maman de triplés âgés de sept mois qui vivaient dans un taudis et gagnait sa vie en préparant des tartes.

Vingt minutes plus tard, une fois leur petit plateau télé livré, ils s'installèrent sur le lit, le grand saladier de pop-corn entre eux, pour regarder *Jerry Maguire*.

— Oh ! c'est le type de *Mission Impossible*, dit Reed en se lançant un pop-corn dans la bouche.

Ils avaient tous les deux ôté leurs chaussettes, et Norah ne pouvait s'empêcher de contempler les pieds de Reed.

— Tu ne vas pas souvent au ciné, hein ? demanda-t-elle.

— Je n'ai jamais vraiment eu beaucoup de temps pour ça. J'espère que dorénavant, à Wedlock Creek, j'aurai un rythme de vie plus calme, qui me le permettra.

Elle hocha la tête, et ils se concentrèrent sur l'écran. Reed rit beaucoup, en particulier durant les scènes avec Cuba Gooding Jr. Au moment où Renée Zellweger admettait qu'elle avait craqué pour Tom Cruise dès qu'il lui avait dit « bonsoir », la fameuse scène de l'âme sœur, Norah sentit les larmes lui monter aux yeux.

— Ainsi donc, tu as la larme facile, murmura Reed, en l'attirant contre lui.

Elle n'opposa aucune résistance et s'appuya contre son épaule.

Super. Maintenant, ils se faisaient des câlins. Enfin, en quelque sorte. Car Reed semblait captivé par le film. Norah avait toutes les peines à garder son regard fixé sur l'écran, alors même qu'elle était blottie contre l'épaule de Reed, lui-même allongé si près d'elle. Entre deux bouchées de pop-corn et de gâteau au chocolat, elle s'efforça de ne plus penser à Reed. Ni au sexe.

Mais, alors que le générique se déroulait sous leurs yeux, Reed s'appuya sur son coude pour l'affronter.

— Tu y crois, toi, à cette histoire d'âmes sœurs ?

Elle se tourna à son tour vers lui.

— Est-ce que j'y crois ? Bien sûr que oui.

— Tu penses donc qu'une personne ne peut pas se sentir comblée tant qu'elle n'a pas trouvé sa moitié ?

— Ce que je crois, c'est que quand on a trouvé le bon partenaire, il fait ressortir ce qu'il y a de mieux en nous, il nous fait réaliser la profondeur des sentiments dont on est capable. À ses côtés, on se sent entier, on a soudain l'impression que plus rien ne manquera à notre vie.

Il sourit.

— Je ne sais pas, Norah. Je trouve juste que c'était une bonne réplique.

Elle secoua la tête.

— Non, non. Elle est sa moitié, et il l'a compris.

Il lui tendit la main pour ranger une mèche de cheveux qui était tombée sur son visage, mais en profita pour lui caresser la joue.

— Tu es une vraie romantique.

— Toi aussi, tu l'es. Tu ne le sais pas, c'est tout, dit-elle.

C'était tellement vrai. Tout ce qu'il faisait trahissait son romantisme. Sa galanterie. Son sens de l'honneur. Son choix de visionner *Jerry Maguire*. Bon sang, cet homme avait commandé du pop-corn et du gâteau au chocolat au service d'étage : quoi de plus romantique ?

L'idée la fit sourire. Sauf que… maintenant, il regardait sa bouche. Et vint poser un doigt sur sa lèvre.

— Tu as une miette de pop-corn, murmura-t-il.

— Est-ce qu'on appelle ça des miettes pour du pop-corn ?

— Oui, susurra-t-il à quelques centimètres de son visage.

Il se redressa alors sur son coude et éloigna une autre mèche de cheveux de son visage. Il y avait un mélange de tendresse et de désir dans son regard.

Elle se rendit compte qu'il réfléchissait, luttant contre l'envie de… l'embrasser ! Alors, elle tenta de communiquer par télépathie : *Fais-le… Embrasse-moi ! Oui, voilà !*

Et puis… Il le fit. Délicatement pour commencer. Passionnément l'instant d'après.

Il roula sur elle, ses mains dans ses cheveux, sa bouche se déplaçant de ses lèvres vers son cou. Retenant son souffle, ses mains se perdirent le long de son dos, de sa nuque, de ses cheveux, épais et soyeux.

— Dis-moi d'arrêter, Norah. C'est de la folie.

— Je ne veux pas que tu arrêtes… Je veux que tu me fasses l'amour.

Avec un grognement guttural, il ôta sa chemise, puis dégrafa sa robe. Elle se redressa et retira sa robe avant qu'il ne puisse changer d'avis. Il admira alors son soutien-gorge en dentelle noire, qu'elle avait choisi dans cette éventualité.

C'était en train d'arriver. Pour de vrai ! Elle s'allongea, alors qu'il gardait les yeux rivés à son décolleté. Parfait ! Il ne réfléchissait plus. Il ne faisait que ressentir. À l'instant même où elle posa ses mains sur la peau dénudée de sa poitrine, il fut à elle. Il gémit de nouveau, écrasant sa bouche sur la sienne, tout en défaisant sa braguette d'une main et détachant agilement son soutien-gorge de l'autre.

— Je suis incapable de te résister, Norah, susurra-t-il en s'allongeant tout contre elle, peau contre peau. Tu me fais perdre tout contrôle.

Elle sourit.

— Tant mieux.

Le temps qu'il attrape le petit sachet en plastique dans son portefeuille, elle n'était plus capable de la moindre pensée rationnelle, face aux sensations qu'il éveillait sur chaque centimètre, chaque cellule de son corps. Mais elle comprit vaguement qu'il avait apporté un préservatif. Probablement une boîte entière. Autrement dit, il s'était attendu à ce qu'il se passe quelque chose entre eux…

Ainsi donc, son mari n'était pas aussi inaccessible derrière cette muraille qu'il avait érigée entre lui et l'amour, entre lui et les sentiments. Il y avait de l'espoir pour eux. Elle sentit son cœur s'ouvrir grand, sans se soucier des risques.

Et puis il s'allongea de tout son poids sur elle… Alors, ils ne firent plus qu'un, et Norah arrêta de penser pour de bon.

Le téléphone de Reed était sur silencieux, mais, en tant que policier, il s'était longtemps entraîné à l'entendre vibrer. Il avait dû s'assoupir après de longs ébats avec Norah. Son *épouse*. Alors même qu'ils n'étaient pas censés consommer ce mariage… Cela ne faisait pas partie du marché.

Il se tourna vers elle. Allongée près de lui, sur le côté, sa respiration était régulière : elle dormait. Ses longs cheveux aux reflets cuivrés tombaient sur ses épaules nues et sensuelles.

Le simple fait de poser les yeux sur elle réveilla son désir. Il avait follement envie d'elle, mais son téléphone vibra de nouveau sur la table de chevet. Puis une fois encore… De quoi pouvait-il bien s'agir à 1 h 30 du matin ?

Il s'avéra que c'était David Dirk. Qui lui adressait une série de SMS.

Je te dois une fière chandelle, mon pote ! Ça m'a fait du bien de parler avec toi tout à l'heure.

Je suis allongé ici à côté de ma magnifique femme et je mesure ma chance.
Je me rends compte que la profondeur de mon amour pour cette femme signifie que c'est elle ma priorité.

Les bêtises égoïstes, c'est fini. J'aime Eden à en mourir et je place ses besoins au-dessus des miens.

On se fait un double rencard, de retour à Wedlock Creek, mec ?

Tant mieux pour David Dirk et Eden. Cet homme avait paniqué, s'était enfui de façon aussi spectaculaire qu'immature, mais il avait fini par se regarder en face et mettre son cœur à nu, et s'ouvrir à la femme qu'il aimait.

Alors pourquoi Reed se sentait-il aussi… troublé par cette histoire ? Reposant le téléphone sur la table, il se coucha et resta immobile, les yeux rivés au plafond.

Parce qu'il ne faisait pas passer les besoins de Norah avant les siens ? Mais ne demandait-elle pas la lune : l'amour, la tendresse, les câlins devant *Jerry Maguire*, un partenariat assumé, solide. Or que lui offrait-il à présent ? Juste un partenariat. D'accord, il s'était un peu rapproché de sa femme de convenance tout en regardant la plus grande comédie romantique de tous les temps… avant de lui faire l'amour de façon fougueuse et passionnée.

Il secoua la tête.

Au moins, il était un homme meilleur que son père, lequel avait été trop lâche pour se marier et subvenir aux besoins de sa propre famille. Il avait pu obtenir son ranch, même si sa grand-mère aurait été très déçue par le simulacre de mariage qui lui avait permis de récupérer la propriété familiale des Barelli.

Pendant ce temps, il empêchait Norah de trouver ce à quoi elle aspirait vraiment. Elle avait accepté le contrat de mariage, elle avait elle-même assuré ne vouloir surtout pas parler d'amour, ni de romance… Mais quelque chose avait changé pour elle. Elle lui avait ouvert son cœur à sa façon. Malgré la muraille qu'il avait érigée entre eux.

Alors que rien ne le ferait flancher, lui.

Il se tourna vers Norah et releva une mèche de ses cheveux soyeux. Sexuellement, cela avait été comme il l'avait imaginé : ils étaient parfaitement en phase. Mais, par la suite, une partie de lui avait eu envie de prendre la fuite. Il était resté pour elle, comme pour lui rendre un grand service. Ce qui l'avait fait se sentir encore plus mal à propos de ce qu'il était en mesure, ou pas, de lui offrir.

Il n'y avait qu'une seule chose à faire, comprit-il en restant allongé là, les yeux fixés au plafond.

Une seule façon de se sortir du pétrin dans lequel il les avait précipités en pensant que ce genre de mariage pourrait fonctionner.

Plus il y réfléchissait, plus il lui apparaissait évident que c'était la bonne chose à faire. Il devrait prendre une heure sur son temps de travail ce matin, mais il la rattraperait plus tard.

Une fois la décision prise, il se retourna vers le papier peint à rayures beiges et blanches jusqu'à ce qu'il réalise combien il était agréable de s'endormir auprès de Norah. Il avait envie de la toucher, de l'entourer de ses bras pour lui dire combien il tenait à elle, combien il s'inquiétait pour elle… Mais, non, il en était incapable.

Dès lors qu'il était question de Reed Barelli, rien n'échappait à Norah. Ainsi, elle avait tout de suite senti la distance qu'il instaurait entre eux. Cela avait commencé dans la chambre d'hôtel, quand elle s'était réveillée il y a cinq minutes. Toute la fougue de la nuit précédente avait disparu, remplacée par cette… légère froideur. Oh ! il se montrait poli. Respectueux. Proposant même d'aller chercher des bagels ou d'appeler le service d'étage.

Elle s'assit sur son lit, remontant le drap et les couvertures jusqu'à sa poitrine. *Reste détendue, Norah*, se dit-elle.

— Ces ébats torrides m'ont fait mourir de faim, murmura-t-elle en souriant, espérant le faire craquer.

Mais, au lieu de la rejoindre au lit pour davantage de tendresse, il se rua vers le téléphone.

— Je vais appeler le room service. Tu veux des œufs brouillés ? Avec ou sans galettes de pommes de terre ?

Elle poussa un lourd soupir.

— Avec pommes de terre. Et une barrique de café…

Il commanda deux petits déjeuners complets.

Elle sentait encore l'empreinte de ses lèvres sur les siennes, et partout sur son corps, à vrai dire. Elle avait son odeur sur elle. Elle avait l'impression d'être une héroïne de roman… En espérant ne pas finir comme la plupart des amants maudits des livres de l'époque.

— Tiens, lui dit Reed en lui remettant le peignoir éponge, à l'effigie de l'hôtel Concordia. C'est le mien, prends-le.

Soit il ne voulait plus la voir nue, soit il était juste attentionné et poli. Hier soir, il avait tout fait pour qu'elle comprenne combien il désirait la voir nue, combien il avait eu envie d'elle. Or, à présent, tout était fini. Le jour s'était levé, et Cendrillon avait vu son carrosse changé en citrouille.

Ils mangèrent sur la terrasse en parlant de tout et de rien. Il demanda des nouvelles des triplés, puisqu'elle leur avait bien sûr déjà téléphoné. Tous trois allaient bien. Tout se passait bien au Pie Dine, de même qu'au poste de police. Sans parler d'Eden et David. Bref, *tout* allait bien, sauf Norah et Reed. Pourquoi ce changement si radical du jour au lendemain ?

Il repoussa ses œufs brouillés dans son assiette.

— Norah, il faut qu'on parle. Vraiment.

Oh ! bon sang… Elle posa sa tasse de café.

— D'accord.

Il se racla la gorge, puis but une longue gorgée de son café, avant de contempler la vue. Puis, finalement, il se tourna vers elle.

— Je serai à tes côtés, Norah, et je serai le père de Bella, Bea et Brody. Je *veux* être leur père.

— Mais… ? bredouilla-t-elle les nerfs en alerte rouge.

— Mais je sens – non, je *sais* – que tu désires plus que cela. Tu aspires à un vrai mariage. Et je t'en empêche. Si tu désires trouver un homme qui sera à la fois un mari et un père, je ne veux pas te retenir, Norah. Tu mérites tout ça.

— Je mérite tout ça, mais ce n'est pas toi qui me l'offriras, dit-elle en repoussant ses pommes de terre, évitant soigneusement de le regarder directement dans les yeux.

— J'aimerais pouvoir, Norah. Mais tout ça, ce n'est pas pour moi. Je suppose que ça fait trop longtemps que je vis replié sur moi-même. Mon travail m'a facilité la tâche. J'ai juré de ne plus tomber dans le piège des sentiments, je me suis dit « plus jamais ça », et je le pensais vraiment.

Bon sang… Elle aurait aimé que quelque chose traîne sur le sol de la terrasse et qu'elle puisse l'écraser d'un coup de pied. Une canette de soda. N'importe quoi. Juste pour se défouler.

— Alors je suis censée décider si je veux un semi-mariage ou te laisser partir pour trouver l'homme qui répondra à toutes mes attentes…

Il contempla le Strip, qui s'étalait en contrebas.

— C'est cela…

Préférait-elle avoir partiellement Reed ou la possibilité de trouver l'homme qui répondrait à toutes ses attentes ? À choisir, elle se contenterait même d'un quart de Reed Barelli.

Oh ! vraiment, Norah ? C'est tout *ce que tu mérites ? Un homme qui ne peut ou ne veut pas donner plus de sa personne ?*

Il voulait servir et protéger la communauté et sa famille.

C'était la même chose pour lui. Elle secoua la tête, essayant de donner un sens à tout cela. Mais elle n'était pas une ville, ni un pâté de maisons ou un groupe d'habitants dont on assure la sécurité. Elle était sa femme.

— Si je te donne les papiers d'annulation à signer, tu es prêt à abandonner le ranch Barelli ? La maison de tes rêves ?

Son regard changea alors, mais elle n'arrivait pas à le déchiffrer. Il y avait de la souffrance, elle en était sûre.

— Oui, je suis tout à fait prêt à y renoncer.

Oh ! non… Le souffle court, elle détourna les yeux, cherchant à garder son sang-froid.

— Eh bien, alors… Si tu es prêt à abandonner le ranch qui compte autant pour toi, je pense que nous savons tous les deux que nous devons faire parvenir ces formulaires d'annulation au tribunal.

Elle ôta son alliance, le cœur déchiré.

— Tiens, lâcha-t-elle d'une voix rauque en lui rendant le bijou. Je n'en veux pas.

Il se mordit la lèvre, mais prit la bague qu'il glissa dans sa poche. Puis elle se leva de sa chaise, rentra au pas de course dans la chambre, s'empara de ses vêtements éparpillés à terre et se précipita de l'autre côté du couloir dans sa propre chambre.

Là, elle s'assit sur le bord de son lit et fondit en larmes.

- 13 -

— Quoi ? Tu vas le laisser t'échapper ? marmonna tante Cheyenne en fronçant les sourcils.

Norah remua la grande marmite de pommes de terre sur la cuisinière du Pie Diner. Elle s'était posé la même question pendant le vol du retour, puis toute la nuit dans sa chambre au ranch. Reed avait fait ses valises et s'était rendu dans le seul hôtel de Wedlock Creek pour lui laisser « un peu d'intimité pour réfléchir ».

Sur le moment, elle aurait pu lui lancer quelque chose à la figure. Mais elle était trop bouleversée. Quand la porte s'était refermée derrière lui, elle avait simplement éprouvé un soulagement que les triplés soient avec sa mère, ce qui lui avait permis de pleurer toutes les larmes de son corps, et de prendre la nuit pour se désintoxiquer une fois pour toutes de cet homme. Au matin venu, elle savait qu'elle devrait retrouver son rôle de pâtissière, de mère de famille, et qu'elle n'aurait ni le temps ni le luxe d'avoir des états d'âme.

— Ce n'est pas comme si j'avais le choix, rétorqua-t-elle.

— Norah, vas-y doucement avec la cuillère, héla sa mère depuis son poste à l'autre bout de la cuisine. Ces pommes de terre ne sont pas Reed !

Norah prit une grande respiration et remua avec plus de délicatesse. Elle offrit à sa mère un sourire compatissant.

— Je vais m'en sortir. Tout comme ces pommes de terre. Le seul qui ne va pas s'en sortir, c'est ce mur infranchissable que j'ai épousé par accident.

— Bats-toi pour lui ! lança Cheyenne. Cet homme est

tellement habitué à être un loup solitaire qu'il ne se sent pas à l'aise de partager son quotidien avec une partenaire. Il n'y est pas habitué, c'est tout. Mais, quoi qu'il en soit, il apprécie ce mariage, sinon il ne t'aurait pas suggéré de rester mariée à lui.

Norah y avait pensé. Son esprit s'était accroché à une petite lueur d'espoir hier soir. Mais, à chaque fois, elle revenait à ce qu'il lui avait dit sur la terrasse à Las Vegas.

— Il renonce au ranch pour se défaire de moi, rappela Norah à sa tante.

— Parce qu'il pense que tu ressors perdante de votre arrangement, précisa sa mère en garnissant six tourtes du ragoût de bœuf parfumé sur lequel elle et Cheyenne avaient travaillé ce matin. Il tient à ce que tu aies tout ce que tu mérites. Cet homme t'aime, Norah.

Elle secoua la tête.

— S'il m'aimait, il agirait en conséquence. Et nous n'aurions pas eu cette conversation à Vegas.

Des larmes lui inondèrent les yeux. Les triplés étaient dans le bureau en train de faire leur sieste, et elle se devait de penser à eux. Avec Reed, ils auraient un père aimant, mais grandiraient avec une famille renvoyant une image déformée de l'amour et du mariage, parce que l'absence d'amour entre leurs parents – les baisers, l'affection et les petits gestes du quotidien – serait criante. Ils vivraient en colocataires, et ses enfants grandiraient en croyant que c'était ainsi que se comportaient les gens mariés. Non merci, très peu pour elle.

Ce qui ennuyait le plus Norah dans cette histoire ? Elle ne pouvait même pas revenir à son ancienne façon d'avoir renoncé à l'amour et aux sentiments parce qu'elle était tombée amoureuse de Reed et qu'elle savait désormais combien elle était capable d'aimer. Oh ! oui, elle avait envie d'amour. Vraiment. Mais pas qu'à moitié. Elle voulait un père pour ses bébés. Elle voulait… Elle voulait Reed.

Sauf qu'il ne voulait pas être cet homme ou ne pourrait pas l'être.

Norah avait fini par comprendre que jouer le rôle de Fabio, c'était le fantasme de Reed : il *rêvait* d'être un homme qui voulait se marier. C'était Fabio qui avait suggéré de passer à l'acte, après tout. C'était Fabio qui l'avait portée dans cette chapelle.

Se pouvait-il qu'il reste encore un espoir ?

Une serveuse passa une tête dans la cuisine.

— Norah ? Il y a quelqu'un qui veut te voir. Un certain Henry Peterfell, annonça la jeune femme en remplissant son plateau avec sa commande de trois tartes au poulet et d'une tourte au bœuf qu'elle emporta.

— Henry Peterfell ? Il veut me voir ?

Norah lança un regard interrogateur à sa mère et à sa tante. Henry Peterfell était un avocat réputé pour la cherté de ses services, et très impliqué dans l'administration locale. Que pouvait-il bien vouloir à Norah ?

Elle s'essuya les mains sur son tablier et passa par la porte battante pour rejoindre la salle à manger. Dans son costume sombre, Henry, la cinquantaine, était assis au comptoir, un sac jaune à emporter estampillé Pie Diner devant lui.

— Ah, mademoiselle Ingalls ! Je me suis arrêté pour prendre mon déjeuner et j'ai réalisé que j'avais des papiers à vous remettre dans ma serviette, alors si vous voulez bien signer, juste là. Vous pouvez aussi prendre rendez-vous pour venir au cabinet, ce qui est le plus pratique.

Un sentiment de panique lui noua aussitôt l'estomac.

— Des papiers ? Quelqu'un me poursuit en justice ?

Ou Reed faisait-il une demande de divorce ? Il s'était peut-être dit qu'ils ne pouvaient plus annuler le mariage à présent qu'ils avaient fait l'amour… *C'est toi qui lui as rendu ta bague*, se rappella-t-elle, les larmes aux yeux. *Évidemment qu'il demande le divorce*.

— Des poursuites ? Non, non, rien de tout ça, assura-t-il en posant sa serviette en cuir sur le comptoir avant d'en sortir un dossier. Il y a trois exemplaires. Vous pouvez signer là où vous voyez la flèche. Là, là et là, dit-il en montrant du doigt les petites languettes autocollantes.

Norah s'empara des papiers et manqua de tomber à la renverse.

— Mais… C'est un acte de propriété, murmura-t-elle lentement. Pour le ranch Barelli.

— En effet, fit l'avocat. Tout est en ordre. Jolie propriété, d'ailleurs.

— Reed me fait don du ranch ? Il m'appartient à présent ?

— C'est exact. Vous en êtes l'heureuse propriétaire. Dès que vous aurez signé, bien sûr. Là, là et là, rappela-t-il en gesticulant.

Norah parcourut les papiers officiels du regard, les caractères noirs dansant sous ses yeux. Quoi ? Mais pourquoi Reed ferait-il une chose pareille ?

— Monsieur Peterfell, puis-je les garder pour les lire avant de signer ?

— Naturellement, répondit-il. Adressez-les à mon cabinet, ou déposez-les à votre convenance.

À ces mots, il reprit sa mallette et s'éclipsa sans plus de cérémonie.

Reed lui avait donc cédé le ranch… Son ranch bien-aimé. Le seul endroit où il se sentait *chez lui*.

Parce qu'il avait l'impression de ne pas le mériter, maintenant qu'ils allaient se séparer ? Probablement. Il ne se réservait même pas la possibilité de conserver la propriété au cas où il finirait par rencontrer quelqu'un avec qui construire un foyer. Il était donc sûr qu'il ne partagerait jamais son cœur avec qui que ce soit ?

Un frisson la parcourut à cette idée. Il était donc solitaire à ce point ?

Non, elle ne le laisserait pas lui échapper aussi facilement. Sa tante et sa mère avaient raison. Elle allait se battre pour lui. Elle allait se battre pour Fabio. Parce qu'il y avait une chance que Reed soit amoureux d'elle, sans vraiment se l'autoriser. S'il avait bien des sentiments pour elle, elle allait les lui arracher jusqu'à ce qu'ils soient tellement heureux que son bonheur rende les gens jaloux.

Cette pensée suffit à lui redonner le sourire.

*
* *

Reed se tenait debout dans le salon de sa maison de location sans âme, essayant de comprendre pourquoi la disposition des meubles lui paraissait aussi mauvaise. Et s'il mettait le canapé devant les fenêtres plutôt que contre le mur ?

Cet endroit ne lui paraîtrait jamais accueillant. Il ne s'y sentirait jamais bien. Ni vraiment chez *lui*…

Mais céder le ranch à Norah était la bonne et la seule chose à faire. Maintenant, elle aurait un endroit sûr pour élever les triplés, avec suffisamment d'espace pour qu'ils puissent s'y ébattre, en extérieur comme à l'intérieur, et elle en serait propriétaire, en toute sécurité. Elle n'aurait plus jamais à s'inquiéter de payer un loyer, encore moins une hypothèque ou des impôts fonciers puisqu'il s'était acquitté de toutes les charges.

Il avait l'impression que sa grand-mère le regardait en disant : « Eh bien, tu as essayé. Pas assez fort, mais tu as essayé et tu as fini par faire ce qu'il fallait. Cette femme le mérite bien, ce ranch, espèce de crétin. »

Car il n'était rien d'autre que cela, un crétin. Ce ranch devait revenir à Norah.

La sonnette d'entrée retentit. Il eut le pressentiment que c'était Norah qui venait lui annoncer qu'elle ne pouvait pas accepter le ranch. Dommage, parce qu'il avait déjà fait toutes les démarches : elle en était désormais l'heureuse propriétaire. Reed avait même discuté de la légalité de la chose avec son avocat : il s'était marié, conformément au testament de sa grand-mère, et le ranch lui était donc revenu. Et, à son tour, il pouvait le céder à qui il voulait.

Il ouvrit la porte… et crut recevoir un coup de poing dans le ventre. Il y a deux jours, ils étaient mariés par convenance. Il y a deux nuits, ils étaient devenus amants. Et puis hier matin, il était redevenu le roseau qu'il se devait d'être pour survivre à ce qu'on appelle la vie et encaisser les coups, sans complications sentimentales.

Pourtant, lors de son premier jour en ville, il avait réussi à se marier et à devenir le père de trois enfants. En matière de complications sentimentales, on ne pouvait pas trouver mieux.

— Je ne peux pas accepter ça, Reed, déclara-t-elle, en lui tendant le dossier de documents officiels.

— Tu n'as pas le choix. Le ranch est à toi dorénavant. L'acte de propriété est à ton nom.

Elle se renfrogna.

— Mais c'est ta maison.

— Je préfère que ce soit toi et les triplés qui en profitiez. Ma grand-mère serait d'accord. Je n'ai aucun doute là-dessus.

— Alors tu te maries, tu récupères ton ranch et tu l'abandonnes, jugeant que la femme qui n'est pas vraiment ta femme peut le garder ? Ça n'a aucun sens.

— Est-ce qu'il y a quoi que ce soit qui fasse sens dans notre brève histoire, Norah ?

Une image lui vint alors à l'esprit : Fabio et Angelina, main dans la main, lui la soulevant pour la porter jusqu'à la chapelle légendaire avec ses deux officiers sournois qui mariaient les gens à la chaîne.

Elle le dévisagea alors sans ciller.

— J'accepte le ranch à une condition.

Il haussa un sourcil.

— Et laquelle ?

— J'ai besoin de ton aide pour mon cours sur les naissances multiples. J'aimerais que tu sois conférencier invité. Pour présenter le point de vue du papa.

Non, non, non, non ! Que pourrait-il apporter ?

— Je ne suis papa que depuis peu de temps, bafouilla-t-il. Ai-je vraiment quelque chose à apporter à ce cours ? Et maintenant que les choses sont devenues… brûlantes entre nous…

Brûlantes ? Voilà un terme positif, se dit-elle. Un terme qui induisait que les choses pourraient aller dans son sens. Dans leur sens à tous les deux. Dans le sens du bonheur.

— Tu as tant à partager, affirma-t-elle. Honnêtement, ce

serait génial si tu pouvais intervenir lors de tous les autres cours, reprit-elle. Lena Higgins, qui attend des triplés garçons, m'a confié que son mari ne s'était pas senti très à l'aise lors du cours la semaine dernière et qu'il ne l'accompagnerait peut-être pas pour les suivants parce qu'il trouvait le cours trop axé sur la mère. La pauvre Lena, ça l'a rendue triste. Un conférencier de sexe masculin mettra à l'aise certains papas et les accompagnants hommes les plus réticents. En particulier s'il s'agit de l'inspecteur Reed Barelli !

Il ne fronça pas les sourcils. C'était déjà ça.

— Je ne sais pas, Norah… Je…

— Tu as vu comme certains de ces pères avaient l'air effrayés ? demanda-t-elle. Pour eux, qui tremblent devant la responsabilité qui les attend, tu pourrais les mettre à l'aise. Je pense que tous les inscrits à ce cours apprécieront un point de vue masculin sur la parentalité.

Certains de ces pères, futurs pères et grands-pères, lui avaient semblé au bord de la crise de nerfs. Changer une couche était difficile pour certains hommes, qui se sentaient maladroits dans ce rôle. Alors en changer deux, trois, voire quatre *en même temps* ? Autant se noyer dans un verre d'eau. Reed supposait qu'il pourrait apporter son aide en démontrant à ces hommes qu'ils n'étaient pas aussi maladroits, qu'ils avaient les mêmes intuitions et les mêmes craintes que les femmes et les mères qui les entouraient.

Préparez-vous, les gars ! pensa-t-il. Il en ferait sa mission.

Franchement. Il allait vraiment raconter à une bande de mauviettes effrayées par les lingettes, les grenouillères, et les poussettes doubles comment ils se devaient d'assurer, alors qu'il était incapable, lui, d'assurer pour la femme pour qui il se sentait pourtant prêt à tout ?

À tout sauf à une histoire d'amour, Reed…

Il chassa cette pensée de son cerveau fatigué. Il tournait en rond au sujet de ses sentiments pour Norah. Il n'arrivait tout simplement pas à les maîtriser. En avait-il seulement envie ? Peut-être n'était-il simplement pas fait pour ça ? Voilà tellement longtemps qu'il s'était fermé à tout sentiment…

Elle inclina la tête vers lui, dans l'attente de sa réponse.

— Si j'accepte, tu accepteras de recevoir le ranch ?

Norah hocha la tête.

— Alors marché conclu, dit-il en lui tendant la main.

Ils échangèrent une franche poignée, mais la douceur de sa peau lui donna envie de la prendre dans ses bras et de ne jamais plus la lâcher.

— Nous passons notre temps à conclure des arrangements, toi et moi, nota-t-elle. Je suppose que c'est notre destin.

Il sourit.

— Le précédent a lamentablement échoué.

À moins que Norah n'ait simplement changé les règles en réclamant plus que ce qui avait été initialement négocié ? Ils avaient déjà aussi conclu cet accord initial par une poignée de main. Il n'avait pas vraiment tort en l'occurrence. Mais il n'avait tout simplement pas… raison non plus.

— Celui-là est moins contraignant, répondit-elle. Il te suffit de raconter la façon dont tu t'es lié avec les triplés. Comment tu gères les changements de couches, les repas. L'heure du dodo et ce que ça fait de rentrer du travail pour retrouver trois petits braillards qui font leurs dents à la maison. Comment tu arrives à gérer tout ça. Comment c'est merveilleux, malgré toutes les difficultés. Comment, parfois, ce n'est même pas difficile.

Il hocha la tête et sourit.

— Tu peux compter sur moi, dit-il avant de froncer les sourcils en pensant aux triplés. Norah, comment ça va se passer maintenant ? Je veux dire, jusqu'à ce que tu trouves ton âme sœur, je veux être là pour toi et les bébés. Je veux être leur père.

— Tu veux dire, jusqu'à ce que je trouve un homme qui puisse être à la fois un père et un vrai mari ?

— D'accord, formulé ainsi, c'est bizarre, mais… oui.

Elle plissa le front.

— Alors tu vas t'investir dans leur vie, leur offrir tout ce que tu peux, et puis le jour où je rencontre quelqu'un qui me plaît tu vas disparaître de leur vie ?

— Écoute, Norah, je ne disparaîtrai de la vie de personne. Je *veux* être leur père. Je te l'ai déjà dit. Mais je tiens à ce que tu aies aussi ce dont tu as besoin. Si je ne peux pas être les deux et que quelqu'un d'autre le peut…

« Quelqu'un d'autre. » Soudain, l'idée d'un autre homme qui la toucherait, qui l'embrasserait, qui jouerait à l'avion avec ses bébés…

Ses bébés *à lui.* Bon sang. Peut-être qu'il devrait tout arrêter dès maintenant. Avant qu'il ne soit trop tard. Peut-être qu'ils avaient tous les deux besoin d'une pause afin de déterminer ce que l'un et l'autre voulaient vraiment. Car, pour l'heure, ils nageaient en pleine confusion.

Elle releva le menton.

— Oublions ça pour l'instant. Quand tu auras envie de voir Bella, Bea et Brody, tu seras le bienvenu. Quand tu le voudras.

Il hocha la tête, incapable de répondre pour le moment.

Elle balaya du regard le salon.

— Ce canapé serait mieux placé devant les fenêtres. Et cette table d'appoint irait mieux contre ce mur, déclara-t-elle en le désignant du doigt. Le miroir au-dessus de la console est trop bas. Il devrait se trouver légèrement au-dessus du niveau des yeux.

— Merci pour ces conseils. Je n'arrive pas à faire que cet endroit me paraisse confortable…

— Je ne suis pas sûre de le vouloir non plus, rétorqua-t-elle. Attends, j'ai dit ça à voix haute ? Tout est sens dessus dessous… Ça ne me plaît pas que tu aies quitté ta maison, Reed. Ce ranch est ton rêve.

— Ce ranch est destiné à une famille. Je veux qu'il te revienne.

Elle le dévisagea un long moment, secouant la tête.

— Bon. On se voit au cours.

Il la regarda rejoindre sa voiture. Dès qu'elle monta à bord, il ressentit pleinement son absence, comme si tout le poids du monde prenait place sur ses épaules.

- 14 -

La nouvelle s'était répandue très vite : l'inspecteur Reed Barelli, qui était *de facto* devenu père des triplés Ingalls en épousant leur mère à la chapelle de Wedlock Creek, deviendrait intervenant lors du cours sur les naissances multiples ce soir. Il y avait plus d'hommes que de femmes cette fois-ci, dont plusieurs nouveaux venus qui se disputaient les meilleures places. À ce rythme-là, Norah gagnerait bientôt sa vie comme enseignante à temps plein…

Elle n'avait même pas eu l'intention de l'inviter à prendre la parole, surtout si cela devenait une condition pour qu'elle accepte le ranch. Mais elle n'avait rien trouvé de mieux pour le contraindre de s'ouvrir à elle et d'accepter la chose précieuse qu'elle lui offrait : l'amour. Elle tenait à ce que Reed intervienne dans son cours, car travailler ensemble serait une façon pour eux de garder une relation privilégiée malgré le fait qu'ils ne vivaient plus sous le même toit.

Ils s'étaient à peine vus depuis trois jours.

Reed passait au ranch pour rendre visite aux enfants tous les jours depuis leur retour de Vegas. Il les faisait manger, leur lisait des histoires, jouait avec eux. Et puis il repartait, emportant le cœur de Norah avec lui.

Et voici qu'il s'asseyait à présent dans le fauteuil à côté de son bureau, avec sa pile de documents à distribuer… Tellement beau qu'elle avait envie de hurler !

— Bienvenue à toutes et à tous ! Comme vous le savez peut-être déjà, nous accueillons ce soir un intervenant invité. L'inspecteur Reed Barelli. Quand Reed et moi nous sommes mariés, il est devenu le papa de trois bébés âgés de sept mois et en pleine poussée dentaire. Est-ce que cela l'a fait fuir ? Non, non. Était-il prêt à m'aider à prendre soin d'eux ? Tout à fait. Reed n'avait jamais passé beaucoup de temps auprès de bébés, et pourtant il s'en est très bien sorti avec mes triplés. Pourquoi ?

Elle se tourna vers Reed, soudain réticente à révéler la raison de ce pourquoi.

Ravalant le sanglot qui lui nouait subitement la gorge, elle leva le menton pour s'adresser à ses élèves.

— Parce qu'il l'a voulu. C'est là la clé. Il *voulait* être à leur côté. Et vous les papas, les soignants, les futurs pères, les grands-pères, c'est tout ce qu'il y a à savoir. Alors, sans plus attendre, je vous présente l'inspecteur Reed Barelli !

Il se leva, se tourna vers elle en souriant, avant de s'adresser à la classe.

— C'était une sacrée présentation. Merci, Norah.

Elle parvint à sourire, puis s'assit à l'autre bout du bureau.

— Norah a tout à fait raison. Je *voulais* être présent pour les triplés et c'est ce que j'ai fait. Oh ! ne croyez pas que j'avais la moindre idée de la façon dont on s'occupe d'un bébé, encore moins de trois à la fois. Je sais changer une couche, je pense que c'est à la portée de n'importe qui. Mais pour ce qui est des basiques : les rots, les horaires de sommeil et les siestes ? Tout ça, vous allez l'apprendre ici. Ce dont vous vous rendrez compte par vous-même, en revanche, c'est que la façon dont vous prenez soin des bébés révélera qui vous êtes : plutôt du genre à tout organiser, ou à prendre les choses au jour le jour. Moi, je vous conseille d'essayer de vous organiser.

Un groupe de femmes se leva et applaudit, bientôt suivies de quelques hommes.

— C'est aussi facile que ça ? lança Tom McFil. Ma femme attend des jumeaux. Je n'ai jamais tenu un bébé dans mes bras jusque-là.

— La première fois que tu les prendras dans tes bras, tout va changer, expliqua Reed. Cette inquiétude que tu ressens, de ne pas savoir comment t'y prendre ? Elle se dissipera sous le poids d'une autre sensation, un élan protecteur si puissant que tu ne comprendras pas ce qui te frappe. Tout ce que tu sauras, c'est que tu fais ce qui doit être fait, que tu agisses par instinct ou par bon sens, que tu te sois renseigné sur Google, ou que tu appliques des trucs de grand-mère. Oui, c'est à la fois aussi dur et facile que je vous le dis là.

Une demi-heure plus tard, Norah prit la relève, dispensant ses conseils sur l'alimentation et le bain des fratries multiples et sur la façon de gérer leur temps de sommeil. Puis il y eut les questions délicates des réveils simultanés en pleine nuit, des repas à dispenser en même temps… Elle aborda chaque cas alors que ses élèves prenaient méticuleusement des notes.

Finalement, le cours toucha à sa fin. Tout le monde se rassembla autour de Reed, l'assaillant de nombreuses questions. Lorsque le dernier élève quitta la salle, le cours était terminé depuis une demi-heure.

— Tu t'en es très bien sorti, déclara Norah. Je savais que j'avais raison de te faire intervenir.

— Je suis heureux de t'être utile. J'en savais plus que je ne l'imaginais sur le sujet. Je me suis couché tard la nuit dernière pour refaire des recherches, mais je n'en ai pas utilisé un quart.

— Tu as tout appris sur le tas…

— Ça me manque de ne plus vivre avec eux, tu sais…

Elle sentit qu'il n'avait pas eu l'intention de s'exprimer aussi franchement. Elle sourit et choisit de ne pas relever.

— La plupart des gens te prendraient pour un fou.

— Je suppose que oui.

Allez, Reed ! hurla-t-elle par télépathie. *Fais donc que ça évolue ! Tu l'as fait avec les bébés, maintenant fais-le avec moi. Des ébats torrides, tous les soirs, imbécile !*

Mais bien sûr elle ne pouvait rien dire à voix haute.

— Bon, je ferais bien d'aller au resto chercher les triplés.

— Il ne ferme que dans une demi-heure, non ? J'irais bien déguster une tourte au bœuf.

Elle le regarda fixement. Pourquoi prolongeait-il leur rencontre ? Par envie d'être avec elle ? Ou parce qu'il aimait vraiment les triplés et qu'il avait envie de les voir ?

Parce qu'elle lui manquait autant que lui lui manquait ?

— Je dois te prévenir, reprit-elle en partant. Ma famille pourrait t'interroger sur l'état de notre mariage. Et exiger de savoir quand nous allons arranger les choses ou si nous en avons l'intention…

— Difficile de répondre alors qu'on ne le sait pas encore nous-mêmes.

Tout ce qu'il avait à faire, c'était dire qu'il assumait le rôle. De père et de mari. C'était aussi simple que ça.

Sur le chemin du parking, elle téléphona à sa mère pour lui annoncer qu'elle et Reed passeraient manger des tourtes au bœuf, afin qu'elles soient prêtes quand ils arriveraient. Puis elle monta dans sa voiture et Reed dans la sienne. Il la suivit dans son SUV jusqu'au Pie Diner. Le restaurant était toujours très fréquenté à 20 h 30. La mère de Norah leur fit signe au comptoir.

— Norah, regarde donc qui est là !

Norah fixa l'homme assis au comptoir devant une tarte aux légumes et de la limonade. Elle tressauta.

— Harrison ? Ma parole… Harrison Atwood ?

Il se leva, sourit, et elle se jeta dans ses bras. Son amour de lycée… Harrison s'était engagé dans l'armée, puis avait été affecté sur la côte Est, avant qu'ils ne perdent contact.

— Harrison est divorcé, précisa la mère de Norah. Il s'avère que sa femme ne voulait pas d'enfants alors qu'il rêve d'en avoir plein sa maison… Il m'a tout raconté !

Norah sentit ses joues virer au rouge betterave.

— Maman, je suis sûre que Harrison ne tient pas à ce que tout le restaurant soit au courant de sa vie privée…

Harrison sourit.

— Ça ne me dérange pas du tout. Plus les gens sauront

que je cherche une femme et des enfants, mieux ce sera. Il faut exprimer ce que l'on veut si on souhaite l'obtenir, non ?

La mère de Norah sourit à Norah et Reed, avant de se tourner vers Harrison.

— J'étais en train d'expliquer à Harrison que les choses n'avaient pas marché entre vous deux et que Norah est de nouveau un cœur à prendre. Vous pourriez parler du bon vieux temps, tous les deux ! Les amoureux de lycée ont toujours de vieux souvenirs à évoquer.

Est-ce que je peux avoir plus honte encore ? se demanda Norah, en lançant un regard assassin à sa mère qui se mêlait de tout. Mais que cherchait-elle donc ?

À la caser, évidemment. D'abord avec Reed, puis maintenant avec cet homme qu'elle n'avait pas revu depuis dix ans.

Norah jeta un coup d'œil à Reed, qui semblait très crispé et observait Harrison du coin de l'œil.

À dix-sept ans, Harrison était un doux rêveur à l'allure dégingandée, mais aujourd'hui il était plus grand, plus robuste et… très attirant avec ses cheveux châtains, ses yeux bleus et cette fossette qui creusait sa joue gauche. Il lui plaisait bien à l'époque, mais elle s'était vite rendu compte qu'elle n'en était pas amoureuse. Au point qu'elle avait constamment décliné ses propositions de perdre sa virginité avec lui. Elle tenait à ce que sa première fois ait lieu avec un homme dont elle était follement éprise. Bien sûr, elle s'était crue follement amoureuse de son champion de rodéo, mais celui-ci lui avait pris sa virginité sans rien lui donner en retour. Elle pensait en avoir fini avec les têtes brûlées et puis elle était tombée amoureuse du père des triplés. Sans doute n'avait-elle pas retenu la leçon la première fois…

— Harrison est chef cuisinier. Il a fait ses études à Paris, annonça tante Cheyenne. Il va nous donner une leçon de cuisine française. N'est-ce pas fantastique ? Vous devez avoir tant de choses en commun tous les deux ! ajouta-t-elle en agitant un doigt entre Norah et Harrison.

— Je ferais mieux d'y aller, bredouilla Reed en reculant. J'ai des investigations à mener. Content de vous avoir vus.

— Mais, Reed, ta tarte sort tout juste du four ! protesta la mère de Norah. Je vais te la chercher.

Norah le vit lancer à Harrison un regard en coin avant de répondre :

— Je vous suis. Je veux dire bonne nuit aux triplés.

— Ils sont vraiment adorables, nota Harrison avec tant de respect dans sa voix que Norah ne put réprimer le petit élan de fierté dans sa poitrine.

Harrison était vraiment sympathique. Reed plissa les yeux en direction du nouveau venu, grommela quelque chose d'inaudible, puis emboîta le pas à sa mère jusqu'à la cuisine.

Puis tante Cheyenne adressa un clin d'œil à Norah. Oh ! non… Norah comprit que sa mère et sa tante avaient comploté pour maintenir l'ancien petit ami de Norah au comptoir, en attendant l'arrivée de Norah et Reed, afin de rendre Reed jaloux ! Du moins, cela en avait tout l'air…

Les diablesses !

Elles savaient pourtant que Reed n'était pas amoureux d'elle, qu'il ne voulait pas d'avenir avec elle. Alors quel était l'intérêt de tout cela ? Reed la pousserait probablement dans les bras de Harrison, lui suggérant de rallumer leur flamme passée.

Mais aussi mignon et gentil que soit Harrison, il n'était pas Reed Barelli. Personne ne pourrait jamais être Reed.

Chaque fourchette de tourte semblait peser cinq kilos dans sa main. Reed s'assit sur son canapé, son plateau-repas solitaire posé sur la table basse, devant une rediffusion du match de base-ball censée le divertir.

Et Norah ? Où se trouvait-elle en ce moment ? Sans doute en plein rendez-vous galant avec Harrison… Car, oui, deux anciens amoureux de lycée avaient beaucoup de choses à se raconter. Tous ces bons souvenirs… Il y avait probablement eu beaucoup de premières fois entre eux.

Cela le rendait malade.

En un éclair, ce vieil amour de lycée, pseudo-chef français, débarquait et mettait en l'air la vie de Reed, lui prenant sa femme, ses triplés… Son ancien ranch, qui était désormais la possession de Norah. Une femme qui n'aspirait qu'à une histoire d'amour et à un père pour ses bébés pourrait bien être séduite par un homme qu'elle connaissait déjà : d'autant que Harrison remplissait tous ses critères. En plus, ils avaient cette passion de la cuisine en commun. Il était même possible qu'ils se trouvent au ranch à présent, Harrison enlaçant Norah devant la cuisinière alors qu'il lui expliquait comment rentre une tourte plus « française ». Oh ! non… Les tourtes de Norah étaient déjà parfaites telles qu'elles étaient, bon sang !

Il but une gorgée de soda en se demandant ce qui lui arrivait. Il était jaloux ? Mais qu'est-ce qui lui prenait ?

Jaloux… Oui, il était *jaloux*. Il ne voulait pas que Norah embrasse ce type, ni qu'elle le mette dans son lit. Il ne voulait pas qu'elle prépare les tartes aux herbes avec lui.

Jetant sa fourchette, il sortit au pas de charge et s'engouffra dans son SUV. Direction le ranch, juste pour vérifier. Là, il trouva une voiture immatriculée à New York !

La mère de Norah n'avait-elle pas dit que Harrison venait de la côte Est ?

Reed était en train de perdre Norah. Et il n'avait rien fait pour la retenir.

Tu l'as bien cherché, imbécile. Tu veux qu'elle se trouve un homme qui la satisfasse. Un père pour ses triplés. Un mari. Une histoire d'amour, une vraie. Le bonheur. Pour toujours. Toi, ce n'est pas ce à quoi tu aspires. Alors fiche-lui la paix ! Laisse-lui avoir ce dont elle a toujours rêvé.

Le cœur gros, il fit demi-tour et rentra à la maison qu'il louait et où rien ne l'attendait hormis une tourte froide et un grand lit vide.

*
* *

— L'avion ? répéta Harrison en fronçant le nez dans le salon du ranch Barelli.

Enfin, le ranch Ingalls. Le ranch de Norah Ingalls

— Oui, l'avion, répéta-t-elle amusée. Tu la soulèves, tu dis « Décollage ! » de ta plus jolie voix de bébé, et ensuite, tu la fais descendre en criant « Atterrissage ! »

Ils étaient assis sur le tapis, les triplés sur leur tapis de jeux, et Bella levait ses petites mains pour réclamer de jouer à l'avion. Mais Harrison regarda fixement Bella, affichant un sourire gêné avant de se détourner. Manifestement tout le monde n'aimait pas jouer à « l'avion ».

Le visage de Bella finit par se froisser et rougir.

— Ouiiiiin ! finit-elle par crier, levant les bras à nouveau.

— Allons, Bea, sois gentille avec oncle Harrison, dit-il.

D'abord, il s'agissait de Bella. Ensuite, il se croyait drôle ? pensa Norah en soupirant. Pas étonnant qu'elle ne soit pas tombée amoureuse de Harrison Atwood au lycée. À l'époque, il était certes mignon, mais en tant qu'adulte cela ne lui suffisait pas. Même s'il avait été le sosie de Reed Barelli.

— J'adorerais t'emmener dans un restaurant français que je connais à Brewer, reprit-il. Ce n'est pas exactement une étoile Michelin, mais bon, on est dans le Wyoming, après tout… Je suis surpris que tu sois restée dans cette petite ville. J'ai toujours pensé que tu irais à Los Angeles pour y ouvrir un restaurant.

— D'où t'est venue une telle idée ? demanda-t-elle.

— Tu parlais beaucoup de tes grands rêves. Tu voulais ouvrir des Pie Diners dans tout le pays, et aussi que ta famille ait sa propre émission de cuisine sur Food Network. Tu voulais lancer des livres de recettes familiales, genre qui se classait toujours en haut de la liste des best-sellers du *New York Times*.

C'était il y a longtemps. Certes, elle parlait souvent à une époque d'ouvrir des Pie Diners à travers le Wyoming, peut-être même dans les États limitrophes. Mais elle avait eu une vie tellement bien remplie… Surtout quand elle s'était retrouvée enceinte et que les bébés étaient arrivés.

— J'imagine que ta vie ne s'est pas déroulée comme tu l'avais prévu, reprit Harrison. J'en suis désolé.

Serait-ce mal de prendre un de ces gros blocs de lettres d'alphabet en mousse pour le frapper sur la tête ?

— Ma vie s'est plutôt bien passée, rétorqua-t-elle.

Je n'ai peut-être pas trouvé l'homme de ma vie, mais je suis comblée par mes enfants, ma famille, mon travail…

— Pas besoin d'être sur la défensive, dit-il. Bon sang.

Décidément, elle n'avait aucun atome crochu avec cet homme… Heureusement, Brody choisit ce moment-là pour remplir sa couche, et Harrison se pinça les narines.

— Oh ! la vache ! Quelle puanteur. Je suppose que c'est le moment pour moi de vous laisser…

— C'était un plaisir de te revoir, Harrison. Passe un bon restant de vie.

Fronçant les sourcils, il hocha la tête.

— Au revoir, Norah, marmonna-t-il en continuant de se pincer les narines.

Elle fut incapable de se retenir de rire.

— Bon vent, pouffa-t-elle en le regardant rejoindre sa voiture.

Elle ferma la porte, et son sourire s'évanouit rapidement. Elle avait une couche à changer. Et un inspecteur de police sur lequel fantasmer.

- 15 -

Reed garda la porte de son bureau fermée le lendemain matin au poste de police. Il n'était pas d'humeur à parler de la pluie et du beau temps. Or le sergent Howerton passait toujours devant son bureau en rejoignant la petite cuisine pour raconter sa partie de golf, ou bien l'officier Debowski venait ressasser les coups de filet auxquels il avait participé. Sauf qu'aujourd'hui Reed ne voulait rien entendre.

Il but son café noir. Il lui fallait une bonne dose de caféine pour l'aider à se concentrer sur l'affaire qu'il était en train d'étudier. Une série de cambriolages dans un immeuble d'habitation. Ce qui était bizarre, c'était que le ou les voleurs emportaient des objets inhabituels en plus de l'argent, des bijoux et des habituels appareils électroniques : couvertures et oreillers avaient été dérobés dans tous les logements attaqués.

Au lieu d'établir une liste des cambrioleurs de literie, Reed continuait d'imaginer Norah avec son amour de jeunesse. Étaient-ils au lit en ce moment même ? Il préféra fermer les yeux pour tenter de se ressaisir.

Il se demandait combien de temps le type était resté hier soir. Reed aurait dû trouver une excuse pour faire irruption et les interrompre. Comme vérifier la chaudière ou ce genre de chose… Au lieu de cela, il s'était souvenu que si le chef français était là, c'était à cause de sa propre stupidité et son entêtement, à cause de son incapacité à se montrer correct avec les autres. Sauf les bébés.

Il se prit le visage entre les mains. Prenaient-ils leur petit déjeuner en ce moment ? Norah portait-elle la chemise de cet homme à peine boutonnée, avec rien d'autre en dessous ? Dégustaient-ils des pancakes sur la table de la famille Barelli après une nuit de folie ?

Imbécile... Tout est ta faute ! Il avait tourné le dos à Norah. Il avait dit que c'en était trop pour lui. Qu'il se sentait incapable d'assumer une telle responsabilité. Et, maintenant qu'il l'avait perdue, elle se consolait dans les bras de son amour de jeunesse, qui se rêvait avec femme et enfants... Sans doute évoquaient-ils à présent leurs prouesses de jeunesse entre deux baisers fougueux.

Bordel de merde ! Il se leva et arpenta son bureau, s'efforçant d'oublier Norah et de se concentrer sur le cambrioleur amateur de literie. Une sorte de Robin des bois ? Ou peut-être un simple receleur ?

« Il va nous donner une leçon de cuisine française », s'était réjouie la tante de Norah. Les femmes Ingalls n'avaient pas traîné pour remplacer Reed par un homme qui tenait plus de la quiche que du preux chevalier...

Alors qu'est-ce que tu comptes faire ? se demanda-t-il. *Tu la laisses s'envoler ? Elle et les triplés ? Tu es leur* père *!*

Bon. Il était le mari de Norah. Son *mari*. Il essaya de faire en sorte que ce mot ait un sens, mais plus il résonnait à son esprit, moins c'était le cas. *Mari* était synonyme de *souffrance* dans ses souvenirs. Sa mère avait épousé deux incapables, et son grand-père s'était comporté en lâche. Il pensa à sa grand-mère qui tentait de répondre aux questions de Reed sur les raisons pour lesquelles elle avait choisi un tel rustre. Elle répondait invariablement que parfois les gens évoluaient, mais même ainsi elle savait qui il était et, malgré ses mauvaises habitudes, il semblait vraiment l'aimer et cela l'avait fait se sentir spéciale.

Mais maintenant pourrait-il se forcer à courtiser cette femme qu'il aimait à la folie, au point de le bouleverser au plus profond de lui-même ? Car bouleversé, il l'était. Ça, il le savait.

Pris d'un vertige, il fut presque soulagé d'entendre le téléphone de son bureau sonner.

— Inspecteur Barelli à l'appareil.

— Reed ! Je suis si contente de tomber sur toi. C'est Annie. Annie Potterowski de la chapelle. J'ai bien peur qu'il y ait un petit souci au sujet de votre certificat de mariage. Peux-tu venir à la chapelle à 10 heures ? J'ai déjà appelé Norah, et elle est en route.

— Quel genre de souci ? lança-t-il.

Ce mariage pouvait-il être encore plus compliqué ?

— Je t'expliquerai tout quand tu arriveras. À tout à l'heure ! conclut-elle avant de raccrocher.

Si quelque chose de positif devait émerger de ce revirement, c'était de savoir que Norah serait éloignée de son petit ami du lycée, ne serait-ce que le temps de ce fichu rendez-vous.

— Annie, mais qu'est-ce qui se passe ? demanda Norah à la vieille dame en entrant dans la chapelle avec son énorme poussette.

— Regardez-moi ces petites crevettes ! s'exclama Abe en se hâtant de venir dire bonjour aux triplés.

Il leur fit des petites grimaces, et Bea se mit à pleurer.

— Vous n'aimez pas mes grimaces, hein ? marmonna Abe. D'accord, alors, que diriez-vous de celles-ci ?

Il inclina le visage et sortit la langue en fronçant les sourcils. Visiblement conquise, Bea cessa de pleurer.

— J'attends l'arrivée de l'inspecteur Barelli, déclara Annie sans regarder Norah.

Mais que se passait-il ?

— Ah, le voilà ! soupira Annie alors que Reed remontait l'allée à l'avant de la chapelle.

— Qu'est-ce que c'est que cette histoire de petit souci ? s'enquit-il en croisant les bras sur sa poitrine.

— Annie a utilisé les mots « souci majeur » quand elle m'a appelée, corrigea Norah.

Annie se mordit la lèvre.

— Eh bien, c'est à la fois un petit détail, mais aux conséquences majeures, précisa la vieille dame.

Reed haussa un sourcil.

— Je vais le dire simplement, intervint Abe, en resserrant le nœud papillon bleu qu'il portait presque tous les jours. Vous deux, vous n'êtes *pas* mariés. Vous avez mal orthographié vos noms sur le certificat de mariage.

— Quoi ? s'exclama Norah soudain prise d'un vertige.

— La remplaçante temporaire de la greffière du comté a passé en revue les dossiers de sa première semaine de travail, au cas où elle aurait commis des erreurs de débutante, et n'en a relevé qu'une seule. Sur *votre* certificat de mariage. Elle vous a renvoyé les papiers à tous les deux, ainsi qu'à la chapelle, puisque c'est nous qui avons officié pour la cérémonie. Vous n'avez pas encore reçu votre courrier ?

Norah avait-elle seulement regardé sa boîte aux lettres hier ?

— J'étais sur une affaire toute la journée hier et j'ai à peine eu le temps de manger, répondit Reed. Mais qu'est-ce que c'est que cette histoire d'orthographe de nos noms ?

Anne brandit l'acte de mariage.

— Norah, tu as oublié ton H. Et, Reed, tu as épelé ton nom R-e-a-d.

— Ce n'est pas comme si vous aviez pu ne pas vous rendre compte que nous étions ivres, Annie et Abe ! s'agaça Norah, en les pointant du doigt.

— Je n'ai pas pensé à relire vos noms, c'est vrai, admit Annie en reniflant. Abe, j'ignorais que nous sommes à présent censés être professeurs d'orthographe aussi. Chaque mariage nous prendrait plusieurs heures…

— Annie, qu'est-ce que cela veut dire ? demanda Reed. Vous disiez que l'on n'était pas mariés. Est-ce que c'est vrai ? Nous ne sommes pas mariés parce que nos noms ont été mal orthographiés ?

— Vos noms légaux ne figurent pas sur ce document, ni sur les formulaires officiels du greffier, expliqua Abe.

— Alors on n'est pas mariés ? répéta Norah, en cherchant Reed du regard. Nous n'avons jamais été mariés ?

— Eh bien, vous l'avez été tant que le cocktail alcoolisé et ces fautes d'orthographe ont fait leur effet. Et puis, l'erreur a été repérée par les plus efficaces fonctionnaires de l'histoire de Brewer.

Je ne suis pas mariée… Reed n'est pas mon mari.

C'est fini. Fi-ni.

Norah en avait mal au ventre. Au cœur. Elle avait mal partout.

Reed s'approcha d'elle, sur le point de dire quelque chose. Mais au lieu de cela il s'agenouilla devant la poussette.

— Salut, les petits. Vous me manquez tous les trois…

Brody offrit à Reed son irrésistible sourire, révélant ses trois petites quenottes qui pointaient vers le haut.

Elle constata qu'il portait toujours son alliance, même si elle avait ôté la sienne. Sans doute ne tarderait-il pas à l'imiter à présent.

— Nous vous laissons, vous avez sans doute des choses à vous dire, reprit Annie en entraînant Abe dans l'arrière-salle.

Norah était assise sur un banc, une main sur la poussette. Elle n'était pas mariée à Reed. Comment pouvait-elle se sentir aussi démunie alors que ce mariage n'était depuis le départ qu'une mascarade ?

— Nous pouvons retourner à nos vies maintenant, lâcha-t-elle d'une voix chevrotante.

Elle se racla la gorge, essayant de dissimuler le trouble et les émotions qui la submergeaient soudain.

— Je vais quitter le ranch. Comme nous n'avons jamais été légalement mariés, je suis sûre que cela affecte la question de la propriété du ranch. Tu ne peux pas m'offrir un bien dont tu n'as pas hérité de droit, ajouta-t-elle.

Elle bredouillait, mais s'efforçait de parler pour ne pas éclater en sanglots.

Reed se redressa, caressant les cheveux de Bea.

— Harrison sera content d'apprendre la nouvelle.

— Harrison ?

— Ton amour de jeunesse. Celui avec qui tu as passé la nuit.

— Qu'est-ce qui te fait croire qu'on a passé la nuit ensemble ? marmonna-t-elle en le dévisageant froidement.

— Je suis passé devant la maison et j'ai vu sa voiture.

— Pourquoi ? Qu'est-ce que ça pouvait te faire ? Tu n'as aucun sentiment pour moi, Reed.

Il baissa les yeux, puis chercha de nouveau son regard.

— J'ai beaucoup de sentiments pour toi.

— Certes. Tu te sens responsable de moi. Tu dis que tu tiens à moi. Tu fais en sorte que tout se passe bien pour moi.

Il secoua la tête mais ne dit rien.

— Bon, je devrais retourner travailler, murmura-t-elle.

— Moi aussi…

Elle poussa un lourd soupir.

— Je suppose qu'une fois que l'on sera sortis d'ici, ce sera presque comme si rien ne s'était passé. Comme si on n'avait jamais vraiment été mariés.

— Je me *sentais* marié, déclara-t-il contre toute attente.

— Et ce sentiment ne te plaisait manifestement pas.

Elle attendit un peu, espérant qu'il protesterait, qu'il lui dirait qu'elle se trompait.

Mais non. Rien. Pas un mot de plus.

— Il n'y a rien entre Harrison et moi, précisa-t-elle sans vraiment y être obligée.

En quoi cela intéressait-il Reed de toute façon ? Son envie de passer devant le ranch était sans doute due au fait qu'en bon détective il avait voulu s'assurer qu'elle était bien rentrée.

— Il est venu passer un moment avec moi, mais il s'est montré tellement insupportable que j'avais hâte qu'il s'en aille !

Reed eut l'air surpris.

— Mais qu'en est-il de toutes ces premières fois que vous avez partagées et sur lesquelles vous avez forcément dû revenir ?

— Les premières fois ? J'ai eu mon premier baiser avec

un autre garçon. Et ce n'est pas avec Harrison que j'ai perdu ma virginité. Ah, j'ai bien essayé les sushis pour la première fois avec lui. Je suppose que ça compte ?

— Donc, vous ne vous remettrez pas ensemble, conclut-il en hochant la tête.

— Certainement pas.

— Ma position en tant que père des triplés est toujours la même.

— En effet, soupira-t-elle, malgré son envie de lui répondre non.

Car cette situation n'était que pure folie. Il allait être leur père malgré le fait que chacun vive des relations de son côté, jusqu'à ce qu'elle rencontre l'homme de sa vie ?

— J'aimerais passer un peu de temps avec eux après le travail, si tu es d'accord, dit-il à voix basse. J'ai des cadeaux pour fêter leurs huit mois.

Son cœur se mit à battre à tout rompre.

— C'est une gentille attention…

— On n'a pas huit mois tous les jours, murmura-t-il avec un faible sourire.

Tout comme on ne rencontre un homme comme Reed Barelli qu'une fois dans sa vie, se dit-elle. *Je t'ai trouvé, puis je t'ai perdu, même si je ne t'ai jamais vraiment appartenu, et maintenant il n'y a plus que du néant entre nous.* Hormis ce besoin qu'il avait d'être présent auprès des triplés, de leur offrir ce qu'il n'avait jamais eu de son propre père.

— Il est temps de rentrer, les enfants, dit-elle en s'efforçant d'insuffler un peu de joie dans sa voix. A plus tard, alors, Reed…

Elle se demanda comment elle allait supporter de le revoir dans un contexte aussi étrange. Ils seraient *amis* à présent ?

— Je vais t'ouvrir la porte, dit-il en remontant l'allée d'un pas pressé.

Le cœur en morceaux, elle s'empara de la poussette et se dirigea vers le Pie Diner, consciente qu'elle ne se remettrait jamais de sa brève histoire avec Reed Barelli.

*
* *

— Ta grand-mère aurait adoré Norah.

Reed se retourna lentement. Annie Potterowski avançait dans l'allée de la chapelle vers le banc au dernier rang sur lequel il était assis. Il n'avait pas bougé depuis le départ de Norah, une vingtaine de minutes plus tôt. Il l'avait épousée ici. Et c'était aussi ici que ce mariage s'était autodétruit. Il n'arrivait pas à quitter les lieux.

— Oui, je pense qu'elle l'aurait appréciée, lâcha Reed.

Annie s'assit à côté de lui, nouant son écharpe rose autour de son cou.

— Reed, je te connais à peine. Je t'ai rencontré à plusieurs reprises au fil des années, quand tu venais rendre visite à Lydia. Je ne prétends donc pas être y connaître grand-chose à ta vie, mais toute personne ayant mon âge et mon expérience en tant qu'officier de mariage finit par savoir un truc ou deux au sujet de la nature humaine. Tu veux connaître mon avis ?

À vrai dire… Oui, il était curieux.

— Je vous écoute.

Elle sourit.

— Je pense que tu aimes beaucoup Norah. Je dirais même que tu es follement amoureux d'elle. Mais il s'est passé des choses dans ta vie d'avant, alors tu lui as proposé cet arrangement stupide, ce mariage de raison.

Il ferma les yeux.

— Qu'en savez-vous ?

— Je suis à l'écoute, voilà tout. J'entends des choses. Tu t'imagines que tu peux éviter l'amour, juste parce que tu n'as pas eu de chance auparavant ? Pff, dit-elle d'un air théâtral. Nous avons tous eu notre part de déceptions.

— Annie, j'apprécie votre…

— Je n'en ai pas terminé. Je ne vais pas te raconter l'éducation que j'ai reçue. La pitié que tu éprouverais pour moi t'empêcherait de dormir toute la nuit. Mais, quand Abe Potterowski a débarqué dans ma vie, je l'ai regardé dans les yeux, et j'y ai vu le cœur et l'âme de ce jeune homme… Tout ce dont j'avais toujours manqué. J'ai donc dit oui au lieu de non quand j'ai eu peur de mes sentiments pour lui. Et ça s'est avéré la meilleure décision que j'aie jamais prise.

Il prit la main d'Annie dans la sienne et la serra doucement.

— J'avais l'habitude de tenir les gens à distance, poursuivit-elle. Mais tu dois savoir saisir ta chance, Reed. Et ta grand-mère, que Dieu bénisse sa douce âme, a toujours voulu que tu dises oui au bonheur. Alors ne laisse pas cette femme t'échapper, chuchota Annie en se levant avant de lui tapoter l'épaule. Ta grand-mère aimait venir ici pour réfléchir. Elle s'asseyait à l'arrière, à l'autre bout de cette rangée.

À ces mots, Annie remonta l'allée puis disparut dans l'arrière-salle, laissant Reed à son examen de conscience.

- 16 -

— Pas mariés ? répéta Shelby d'un ton incrédule tout en découpant des pommes de terre pour les tourtes du midi.

Norah secoua la tête et relata ce qu'Annie et Abe lui avaient expliqué.

— Oh merde, lâcha sa mère. Je pensais vraiment que vous alliez vous entendre…

— Mais… Tu m'as poussée dans les bras de Harrison hier soir !

— Oui, mais seulement parce qu'il s'est trouvé là quand tu as appelé pour dire que Reed et toi passeriez grignoter. Je voulais que Reed sache qu'il avait de la concurrence…

— Eh bien, ce n'est pas le cas. Harrison a été insupportable. Il a paniqué dès qu'un des triplés a rempli sa couche.

— Norah… Reed et toi êtes faits l'un pour l'autre, assura tante Cheyenne en garnissant six moules à tarte de ragoût de bœuf. Il n'y a que vous qui ne l'avez pas encore compris…

— Je le croyais, oui, hoqueta Norah, alors que les larmes lui montaient aux yeux. Mais il n'a jamais voulu d'une vraie relation. Il a voulu me sauver et il voulait son ranch.

— Le ranch auquel il a renoncé pour te le léguer ? demanda sa mère. On ne fait quelque chose d'aussi fou que si on aime quelqu'un au point de le faire passer avant tout.

— Encore cette responsabilité, soupira Norah en fronçant les sourcils. De me faire passer en premier. Tu comprends, il veut que j'aie « tout ce que je mérite ». Sauf lui.

— Bonjour tout le monde ! lança une voix d'homme.

Norah se tourna vers son avenant beau-frère, Liam

Mercer, qui avançait dans la cuisine en tenant un adorable bambin dans chaque main. Malgré toute la fougue de leurs deux ans, les neveux de Norah, Shane et Alexander, étaient de vrais amours.

Liam salua tout le monde, puis vint enlacer sa femme et l'embrasser, sans se soucier de la farine qui couvrait son tablier. Le cœur de Norah se serra comme à chaque fois qu'elle était témoin des élans d'affection des Mercer.

Tu devrais aspirer à ça, se dit-elle. *Un homme qui t'aime comme Liam aime Shelby. Comme papa aimait maman.*

Et comme j'aime Reed, pensa-t-elle avec un soupir nostalgique.

Dans quelques heures seulement, il serait au ranch, auquel ils devraient tous les deux renoncer. Et le seul fait de le revoir avec les triplés lui déchirerait le cœur. Elle pourrait avoir tout ce qu'elle avait toujours désiré si Reed acceptait juste de se défaire de tous ces vieux souvenirs qui l'empêchaient de lui ouvrir son cœur.

Comment diable pourrait-elle briser l'armure ? Car elle savait qu'il la désirait autant qu'elle le désirait. Leur nuit à Las Vegas n'avait pas laissé de place au doute, et elle savait qu'il tenait à elle. C'était évident, et il l'avait exprimé clairement. Mais serait-il capable d'entrer dans une relation sentimentale avec elle sans ne rien lui cacher ?

Cet homme était doué dans tellement de domaines… Peut-être arriverait-elle à lui faire comprendre qu'il pouvait être doué en amour, aussi.

— Hum, ça sent rudement bon, lança Reed quand Norah lui ouvrit la porte.

Pendant un moment, il fut captivé par sa beauté. Elle portait un jean et un débardeur jaune pâle, ses longs cheveux cuivrés étaient rassemblés dans une queue-de-cheval basse : elle ne pouvait être plus attirante. Ses narines frémirent à l'arôme appétissant qui flottait dans la maison.

— Steak ?

— Sur le gril, avec des patates au four et des asperges.

— Miam, je meurs de faim ! dit-il en posant un grand sac en papier brun près du placard. Où se cachent les très grands enfants de huit mois ?

Elle sourit.

— Dans leurs chaises hautes. Ils viennent de manger.

— Parfait. C'est donc l'heure de faire la fête !

Il l'entraîna dans la cuisine après avoir ramassé son sac. Il le déposa sur la table et en sortit trois petits chapeaux d'anniversaire de bébé, qu'il fixa un par un sur la tête de chacun.

— Oh ! c'est adorable ! s'esclaffa Norah en prenant des photos avec son téléphone.

Elle obtint une série de clichés magnifiques. Reed figurait sur la plupart des images.

— Et voici pour les enfants de huit mois, dit Reed en déposant un hochet sur le plateau de Bea.

Puis un sur celui de Bella, et un sur celui de Brody.

— Au fait, j'ai ouvert un compte d'épargne aujourd'hui, en prévision de leurs études. Et je leur ai acheté ces nouveaux livres de carton, ajouta-t-il en sortant de son sac plusieurs petits livrets aux couleurs vives.

Au départ, il s'était un peu laissé aller dans le magasin, plaçant trois énormes peluches dans son chariot, des vêtements et toutes sortes de jouets. Puis il s'était souvenu qu'il ne s'agissait même pas de leur premier anniversaire et avait reposé la plupart des articles en rayon.

— Merci, Reed, murmura-t-elle. Du fond du cœur, merci. Je ne peux pas te dire à quel point c'est important pour moi que mes petits comptent autant pour toi.

— Ils ont une place très particulière dans mon cœur. Et toi aussi, Norah.

Alors que les bébés s'amusaient sur leurs chaises avec leurs nouveaux hochets, Reed se rapprocha de leur mère. Le souffle court, il lui releva le menton.

— Je suis un crétin…

— Ah bon ? Et pourquoi ça ?

— Parce que j'ai failli te laisser partir dans les bras de ce chef français. J'ai failli te perdre, Norah.

— De quoi tu parles ? Je suis vivante, dit-elle en agitant la main devant elle.

— J'ai failli… perdre ma chance d'être avec toi. Je veux dire, pour de bon…

— Mais je croyais que…

— Je ne pouvais pas offrir tous ces cadeaux aux triplés sans t'offrir quelque chose à toi aussi, reprit-il. Tiens, c'est pour toi.

À ces mots, il lui tendit un petit écrin en velours.

— Qu'est-ce que c'est ? balbutia-t-elle.

— Ouvre-le…

Elle obtempéra et eut très vite le souffle coupé. L'éclat du diamant rond étincelait dans toute la pièce.

— Une bague en diamant ! Reed, elle est magnifique…

Il se mit à genoux devant elle.

— Norah, veux-tu m'épouser ? Pour de vrai, cette fois ? Et sobre ?

— Mais je croyais que tu…

— Que je n'étais pas amoureux de toi ? C'est pourtant le cas, Norah. Je t'aime de tout mon cœur. Mais je me suis comporté en crétin, j'avais trop peur de m'autoriser à avoir des sentiments. Sauf que ces trois petits êtres ont changé la donne. Ils m'ont ouvert le cœur, et je n'ai pas pu faire autrement qu'accepter mes sentiments. Et admettre à quel point je suis profondément amoureux de toi.

Elle se couvrit la bouche avec les mains.

— Oui ! Mille fois oui !

Il sourit et se releva pour glisser l'anneau à son doigt.

— Elle a dit oui ! s'écria-t-il en se tournant vers les triplés.

L'instant d'après, il la souleva et la fit tournoyer dans ses bras.

— Rien ne pourrait me rendre plus heureuse, murmura-t-elle.

— Moi non plus. Je te retrouve, Norah ! Je retrouve les

triplés. Et, en plus, je vais pouvoir vivre au ranch parce que sa propriétaire va être ma femme !

Elle lui sourit et l'embrassa avec passion. À cet instant, il mesura tout l'amour qu'elle éprouvait pour lui.

— Alors, on fait ça à la Love Chapel ? demanda-t-elle. Ce serait amusant.

Il secoua la tête.

— Je pensais plutôt à la chapelle de Wedlock Creek.

Elle resta un instant bouche bée.

— Attends… Tu oublies la légende ? Tu veux d'autres enfants ? Jumeaux, triplés ou quadruplés ?

— Bien sûr que oui ! Je me dis que cinq ou six enfants, ce sera parfait.

Elle se mit à rire.

— Nous devons vraiment être fous. Mais tu vas être très demandé pour intervenir dans les cours sur les naissances multiples. Tu n'auras plus jamais une minute pour toi.

— Je serai trop occupé avec ma nombreuse progéniture. Et mon épouse.

— Je t'aime, Reed.

— Je t'aime aussi.

Après que Norah eut appelé sa mère, sa tante et sa sœur pour leur annoncer la nouvelle, Reed téléphona à Annie Potterowski à la chapelle.

— Alors, Annie… Norah et moi aimerions réserver la chapelle un samedi soir pour notre cérémonie de mariage. Si possible d'ici un mois, s'il reste des disponibilités.

Cette fois, ce fut au tour d'Annie de s'exclamer :

— Ta grand-mère serait fière de toi, Reed ! Que diriez-vous du deuxième samedi d'août ? 18 heures ?

— Parfait ! conclut-il.

Norah lui avait assuré qu'un mois serait suffisant pour trouver une robe de mariée et un smoking pour bébé pour Brody et deux robes de demoiselles d'honneur pour Bella et Bea. La famille de Norah cherchait déjà frénétiquement sur Internet.

— Et nous épellerons bien nos noms cette fois-ci, ajouta-t-il.

Quelques heures plus tard, les triplés étaient au lit, la vaisselle était faite, et Reed s'assit avec sa fiancée sur le canapé. Entre deux baisers, ils savourèrent leurs verres de champagne.

— Je trinque à la légende de la chapelle de Wedlock Creek, déclara-t-il en levant son verre. Elle m'a offert une famille et a changé ma vie pour toujours.

Norah trinqua et sourit :

— À la chapelle, et à la très grande famille que nous allons construire !

Reed scella cette promesse par un baiser passionné.

Épilogue

Un an plus tard

Reed se tenait dans la nurserie – celle des jumeaux – à s'émerveiller devant les petits Dylan et Daniel. Il y a cinq jours, Norah avait donné naissance à ces deux petites crevettes, Dylan étant l'aîné de trois minutes. Tous deux avaient hérité des cheveux foncés de Reed et du nez parfait de Norah. Ils avaient un regard bleu ardoise qui pourrait devenir noisette comme elle ou brun comme lui. Chacun arborait ses dix petits doigts et orteils.

Norah se trouvait à côté, dans la chambre des triplés. Elle leur lisait leur histoire préférée avant de les coucher. Bientôt, ils auraient droit à de nouveaux lits pour grands enfants. Il sourit en repensant aux regards que Norah et lui avaient reçus en descendant la rue principale hier, Norah poussant la poussette des jumeaux, et lui celle des triplés.

— Comment est-ce que vous arrivez à vous en sortir ? avait demandé un passant.

— Avec l'amour, tout est plus simple, avait affirmé Reed. Mais nous recevons aussi beaucoup d'aide.

En effet, la famille de Norah et les Potterowski se relayaient quasiment vingt-quatre heures sur vingt-quatre pour les repas, les lessives et activités avec les triplés depuis que les jumeaux étaient rentrés de la maternité. Plusieurs des habitants qui avaient suivi leurs cours depuis un an passèrent aussi avec des cadeaux et des propositions de garder les triplés.

Même les Dirk leur avaient rendu visite. Eden était enceinte de jumeaux, alors même qu'ils ne s'étaient jamais dit « oui » à la chapelle de Wedlock Creek !

— Je gère, avait affirmé David en posant une main délicate sur le ventre arrondi de sa femme. Je croyais que je serais pris de panique, mais, en vous regardant tous les deux avec votre colonie de vacances, je me rends bien compte que pour moi ce sera du gâteau !

Reed avait haussé un sourcil. David était peut-être venu se rassurer, mais Reed ne doutait pas que David et Eden seraient aussi entourés que les Barelli dans cette période aussi fabuleuse qu'éreintante. Voilà à quoi servaient la famille, les amis et la communauté…

Norah entra alors dans la nurserie et se tint à côté de lui, plaçant son bras autour de lui.

— Les triplés dorment. On dirait que les jumeaux ne sont pas loin de s'endormir à leur tour…

— Ce qui signifie qu'on a environ une heure et demie devant nous… Un film ?

Elle hocha la tête.

— *Jerry Maguire* passe à la télé ce soir. Tu te souviens ?

Il n'oublierait jamais. Il l'enlaça et appuya son front contre le sien.

— Je t'ai déjà dit que tu étais mon âme sœur ?

Elle secoua la tête.

— Tu disais que c'était des bêtises…

— Ne t'ai-je pas dit que j'étais un crétin ? Sans toi, je ne suis rien… Et sans nos jumeaux et nos triplés non plus, ajouta-t-il en désignant les berceaux.

Elle posa une main sur sa joue, son sourire enjôleur faisant chavirer son cœur. Puis elle l'embrassa, et ils s'éclipsèrent de la nurserie sur la pointe des pieds.

Sauf que… Dylan se réveilla vingt minutes plus tard, suivi par Daniel… Puis les triplés. Le film allait devoir attendre. Mais peu importait. Ils avaient toute la vie devant eux.

Vous avez aimé
Deux berceaux pour une mère et
Des triplés pour un détective ?
Retrouvez la suite de la série
« Les liens du cœur »
dès le mois prochain
dans votre collection Passions !

Retrouvez en juillet 2019,
dans votre collection

Passions

La vengeance me va si bien, de Cat Schield - N°803

London a une seule mission : se venger de Tristan Crosby, l'homme qui a ruiné sa plus proche amie. Aussi utilise-t-elle sans scrupules tous les moyens à sa disposition pour y parvenir, y compris séduire l'irrésistible Harrison, le frère de Tristan, pour récupérer des informations confidentielles…

Une Fortune à protéger, de Stella Bagwell

Savannah ne le sait que trop bien : seul un homme de son rang pourrait trouver grâce aux yeux de sa richissime famille. C'est bien malgré elle qu'elle tombe sous le charme de Chaz Mendoza, le garde du corps chargé d'assurer sa sécurité. Et cette attraction semble réciproque… Peut-elle faire part de ses sentiments à son père sans risquer de tout perdre ?

L'Héritier et la pâtissière, de Barbara Dunlop - N°804

Si Deacon, l'éternel mouton noir, parvient à épouser Callie et à la ramener au sein de la famille Clarkson avec ses quatre enfants, il deviendra *enfin* l'héritier légitime de l'empire du même nom. Mais sa première rencontre avec Callie, la délicieuse pâtissière, est loin de le laisser de marbre… Comment cette femme pourrait-elle être la croqueuse de diamants qu'on lui a dépeinte pour qu'il accepte le contrat ?

L'Étau du passé, de Katherine Garbera

Lorsqu'un message l'extirpe des bras d'Ethan, avec qui elle vient de passer la plus belle nuit de sa vie, Crissanne panique. Mason, son ex-compagnon, est toujours en vie, contrairement à ce que sa société de production avait annoncé. Pire, il souhaite la revoir pour renouer avec elle. Désemparée, Crissanne n'a qu'une seule crainte : perdre Ethan à tout jamais…

Une escapade si romantique, de Reese Ryan - N°805

Adjugé ! Ryan Bateman, vous pouvez monter sur scène et retrouver votre partenaire. Le corps tremblant, le cœur en alerte, Tessa réalise à peine ce qui vient de se passer. Ryan, l'homme qu'elle aime en secret depuis toujours, vient d'enchérir pour partager un week-end romantique avec elle. Piégée par l'engagement qu'elle a pris auprès du gala de bienfaisance, Tessa n'a plus d'autre choix…

Le Double Secret d'Erica, de Judy Duarte

Lui, pilote sur la base de Wheeler Army ? Erica est sidérée face au salut matinal que vient de lui adresser Clay Masters. L'homme avec qui elle a partagé une nuit des plus exquises et qui ignore tout de sa grossesse est désormais son… collègue. À présent, seule une demande de mutation pourrait la sauver des sentiments qu'elle se refuse à accepter.

Un séducteur à détester, de Kat Cantrell -N°806

SÉRIE: DOUBLE JEU POUR DEUX FRÈRES 1/2

Sandra est perdue. Son attirance pour Valentino, frère jumeau de son ex-compagnon, est inavouable. Si le séduisant LeBlanc l'a embauchée en qualité de conseillère, c'est uniquement pour qu'elle le guide dans la reprise de son empire du luxe. Pas pour trahir sa propre famille. Sera-t-elle capable de lui résister ou devra-t-elle abandonner une mission pour la première fois de sa vie ?

L'homme (presque) parfait, de Kat Cantrell

SÉRIE: DOUBLE JEU POUR DEUX FRÈRES 2/2

Laurel Dixon n'a qu'un mantra : sauver le monde ! Aussi, lorsqu'une enquête sous couverture la pousse jusqu'aux locaux de LeBlanc Charities, est-elle déterminée à faire tomber Xavier LeBlanc pour fraude. Mais, en rencontrant le séduisant gestionnaire de l'association, Laurel se prend à douter pour la première fois de sa carrière. Se pourrait-il que Xavier soit aussi charismatique qu'innocent ?

Sur l'autel du bonheur, de Melissa Senate - N°807

SÉRIE: LES LES LIENS DU CŒUR 3/4

Seule au milieu de l'église de Wedlock Creek, où elle doit se marier par convenance, Allie perd patience. Son prétendant l'a abandonnée. Mais, alors qu'elle relève les yeux, Allie aperçoit une silhouette qui se découpe à contre-jour. *Theo*... Impossible. Ses émotions lui jouent des tours, car Theo, l'amour de sa vie, a disparu il y a plus d'un an de cela, avant de savoir qu'elle était enceinte...

Savoir-vivre et savoir aimer, de Melissa Senate

SÉRIE: LES LES LIENS DU CŒUR 4/4

Enceinte par accident, Ginger se voit rejetée par le père de l'enfant, sous prétexte qu'elle n'a pas les codes nécessaires pour faire partie de son monde. Déterminée à le reconquérir, elle n'hésite pas à s'inscrire dans une école de savoir-vivre. Mais, alors que Ginger fait tout son possible pour changer, le filleul de la directrice, le si parfait James Callagher, la pousse à s'accepter telle qu'elle est et à s'aimer... autant qu'il semble l'apprécier lui-même.

Scandaleuse Liaison, de Emilie Rose N°808

Quand Juliana Alden, la riche héritière, croise le regard de Rex Tanner, le séducteur à la réputation sulfureuse et au passé tumultueux qui se tient à l'autre bout de la salle, elle sait qu'elle ne peut plus reculer. Soit elle cède au désir qui la pousse depuis des mois vers cet homme incroyablement sexy, au risque de provoquer un scandale dans la bonne société de Wilmington, soit elle renonce définitivement à ses rêves en acceptant d'épouser le fiancé en tout point parfait que ses parents lui ont choisi...

Une nuit entre tes bras, de Sandra Hyatt

Alors qu'elle assiste au mariage de son meilleur ami, Callie succombe au charme d'un inconnu au regard de braise, et passe la nuit en sa compagnie. Pourquoi ne pas, pour une fois, faire preuve d'un peu d'audace ? Pourtant, elle ne tarde pas à se rendre compte que ce moment d'égarement était en réalité une terrible erreur. Car son mystérieux amant d'une nuit, qu'elle imaginait ne jamais revoir, n'est autre que Nick Brunicadi, son principal concurrent en affaires...

Composé et édité par HarperCollins France.

Achevé d'imprimer en mai 2019.

BLACK PRINT

Barcelone

Dépôt légal : juin 2019.

MIXTE
Papier issu de sources responsables
FSC® C108412

Pour limiter l'empreinte environnementale de ses livres, HarperCollins France s'engage à n'utiliser que du papier fabriqué à partir de bois provenant de forêts gérées durablement et de manière responsable.

Imprimé en Espagne.